ANN-KATHRIN FALKENBERG

Sparkles Like Moonlight

D1985432

GOLDMANN

Ann-Kathrin Falkenberg

Sparkles Like Moonlight

Roman

GOLDMANN

Der Verlag behält sich die Verwertung der urheberrechtlich geschützten Inhalte dieses Werkes für Zwecke des Text- und Data-Minings nach § 44b UrhG ausdrücklich vor. Jegliche unbefugte Nutzung ist hiermit ausgeschlossen.

FSC
www.fsc.org
MIX
Papier | Fördert gute Waldnutzung
FSC® C014496

Penguin Random House Verlagsgruppe FSC® N001967

1. Auflage
Originalausgabe Januar 2026
Copyright © 2026 by Ann-Kathrin Falkenberg
Copyright © dieser Ausgabe 2026
by Wilhelm Goldmann Verlag, München,
in der Penguin Random House Verlagsgruppe GmbH,
Neumarkter Straße 28, 81673 München
produktsicherheit@penguinrandomhouse.de
(Vorstehende Angaben sind zugleich
Pflichtinformationen nach GPSR.)

Dieses Werk wurde vermittelt durch die
Textbaby Medienagentur, www.textbaby.de.
Umschlaggestaltung: ZERO Werbeagentur, München
Umschlagmotiv: Collage unter Verwendung von Motiven von
www.shutterstock.com/Rak ter samer/Purple_Mangoose/
Phatthanit/Butterfly Hunter/tomertu
Gestaltung der Innenklappe: Ecem Üzüm @stories.by.blue
Redaktion: Beate De Salve
ES · Herstellung: ik
Satz: GGP Media GmbH, Pößneck
Druck und Bindung: GGP Media GmbH, Pößneck
Printed in Germany
ISBN: 978-3-442-49597-9

www.goldmann-verlag.de

Liebe Leser*innen,
dieses Buch enthält potenziell triggernde Elemente. Deshalb findet sich auf der letzten Seite eine Triggerwarnung. Wir wünschen uns für euch alle das bestmögliche Leseerlebnis.

Eure Ann-Kathrin und Euer Goldmann Verlag

Für Jana
Die beste Freundin auf der ganzen Welt

∞

Prolog

Amy

Irgendetwas lief gewaltig schief.

Das Gefühl, dass etwas nicht stimmte, begleitete mich eigentlich schon den ganzen Tag. Nein, vielmehr den gesamten Trip in die Smoky Mountains, zu dem ich auch dieses Jahr mit meinen beiden besten Freunden Charlie und Rile aufgebrochen war. Wenn ich genauer darüber nachdachte, verhielt Rile sich schon seit einer Weile ungewöhnlich, auch wenn ich den genauen Zeitpunkt, an dem er sich verändert hatte, nicht festmachen konnte. Es war ein schleichender Übergang gewesen von einer Freundschaft, die nichts trennen konnte, zu … ja, zu was eigentlich? Wir waren noch immer beste Freunde, und eigentlich hatte sich nichts geändert. Nur dass sich auf einmal alles anders anfühlte.

Von einem Tag auf den anderen musste ich plötzlich aufpassen, was ich in seiner Gegenwart sagte, und hielt lieber einmal mehr den Mund, weil ich Angst vor seiner Reaktion hatte. In letzter Zeit hatte ich immer häufiger die Art von Bauchweh, die man bekam, wenn man ganz tief im Innern wusste, dass es ein Problem gab – auch wenn noch gar nicht klar war, um was es ging. Es war die leise Stimme im Hinterkopf, die wieder und wieder warnte: Es gibt da etwas, von dem du nichts weißt.

»Hey, alles in Ordnung?« Charlies Stimme riss mich aus meinen Gedanken, und im nächsten Moment spürte ich ihre Hand an meiner Schulter. Innerhalb von Sekunden zogen sich meine Mundwinkel wie von selbst nach oben, und ich hatte wieder ein Lächeln im Gesicht, als ich mich zu meiner besten Freundin umdrehte. »Na klar!«

Charlie war meine engste Vertraute, und ich konnte mit ihr wirklich über alles reden, aber sie war genauso Riles beste Freundin. Deshalb wollte ich sie in diese Sache nicht mit reinziehen – außerdem wusste ich ja nicht einmal, was *diese Sache* genau war. Vielleicht bildete ich mir das alles auch nur ein, und Riles Verhalten hatte gar nichts mit meiner Person zu tun. Vielleicht war es nur eine Phase, schließlich gab es in jeder Freundschaft Aufs und Abs.

»Dann bin ich ja beruhigt!« Charlie musterte mich noch kurz, ließ dann aber meine Schulter los und ging wieder zum Lagerfeuer, wo Rile und Nate in ihren Campingstühlen saßen.

Jedes Jahr im Sommer fuhren Charlie, Rile und ich zum Campen in den Great Smoky Mountains Nationalpark. Dieses Jahr hatten wir auch Nate dabei, der für Charlies Vater arbeitete, um einer Gefängnisstrafe zu entgehen. Eine verrückte Geschichte, aber ich war mir ziemlich sicher, dass zwischen ihm und Charlie etwas lief. Oder laufen würde. Auch wenn die beiden es sich selbst noch nicht eingestehen konnten. Ich sah es in den Blicken, die sie sich zuwarfen, wenn sie dachten, der andere würde gerade nicht hinschauen.

Während ich zu meinem eigenen Campingstuhl zurückkehrte, streifte meine Aufmerksamkeit Rile, der auf die Bierflasche in seiner Hand stierte. Sein nachdenklicher Gesichtsausdruck weckte wieder meine innere Stimme, aber ich versuchte das, was sie sagte, zu ignorieren.

Stattdessen ließ ich mich in den Stuhl fallen und griff nach meiner Bierflasche, die halbvoll auf dem Boden neben mir stand, und trank sie auf ex. Aus dem Augenwinkel nahm ich wahr, wie Charlie mich ansah, aber das versuchte ich ebenso auszublenden wie die nervige Stimme in mir.

»Wer hat Lust auf ein Bier?«, fragte ich also schnell.

»Ich nehme eins!«, sagte Nate wie aus der Pistole geschossen, und auch Rile nickte begeistert. »Gern!«

»Klar«, meinte auch Charlie.

Angespornt von Riles freudiger Reaktion sprang ich auf und sprintete in Richtung Kühlbox, die neben Charlies und meinem Zelt stand.

Als ich zu den anderen zurückkehrte, klirrten die Flaschen in meinen vollbeladenen Armen aneinander, aber irgendwie schaffte ich es, jedem ein Bier in die Hand zu drücken.

»Wie wär's mit einem Trinkspiel?«, schlug ich vor. Vielleicht würde der Alkohol die Stimmung auflockern. Dafür sorgen, dass sich alles so anfühlte wie früher. Denn das war mein größter Wunsch: dass alles wieder so wurde, wie es einmal gewesen war.

»Ich glaube nicht, dass …«, begann Charlie, wie immer die Vernünftigste von uns.

»Das ist eine großartige Idee!«, fiel Rile ihr ins Wort, woraufhin sich mein Herz sofort etwas leichter anfühlte. Deshalb tat ich es ihm gleich, lächelte und brachte meine innere Stimme endlich vollständig zum Verstummen.

»Wir haben doch gar nicht genug Alkohol für ein Trinkspiel dabei«, warf Charlie ein.

Ein heiseres Kichern verließ meinen Mund. »Das dachte ich mir.« Ich machte eine bedeutungsvolle Pause. »… deshalb habe ich in weiser Voraussicht noch Wein und eine Flasche Tequila eingepackt!«

Charlie riss die Augen auf. »Tequila?«

Sie sah so schockiert aus, dass ich lachen musste.

Nate hingegen blieb vollkommen unbeeindruckt und zuckte nur mit den Schultern. »Okay, ich mag Tequila!«

Rile klatschte in die Hände. »Ich mag Trinkspiele!«

Ich wusste, dass Charlie von beidem kein Fan war, aber ich war mir sicher, das würde uns guttun.

»Komm schon, Charlie«, flehte ich, und schließlich gab sich meine beste Freundin geschlagen.

»Na gut …« Sie seufzte, bevor sie einen Schluck von ihrem Bier nahm.

»Ich hab noch nie dauerhaft in einer Kleinstadt gelebt«, verkündete Nate und beobachtete mit einem teuflischen Grinsen, wie Charlie, Rile und ich nacheinander einen Schluck aus der Tequilaflasche nehmen mussten.

Eine Flasche Wein und einige Tequilashots später war die Stimmung in der Gruppe tatsächlich gelöster. Da Charlie sich geweigert hatte, *Wahrheit oder Pflicht* zu spielen, hatten wir uns schließlich auf *Ich hab noch nie …* geeinigt.

Und Nate hatte genauso gute *Ich-hab-noch-Nies* auf Lager wie wir.

Als die Flasche bei mir angekommen war und die brennende Flüssigkeit sich einen Weg meine Speiseröhre hinabbahnte, stellte ich zufrieden fest, dass die nagende Stimme in meinem Inneren verschwunden war. Genauso wie mein Wille, Charlie aus der Sache herauszuhalten. Denn kaum war Rile, leicht schwankend, zum Pinkeln außer Hörweite gegangen, platzte es aus mir heraus.

»Was ist eigentlich auf einmal los?«, wollte ich wissen und stellte die Flasche auf den Boden.

Wie betrunken ich bereits war, wurde mir erst klar, als ich selbst hörte, wie undeutlich die Worte aus meinem Mund kamen. Auf einmal nahm ich auch den leichten Schwindel wahr, der mir zeigte, dass ich besser nichts mehr trinken sollte.

Ein ängstlicher Ausdruck huschte über Charlies Gesicht, und Nate, der ein Stück neben ihr saß, wandte den Blick ab.

Auch wenn ich wusste, dass ich es besser lassen sollte, konnte ich mich nicht davon abhalten, weiterzusprechen.

»Irgendwie ist er in letzter Zeit komisch drauf, oder bilde ich mir das ein?«

Charlie sagte nichts, Nate ebenso wenig. Aber den hatte ich ja auch nicht gefragt.

»Was hat er denn auf einmal gegen meine Sprüche? Sonst war immer alles in Ordnung, aber auf einmal soll ich ihn in Watte packen?« Die Worte purzelten einfach aus meinem Mund, ohne dass ich etwas dagegen tun konnte. Fast so, als hätten sie nur darauf gewartet, dass mich der Alkohol unzurechnungsfähig macht.

»Wieso in Watte packen?«, fragte Charlie, deren Stimme man ebenfalls anhörte, dass ihre Zunge schon etwas schwer war.

»Na ja, auf einmal rastet er aus, wenn ich einen Witz auf seine Kosten mache. Oder generell mal herumspaße.«

Charlie schaute zu Nate, der wiederum etwas zu genau das Etikett seiner Bierflasche studierte.

»Ich hab da keine Lust mehr drauf!«, verkündete ich, als keiner der beiden etwas erwiderte.

»Worauf hast du keine Lust mehr?«

Ich hob den Kopf und sah Rile dabei zu, wie er auf seinen Stuhl zutorkelte. Und plötzlich machte er mich wütend. Sein Verhalten mir gegenüber.

Musste ich jetzt schon wieder Angst haben, dass er sich auf den Schlips getreten fühlte? Ich konnte es ihm einfach nicht recht machen, und ich hatte keinen Bock mehr darauf, mich ständig seinetwegen schlecht zu fühlen.

Ich wollte einfach einen lustigen Abend mit meinen besten Freunden verbringen – so wie früher. Nur für zwei Tage das Studium vergessen. War das wirklich zu viel verlangt?

Genervt stöhnte ich auf. »Das war ja jetzt klar!«

»Was war klar?« Der Unterton in seiner Stimme hätte mich stoppen sollen. Wäre ich nüchtern gewesen, hätte er das auch.

Charlie und Nate wechselten einen besorgten Blick.

Ich lachte ein bisschen übertrieben. »Okay, sagen wir es doch mit dem Spiel: *Ich habe noch nie …* meiner besten Freundin ein schlechtes Gefühl gegeben.«

Verständnislos zog Rile die Brauen hoch. »Hä?«

»Du musst jetzt trinken«, blaffte ich und spürte überdeutlich, dass Charlie und Nate mich erschrocken ansahen. Ich wusste, dass ich es gerade versaute, aber ich konnte dieses Gefühl einfach nicht mehr ertragen. Das Gefühl, dass etwas zwischen Rile und mir stand. Und ganz besonders das Gefühl, nicht zu wissen, was das war. Ich hatte mich nicht verändert. Ich war verdammt noch mal genau die geblieben, die ich schon immer gewesen war. Wieso zum Teufel fühlte es sich dann so an, als wäre ich schuld an seinem seltsamen Verhalten?

Wütend funkelte ich Rile an, während die Schatten des Feuers über sein Gesicht tanzten. Seine Miene veränderte sich, wurde ausdruckslos.

»Gut!«, stieß er hervor und schnappte sich die Tequilaflasche, die mittlerweile auf dem Boden stand. »Ich trinke!«

Er setzte die Öffnung an seine Lippen und stürzte eine beträchtliche Menge der durchsichtigen Flüssigkeit herunter.

»Aber jetzt bin ich dran«, verkündete er schroff, nachdem er getrunken hatte. Er drehte den Deckel wieder auf die Flasche und sprach weiter, ohne hochzusehen. »Ich hab noch nie … meinem besten Freund das Herz gebrochen.«

Für einen Moment war alles still. So still, wie es in einem Wald eigentlich gar nicht sein dürfte. Für einen kurzen Moment war nicht einmal das Knistern des Holzes vor uns zu hören – zumindest kam es mir so vor.

Als Rile aufsprang, rutschte mir das Herz in die Hose. Ich wollte den Mund öffnen, um etwas zu sagen. Ihn fragen, was das heißen sollte. Ich wollte lachen, weil das unmöglich sein Ernst sein konnte. Es musste ein Scherz sein. Ein blöder Witz. Weil er mich ärgern wollte. Genau so, wie ich es immer bei ihm tat. Das ergab doch Sinn.

Oder?

Aber Rile lachte nicht. Keiner lachte.

Erschrocken zuckte ich zusammen, als Rile näher kam und mir die Flasche in den Schoß legte.

»Du musst trinken!« Mit diesen Worten drehte er sich um und verschwand in den Wald.

Das war der Moment, in dem mir klar wurde, dass nichts mehr so werden würde, wie es einmal gewesen war.

Ich hatte mir so sehr gewünscht, zu wissen, was mit Rile los war. Aber jetzt, wo ich es wusste, hätte ich mir das Wissen am liebsten aus dem Gehirn gebrannt.

Be careful what you wish for.

Kapitel 1

Amy

Acht Wochen später

Shit!

Ich war zu spät, und das heute! Unpünktlichkeit war bei mir zwar keine Seltenheit, aber ausgerechnet an diesem Tag konnte mich das meinen Kopf kosten.

Vielleicht würde ihn mir Mr Stevens, der Dekan, diesmal endgültig abreißen. Er mochte mich nicht. Zumindest nicht das, was ich verkörperte: gute Laune, Partys und Spaß. Oder wie er es nennen würde: Unsinn, Verantwortungslosigkeit und Faulheit. Aber die Zeit am College war doch auch da, um sich auszuprobieren, und nicht nur, um in öden Vorlesungen herumzusitzen und sich zu langweilen.

Nach Spaß fühlte sich das, was ich letzte Nacht getan hatte, gerade allerdings nicht an. Mir war schwindelig, mein Herz klopfte kräftig gegen den Brustkorb, und meine Kehle fühlte sich staubtrocken an.

Mit der Tasche über einer Schulter rannte ich den langen Flur entlang zu seinem Büro, als mir einer der Träger herunterrutschte und sie fast auf den Boden gefallen wäre. Das konnte ich zwar gerade so verhindern, allerdings sah ich dadurch zu spät das Mädchen, in das ich im nächsten Moment hineinlief.

»Sorry«, entschuldigte ich mich für unseren Zusammenstoß, ohne sie wirklich wahrzunehmen, und umklammerte den Riemen der Tasche fester, bevor ich mich wieder in Bewegung setzte.

Keine zwei Minuten später kam ich vor Dekan Stevens' Tür zum Stehen und klopfte zweimal gegen das Holz. Ohne eine Antwort abzuwarten, öffnete ich sie und schlüpfte ins Büro.

Der Dekan, der gerade einen Telefonhörer in der Hand hielt und leise mit jemandem sprach, hob den Kopf. Als er mich erkannte, legte er die Stirn in Falten. Es war dieser besorgt-kritische Ausdruck, mit dem er mich auch schon die letzten Male angesehen hatte, wenn er mich in sein Büro zitiert hatte.

Unbeholfen stand ich mitten im Raum herum und beobachtete Stevens dabei, wie er in den Hörer sprach.

»Ich habe jetzt einen Termin. Danach rufe ich zurück«, sagte er knapp, bevor er das Telefon weglegte und seufzte. »Guten Morgen, Miss Evans!« Er richtete sich in seinem riesigen Ledersessel auf, ohne den Blick von mir abzuwenden. »Haben Sie einen Stuhl mitgebracht?«

Irritiert beäugte ich den Sessel, der seinem gegenüber auf der anderen Seite des Schreibtisches stand. Darauf saß ich sonst immer. Was sollte damit auf einmal nicht stimmen?

»Sie sind mittlerweile so oft hier, dass Sie einen eigenen bräuchten«, erklärte er seine Worte. »Meinen Sie nicht?«

»Ich, äh …«, stammelte ich und brach dann ab. Normalerweise war ich nie um eine Antwort verlegen, aber heute war ich nicht nur vollkommen verschlafen, sondern auch noch ganz schön verkatert.

»Ich weiß nicht, ob Ihnen der Ernst der Lage bewusst ist, Miss Evans«, sagte Stevens und rieb sich mit einer Hand übers Gesicht. Er wirkte nicht wütend, so wie beim letzten Mal, sondern eher erschöpft.

Und ich konnte seine Reaktion nachvollziehen. In den vergangenen Wochen war ich tatsächlich häufiger hier gewesen. Ich war ein paarmal im Unterricht eingeschlafen und hatte in ein paar Kursen vergessen, meine Essays einzureichen. Aber wie sollte ich mich auch auf das Studium konzentrieren, wenn ich nicht nur meinen besten Freund verloren hatte, sondern mich auch noch von meiner besten Freundin zurückziehen musste?

Letztes Mal war ich einbestellt worden, weil die geheime Party, die ich auf dem Campus geschmissen hatte, aufgeflogen war. Weshalb mich Stevens heute in sein Büro gerufen hatte, war mir allerdings schleierhaft.

»Ich nehme an, Sie wissen, warum Sie hier sind?«, fragte er genau in diesem Moment, als könnte er Gedanken lesen.

Stumm schüttelte ich den Kopf. Ich hatte keine Lust auf Ratespiele. Er sollte mir einfach sagen, was los war.

»Setzen Sie sich endlich hin«, forderte er mich auf und deutete auf den Sessel vor sich.

Ich tat, wie mir befohlen, und nahm Platz. Weil ich den kritischen Ausdruck in seinem Gesicht nicht mehr ertragen konnte, starrte ich auf die Hände, die ich im Schoß zusammengelegt hatte.

»Miss Evans«, sagte Stevens und klang dabei so müde, dass ich den Blick doch wieder hob – und seinem begegnete. »Sie werden das Semester nicht schaffen, wenn Sie weiterhin so viel fehlen. Ihre Noten …«

Er machte eine kurze Pause und rieb sich über die Stirn.

»Ihre Noten sind zu schlecht«, vollendete er dann seinen Satz. »Und wir wissen beide, woran das liegt.«

Es dauerte einen Moment, bis seine Worte zu mir durchgedrungen waren. »Was?«

Klar, ich wusste, dass ich viel geschwänzt hatte. Und ich wusste auch, warum: Das Studium hätte mich nicht weniger interessieren können. Um ehrlich zu sein, hatte ich mich nur für Business Administration entschieden, weil meine Eltern beide im Management arbeiteten und von mir erwarteten, dass ich eine ähnliche Laufbahn einschlug.

Aber davon war ich meilenweit entfernt. Wirtschaft, Unternehmensführung und Statistik langweilten mich zu Tode!

Das Problem war nur, dass ich keinen blassen Schimmer hatte, was ich stattdessen machen sollte. Irgendwie brannte ich für … nichts. Aber das konnte ich Mom und Dad ja schlecht sagen. Oder Mr Stevens.

»Miss Evans?«

Die Frage des Dekans ließ mich vermuten, dass er etwas gesagt hatte, während meine Gedanken abgedriftet waren. Verdammt.

Ich blinzelte ein paarmal.

»Miss Evans, Sie müssen von nun an jede Prüfung bestehen. Und Ihr Fehlstundenkontingent ist ausgereizt. Ab heute brauchen Sie für jede weitere Fehlstunde ein ärztliches Attest.« Er beäugte mich misstrauisch, während er auf eine Antwort von mir wartete. »Haben Sie mich verstanden?«

»Ja«, brachte ich irgendwie hervor, bevor ich mir auf die Unterlippe biss.

Welche Prüfung stand eigentlich als Nächstes an? Und wann?

»Sie sind volljährig. Deshalb steht es mir nicht zu, Ihre Eltern zu informieren …« Er hielt kurz inne, um dann hinzuzufügen: »Auch wenn ich das gerne tun würde.«

Wieder zeigten sich tiefe Falten auf seiner Stirn. Der Mann würde meinetwegen deutlich schneller altern, so viel war klar.

Bei dem Gedanken daran zuckte es um meine Mundwinkel.

»Ich mache mir Sorgen um Sie.« Die Worte des Dekans hatten so leise seinen Mund verlassen und waren so unangebracht, dass ich mich kurz fragte, ob ich sie mir nur eingebildet hatte. Aber als unsere Blicke sich wieder trafen, wusste ich, dass dem nicht so war.

Mit einem Schlag war mir gar nicht mehr zum Lachen zumute. Was war heute nur mit ihm los? Sonst blaffte er mich immer an, und einmal hatte er mich sogar angebrüllt. Aber heute wirkte er irgendwie … abgekämpft.

Auf einmal wurde mir bewusst, was für ein Bild ich abgeben musste. Auf die Schnelle hatte ich nur ein fleckiges Oversized-Shirt gefunden und es mir eilig übergeworfen. Außerdem fühlten sich meine Wimpern unangenehm verklebt an, weil ich mich letzte Nacht nicht abgeschminkt hatte.

Ich strich mir eine fettige Haarsträhne hinters Ohr und senkte den Blick. »Danke für die Information, Mr Stevens.«

Er räusperte sich. »Kann ich etwas tun, um Ihnen zu helfen? Brauchen Sie Unterstützung?«

O Gott. Ich hätte nicht gedacht, dass dieses Gespräch noch schlimmer werden könnte. Alles, was ich wollte, war, aus diesem stickigen Raum zu verschwinden und unter die Dusche zu springen.

»Nein«, versicherte ich hastig. »Ich bekomme das schon hin.«

Selbst in meinen Ohren klang das nicht überzeugend. Bevor er es für uns beide noch peinlicher machen konnte, sprang ich auf und drückte die Tasche wie einen Schutzpanzer vor mich.

»Danke für das Gespräch!«, sagte ich zum Abschied und beobachtete, wie sein Mund sich öffnete. Wieder schloss. Dann wieder ein Seufzen.

Das war der Moment, in dem ich seine Sorge nicht mehr ertragen konnte. Oder mich.

Ich murmelte eine hastige Verabschiedung und stürmte aus dem Zimmer. Doch selbst als ich längst den Ausgang des Gebäudes ansteuerte, hatte ich noch das Gefühl, Mr Stevens' Blick in meinem Rücken zu spüren.

Zurück auf meinem Zimmer trank ich ein paar gierige Schlucke aus der Wasserflasche neben meinem Bett, bevor ich mich unter die Dusche stellte. Der heiße Wasserstrahl hinterließ ein angenehmes Brennen auf meiner Haut und vertrieb das dumpfe Katergefühl in meinem Innern. Zum ersten Mal seit letzter Nacht konnte ich mich und meinen Körper wieder richtig spüren.

Als ich die Augen schloss und dem Prasseln um mich herum lauschte, flackerten bruchstückhaft Erinnerungen an die Party auf.

Ich, wie ich mit Ebony Wodka Shots getrunken und hinterher wild getanzt hatte. Der Typ, der auf einmal da gewesen war. Ein heißer Fremder, auf den ich zielstrebig zugelaufen war, die Hände in seinen Nacken gelegt und meine Lippen auf seine gepresst hatte. Ich kannte seinen Namen nicht, musste ihn nicht kennen. Denn er hatte seinen Zweck erfüllt. Er hatte mich fühlen lassen, im Moment sein lassen, für Zerstreuung gesorgt. Wir hatten miteinander rumgemacht, bis mir irgendwann schwindelig geworden war – das war der Nachteil daran, wenn man jemanden betrunken mit geschlossenen Augen küsste. Ich war an die frische Luft geflüchtet und der sorglose Moment vorbei gewesen. Vielleicht hatte Mr Unbekannt drinnen auf mich gewartet, um da weiterzumachen, wo wir aufgehört hatten, vielleicht aber auch nicht. Ich würde es nie herausfinden, weil ich anschließend zurück in mein Wohnheimzimmer getorkelt war und mich – vollständig bekleidet – ins Bett gelegt hatte.

Nach dem Duschen schlüpfte ich in ein frisch gewaschenes XXL-Shirt im Batiklook und eine von den Boxershorts, die ich immer zum Schlafen trug.

Als ich kurz darauf auf meinem Kissen lag und an die Decke starrte, drängten sich Mr Stevens' Worte zurück in meinen Kopf.

Sie müssen von nun an jede Prüfung bestehen.

Die Vorstellung, dass ich wahrscheinlich durchfallen und das Semester nicht schaffen würde, rief nichts als eine erschreckende Gleichgültigkeit in mir hervor. Aber auch wenn es mir egal war, wusste ich, dass es nicht allen so gehen würde. Meine Eltern würden das sicher anders sehen. Immerhin kamen sie für die hohen Studiengebühren und das Zimmer im Wohnheim auf.

Weil sie viel arbeiteten und oft beruflich unterwegs waren, sprachen wir meist nur einmal die Woche miteinander – wenn überhaupt. Dafür bekam ich regelmäßige Check-Ins per Textnachricht, bei denen ich mir immer ein bisschen vorkam, als wäre ich ein Punkt auf einer ihrer ellenlangen To-do-Listen.

Beide waren absolute Workaholics, und ich war mir ziemlich sicher, dass ich nicht geplant gewesen war, denn Mom und Dad priorisierten ganz klar die Arbeit in ihrem Leben. Wobei ich mir auch nicht vorstellen konnte, dass diesen beiden hyperorganisierten Menschen so etwas wie eine ungewollte Schwangerschaft passiert sein sollte.

Für ein paar Sekunden schloss ich die Lider und versuchte, die Gedanken an mein gescheitertes Studium und meine aussichtslose Zukunft beiseitezuschieben.

Und ich schaffte es. Denn im Verdrängen war ich ziemlich gut.

Das einzige Problem war, dass sich jetzt etwas anderes vor meinem inneren Auge manifestierte. Oder besser gesagt: jemand. Eine große Gestalt mit braungrünen Augen und blonden Locken. Sofort fühlte sich meine Brust an, als würde sie ein Amboss Richtung Boden drücken.

Plötzlich musste ich an die letzte Nachricht denken, die er mir geschickt hatte.

Ich vermisse dich.

Allein der Gedanke an die drei Worte tat weh, denn ich vermisste ihn auch. Sehr sogar. Aber trotz der Leere, die die letzten Wochen in meinem Leben herrschte, hatte ich ihm nicht geantwortet. Ich wusste einfach nicht, ob es jemals wieder so werden konnte, wie es gewesen war.

Wie oft hatten wir beieinander übernachtet und sogar im Bett des jeweils anderen geschlafen? Rile hatte mir immer Kraft gegeben, Trost gespendet. Manchmal, noch zu Schulzeiten, wenn meine Eltern mal wieder übers Wochenende in Nashville gewesen waren, hatte ich mich einfach bei Rile einquartiert. Ich hatte neben ihm in den Laken gelegen, mich an ihn gekuschelt und mich sicher gefühlt. So sicher, wie man sich bei dem besten Freund fühlt, den man auf der Welt hat.

Er hatte mich in der Annahme gelassen, dass er genauso empfand wie ich. Und irgendwie fühlte sich das an wie Verrat. Wenn man jemanden für wirklich besonders hielt und ihn für immer in seinem Leben behalten wollte, war der beste Weg, mit ihm befreundet zu sein. Zumindest hatte ich das mal gelesen. Und so war es doch auch, oder? Beziehungen gingen kaputt, die Liebe ging kaputt. Wieso also zerstörte Rile das, was wir miteinander hatten? Gehabt hatten. Das war so viel mehr gewesen.

Ein Seufzen verließ meinen Mund, und ich rieb mir über die Augen. Ich hasste es, wenn ich zu lange darüber nachdachte.

Das ganze Thema verursachte einfach zu viel Chaos in mir, sodass ich es nicht schaffte, meine Gefühle zu sortieren. Mir war klar, dass Rile anzuschweigen, keine Lösung war – so würde ich ihn auf jeden Fall auch verlieren –, aber ich wusste einfach nicht, wie ich mit der Situation umgehen sollte.

Hinter meinen Schläfen pochte es, und ich tastete mit den Fingern nach der Stelle, drückte sie in die Haut.

Etwas Schlaf würde sicher gegen die aufkeimenden Kopfschmerzen helfen, genauso wie gegen die Gedanken an Rile. Also atmete ich langsam ein und wieder aus, bis sich die Müdigkeit wie eine Decke über mich legte und es in meinem Kopf endlich wieder still wurde.

Das laute Klingeln meines Handys riss mich aus dem Schlaf. »I Got 5 On It« dröhnte aus den Lautsprechern, und ich schlug die Augen auf. Meine Hand schnellte zum Telefon. Es war Charlie.

»Hi«, brachte ich krächzend heraus, und mir war sofort klar, dass ich mich nicht anhörte wie ich. Also räusperte ich mich und fügte noch ein etwas fröhlicheres »Charlie« hinzu.

»Amy!« Meine beste Freundin klang vorwurfsvoll. »Du gehst mir aus dem Weg.«

»Aus dem Weg? Quatsch!«, sagte ich eine Oktave zu hoch und so schnell, dass sich meine Stimme fast überschlug. Auf einen Schlag war ich wieder hellwach.

»Noch vor ein paar Wochen bist du bei jeder Gelegenheit nach Hause gekommen. Und jetzt …« Sie ließ den Satz unvollendet, aber ich wusste auch so ganz genau, was sie meinte. Weil ich vor dem Studium hatte fliehen wollen, war ich wieder und wieder nach Hause gefahren. Aber da ich jetzt vor Rile fliehen musste, blieb ich hier in Knoxville.

Ich konnte an einer Hand abzählen, wie viele Tage ich im vergangenen Monat in Hazelwood gewesen war. Aber die letzten Aufeinandertreffen mit Rile waren so schrecklich unangenehm gewesen, dass ich es einfach nicht über mich gebracht hatte. Ich hatte keine Ahnung, wie ich mit ihm umgehen sollte. Also hatte ich versucht, so weiterzumachen wie zuvor und sein Geständnis zu ignorieren. Ich hatte gedacht, wenn wir das Ganze einfach totschweigen, könnten wir zum Normalzustand zurückkehren. Dann hätte ich meinen besten Freund nicht verloren. Aber Rile hatte nicht mitgespielt und damit immer mehr kaputt gemacht.

»Amy?« Charlies Stimme riss mich aus meinen Gedanken. »Du schließt mich vollkommen aus.«

»Das stimmt doch gar nicht«, beteuerte ich vehement, obwohl Charlie garantiert genauso gut wie ich wusste, dass ich log.

Einen Moment schwiegen wir beide.

»Ich weiß, dass wir uns in einer beschissenen Situation befinden.«

Ich nickte, obwohl sie mich gar nicht sehen konnte. *Beschissen* war die Untertreibung des Jahrhunderts.

»Aber dass es zwischen Rile und dir …« Sie brach ab und fuhr kurz darauf fort: »… so kompliziert ist, heißt ja nicht, dass es bei uns auch so sein muss.«

»Du stehst doch total zwischen den Stühlen«, platzte es aus mir heraus. »Und zu dritt können wir im Moment einfach nichts unternehmen, sodass immer einer außen vor bleibt. Ich dachte, du bist froh, wenn du dich nicht entscheiden musst.«

Charlie stieß geräuschvoll die Luft aus. »Das denkst du? Dass ich mich freue? Für mich ist das auch nicht gerade leicht, Amy.«

»Ich weiß, das kam falsch rüber.« Meine Stimme wurde beim Sprechen immer leiser.

»Macht nichts! Denn ich habe ein Angebot für dich.«

Ich klemmte mir das Handy zwischen Schulter und Kinn, um die Bettdecke ein Stück weiter über mich ziehen zu können.

»Ach ja?«, fragte ich skeptisch.

»Du gehst doch in letzter Zeit so gerne feiern.«

Es war keine Frage, also antwortete ich auch nicht. Außerdem hatte ich die Befürchtung, dass ihr Angebot eine Falle sein könnte.

»Zufälligerweise steigt heute eine ziemlich coole Party!«

»Aha!« Ich kaute auf meiner Unterlippe herum, während ich darauf wartete, dass Charlie weitersprach.

»Bei Travis«, fügte sie nun verschwörerisch hinzu.

Travis war einer der Freunde ihres Bruders – so ziemlich der heißeste Typ von allen.

»Und?«, fragte ich trotzdem nur, weil mich nicht einmal ein attraktiver Typ dazu bringen konnte, nach Hazelwood zu fahren.

»Amy«, bettelte Charlie. »Ich habe dich seit Wochen nicht zu Gesicht bekommen. Du fehlst mir!«

»Aber …«, fing ich an, doch meine beste Freundin unterbrach mich.

»Bitte, komm! Du kannst uns nicht ewig aus dem Weg gehen.«

»Uns?«, fragte ich alarmiert, weil ich für den Bruchteil einer Sekunde Angst hatte, Rile könnte seine Meinung über Partys geändert haben und auch dort sein.

»Nate und mir«, sagte Charlie. »Keine Sorge!«

Als wir das Gespräch beendet hatten, stand es also fest. Ich würde nach Hazelwood fahren und Charlie und ihren Freund zu Travis' Party begleiten. Zwar erwartete mich in meinem Elternhaus wahrscheinlich niemand, aber vielleicht war es trotzdem besser, als hier ständig mit anderen Studierenden konfrontiert zu werden, die sich Gedanken darüber machten, was sie mit diesem langweiligen Studium anfangen wollten.

Rile

Das Buch, das ich gerade las, war gut. Unfassbar gut. So gut, dass ich nur so durch die Seiten flog, innerhalb der letzten Stunden weder gegessen noch getrunken hatte und immer noch in exakt derselben Position auf dem Sofa lag wie heute Morgen. Gerade als ich dachte, es könnte ewig so weitergehen, belehrte mich das Geräusch von Trippelschritten auf der Treppe eines Besseren.

»Rile!« Mit einem Satz und einem lauten Lachen sprang meine kleine Schwester Evelyn neben mir zwischen die Polster. »Rile!«, rief sie ein weiteres Mal.

Ich setzte mich auf und legte das Buch neben mir ab, damit sie sich zu mir kuscheln konnte.

»Was machst du da?«, wollte sie wissen, legte eine Hand auf meinen Bauch und musterte mich prüfend.

»Ich lese. Na ja, zumindest habe ich das bis gerade eben getan.«

»Spielst du mit mir?«

Ich linste zu meinem Buch, bevor ich wieder in Evelyns große Augen sah.

»Na, ich weiß ja nicht, Evie …«

»Bitte, Rile!«, bettelte sie, bevor sie auf mich sprang. Ich schaffte es gerade so, sie mit den Armen aufzufangen, und sie stieß ein Quietschen aus.

Meine Mutter hatte Evelyn spät bekommen, weshalb uns dreizehn Jahre trennten. Trotzdem hatte ich nie das Gefühl gehabt, nichts mit ihr anfangen zu können. Im Gegenteil.

»Ist ja schon gut«, gab ich mich geschlagen und drückte meine Schwester mit den Armen ein Stück nach oben, als würde ich sie als Gewicht fürs Armtraining benutzen. »Du wirst ja immer schwerer«, beschwerte ich mich scherzhaft und tat so, als würde ich sie nicht mehr halten können.

Evie lachte, während ich sie neben mir absetzte, und lehnte sich wieder bei mir an.

In diesem Augenblick wurde die Haustür geöffnet. Wir befanden uns auf der offenen Galerie direkt darüber, und so drangen die Stimmen meiner Eltern zu uns nach oben. Das, was meine Mutter sagte, verstand ich nicht genau, aber mein Vater sprach immer so laut, dass man ihn auch aus einiger Entfernung deutlich hören konnte. Er war die Art von Mensch, die immer die gesamte Aufmerksamkeit im Raum auf sich zog.

»Wenn er nicht liest, verbringt er seine Zeit mit Evie oder seinen besten Freundinnen.« Der Begriff *beste Freundinnen* klang aus seinem Mund wie ein Schimpfwort. So, als wäre es eine Schande, weibliche Freunde zu haben. »Richtige Männer haben Männerfreundschaften. Und so sollte es bei ihm auch sein. Sonst kommen die Leute noch auf komische Gedanken.«

»Shhh!« Nun war auch die Stimme meiner Mutter deutlicher. »Jetzt hör doch mal auf damit, Richard. Er ist zu Hause.«

»Natürlich! Wo sollte ein Mann in seinem Alter an einem Samstag auch sonst sein?«, gab mein Vater höhnisch zurück, und meine Eingeweide schienen sich zu einem Klumpen zusammenzuziehen.

Evie spitzte die Ohren, und ich hoffte inständig, dass sie mich nicht fragen würde, wovon unser Vater sprach. Es war schwer, einer Achtjährigen zu erklären, weshalb er ständig solche Dinge sagte.

Er hatte das schon immer getan. Und der größte Dorn im Auge waren ihm meine Bücher.

Der Junge liest zu viel. Kein Wunder, dass er auf komische Gedanken kommt.

Der Junge liest zu viel, deswegen ist er nur mit Mädchen befreundet.

So oder so ähnlich hatte er bereits vor Jahren versucht, meiner Mutter verständlich zu machen, dass ich nicht in sein Weltbild passte. Ich hatte nie groß etwas dazu gesagt, weil es ein Ding der Unmöglichkeit war, jemandem wie meinem Vater zu erklären, was mir das Lesen bedeutete. Er war einer dieser Männer, die einfach nicht akzeptieren konnten, wenn jemand anders war als sie.

»Was willst du denn spielen?«, fragte Evie und erinnerte mich daran, dass sie noch in meinen Armen lag.

»Das darfst du dir aussuchen«, raunte ich leise, weil ich nicht wollte, dass meine Eltern uns hörten.

»Dann spielen wir mit meinen Puppen!« Aufgeregt sprang Evie in die Höhe, ihre Augen funkelten. Der glückliche Ausdruck in ihrem Gesicht sorgte dafür, dass sich der Knoten in meinem Bauch langsam wieder löste.

Wenig später saß ich gemeinsam mit meiner kleinen Schwester auf dem Boden ihres Zimmers und hielt eine dunkelhaarige Barbie in der Hand, die einen Hosenanzug trug.

»Zieh Celine mal etwas anderes an«, forderte Evie mich auf. »Vielleicht ein hübsches Kleid?«

Ich scannte mit den Augen den Haufen an Barbie-Klamotten, den Evie auf den Teppich geworfen hatte.

»Hmm«, überlegte ich laut. »Was sie wohl gern tragen würde?«

Evie legte sich Daumen und Zeigefinger ans Kinn und dachte angestrengt darüber nach, als es in meiner Hosentasche vibrierte.

Mit der freien Hand tastete ich nach dem Telefon und zog es heraus. Doch während ich Charlies Namen auf dem Display anstarrte, wünschte ich mir, ich hätte es nicht getan. Nicht, dass ich mich nicht freute, wenn sie sich bei mir meldete. Nur hatte ich gehofft, dass die Nachricht von meiner anderen besten Freundin war.

Aber von sich aus meldete Amy sich überhaupt nicht mehr, und wenn ich ihr schrieb, antwortete sie meist nicht. Noch vor ein paar Monaten waren wir unzertrennlich gewesen, hatten uns täglich geschrieben und mehrmals die Woche telefoniert. Doch von einem Tag auf den anderen hatte sich alles zwischen uns geändert.

Wir hatten uns Mühe gegeben und beide so getan, als könnten wir uns an nichts erinnern. Trotzdem war seit dem Campingwochenende nichts mehr wie vorher. Nach meinem unangenehmen Liebesgeständnis im Sommer hatten wir uns zwar nur ein paarmal gesehen, aber immer mit Charlie im Schlepptau. Natürlich hatte ich versucht, meine Gefühle zu überspielen, aber es war mir einfach nicht gelungen.

Wir hatten nie wirklich über das gesprochen, was in den Great Smoky Mountains passiert war. Was gab es da auch schon zu reden? Ich liebte sie, sie liebte mich nicht. Zumindest nicht auf die Art, die ich mir wünschte.

Trotzdem vermisste ich Amy. Ich vermisste meine beste Freundin. Ich vermisste *früher*. Und ich gab mir die Schuld daran, dass nun alles anders war.

Fest presste ich die Lippen aufeinander und nahm einen tiefen Atemzug, bevor ich das Handy wieder in meiner Tasche verschwinden ließ, ohne Charlies Nachricht zu lesen. In letzter Zeit bestanden die sowieso zum Großteil aus »Wie geht's dir?« und »Alles okay?«.

»Rile!« Evie stemmte eine Hand in die Hüfte und sah mich tadelnd an. »Was ist jetzt mit dem Outfit?«

Unweigerlich zogen sich meine Mundwinkel nach oben. »Ich mach ja schon, du kleine Tyrannin«, neckte ich meine Schwester und zog ein blaues Ballkleid aus dem Haufen Klamotten heraus. »Ich glaube, das würde ihr gut stehen.«

Evie nickte zufrieden.

Gerade als ich der Puppe das Kleid überstülpen wollte, vibrierte mein Handy mehrfach hintereinander. Ein Anruf, keine Nachricht.

Während ich mein Telefon wieder herauszog, klatschte Evie sich mit einer Hand gegen die Stirn. »Arme Celine!«

»Celine muss sich wohl noch kurz gedulden.« Ich zwinkerte ihr zu und schaute aufs Display. Wieder Charlie. Heute war sie wirklich hartnäckig.

Bevor ich es mir anders überlegen konnte, drückte ich auf den grünen Hörer und hielt mir das Handy ans Ohr.

»Ich hab gesehen, dass du online warst«, stieß Charlie aus, noch bevor ich etwas sagen konnte.

Ich seufzte. »Ich spiele gerade Barbie.«

Wie Dad wohl reagieren würde, wenn er wüsste, dass ich mich so melde?

»Das heißt, dass du meine Nachricht nicht gelesen hast?« Charlie klang nicht vorwurfsvoll, so war sie nicht.

»Nope.« Ich pulte an dem Stück Haut neben meinem Fingernagel herum, das schon den ganzen Tag nervte, sich aber noch nicht abziehen ließ.

»Rile, ich mache mir Sorgen.«

Aus dem Augenwinkel nahm ich wahr, wie Evie mich musterte. Für ihr Alter bekam sie erstaunlich viel mit, da musste ich aufpassen, was ich sagte.

»Ich weiß, Charlie.«

»Aber ich habe die perfekte Ablenkung für dich gefunden.«

»Ich brauche keine Ablenkung«, log ich.

Denn ich *brauchte* sehr wohl Ablenkung, ich *wollte* sie nur nicht.

»Heute Abend steigt eine Party bei Travis.«

Es dauerte einen Moment, bis ich realisiert hatte, dass das ihr Ernst war. Charlie wusste ganz genau, dass solche Feiern nicht mein Ding waren.

Travis war ein Freund von Charlies Bruder Caleb, und seit dem Country Festival, bei dessen Vorbereitung wir alle geholfen hatten, hatte er uns schon das ein oder andere Mal zu sich eingeladen. Er war nett, und wir verstanden uns gut, auch wenn ich zu Sportlertypen meist keinen richtigen Draht hatte, weil wir zu verschieden waren.

»Rile?«

Ich klemmte das Telefon zwischen Schulter und Wange, um mich wieder dem Hautfetzen widmen zu können.

»Ich dachte, das wäre ein Witz«, sagte ich genervt, was Charlie ein Lachen entlockte.

»Also unsere gemeinsamen Wanderungen und die unzähligen Lese- und Filmabende waren anscheinend nicht Ablenkung genug. Deshalb dachte ich, ich versuche mal etwas Neues.«

»Großartige Idee!« Genau in diesem Augenblick riss ich die Haut von meinem Finger mit einem Ruck ab, und ein Tropfen Blut quoll hervor.

Schnell steckte ich mir den Finger in den Mund, und kurz darauf hatte ich den typischen metallischen Geschmack auf der Zunge.

»Ich will, dass du mit uns hingehst!« Charlie klang nicht so, als würde sie mit sich reden lassen.

Plötzlich wurde ich hellhörig. »Wer ist *uns*?«

Die Stille am anderen Ende bestätigte meine Befürchtung.

»Charlie? Wer ist uns?«, bohrte ich nach.

»Nate und ich …«, brachte sie zögerlich hervor. »Und Amy.«

Ich holte tief Luft. »Du weißt schon, dass sie mir ganz bewusst aus dem Weg geht?«

»Du hast gesagt, dass du sie vermisst.«

»Das tue ich. Aber …« Ich brach ab. Einerseits wollte ich Amy unbedingt sehen, andererseits auf keinen Fall. Es war einfach verdammt kompliziert. »Weiß Amy, dass ich auch mitkomme?«

»Wir treffen uns dort«, erwiderte Charlie ausweichend. »Nate und ich holen dich um neun ab. Bis später!«

Mit diesen Worten legte meine beste Freundin auf.

»Ich gehe nachher noch raus«, verkündete ich beiläufig und schob mir sofort die Gabel in den Mund, um meine Aussage nicht weiter ausführen zu müssen. Obwohl Mom eine fantastische Köchin war, schmeckte der Braten heute irgendwie fad. Aber das lag vermutlich an mir.

Ich hielt den Blick gesenkt, um nicht sehen zu müssen, wie mein Vater die Brauen hochzog. Das tat er fast immer, wenn ich etwas sagte.

»Ach, wirklich? Triffst du dich mit Charlie?«, wollte Mom wissen.

»Sie und Nate holen mich um neun ab. Wir fahren zu einer Party.«

»Zu einer Party?« Der ungläubige Tonfall meines Vaters sorgte dafür, dass ich ihn nun doch ansah. »Du?«

Natürlich musste er seinen Senf dazu abgeben.

Ich erwiderte nichts, aber das schien ihn nicht zu stören.

»Du gehst zu einer Party, anstatt zu Hause zu bleiben und deine Nase in ein Buch zu stecken?« Da war er wieder, dieser höhnische Tonfall seiner Stimme, den ich so hasste.

»Was für eine Party?« Mom gab sich mehr Mühe, sich ihre Überraschung nicht anmerken zu lassen.

»Bei Travis Johnson«, entgegnete ich knapp, weil ich keine Lust hatte, mit meinen Eltern darüber zu sprechen, dass ich mal »etwas Neues ausprobierte«.

»Das ist doch toll!« Dass Mom so hoffnungsvoll klang, war fast noch beleidigender als Richards Bemerkungen.

Vor ein paar Jahren hatte ich angefangen, meinen Vater beim Vornamen zu nennen, weil mir das Wort Dad – angesichts seiner ständigen Anfeindungen – immer gezwungener über die Lippen gekommen war.

Manchmal fiel es mir immer noch schwer zu glauben, dass dieser Mann wirklich mein Vater war. Früher war ich eine Zeit lang fest davon überzeugt gewesen, dass ich adoptiert war. Das schien mir die plausibelste Erklärung zu sein. Ich hatte meine Mutter so lange mit dem Thema genervt, bis sie mir meine Geburtsurkunde gezeigt und ich schwarz auf weiß den darin eingetragenen Namen gesehen hatte.

Richard Bennett. Ein Name, so eindrucksvoll wie das Sägewerk, das er aus dem Nichts aufgebaut hatte und das mittlerweile das größte in der Region war. Weil mein Vater so verdammt stolz auf sein Unternehmen war, hatte ich keine Ausbildung zum Park Ranger machen dürfen, sondern wurde nun seit einem Jahr zum Holzbearbeitungsmechaniker ausgebildet. Ich arbeitete jedoch nur zur Hälfte in der Produktion, den Rest der Zeit übernahm ich Tätigkeiten im Bereich der

Produktionsplanung, um irgendwann in die Fußstapfen meines Vaters treten zu können.

Das Schlimmste an der Arbeit war, dass ich Richard dort nicht so gut aus dem Weg gehen konnte wie zu Hause.

»Am Montag fängt der neue Produktionshelfer an«, erinnerte mein Vater mich jetzt zwischen zwei Bissen.

»Jep.«

»Ich möchte, dass du seine Einweisung übernimmst.«

Überrascht hob ich den Blick.

»Wird Zeit, dass du lernst, Verantwortung für den Betrieb zu übernehmen. Die Mitarbeiter sollen dich schließlich ernst nehmen.« Er machte eine Pause und schien zu überlegen. »Vielleicht könntest du dafür auch etwas selbstsicherer auftreten.«

Selbstsicherer. Am liebsten hätte ich die Augen verdreht. Eigentlich meinte er *laut* und stumpf – zwei Eigenschaften, die auf viele der Angestellten im Sägewerk zutrafen.

Weil ich keine Lust auf frauenfeindliche Sprüche und hirnlose Gespräche hatte, verbrachte ich die Mittagspausen meist allein mit einem Buch. Richard dachte wahrscheinlich, dass ich den anderen aus dem Weg ging, weil sie mich einschüchterten, aber ich wusste einfach nichts mit diesen Typen anzufangen. Und um ehrlich zu sein, bezweifelte ich, dass es etwas ändern würde, wenn ich den Kontakt zu ihnen suchte.

»Rile?«

Schon früh hatte ich gelernt, Richard nicht infrage zu stellen und Dinge, die er sagte, einfach hinzunehmen.

»Jep«, sagte ich deshalb und nahm einen weiteren Bissen von dem Braten.

Kapitel 2

Amy

Ich hatte genug, das wusste ich. Genug von allem. Vor allem vom Alkohol. Aber es war mir schlichtweg egal. Deshalb setzte ich das Shotglas an die Lippen, legte den Kopf in den Nacken und kippte die brennende Flüssigkeit in meinen Mund. Tequila war ein verfluchtes Teufelszeug, aber genau das Richtige, wenn es darum ging, zu vergessen. Und das war schließlich das Ziel einer Party, oder nicht? Die Bässe dröhnten in meinem Kopf, und der Alkohol pulsierte in meinen Adern. Nachdenken unmöglich.

Um mir einen weiteren Shot zu holen, lief ich in die Küche, die gerade leer war, weil alle Gäste sich im Wohnzimmer tummelten.

»Hey, Amy«, ertönte plötzlich eine vertraute Stimme hinter mir, und jemand legte mir eine Hand auf die Schulter. »Alles klar bei dir?«

Als ich mich umdrehte, sah ich direkt in das attraktivste Gesicht der ganzen Party. Mit den markanten Wangenknochen, seinen dunklen Haaren und dem Dreitagebart war Travis der Traum vieler Frauen. Aber gerade hatte sein Gesicht einen besorgten Ausdruck angenommen, der nicht unbedingt eine anziehende Wirkung auf mich hatte.

»Travis«, entgegnete ich also nur und zwang mich zu einem Lächeln. »Trinkst du einen Tequila mit mir?«

Ich hielt das leere Glas in die Höhe und wackelte mit den Augenbrauen.

Er beäugte es misstrauisch, bevor er den Blick wieder auf mein Gesicht richtete. »Du hattest schon ganz schön viel davon.« Es war eine Feststellung, auch wenn *ganz schön viel davon* eine ziemlich subjektive Aussage war. Obwohl ich innerhalb der letzten Stunde bestimmt fünf Shots getrunken hatte, fühlte es sich immer noch nicht so an, als wäre es genug. Schließlich war das Chaos in meinem Kopf noch lange nicht verstummt.

»Ach ja?«

»Du wankst ein bisschen.« Er zwinkerte mir zu, und auf einmal störte mich seine Hand, die immer noch auf meiner Schulter lag.

»Ich kann allein auf mich aufpassen.« Das klang schärfer als beabsichtigt, aber langsam ging es mir auf die Nerven, dass sich alle Sorgen um mich machten.

Travis überging meinen Kommentar, ließ mich jedoch los. »Wann kommen Charlie und Nate eigentlich?«

»Das frage ich mich auch.« Ich schaute zur Uhr und stellte fest, dass es bereits zehn war. Sie hätten längst hier sein sollen. Ein seltsames Gefühl machte sich in meiner Magengegend bemerkbar, aber vielleicht war das auch nur der Alkohol.

»Du siehst übrigens echt gut aus.« Wie zum Beweis ließ Travis den Blick meinen Körper entlangwandern. Ich trug einen kurzen schwarzen Lederrock und ein Off-Shoulder-Shirt mit Leo-Print, dazu riesige goldene Creolen, die irgendwie zu meinem Markenzeichen geworden waren.

Ich öffnete den Mund, um mich zu bedanken – und vielleicht

doch ein bisschen mit ihm zu flirten –, aber da fixierte Travis einen Punkt hinter mir und riss die Augen auf.

»Bennett? Das glaube ich ja jetzt nicht!«

Sofort sackte mein Herz eine Etage tiefer. Oder zwei – wahrscheinlich hing es irgendwo auf der Höhe meiner Kniekehlen. Mir wurde erst heiß und dann kalt, während meine Gedanken panisch umherzuckten. Obwohl ich schon betrunken war, begriff mein Hirn innerhalb von Sekunden, was Travis' Aussage bedeutete. Und dass Charlie mich belogen hatte.

Travis war bereits an mir vorbeigelaufen – Richtung Haustür, wie ich vermutete –, und mir blieben genau zwei Optionen: Entweder ich versteckte mich, was trotz der Größe von Travis' Haus eine Herausforderung darstellen würde, oder ich tat so, als sei alles in Ordnung.

Auch wenn ich Rile seit Wochen nicht gesehen hatte. Ihm seit Wochen nicht antwortete. Seit Wochen versuchte, nicht an ihn zu denken.

Aber hey, es wäre nicht das erste Mal, dass ich gute Miene zum bösen Spiel machte.

»Amy!« Charlie hatte mir die Entscheidung abgenommen, und ich drehte mich zu ihr um.

Obwohl ich so tun wollte, als wäre alles wie früher, konnte ich mir kein Lächeln abringen.

Charlie begriff offenbar sofort, denn als sie mich kurz darauf an sich drückte, flüsterte sie mir ins Ohr: »Tut mir echt leid! Wenn ich es dir gesagt hätte, wärst du ihm noch länger aus dem Weg gegangen. Aber ihr müsst endlich mal miteinander reden!«

Und dann, als sie mich losließ, stand er plötzlich neben uns. Rile. Er war ein so großer Teil meines Lebens gewesen, und nun fehlte er.

Bei seinem Anblick durchfuhr es mich siedend heiß, und das Herz hämmerte gegen meinen Brustkorb. Immer schneller.

Mit seinen fast zwei Metern war er so groß, dass ich den Kopf heben musste, um ihn anzuschauen. Er wirkte verändert. Die blonden Locken waren etwas zerzauster als sonst, die Haut gebräunter – es war ein überdurchschnittlich sonniger Sommer gewesen –, und an dem karierten Hemd, das er trug, standen zwei Knöpfe offen anstatt nur einer wie sonst. Aber vielleicht hatte ich ihn auch einfach zu lange nicht gesehen.

Für den Bruchteil einer Sekunde hielt ich es aus, seinen ernsten Blick zu erwidern.

»Hi«, sagte er, und mir fiel auf, dass er seine Hände in den Hosentaschen vergraben hatte. Aus dem Augenwinkel nahm ich wahr, wie Charlie sich entfernte.

»Hi«, echote ich krächzend.

Plötzlich wurde mir schwindelig. So schwindelig, dass ich ins Wanken geriet und mich an der Küchenzeile hinter mir abstützen musste.

»Geht's dir gut?« Sofort war Rile bei mir. Seine Hand auf meinem Arm fühlte sich überhaupt nicht unangenehm an. Nicht so wie bei Travis. Im Gegenteil, die Berührung war vertraut und irgendwie tröstlich.

Dieses Gefühl sorgte allerdings dafür, dass sich mein Herz wieder zusammenzog. Es war ein Schmerz, den kein Tequila der Welt lindern konnte.

»Mir ist nur ein bisschen schwindelig«, brachte ich rau hervor, hielt mich aber weiter fest, weil sich meine Beine mit einem Mal zittrig anfühlten.

»Komm mit!«, forderte er mich auf.

Mit seinen großen, sicheren Händen führte mich Rile durchs Wohnzimmer, vorbei an einem tanzenden, lachenden

Knäuel von Menschen, zur Terrassentür und schließlich nach draußen.

Die kalte Oktoberluft ließ mich frösteln, aber dann legte sich etwas Weiches über meine Schultern. *Riles Jacke.*

»Komm, setz dich hin«, bat er, nachdem er mich zu einem der Gartenstühle geschoben hatte.

Als ich saß, drehte sich plötzlich alles um mich herum. Ich atmete tief ein und aus, vergrub mein Gesicht in den Händen und schloss die Augen. Aber nur kurz, weil mir in dieser Position sofort schlecht wurde.

Erst jetzt realisierte ich, dass Rile mittlerweile vor mir hockte, und seine Körperwärme lenkte mich von meiner Übelkeit ab. Ich ließ die Hände sinken und starrte ihn an.

»Besser?«, erkundigte er sich sanft und nahm meine Hände in seine. Sie waren schön warm und so groß, dass sie meine vollständig umschlossen.

Wir waren uns ewig nicht mehr so nahe gewesen, weshalb sich diese Geste ungewohnt intim anfühlte. Ich musste etwas sagen, brachte aber keinen Ton heraus, sodass sich die Stille zwischen uns immer mehr ausdehnte. Sie wurde immer gewaltiger, bis meine Lippen sich teilten.

»Du liebst mich.«

Fuck. Wieso zum Teufel waren das die ersten Worte, die mir einfielen? Eigentlich hatte ich doch so tun wollen, als sei alles in Ordnung!

Aus Angst vor seiner Reaktion hätte ich am liebsten die Augen zusammengekniffen, aber Rile sah mich nur an. Dann strich er mir eine Haarsträhne aus der Stirn.

»Du hättest mal auf eine meiner Nachrichten reagieren können.« Er klang nicht vorwurfsvoll. Oder beleidigt. Es war ganz anders als die letzten Male. »Geht's dir gut?«

Sag Ja. Bitte sag einfach Ja.

»Nein.« Was zur Hölle war hier los? Hatte ich anstatt Tequila ein Wahrheitsserum getrunken?

Riles Griff um meine Finger wurde stärker. »Mir auch nicht.« Er klang immer noch sanft. So sanft, dass der Wunsch, alles möge wieder so sein wie noch vor ein paar Monaten, übermächtig wurde.

Weil plötzlich alles in mir in Aufruhr war, befreite ich meine Hände aus Riles Griff, und er wich ein Stück zurück. Aber das sollte er nicht! Ich wollte das nicht! Es sollte alles so wie früher sein …

Also lehnte ich mich nach vorn, streckte die Finger nach ihm aus und berührte ihn zaghaft an der stoppeligen Wange. Eigentlich war er immer glatt rasiert, aber heute war dort ein leichter Bartschatten zu sehen.

Ein überraschter Ausdruck huschte über sein Gesicht, und ich spürte, wie sein Körper sich versteifte. Dann stand er auf und brachte so Abstand zwischen uns.

»Sieh uns doch nur an«, stieß ich hervor. »Ich will dich als Freund nicht verlieren, aber du erträgst es nicht mal, wenn ich dich anfasse. Wie soll das in Zukunft zwischen uns funktionieren, wenn alles, was früher normal war, jetzt ganz anders wirkt?«

Rile verengte die Augen zu schmalen Schlitzen. »Du bist unfair! Ich gebe wirklich mein Bestes. Du hast es dir ja leicht gemacht und nicht mal reagiert, wenn ich geschrieben habe.«

Nun sprang ich ebenfalls auf. »Weil ich genau hiervor …« Ich deutete von ihm zu mir. »… Angst hatte.«

»Was soll ich denn deiner Meinung nach tun, Amy? Weiter mit dir kuscheln? Um dann mit einem Ständer die ganze Nacht neben dir zu liegen und nicht einschlafen zu können?«

Ich machte große Augen, und mir klappte die Kinnlade herunter. Ich wollte etwas antworten, brachte aber keinen Ton heraus. Ein paar Minuten verstrichen, in denen ich Rile einfach nur anstarren konnte. Er hatte den Blick gesenkt, und seine ganze Körperhaltung drückte Unbehagen aus. Vielleicht bereute er seine ehrlichen Worte, aber ich hatte sie nun mal gehört, und nun wusste ich, dass es die alte Nähe zwischen uns nie mehr geben würde.

Die Erkenntnis war so niederschmetternd, dass ich das Gefühl hatte, mich wieder an etwas festhalten zu müssen. Aber da war nichts. Rile kam als diese Art Stütze nicht mehr infrage.

»Ich will das nicht«, brachte ich nach einer gefühlten Ewigkeit endlich hervor. Meine Stimme war kaum mehr als ein Flüstern. »Ich kann das einfach nicht.«

Noch bevor Rile etwas erwidern konnte, drehte ich mich um und lief zurück zum Haus, weil ich es keine Sekunde länger in seiner Gegenwart aushielt.

Ich achtete nicht darauf, ob er hinter mir herkam. Am liebsten wollte ich es gar nicht wissen. Ihn nicht mehr sehen. Ihn vergessen. Dann würde es wenigstens nicht mehr wehtun.

»Hey!« Plötzlich waren da zwei große Hände an meinen Hüften, die mich stoppten. »Wo willst du denn so schnell hin?«

Es war ein fester Griff, aber nicht zu fest. Und dann schaute ich dem attraktiven Kerl, zu dem sie gehörten, direkt in die Augen.

»Sag mir nicht, dass du dir noch einen Tequila holen willst«, scherzte Travis augenzwinkernd, auch wenn ich sicher war, dass ein bisschen Ernst in seiner Aussage mitschwang.

Plötzlich wusste ich, was eine viel wirkungsvollere Ablenkung als Alkohol war.

»Hast du eine bessere Idee?« Ich fuhr mir mit der Zunge über die Lippen, ohne unseren Blickkontakt zu unterbrechen.

Anscheinend hatte er meine Andeutung verstanden, denn er zog mich mit den Händen, die immer noch an meinen Hüften lagen, zu sich heran, und der Duft seines Aftershaves kroch mir in die Nase.

»Die habe ich tatsächlich …«

Sobald die Worte seinen Mund verlassen hatten, drängte ich mich ihm auch schon entgegen. Die Wärme seines Körpers ließ die dunklen Gedanken und lästigen Gefühle verschwinden. Stattdessen konzentrierte ich mich nur noch aufs Fühlen. Aufs Spüren.

Travis ließ die Hände über meine Rundungen gleiten, während er mich aus dem Zimmer in den Flur schob.

»Lass uns ins Bad gehen«, raunte er an meinem Ohr. »Hattest du schon mal Sex auf einer Waschmaschine?«

Ich stellte mich auf die Zehenspitzen und presste meine Lippen auf seine. Genoss das weiche, warme Gefühl, als meine Zunge den Weg in Travis' Mund fand. Seine umspielte.

Wir küssten uns den ganzen Weg bis zum Badezimmer, doch als Travis mich kurz losließ, um die Tür zu öffnen, war der Zauber des Vergessens vorbei. Denn in diesem Moment entdeckte ich Rile, der am anderen Ende des Flurs stand und mich mit ausdrucksloser Miene anstarrte.

Im nächsten Augenblick sah ich nur noch seinen Rücken, und dann war er ganz verschwunden. Das gute Gefühl, das mir die Intimität mit Travis gegeben hatte, war auf einmal wie weggeblasen und einem bitteren Geschmack in meinem Mund gewichen. Ich konnte meinen Problemen einfach nicht entkommen. Egal, was ich tat, es gab nur diesen einen Gedanken in meinem Kopf: *Es wird nie wieder so, wie es war.*

Und anstatt Travis in den Raum zu folgen, steuerte ich die Küche an. Oder genauer gesagt: den Tequila.

Es wird nie wieder so, wie es war.

Ich klemmte das Shotglas zwischen meine Lippen und legte den Kopf in den Nacken.

Es wird nie wieder so, wie es war.

Noch ein Shot.

Es wird nie wieder so, wie es war.

Noch ein Shot.

Es wird nie wieder so, wie es war.

Noch ein Shot.

Es wird nie wieder so, wie es war.

»Amy?«

Hände auf mir. An mir.

Ich kotzend im Gebüsch. Würgen. Noch mal würgen. Ein Schwall unausgesprochener Gefühle. Streicheln über meinen Rücken.

Das hier war der absolute Tiefpunkt.

Leere.

Schwärze.

Kapitel 3

Rile

Das ist der absolute Tiefpunkt. Diese Erkenntnis traf mich schlagartig, als ich wie ein Wahnsinniger ohne Jacke in der nächtlichen Kälte durch Travis' Garten lief. Keine Ahnung, wie lange ich mich schon davor drückte, zurück ins Haus zu gehen.

Nach drinnen zu den anderen. Zu Amy.

Sie hatte Travis geküsst. Ihre Lippen hatten auf seinen gelegen, und das mitansehen zu müssen, hatte mich fast zerrissen. Die Erinnerung daran erwischte mich eiskalt, und ich schüttelte den Kopf, um die Bilder zu vertreiben.

Wieso hatte sie das getan? Wieso gerade heute Abend, bei unserem ersten Wiedersehen nach Wochen? Nach unserem Gespräch auf der Terrasse?

Na ja, Gespräch konnte man das eigentlich nicht gerade nennen, aber zumindest wusste sie, wie ich mich fühlte. Auch wenn es irgendwie daneben gewesen war, meinen Ständer zur Sprache zu bringen. Jetzt musste Amy denken, dass da jedes Mal Hintergedanken gewesen waren, wenn sie bei mir übernachtet hatte. Natürlich war das nicht so, ich hatte ihr einfach – auf ziemlich ungeschickte Weise – klarmachen wollen, wie schwer das alles für mich war, seit meine Gefühle für sie sich verändert hatten.

Außerdem war ich es gewohnt, Amy immer alles zu erzählen. Weil sie meine Vertraute war und weil ich mich bisher nie für etwas hatte schämen müssen.

Und wieso konntest du dann ihre Nähe nicht einfach aushalten?, fragte ich mich selbst im Stillen, doch natürlich kannte ich die Antwort längst. Es lag an diesem Feuerwerk in meinen Eingeweiden, das wieder einmal aufgeflammt war und mich kurz hatte vergessen lassen, dass das mit uns unmöglich war. Dass von ihrer Seite nie mehr sein würde als Freundschaft.

Bei dem Gedanken an sie wollte sich erneut dieses unglaubliche Gefühl zurück in meinen Körper schleichen. Dieses Gefühl, dass alles möglich ist und das Leben so viel mehr bietet als das, was ich kenne. Dass alle Antworten in ihren Augen liegen.

»Schluss damit!«, stieß ich aus und sah mich im nächsten Moment nach allen Seiten um.

Es reichte ja, dass ich hier ziellos umherrannte, es musste mich nicht auch noch jemand dabei erwischen, wie ich Selbstgespräche führte. Das hätte mir bei all dem Chaos gerade noch gefehlt.

Irgendwann – keine Ahnung, wie viel Zeit vergangen war – blieb ich mitten auf dem Rasen stehen, stemmte die Hände in die Seiten und starrte in den Nachthimmel. Es war so bewölkt, dass kein einziger Stern zu sehen war.

Ich schloss die Augen, und für den Bruchteil einer Sekunde war da ihr Blick. Amys Blick, als sie von Travis abgelassen und mich angesehen hatte. Am liebsten hätte ich laut gebrüllt, aber das konnte ich mir gerade noch so verkneifen. Ich war einfach so verdammt wütend auf sie! Und wütend auf mich. Eigentlich am meisten auf mich, weil ich schließlich ganz genau wusste, wie sie war. Während ich die paar Male, die ich auf einer Party ein Mädchen geküsst hatte, an einer Hand abzählen konnte, gehörte es für Amy zum Spaß dazu, mit einem Typen zu flirten.

Ich verurteilte sie nicht dafür. Weder das eine noch das andere war *falsch*, es war einfach anders. Ich bewunderte Amy oft dafür, dass sie nichts darauf gab, was andere von ihr dachten, dass sie sich einfach fallen lassen konnte. Aber das war nicht meine Art.

Warum hatte ich also erwartet, dass Amy ihre gesamte Persönlichkeit änderte, nur weil ich meine Gefühle nicht im Griff hatte? Schließlich waren wir kein Paar oder so. Sie hatte mir nie Hoffnungen gemacht. Niemals. Nicht ein einziges Mal.

»RILE?«

Ich fuhr herum.

»Was zum Teufel machst du hier?« Charlie stand, die Arme um sich geschlungen, vor mir und sah mich an, als wäre ich völlig übergeschnappt. Wahrscheinlich war ich das auch.

»Erstens holst du dir hier draußen in deinem dünnen Hemd den Tod …« Mit einer dramatischen Geste warf sie die Hände in die Luft. »Und zweitens …« Sie kam etwas näher und senkte die Stimme. »… will ich wissen, was zwischen dir und Amy passiert ist.«

»Ich …«

… hatte keine Ahnung, was ich antworten sollte. Ich wusste ja nicht mal, wie Charlie darauf kam, *dass* etwas passiert war.

Amy hat sich darüber aufgeregt, dass ich ihre Nähe nicht mehr ertrage, und ich hab ihr von meinem Ständer erzählt.

Vielleicht war gerade nicht der beste Moment, mit offenen Karten zu spielen.

»Wieso?«

Charlie verschränkte die Arme vor der Brust und schürzte die Lippen. Das sollte wohl Antwort genug sein.

»Hat sie was gesagt?«, fragte ich betont gleichgültig, aber meine Stimme klang, als wäre ich einen Marathon gelaufen. Wobei … einige Meilen waren es in der letzten Stunde wahrscheinlich tatsächlich gewesen.

»Sie kann nicht mehr besonders viel sagen, so betrunken, wie sie ist.«

Mein Körper versteifte sich.

»Nachdem ihr nach draußen gegangen seid, habe ich kurz mit Nate getanzt, und als wir uns danach in der Küche einen neuen Drink holen wollten, hatte Amy quasi die Tequilaflasche geext.«

Charlie klang so vorwurfsvoll, dass ich wütend wurde. Immerhin war dieser ganze verfluchte Abend ihre Idee gewesen. Dass sie Amy einlädt, aber ihr nicht sagt, dass ich auch komme. Eigentlich hatte ich schon auf dem Weg hierher gewusst, dass das nicht gut enden würde. Aber der Wunsch, Amy endlich wiederzusehen, hatte gesiegt.

»Vielleicht hättest du ihr lieber sagen sollen, dass ich auch hier sein werde.«

Charlies Miene wurde weicher. »Sorry, ich wollte das nicht auf dich abwälzen. Ich mache mir einfach solche Sorgen. Ich sehe, wie sie leidet, wie du leidest … Und ich will euch so gerne helfen. Ich denke, es wäre hilfreich, wenn ihr euch endlich mal aussprechen würdet. Ihr solltet einen Weg finden, miteinander umzugehen, ohne den anderen zu verletzen. Das ganze Ignorieren hilft doch keinem.«

»Genau das habe ich ja vorhin versucht, aber …«

Weiter kam ich nicht, da plötzlich jemand unsere Namen rief.

Charlie und ich drehten uns in Richtung Haus, wo Nate vor der Terrassentür stand und uns zu sich winkte. Wir tauschten einen schnellen Blick, bevor wir eilig auf ihn zuliefen.

»Wir müssen Amy nach Hause bringen«, sagte Nate, noch bevor wir bei ihm angekommen waren. Seine Stirn lag in Falten. »Sie ist echt vollkommen durch.«

»Was ist denn heute mit ihr los?« Auf einmal tauchte Travis hinter Nate auf.

Keine Ahnung, ob ich mir das nur einbildete, aber seine Stimme klang in meinen Ohren ein bisschen abfällig, was Wut in mir aufsteigen ließ. Auch wenn ich sauer auf Amy war, hatte niemand das Recht, über sie zu urteilen. Es ging ihr nicht gut, und wie sie damit umging, war ihre Sache.

»Das geht dich wohl kaum etwas an«, entgegnete ich schärfer als beabsichtigt.

Noch vor einer Stunde, als er sie geküsst hatte, schien es ihn nicht gestört zu haben, dass Amy betrunken war.

Travis hob die Hände. »Das ist jetzt echt nicht böse gemeint, Bennett, aber wenn sie mir das Haus vollkotzt, geht es mich sehr wohl etwas an.«

»Sie kotzt?«, fragte Charlie schrill.

»Noch nicht.« Travis presste die Lippen aufeinander. »Aber ich bin mir ziemlich sicher, dass das nicht so bleiben wird.«

Wir mussten Amy nicht lange suchen. Als wir das Wohnzimmer betraten, war ihre zusammengekauerte Gestalt auf dem Ledersofa das Erste, was mir ins Auge fiel.

Charlie und ich wechselten einen schnellen Blick.

»Scheiße«, fluchte meine beste Freundin und steuerte geradewegs die Couch an. Dort angekommen, ließ sie sich neben Amy sinken, die den Kopf mit den Händen abstützte.

Kurz darauf war ich bei den beiden, blieb allerdings neben

dem Sofa stehen. Und wenig später stand auch Nate neben uns, mit ernster Miene. Früher hätte ich diesen Gesichtsausdruck als Gleichgültigkeit interpretiert, aber mittlerweile wusste ich, dass es Besorgnis war.

Travis war mittlerweile außer Sichtweite. Vermutlich war Amy ihm egal, jetzt, wo er wusste, dass sich jemand um sie kümmerte.

»Hey!« Charlie hatte Mühe, sich über die laute Musik hinweg verständlich zu machen. »Wie geht's dir, Ams?«

Aus Amys Mund kam nur ein undeutliches Genuschel. Charlie streichelte ihr über den Rücken und sah zuerst Nate und dann mich an. Ihre Augen fragten ganz eindeutig: *Was machen wir jetzt?*

»Scheiße!« Mehr sagte Nate nicht, aber das fasste die Situation schon ziemlich passend zusammen. Auch wenn er immer den harten Kerl gab, wusste ich, dass er einen weichen Kern hatte. Amy und ich waren über die Zeit genauso seine Freunde geworden, und unser Streit ging auch an ihm nicht spurlos vorbei. Letzte Woche hatte er mir sogar eine Nachricht geschrieben und gefragt, wie es bei mir aussah. Eine solche Geste war bei ihm ungefähr so selten wie eine Sonnenfinsternis. »Wir müssen sie nach Hause bringen«, schob er noch hinterher.

»Ich will nicht nach Hause!« Amys Kopf schnellte ruckartig nach oben.

Bei ihrem Anblick hatte ich wieder einen Knoten im Magen. Ihre Augen wirkten trüb, und der Lippenstift war verschmiert – außerdem war sie kreidebleich im Gesicht.

»Okay!«, sagte ich und wusste plötzlich ganz genau, was zu tun war.

Mit einem Satz war ich bei Amy und beugte mich zu ihr hinunter. Schnell schob ich eine Hand unter ihre Kniekehlen und legte die andere an ihren Rücken. Dann hob ich sie hoch.

»Nein!« Amy protestierte lautstark und zappelte in meinen Armen herum, aber ihr Widerstand war bei Weitem nicht so stark, als dass ich sie hätte herunterlassen müssen.

»Rileee, höraufffff«, lallte sie, während ich sie, dicht gefolgt von Charlie und Nate, durchs Wohnzimmer bugsierte. Im Flur angekommen, überholte Nate mich, um uns die Tür aufzuhalten.

»Auf eimal iss Körperkontakt nich so slimm oderwas?«, meckerte sie weiter.

Dann brabbelte sie ein paar unverständliche Worte, bis ich irgendwann ein *Mir wird schlecht* ausmachen konnte. Gerade noch rechtzeitig setzte ich sie auf dem Rasen vor dem Haus ab. Keine zehn Sekunden später stürmte sie auf die Hecke zu und übergab sich. Auf den ersten Schwall folgte ein zweiter.

»Verdammt!«, stieß Nate aus, aber ich war bereits bei Amy und hielt ihr beim dritten die Haare aus dem Gesicht.

»Alles gut«, versuchte ich sie zu beruhigen, aber Amy stieß ein Schnauben aus, bevor sie die Reste des Erbrochenen auf den Boden spuckte. Anschließend wischte sie sich mit der Hand über den Mund.

»Nichtsss is gut.«

»Shhht!« Ich hatte keine Lust, mit ihr zu diskutieren, und was vorhin zwischen uns passiert war, war mir gerade egal. Das Einzige, was ich in diesem Moment wollte, war, dass es ihr besser ging.

Erst als Charlie einen Arm um sie legte, nahm ich richtig wahr, dass sie ebenfalls neben Amy stand.

»Geht es wieder?«

»Hmpfshjkl.«

»Was?« Weil ich davon ausging, dass ihr Magen fürs Erste entleert war, ließ ich Amys Haare los.

»Lasssstmiich.«

»Komm, wir bringen dich nach Hause«, sagte ich sanft.

Wieder kamen aus ihrem Mund Laute, die nur schwer zu deuten waren.

»Ihr Schlüssel ist weg«, erklärte Charlie. Und als ich eine Augenbraue hochzog, fügte sie hinzu: »Das hat sie mir schon vorhin erzählt, als …« Sie machte eine kurze Pause. »… als es ihr noch besser ging«, vollendete sie dann ihren Satz.

Ich schob Charlie am Arm ein Stück zur Seite.

»Nach Hause kann sie eh nicht. Ihre Eltern drehen durch, wenn sie sie so sehen«, sagte ich dann leise, damit Amy uns nicht hören konnte.

»Wenn sie überhaupt da sind«, gab Charlie zu bedenken.

Da war was dran. Amys Eltern waren öfter unterwegs als in ihrem Zuhause in Hazelwood.

»So allein in dem großen Haus will ich sie auch nicht lassen, ehrlich gesagt.«

»Soll ich sie mit zu uns nehmen?«, fragte Charlie, klatschte sich aber im nächsten Moment mit der flachen Hand gegen die Stirn. »Shit, das geht ja gar nicht.«

Ich zog die Brauen hoch.

»Nates Mutter ist doch zu Besuch und schläft in Calebs Zimmer.«

Verdammt, das hatte ich vollkommen vergessen. Der Wohnwagen, in dem Nate seit seiner Ankunft bei den Rivers gewohnt hatte, war nicht mehr gebraucht worden, weshalb Charlies Eltern ihn ihren Freunden schon vor einer Weile zurückgegeben hatten. Nate war in Calebs Zimmer gezogen, aber dort nächtigte gerade seine Mom, während sie in Hazelwood war.

»In deinem kleinen Bett wird's wahrscheinlich schon zu zweit eng«, überlegte ich laut. »Ich nehme sie mit zu mir.«

Charlies Stirn war in Falten gelegt. »Sicher, dass das eine gute Idee ist? Ich könnte sie im Wohnzimmer aufs Sofa legen.«

Ich zuckte mit den Schultern. »Das ist wahrscheinlich eher die schlechte Idee. Vor allem, wenn deine Eltern und Nates Mutter sie dann dort finden. Mom und Richard hingegen fahren morgen ganz früh los nach Nashville. Wir sind also allein, wenn Amy ihren Rausch ausgeschlafen hat.«

»Na gut, einverstanden.«

Ein würgendes Geräusch verriet mir, dass Amy wieder bei der Hecke stand.

»Aber ich glaube, bis wir fahren können, dauert es noch eine Weile.« Als ich mich zu Nate umdrehte, grinste er schief.

Amy

Das Dröhnen im Kopf war das Erste, was ich wahrnahm. Ein pochender Schmerz, der sich meinem Herzschlag anpasste und mich leise aufstöhnen ließ.

Ich drehte mich zur Seite und griff automatisch nach meiner Decke, um sie weiter über mich zu ziehen, aber – irgendwas war komisch. War es der Stoff, den ich jetzt in der Hand hielt? Der Geruch?

Fuck.

Ruckartig riss ich die Augen auf und blinzelte ein paarmal, um mich an die helle Umgebung zu gewöhnen. Die helle Umgebung, die eindeutig nicht mein Zimmer im Haus meiner Eltern war.

Fuck. Fuck.

Ich setzte mich ein Stück auf und realisierte nach und nach, wo ich war. Die grau gestrichenen Wände waren mir vertraut, genauso wie das Bücherregal aus dunklem Holz, das Rile und ich zusammen auf einem Flohmarkt gekauft hatten. Er selbst war allerdings nicht da, wie mir ein schneller Blick durch den Raum verriet.

Fuck. Fuck. Fuck.

Von allen Menschen, bei denen ich hätte aufwachen können, wieso musste es gerade er sein?

Ich erinnerte mich an seine Worte. Den Ausdruck in seinem Gesicht, nachdem er mich mit Travis gesehen hatte. Aber was war danach passiert?

Als könnte ich damit meinem Gedächtnis auf die Sprünge helfen, fasste ich mir an den Kopf. Doch das Einzige, was in meinen Erinnerungsfetzen auftauchte, war der Tequila.

Unweigerlich verzog ich das Gesicht. Der Alkohol hatte einen unangenehmen Geschmack in meinem Mund hinterlassen, und meine Zunge fühlte sich pelzig an.

Ich sah an mir herunter und betrachtete das übergroße T-Shirt, das ich trug. Vermutlich gehörte es Rile …

In diesem Moment ging die Zimmertür auf, und er kam ins Zimmer. *Shit*, ich hätte gerne noch Zeit gehabt, um mir zu überlegen, was ich zu ihm sagen konnte. Wie sollte ich mich entschuldigen?

Ich hatte Travis geküsst, direkt vor Riles Augen. Obwohl ich genau wusste, wie mein bester Freund für mich empfand. Oder hatte ich es gerade deshalb getan? Hatte ich unsere Freundschaft noch mehr sabotieren wollen, nach dem, was Rile zu mir gesagt hatte? Ihm zeigen, dass wir nur Freunde waren, nichts anderes? Gerade wusste ich irgendwie überhaupt nicht mehr, warum ich mich wie verhielt.

Als unsere Blicke sich trafen, zog Rile die Mundwinkel zu einem schiefen Lächeln nach oben. »Guten Morgen.«

Plötzlich fühlte ich mich befangen. Ich öffnete den Mund und schloss ihn wieder.

»Kaffee?« Erst als er ihn in die Höhe hielt, bemerkte ich den Becher in Riles Hand.

Ich nickte eifrig, weil mir noch immer nicht die richtigen Worte einfallen wollten.

Rile machte ein paar Schritte auf mich zu, zögerte jedoch, kurz bevor er mich erreicht hatte. Wahrscheinlich hatte er Angst, mir nahe zu kommen. Bei dem Gedanken presste ich die Lippen fest aufeinander.

Irgendwann schien Rile sich einen Ruck zu geben und ließ sich neben mir auf die Bettkante sinken – was angesichts seiner Größe irgendwie witzig aussah. Zum Lachen war mir dennoch nicht zumute.

Seine Lippen teilten sich, als ob er etwas sagen wollte, doch dann reichte er mir stumm den Kaffeebecher, den ich dankend entgegennahm.

Sobald seine Hände frei waren, vergrub er den Kopf darin und fuhr sich durch die Haare. Diese Geste war mir so vertraut, dass sich etwas in mir zusammenzog.

»Rile …« Ich streckte die Hand nach seiner aus, ließ den Arm aber wieder sinken, als ich sie nicht erreichte.

»Mir ist bewusst, dass du Travis nicht aus bösem Willen geküsst hast oder um mir wehzutun.« Rile rieb sich mit der Hand über das Gesicht. »So was machst du halt einfach, ohne darüber nachzudenken.«

Ich nahm einen Schluck warmen Kaffee. Die Flüssigkeit war eine solche Wohltat für meine trockene Kehle, dass ich nichts gegen das leise Seufzen tun konnte, das mir über die Lippen kam. Gleichzeitig breitete sich Scham in mir aus.

So was machst du halt einfach, ohne darüber nachzudenken.

»Ebenso klar ist mir, dass du meine Gefühle nie erwidern wirst.« Seine Stimme klang rau. Jetzt suchte ich seinen Blick, aber er fixierte einen Punkt hinter mir. »Zuerst war ich scheiße sauer, dass du es getan hast. Aber genauso wenig, wie du vor meinen Augen mit jemand anderem hättest rummachen sollen, hätte ich sagen sollen, dass ich einen Ständer kriege, wenn du bei mir im Bett schläfst. Es war nur …« Er stieß geräuschvoll die Luft aus und fuhr sich wieder durch die blonden Locken. »Ach, keine Ahnung! Ich hab mir einfach schon so oft vorgestellt, dass es anders sein könnte. Zwischen uns. Aber gestern

Abend hat mir endgültig gezeigt, dass das nie passieren wird.« Er stieß ein freudloses Lachen aus. »Deshalb ist es vielleicht auch ganz gut, dass du es getan hast.«

Meine Kehle war mit einem Mal wie zugeschnürt, und Tränen sammelten sich in meinen Augen. Diese schonungslose Ehrlichkeit war einfach zu viel für mich. Meine Unterlippe zitterte, und ich biss mir drauf, damit es aufhörte.

»Es tut mir auf jeden Fall leid. Alles.«

»Mir tut es leid, Rile!«, brachte ich mit brüchiger Stimme heraus. »Alles!« Denn ich fand, dass es viel mehr gab, für das ich mich entschuldigen musste. »Auch, dass ich nicht auf deine Nachrichten reagiert habe. Ich wusste einfach nicht, wie ich mich dir gegenüber verhalten soll. Und ich hatte Angst vor unserem Aufeinandertreffen, ganz ehrlich.« Geräuschvoll stieß ich die Luft aus. »Das mit Travis … Ich wollte dich nicht verletzen, wirklich nicht. Das schwöre ich dir. Ich weiß auch nicht, was da in mich gefahren ist.«

Rile schenkte mir ein kleines Lächeln. »Das weiß ich. Tief in mir drinnen weiß ich das.«

»Ich hatte einfach die ganze Zeit solche Panik, dich zu verlieren. Du bist mein bester Freund. Der beste, den ich je hatte. Die einzige Konstante in meinem Leben.«

Bei dem letzten Wort brach meine Stimme, und ich hatte Mühe, die Tränen zurückzuhalten, die unbarmherzig einen Weg hinaussuchten. Aber irgendwann gewann ich den Kampf gegen meine Emotionen.

»Es wäre für mich das Schlimmste, dich zu verlieren, und ich glaube, deshalb bin ich die letzten Wochen einfach durchgedreht.«

Endlich war sie raus, die Wahrheit. Oder zumindest ein Teil davon. Und mit meinem Geständnis wurde auch das

Gewicht, das auf meinen Schultern lastete, ein bisschen leichter.

Für ein paar Sekunden, vielleicht sogar Minuten, breitete sich Stille zwischen uns aus.

»Ich hab die ganze Nacht wach gelegen …«, sagte Rile dann.

Ich starrte ihn an, umklammerte den Becher fester mit meinen Händen. Würde er mir jetzt sagen, dass er keine Lust mehr auf unsere Freundschaft hatte? Erst jetzt, in diesem Augenblick, wurde mir klar, dass es genau das war, vor dem ich mich insgeheim seit Monaten fürchtete. Der Grund, aus dem ich Rile wochenlang aus dem Weg gegangen war.

»Unter anderem, weil ich Angst hatte, dass du an deinem Erbrochenen erstickst.« Riles Mundwinkel zuckten, bevor er wieder ernst wurde. »Ich habe viel nachgedacht. Und irgendwann ist mir klar geworden, dass es so nicht weitergeht. Ich kann mein Leben nicht damit verschwenden, auf etwas zu hoffen, was eh nie passieren wird. Auf jemanden zu warten, der mich gar nicht will.«

Der letzte Satz ließ mich zusammenzucken. Er meinte mich, wie mir schmerzhaft bewusst wurde.

Mich!

»Ich …«, fing ich an, brach dann aber ab.

»Das ist nicht nur unfair mir, sondern auch dir gegenüber. Mein halbes Leben lang warst du meine beste Freundin. Ich kann doch nicht von dir verlangen, dass du plötzlich anders für mich empfindest. Schlimm genug, dass ich dir gestern ein derart schlechtes Gewissen gemacht hab, dass du dich so abgeschossen hast und kotzen musstest.«

Als ich den Schmerz in seinen Augen sah, wandte ich den Blick ab. Unglaublich, dass er sogar in dieser Situation noch Verständnis für mich aufbringen konnte. Rile war einfach der beste Mensch der Welt. Ich hatte ihn gar nicht verdient.

Stumm betrachtete ich den abgesplitterten Nagellack auf meinen Nägeln und wartete darauf, dass Rile weitersprach.

»Deshalb wird es jetzt anders werden«, fuhr er fort. »Ich kann nicht versprechen, dass es zwischen uns wieder genauso wird wie früher. Wahrscheinlich brauche ich etwas Zeit. Aber ich werde mir Mühe geben, versprochen. Und ich will …« Pause. »Ich will jemanden kennenlernen.«

Ich horchte auf.

»Das klingt jetzt vielleicht blöd, aber ich wünsche mir eine Beziehung.«

Mit den Lippen formte ich ein tonloses *Oh.* So offen hatten wir seit Monaten nicht gesprochen. Na ja, sagen wir: So offen hatte *er* seit Monaten nicht gesprochen, schließlich brachte ich auch jetzt noch kaum einen Ton heraus. Und diese Offenheit allein sorgte schon dafür, dass sich ein Funken Hoffnung in mir regte.

»Ich möchte das, was Charlie und Nate haben. Oder Amber und Caleb. Eine Liebe, die allem trotzt und …« Er schien zu merken, dass seine Stimme immer lauter geworden war, und hielt inne. »Eine Zeit lang habe ich geglaubt, du könntest dieser Mensch für mich sein. Aber erst letzte Nacht ist mir so richtig klar geworden, dass ich mir etwas vorgemacht habe.«

Mein Herz klopfte plötzlich schneller, während die Bedeutung seiner Worte langsam so richtig bei mir ankam.

In meinem Bauch regte sich wieder Hoffnung. Denn das, was er gesagt hatte, war etwas Gutes, oder? Er wollte mit mir befreundet bleiben. Daran musste ich mich festhalten.

»Ich helfe dir«, rief ich, noch bevor ich weiter darüber nachdenken konnte.

Rile runzelte die Stirn. »Was meinst du?«

Ich zuckte mit den Schultern. »Wenn sich jemand mit Dating auskennt, dann bin das ja wohl ich.«

Rile stieß ein Lachen aus. »Du datest aber nur aus Spaß und nicht, um jemanden für eine Beziehung zu finden.«

»Na und? Es geht doch darum, wie man am besten jemanden kennenlernt.« Ich nahm einen Schluck von meinem Kaffee, der mittlerweile nur noch lauwarm war. »Ich bin die beste Wing-Woman überhaupt!«

Je länger ich darüber nachdachte, desto besser gefiel mir die Idee. Es wäre eine Möglichkeit, ungezwungen Zeit miteinander zu verbringen, und wir hätten endlich wieder ein gemeinsames Ziel. Und sobald Rile in einer Beziehung war, würden die romantischen Gefühle, die er für mich hatte, mit Sicherheit verschwinden. Außerdem würde es mich von den Uni-Sorgen ablenken. Es war eine Win-Win-Win-Win-Situation.

»Ehrlich, Rile!«, sagte ich voller Begeisterung, weil er noch immer nichts dazu gesagt hatte.

Er verengte die Augen zu einem Spalt. »Das ist wirklich dein Ernst?«

»Selbstverständlich!« Den Kaffeebecher mit beiden Händen umschlossen, rutschte ich ein Stück an Rile heran. »Das wird super! Wir finden jemand ganz Besonderes für dich, da bin ich mir sicher.«

Ich streckte ihm eine meiner Hände entgegen, damit er einschlagen und unseren Deal besiegeln konnte.

Über sein Gesicht huschte ein Ausdruck, den ich nicht richtig deuten konnte. Wenn es Zweifel waren, dann verflüchtigten sie sich schnell wieder, denn im nächsten Moment nahm er meine Hand und drückte sie.

»Einverstanden!«

Das breite Grinsen, das ich ihm kurz darauf schenkte, war das ehrlichste seit langem. Alles würde wieder gut werden. Oder zumindest besser. Es war ein Anfang.

Gerade als ich meine Lippen wieder an den Becher setzen wollte, räusperte Rile sich. »Ich wollte dich noch etwas fragen.«

Ich hielt in der Bewegung inne.

»Das soll jetzt nicht falsch rüberkommen, aber du hast dich gestern wirklich ganz schön betrunken.«

»Ich weiß …«, gab ich zögerlich zurück. Mir graute vor dem, was er von mir wissen wollte. Weil ich ihn kannte und eine Vermutung hatte, was das sein würde. »Ich hab voll den Filmriss.«

Er verzog das Gesicht. »Dachte ich mir! Viel gibt es nicht zu erzählen. Nach …« Kurze Pause. »Nach … der Sache mit Travis … hast du wohl den restlichen Tequila allein vernichtet. Aber auch schon als wir ankamen, warst du gut dabei. Ich weiß, wie gerne du feierst, aber das sieht dir gar nicht ähnlich.«

Sein Blick lag forschend auf meinem Gesicht, aber ich traute mich nicht, Rile anzusehen.

»Anders als du habe ich kein Problem damit, auch mal die Kontrolle zu verlieren«, scherzte ich, aber Rile ging nicht darauf ein.

»War es wirklich nur das zwischen uns?«, fragte er stattdessen. »Oder belastet dich noch etwas anderes?«

Ich dachte an das Gespräch mit dem Dekan. Daran, dass mein Studium auf der Kippe stand. Was noch eine ziemlich beschönigende Beschreibung war. Obwohl mir Business Administration am Arsch vorbeiging, war die Situation verdammt abgefuckt.

»Weißt du, das Studium fällt mir gerade nicht besonders leicht …«

Rile runzelte die Stirn. »Ich dachte, es sei besser geworden. Weil du so viel Zeit an der Uni verbracht hast.«

Und so wenig in Hazelwood, fügten seine Augen hinzu.

»In Knoxville. Nicht an der Uni. Das ist ein Unterschied«, stellte ich richtig.

Die Falten auf seiner Stirn wurden tiefer. »Wenn dich Business Administration wirklich so wenig interessiert, musst du es deinen Eltern sagen. Das geht doch schon viel zu lange so.«

»Das werde ich.« Für immer würde ich es ohnehin nicht geheim halten können. Spätestens, wenn Konsequenzen drohten, würden sie alles erfahren. Aber das hatte noch Zeit, hoffte ich zumindest.

Ich versuchte, Rile überzeugend anzuschauen, doch so einfach war das nicht. Die Last, die unangenehm schwer auf meinen Schultern lastete, drohte mich wieder nach unten zu drücken.

Trotzdem hielt ich es für keine gute Idee, das Thema jetzt im Detail durchzusprechen. Ich war froh, dass Rile und ich reinen Tisch gemacht hatten, da wollte ich nicht gleich das nächste Problem bei ihm abladen.

Ein paar Sekunden schaffte ich es zu lächeln. Doch als meine fröhliche Miene in sich zusammenzufallen drohte, lenkte ich das Thema schnell wieder auf Rile.

»Also, ich muss jetzt los. Aber ich werde heute Abend einen genauen Plan ausarbeiten, wie wir Mission Freundin angehen.« Diesmal war mein Grinsen echt.

Rile hob eine Braue. »Mission Freundin?«

»Ganz genau!«, bestätigte ich und wackelte mit den Augenbrauen. Dann drückte ich ihm den Kaffeebecher in die Hand. »Danke, Rile. Dass du mich mitgenommen hast. Und für dein …« Ich schluckte gegen den Kloß in meinem Hals an. »… Verständnis.« Nach einem Räuspern fügte ich hinzu: »Und dafür, dass du nicht zugelassen hast, dass ich an meiner eigenen Kotze ersticke.«

Die Worte kamen cooler über meine Lippen, als ich mich fühlte. Der bloße Gedanke daran, wie ausgeknockt ich gestern gewesen war, ließ Scham in mir aufsteigen.

Gequält verzog Rile das Gesicht. Er wusste, dass ich meine Unsicherheit oft überspielte und die freche Klappe deshalb zu mir gehörte. Zumindest war sie der Teil von mir, den ich gerne nach außen hin zeigte. Rile war einer der wenigen Menschen, die auch eine andere Amy kannten.

Weil ich langsam aus der Situation flüchten wollte, machte ich im Bett noch einen Satz nach vorn. Eigentlich hatte ich vor, mich an Rile vorbeizuschlängeln, aber irgendwie streifte ich dabei seinen Arm. Bei der Berührung hob er den Kopf und sah mich an. Für den Bruchteil einer Sekunde erstarrte ich in dieser Position, Haut an Haut mit ihm, und irgendwie verhakten sich unsere Blicke ineinander.

Mein Bauch verkrampfte sich, und ich wich vor Rile zurück. Was war das denn gewesen?

Mit einem Satz war ich auf den Beinen. Wahrscheinlich mussten wir uns erst mal wieder daran gewöhnen, einander nahe zu sein.

»Tja, es ist wirklich schon ganz schön spät.« Hektisch sah ich mich im Raum um, bis ich meine Handtasche entdeckte, die über dem Schreibtischstuhl baumelte. Ich sprintete förmlich zu ihr und riss sie von der Lehne, während ich mir überdeutlich darüber bewusst war, dass Rile mich beobachtete.

»Was ist mit deinem Schlüssel?«

Ich fuhr zu ihm herum. »Hm?«

Dann sah ich zur Tür. Ich musste schnell hier raus, bevor mein Körper noch mal auf die Idee kam, irgendwelche komischen Dinge zu tun.

»Gestern hast du gesagt, dass du ihn verloren hast.«

Shit.

»Äh …«, brachte ich krächzend heraus. »Meine Eltern sind mittlerweile zu Hause«, antwortete ich rasch und hoffte, dass es stimmte. »Also, wenn du mich kurz allein lässt, würde ich mich schnell umziehen.«

Ich nickte in Richtung des Kleiderhaufens, der neben dem Schreibtischstuhl lag.

Merke: Betrinke dich nicht so, dass du deinen Schlüssel verlierst – und verhalte dich deinem besten Freund gegenüber nicht mehr auf eine Weise, die dazu führt, dass du es am nächsten Morgen nicht länger als zehn Minuten in seiner Nähe aushältst.

Kapitel 4

Amy

Piiiiep. Der Ton nach der Mailboxansage war Gift für meine pochenden Schläfen, sodass ich das Handy kurz weghalten musste, bevor ich meiner Mutter aufs Band sprach.

»Hey, Mom, ich wollte nur wissen, ob du und Dad zu Hause seid?«

Plötzlich signalisierte mir ein Rauschen in der Leitung, dass die Verbindung abgebrochen war. *Fuck!* Jetzt hatte ich nicht nur mit der Übelkeit zu kämpfen, die sich, seit ich zu Charlie ins Auto gestiegen war, zu meinen Kopfschmerzen dazugesellt hatte. Ich musste mir auch noch Sorgen machen, wie ich zu Hause reinkommen sollte.

»Und?« Charlie, die neben mir auf dem Fahrersitz saß, durchlöcherte mich förmlich mit Blicken, seit ich zu ihr in den Wagen gestiegen war. Da ich mein Auto auf dem Grundstück meiner Eltern geparkt hatte und gestern Abend mit dem Bus zu Travis gefahren war, hatte ich meine beste Freundin gebeten, mich von Rile abzuholen. Und wie immer war auf sie Verlass gewesen.

»Geht nicht ran«, grummelte ich und drehte mich in Charlies Richtung. »Kann ich mit zu dir?« Dem Impuls folgend, mich für Mom und Dad rechtfertigen zu müssen, fügte ich noch schnell hinzu: »Sie wussten ja nicht, dass ich komme.«

Keine Ahnung, wieso ich das Bedürfnis hatte, meine Eltern in Schutz zu nehmen. Wahrscheinlich wären sie auch nicht dagewesen, wenn ich vorher Bescheid gesagt hätte.

»Was für ein Glück, dass ich heute frei habe und Nate mit seiner Mom essen gegangen ist!« Charlie grinste mich so offen an, dass ich mich zwang, ihr Lächeln zu erwidern. Bis die Bedeutung ihrer Worte zu mir durchdrang.

»Und du bist nicht dabei?«

Charlie hielt kurz inne. »Eigentlich wollte ich die beiden begleiten, aber …« Sie brach ab, und sofort meldete sich mein schlechtes Gewissen.

»Oh nein, du hast sie meinetwegen hängen lassen?«

Meine beste Freundin winkte ab. »Ach, Blödsinn! Nate hat vorgeschlagen, dass er mit Lydia allein geht, damit du und ich Zeit haben zu quatschen.«

Das war eine nette Umschreibung von: Wir haben uns Sorgen um dich gemacht.

Eine Weile saßen wir schweigend nebeneinander, während Charlie die Landstraße entlangfuhr, die uns zum Haus der Rivers brachte.

Irgendwann durchbrach Charlie das Schweigen. »Sag mal … Was ist gestern Abend eigentlich passiert?«

Statt zu antworten, biss ich mir auf die Unterlippe.

»Du warst mit Rile zusammen draußen, und im nächsten Moment hast du den Tequila geext.«

Mit einem Mal fühlte es sich im Auto unangenehm warm an – obwohl ich für einen Oktobertag in meinem Partyoutfit eigentlich viel zu dünn angezogen war.

»Worüber habt ihr gesprochen?«, bohrte Charlie weiter.

Meine Kehle war plötzlich staubtrocken. Zu trocken, als dass ich noch einen Ton herausbekommen hätte. Wahrscheinlich drückte mein schlechtes Gewissen mir die Kehle zu.

»Warum hast du dich so betrunken?« Mittlerweile fühlten sich nicht mehr nur Charlies Blicke an wie die Munition einer Maschinenpistole, sondern auch ihre Fragen. Doch noch bevor ich etwas erwidern konnte, stieß sie ein Seufzen aus. »Tut mir leid. Ich wollte dich nicht bedrängen. Es ist nur …« Sie vollendete ihren Satz nicht.

»Ich weiß«, sagte ich kaum hörbar. »Charlie, ich hab Scheiße gebaut.«

Ich musste nicht zu ihr rübersehen, um zu wissen, dass sie sich in meine Richtung gedreht hatte. Wenn sie jetzt einen Unfall baute, ging das auf mein Konto.

»Was hast du getan?«

Ich rutschte nach unten, stellte die Füße auf den Sitz und zog meine Beine mit den Armen an mich heran. Weil ich Angst hatte, es laut auszusprechen, Angst vor Charlies Reaktion.

»Das Gespräch mit Rile lief irgendwie in eine falsche Richtung«, fing ich an und beobachtete, wie Charlies Brauen sich zusammenzogen. Immerhin guckte sie inzwischen wieder auf die Straße. »Deshalb bin ich wieder rein und …« Puh, wie erklärte ich ihr etwas, das ich selbst nicht richtig verstand? »Auf einmal war da Travis.«

»Und?«

»Travis ist ziemlich attraktiv, darüber sind wir uns doch einig, oder?«

Charlie stimmte mir nicht zu. Allerdings widersprach sie mir auch nicht. Sie starrte einfach mit skeptischer Miene auf die Straße.

»Irgendwie hab ich ihn dann einfach geküsst.«

Für den Bruchteil einer Sekunde erwartete ich, dass Charlie erschrocken eine Vollbremsung hinlegen würde. Aber dafür war sie eine viel zu verantwortungsbewusste Fahrerin. Und irgendwie wirkte sie auch kein bisschen geschockt.

»Ach, Amy«, sagte Charlie einfach. Mehr nicht. Wieso war sie nicht vollkommen fassungslos?

»Und Rile hat es gesehen«, fügte ich noch hinzu, um den Ernst der Lage deutlich zu machen.

»Ist nicht überraschend, immerhin war er auch auf der Party.«

Mein Kopf schnellte zu ihr.

»Natürlich finde ich nicht gut, was du getan hast«, erklärte Charlie schnell. »Aber es schockiert mich auch nicht. Es klingt einfach wie etwas, was du tun würdest.«

Ihre Worte fühlten sich an wie ein Schlag ins Gesicht. »Was soll das denn heißen?« Meine Stimme war viel schärfer als beabsichtigt. »Meine Freunde zu verletzen, ist für dich etwas, was ich typischerweise tue?« Mir war klar, dass meine Wut sich eigentlich nicht gegen Charlie, sondern gegen mich selbst richtete.

»Nein, aber mit einem Typen rumknutschen, weil du ihn heiß findest und dich ablenken willst.«

Ich wandte mich ab und sah aus dem Fenster. Sie hatte es nicht ausgesprochen, trotzdem hörte ich das Wort, das zwischen ihren Zeilen mitschwang, viel lauter als alles andere. *Schlampe.* Es war nicht das erste Mal, dass ich mir anhören musste, dass ich leicht zu haben war.

Sonst lässt du doch jeden ran, hatte Chase von unserer alten Schule mir mal vorgeworfen, als ich ihn hatte abblitzen lassen.

Das ist doch das Miststück, das sich an Corey rangemacht hat, nachdem sie schon mit seinem besten Freund gefickt hat. So oder so ähnlich hatte es eine Kommilitonin vor ein paar Wochen einer Freundin zugeflüstert, als ich an den beiden vorbeigegangen war.

Ich hatte mir verkniffen, sie darüber aufzuklären, dass ich auf einer Party lediglich mit Corey angestoßen und ein paar Sätze gewechselt hatte. Mir war schon vieles an den Kopf geworfen worden, und es war mir immer am Arsch vorbeigegangen. Deshalb hatte ich auch keine Ahnung, wieso Charlies Aussage mich auf einmal so traf.

»Amy«, sagte sie sanft, aber ich starrte weiter nach draußen auf die vorbeiziehenden Felder. »Du weißt, wie ich das gemeint habe. Es ist einfach dein Ding! Dahinter steckt doch keine böse Absicht.«

Ja, es war mein Ding. Ich küsste betrunken irgendwelche Typen, um mich abzulenken. Nur tat ich normalerweise niemandem damit weh.

»Du hast leicht reden. Du hast mittlerweile eine heile Welt, kannst auf deinem hohen Ross sitzen und über andere urteilen.«

Charlie stieß ein Schnauben aus. »Ach, komm schon!« Als ich nicht reagierte, sprach sie weiter: »Okay, vielleicht hab ich das verdient. Es tut mir leid.«

Für ein paar Minuten saßen wir schweigend nebeneinander. Minuten, in denen ich weiter meine Beine umklammerte, als wären sie das Einzige, was mir Halt gab.

»Wie hat Rile denn darauf reagiert?«, fragte Charlie irgendwann in die Stille hinein.

Das war der Moment, in dem wir auf das Grundstück der Rivers fuhren, und nicht nur das darauffolgende Ruckeln auf dem unebenen Weg hielt mich von einer Antwort ab. Im Garten neben dem Haus stand Lucy, Charlies Mom, und winkte uns zu.

»Erzähle ich dir gleich«, versprach ich schnell, weil ich aus dem Augenwinkel wahrnahm, dass Lucy sich uns näherte, während Charlie den Wagen parkte.

Als wir ausstiegen, war Charlies Mom auch schon bei uns angekommen. Plötzlich war mir unangenehm bewusst, dass ich nur den kurzen Lederrock trug, meine dunkle Strumpfhose an der Seite aufgerissen war und die Lederjacke, die Charlie gestern Abend für mich mitgenommen hatte, nicht mal annähernd die nackte Haut am Bauch verdeckte, die mein Leo-Oberteil freigab.

»Amy!«, rief Lucy fröhlich. Falls sie entsetzt über meinen Aufzug war, ließ sie es sich nicht anmerken. Trotzdem entging mir nicht, dass ihr Blick kurz über meinen Körper glitt. Im nächsten Moment drückte sie mich an sich. »Wo kommst du denn her, Liebes?«

»Das ist eine lange Geschichte.« Ich lächelte schief, nachdem sie sich wieder von mir gelöst hatte. Und war froh, DASS sie es tat, weil ich sicher müffelte. »Eigentlich war ich bei Rile, und Charlie wollte mich zu Hause absetzen, aber ich hab meinen Schlüssel verloren, und meine Eltern sind nicht da.«

»Ach, du Arme!« Ein mitleidiger Ausdruck huschte über Lucys Gesicht, als sie mir eine Hand auf den Rücken legte. Zwar waren Charlies Eltern mit ihrem Schmetterlingshaus und dem Restaurant auch sehr eingespannt, trotzdem waren sie häufiger zu Hause als meine – und vor allem immer in der Nähe.

»Hast du schon was gegessen?«, wollte Lucy jetzt wissen.

Meine Wangen fühlten sich mit einem Mal heiß an, und ich schielte zum Haus der Rivers. Während ich den Kopf schüttelte, hätte ich am liebsten losgeheult. Was war nur los mit mir? Sonst hatte ich meine Emotionen doch viel besser im Griff.

»Ich muss leider gleich in den Grill. Aber der Kühlschrank ist gefüllt, und Charlie kann euch bestimmt etwas Leckeres zaubern.« Lucy schenkte mir ein warmes Lächeln.

Charlie, die im Gegensatz zu mir mit heller Jeans und dickem braunen Pullover entsprechend der Jahres- und Tageszeit gekleidet war, stand auf einmal neben mir und legte einen Arm um mich. Dabei drang der Geruch ihrer frisch gewaschenen Haare – eine unaufdringliche Lavendelnote – in meine Nase und sorgte dafür, dass ich mir noch schäbiger vorkam.

»Du kommst genau richtig!« Charlie grinste von einem Ohr zum anderen, als ich in der Pyjamahose mit Herzchen und einem ihrer T-Shirts die Küche betrat. Angesichts meiner Verfassung hatte meine beste Freundin mich sofort unter die Dusche geschickt, nachdem wir das Haus betreten hatten. Und das hatte mir gutgetan. Die Geschehnisse der letzten Tage forderten zwar immer noch ihren Tribut, aber immerhin fühlte ich mich nun nicht mehr ungepflegt.

Trudy, die alte Beagle-Hündin der Familie Rivers, kam auf mich zugetrottet und stupste mich mit der feuchten Nase an.

»Hey, Süße«, begrüßte ich sie und kraulte sie hinterm Ohr.

»Ich hab uns Sandwiches gemacht«, verkündete Charlie stolz. »Kater-Sandwiches!«

Ich lächelte und ging zum Küchentisch, wo ich mich auf einen der Stühle fallen ließ.

»Mit Käse?«, fragte ich hoffnungsvoll.

Charlie nickte eifrig. »Und Mayonnaise!« Sie wusste, wie sehr ich dieses fettige, ungesunde Zeug liebte.

Sie kam mit zwei Tellern auf mich zu und stellte einen davon direkt vor meiner Nase ab.

»Danke.«

Schweigend aßen wir unsere Sandwiches, bis ich irgendwann die Stille durchbrach.

»Mir ist klar, dass ich eine Katastrophe bin, was Beziehungen angeht«, gestand ich seufzend.

Charlie sah von ihrem Sandwich auf. »Du bist keine Katastrophe!«

»Lass mich bitte ausreden.«

Charlie ließ die Hände sinken und nickte stumm.

»Aber ich bin nicht so aufgewachsen wie du«, fuhr ich fort. »Klar, deine Eltern hatten oft Streit in den letzten Jahren. Aber immerhin haben sie eine richtige Beziehung.«

Ich spürte Charlies Blick auf mir, konnte mich jedoch nicht dazu durchringen, ihn zu erwidern.

»Weißt du, Mom und Dad haben eher eine Art geschäftliche Partnerschaft. Ich weiß überhaupt nicht, wie so etwas richtig funktioniert. Eine Beziehung, meine ich. Deshalb sind so lockere Sachen einfach mehr mein Ding. Und solange ich damit niemanden verletze …«

Jetzt legte Charlie ihr Sandwich auf dem Teller ab und rückte ein Stück an den Tisch heran, näher zu mir.

»Amy, du musst dich nicht rechtfertigen. Ich wollte dich vorhin nicht verurteilen. Du bist jung und lebst dein Leben, und das ist dein gutes Recht. Gestern Abend ist es einfach mies gelaufen …« Kurz presste sie die Lippen aufeinander. »Aber Rile nimmt dir das bestimmt nicht übel. Immerhin ging es dir danach so schlecht, dass du dich betrunken hast.«

»Genau genommen ist es auch ein bisschen deine Schuld. Hättest du mich nicht angelogen, sondern mich vorgewarnt, dass Rile auch da sein wird, wäre ich niemals gekommen.«

Jetzt sah ich Charlie direkt an, bevor ich einen großen Bissen von meinem Sandwich nahm. Der Käse und die Mayonnaise sorgten für eine regelrechte Geschmacksexplosion in meinem Mund.

»O mein Gott! Das ist das Leckerste, was ich je gegessen habe.«

Charlie grinste leicht, bevor sie ein leises Seufzen ausstieß. »Du hast ja recht, das war daneben. Entschuldige! Ich hab mir das irgendwie ganz anders vorgestellt. Dass ihr redet und alles klären könnt. Aber so leicht ist es wohl nicht.«

»Gestern konnten wir es nicht klären …«, begann ich mit vollem Mund. Ich kaute und schluckte das Essen hinunter. »… ABER dafür haben wir heute Morgen geredet.«

Ein hoffnungsvoller Ausdruck erhellte Charlies Miene.

»Ich habe mich bei ihm entschuldigt, und er will versuchen, mich wieder als Freundin zu sehen.«

Charlies spitzer Schrei ließ mich zusammenfahren. »Wirklich? Ihr habt euch vertragen?«

»Wir hatten ja nicht wirklich Streit.« Ich zuckte mit den Schultern. »Aber ich glaube, es kann wieder werden mit unserer Freundschaft.«

Zwischen zwei Bissen leckte ich mir über die mit Mayonnaise verschmierten Lippen.

»Auf jeden Fall hat er gesagt, dass er damit abschließen möchte und wieder versuchen will, einfach nur mein Freund zu sein«, beendete ich dann meinen Bericht.

»Das ist gut, auch wenn so was dauern kann.« Charlie sah mich ein wenig skeptisch an. »Manchmal kommt man schlecht gegen seine Gefühle an.«

»Das ist aber noch nicht alles.« Ich leckte mir über den Zeigefinger, an dem ein Klecks Mayonnaise klebte. »Er will auch eine Freundin finden.«

Plötzlich saß Charlie kerzengerade im Stuhl. »Wie jetzt?«

Ich schob den Teller ein Stück von mir weg, damit ich die Arme auf dem Tisch abstützen konnte. »Ich war genauso überrascht wie du.«

»Er will richtig daten? Willst du das damit sagen?«

»Jep.«

»Wow!« Charlie stieß geräuschvoll die Luft aus. »Glaubst du, dass das sein Ernst war?«

Ich zuckte mit den Schultern. »Es klang ehrlich. Und ich greife gerade nach jedem Strohhalm! Deshalb habe ich ihm auch meine Hilfe angeboten.«

Charlie runzelte die Stirn. »Du willst ihm dabei helfen, eine Freundin zu finden?«

»Klar! Am besten tun wir das alle!« Schon wieder machte sich Hoffnung in mir breit. »Stell dir vor, es passiert wirklich. Vielleicht wird dann alles wieder so wie früher.«

Charlie lächelte mich an, aber ich konnte die Zweifel sehen, die ihr quasi auf die Stirn geschrieben standen.

»Das wäre so schön!«, pflichtete sie mir bei. Auch wenn es sich mehr anhörte wie: *Zu schön, um wahr zu sein.*

Kapitel 5

Rile

»Was ist das denn?«, wollte Hank wissen. Als ich seinem Blick folgte, wurde mir klar, dass er das Buch meinte, das aus meiner Jackentasche herausragte.

»Ein Buch«, entgegnete ich trocken.

»Ist das ein Handbuch? Für die Arbeit?«

Am liebsten hätte ich angesichts seiner Frage die Augen verdreht, aber ich wollte ihn nicht schon an seinem ersten Tag gegen mich aufbringen. Hank war, anders als sein Name vermuten lassen würde, erst achtzehn Jahre alt und wollte sich bei uns nach dem Schulabschluss Geld fürs College verdienen, wie er meinem Vater beim Bewerbungsgespräch stolz erklärt hatte. Richard war ganz angetan von dem selbstbewussten Hank gewesen, der so aussah, als könne er »ordentlich mit anpacken« – Zitat meines Vaters. Ich zweifelte keine Sekunde daran, dass er mich sofort durch Hank als Sohn ersetzt hätte, wenn es ihm irgendwie möglich gewesen wäre.

»Nein, ein Roman.«

Anders als erwartet folgte darauf kein abwertender Kommentar. Stattdessen legte sich ein interessierter Ausdruck auf sein Gesicht. Normalerweise war das nicht die Reaktion, die ich hier für meine Liebe zum Lesen bekam.

Mit einer raschen Bewegung zog ich das Buch aus der Tasche und hielt es ihm vor die Nase. »*Ein wenig Leben.* Ein Epos über Trauma und Freundschaft.«

Viele meiner Kollegen hätten wahrscheinlich nicht einmal gewusst, was ein Epos ist, aber Hank nickte wissend. »Hab davon gehört. Soll echt gut sein.«

Meine Stimmung hellte sich schlagartig auf. Und gleichzeitig schämte ich mich wegen meiner Vorurteile. Nur weil er hier arbeitete, war ich direkt davon ausgegangen, dass er nichts mit Büchern anfangen konnte, so wie meine anderen Kollegen. »Ich bin noch nicht so weit, aber bisher gefällt es mir wirklich gut.«

Gerade als Hank den Mund öffnete, marschierte Harold, einer unserer Vorarbeiter, an uns vorbei. »Wieso hast du wieder 'n Buch dabei, Bennett?«

Ich wusste, dass er mich nur ärgern wollte. Trotzdem nervte es mich.

Hm, Harold. Wieso habe ich das Buch dabei?

Mögliche Antworten:

A: Weil ich es lesen will.

B: Weil ich damit auf jemanden einschlagen will.

C: Weil ich die Seiten zerknüllen und dann mit ihnen jemandem den Mund stopfen will.

Meine Mundwinkel zuckten bei dem Gedanken daran, dass tatsächlich nicht selten alle drei Optionen zutrafen, wenn ich mich in der Firma aufhielt.

Harold war schon um die Ecke gebogen, als ich mit den Schultern zuckte und das Buch wieder in meiner Jacke verschwinden ließ.

Mittlerweile waren Hank und ich in der großen Halle angekommen, in der das gesägte Holz kontrolliert wurde, bevor unsere Mitarbeiter es sortierten und stapelten.

»Deine Aufgabe wird es zunächst sein, die Qualität zu prüfen. Obwohl die Maschinen gute Arbeit leisten, kann es vorkommen, dass Mängel entstehen.«

Hank nickte.

»Jeder Mangel birgt ein Sicherheitsrisiko, dem wir vorbeugen können. Auf diese Weise kann die Firma festgelegte Standards einhalten und die Kundenzufriedenheit erhöhen«, ratterte ich weiter herunter und erschrak selbst darüber, wie leicht mir dieses Gequatsche mittlerweile von den Lippen ging. Dafür, dass mich die Arbeit hier genauso wenig interessierte wie das gesamte Unternehmen meines Vaters. Oder Richard selbst.

Als ich letztes Jahr die Ausbildung hier angefangen hatte, hätte ich niemals damit gerechnet, dass ich mir irgendwann so ein umfangreiches Wissen über Holzverarbeitung und -produktion aneignen würde.

Ich verzog den Mund, weil es sich mit einem Mal so anfühlte, als hätte ich in eine Zitrone gebissen.

Mein Glück, dass wir endlich bei Jerry, dem Leiter der Qualitätskontrolle, angekommen waren, dem ich Hank übergeben konnte. Auch wenn ich am liebsten weiter über Bücher gesprochen hätte. Vielleicht hatte er noch ein paar gute Empfehlungen?

»Guten Morgen, Jerry«, begrüßte ich den Mann mittleren Alters, der vor allem durch seinen Bierbauch auffiel.

Jerry hob eine fleischige Hand zum Gruß. »Morgen, Junge.«

Obwohl ich, technisch gesehen, sein Vorgesetzter war – oder zumindest irgendwann sein würde, wenn es nach meinem Vater ging –, behandelte Jerry mich gerne wie ein Kind. Ein Kind, das keinen Plan hatte.

»Darfst du auch mal den Chef spielen?« Jerry lachte laut und schlug mir ein bisschen zu kräftig mit einer Hand gegen den Arm.

Ich hatte noch nie verstanden, warum manche Männer so etwas taten. Wollte er damit demonstrieren, wie stark er war? Es war eine seltsame Geste, wenn man bedachte, dass ich einen Kopf größer war als er.

Ich presste die Lippen aufeinander. Konnte er sich nicht denken, dass mich so ein Spruch vor Hank bloßstellte?

»Das ist Hank«, stellte ich unsere neue Aushilfe vor und überging Jerrys Spruch einfach. Mittlerweile war ich ziemlich gut darin, Gemeinheiten einfach an mir abprallen zu lassen. »Er wird dich in den nächsten Wochen unterstützen.«

»Ich weiß.« Ich meinte, einen verärgerten Unterton aus Jerrys Stimme herauszuhören, aber vielleicht kam es mir auch nur so vor, weil ich wusste, wie ungern er sich etwas von mir sagen ließ.

Trotzdem streckte Jerry Hank eine Hand hin, die dieser sogleich ergriff.

»Morgen, Hank. Dann wollen wir dir mal erklären, wo es langgeht!«

Jerry hätte sich genauso gut in Gorillamanier mit der Faust auf die Brust klopfen können. Nicht zum ersten Mal an diesem Morgen musste ich mir ein Augenrollen verkneifen.

Willkommen in meinem Leben, dachte ich. Meinem Leben, in dem ich täglich für mindestens acht Stunden einer geballten Portion toxischer Maskulinität ausgesetzt war.

»Na, wie lief's mit Hank?«

Noch bevor ich den Blick hob, wusste ich, dass meine entspannte Mittagspause gelaufen war. Mit einem leisen Seufzen ließ ich das Buch sinken und richtete mich auf. Mein Vater hasste es, wenn ich es mir auf dem schicken Sofa, das in einem der Büroräume stand, zu bequem machte.

»Gut«, erwiderte ich knapp. »Ich habe ihm schon mal die Hallen gezeigt, erklärt, was genau wir hier machen, und dann an Hank übergeben.«

Richard nickte abwesend. »Und wieso bist du hier, anstatt mit den anderen zu essen?«

Die anderen waren die achtundvierzig Angestellten des Sägewerks aus den unterschiedlichen Abteilungen. Natürlich aßen nicht alle gleichzeitig in dem großen Pausenraum im Hauptgebäude, dennoch waren die Tische zwischen zwölf und vierzehn Uhr durchgehend besetzt.

»Weil ich meine Ruhe haben will?«

Richard wurde nicht müde, mich wieder und wieder mit dem Thema zu nerven. Es war, als hoffte er, dass die Typen auf mich abfärben würden, wenn ich nur etwas mehr Zeit mit ihnen verbrachte.

Er verschränkte die Arme vor der Brust. »Es wäre gut, wenn du mal etwas Präsenz zeigen würdest.«

»Gut für wen?«

Mein Vater rieb sich über das Gesicht. »Rile, irgendwann wirst du diese Firma übernehmen. Wie soll das funktionieren, wenn niemand dich ernst nimmt?«

Ich und diese Firma? Nur über meine Leiche!

Der einzige Grund, weshalb ich hier angefangen und keine Ausbildung als Parkranger gemacht hatte, war meine kleine Schwester. Ich hatte sie nicht bei meinen Eltern zurücklassen wollen, denn dann wäre ihre einzige männliche Bezugsperson Richard mit seinen mittelalterlichen Ansichten. Das konnte ich nicht zulassen.

»Und wieso verbringst DU deine Pause dann nicht mit denen?«, fragte ich provokant und legte mein Buch neben mir ab.

»Weil die Männer mich, anders als dich, respektieren.« Er presste die Lippen fest aufeinander.

Es stimmte. Wenn Richard den Raum betrat, verstummten alle – egal, ob hier oder sonst wo. Nicht nur wegen seiner Größe – das Einzige, was ich von ihm geerbt hatte –, sondern auch wegen seiner einschüchternden Art. Er hatte einfach etwas an sich, das einen unsicher werden ließ, und zwar in einem Ausmaß, das ich bisher bei sonst niemandem erlebt hatte. Aber vielleicht bekam ich das auch nur stärker zu spüren, weil er mein Vater war.

»Rile, ich weiß, dass es dir schwerfällt, das zu glauben, aber ich will nur dein Bestes.«

Pah. Mein Bestes! Ich wusste, dass er das selbst glaubte. Und das machte es fast noch schlimmer. Warum konnte er nicht darauf vertrauen, dass ich selbst wusste, was für mich das Beste war, und mich bei meinen Interessen unterstützen?

Ich schwieg, weil ich keine Lust auf dieses Gespräch hatte. Richard und ich waren viel zu verschieden, um jemals auf einen Nenner zu kommen. Manchmal fühlte es sich so an, als würden wir nicht mal dieselbe Sprache sprechen.

»Du bist nur mit Frauen zusammen«, warf mein Vater mir vor. *Die alte Leier wieder.* »Zumindest, wenn du dich nicht gerade hinter einem deiner Bücher versteckst.«

Er kam auf mich zu, griff nach dem aufgeklappten Roman und hielt ihn sich vors Gesicht.

»Was ist das überhaupt wieder?« Er verengte die Augen zu schmalen Schlitzen. »*Ein wenig Leben*?« Er seufzte. »Vielleicht solltest du mal anfangen, in der Realität zu leben, anstatt in irgendwelche Fantasiewelten abzutauchen. Lies doch wenigstens mal einen Ratgeber über Persönlichkeitsentwicklung. Das bringt dich immerhin weiter.«

Dreimal an einem Tag die Augen innerlich verdrehen? Check!

Ich zwang mich zu einem müden Lächeln. »Danke für den Tipp.«

Im Gegensatz zu Richard war ICH ziemlich zufrieden mit mir. Vielleicht war er also derjenige, der einen Ratgeber lesen sollte – darüber, wie man es hinbekam, seine Kinder so anzunehmen, wie sie waren.

Richard fasste sich mit Daumen und Zeigefinger an die Nasenwurzel. Ihm stand auf die Stirn geschrieben, dass er sich fragte, womit er so einen Sohn verdient hatte.

Ich stand auf und nahm ihm das Buch aus der Hand. »War's das?«

Richard warf mir einen vielsagenden Blick zu, bevor er sich umdrehte und aus dem Raum verschwand. Ich versuchte es mir wieder gemütlich zu machen und weiterzulesen, doch meine Gedanken drifteten ständig ab. In letzter Zeit fragte ich mich immer häufiger, was ich tun konnte, um mir meinen Vater vom Hals zu halten – oder zumindest zu verhindern, dass er an mir herumkritisierte –, wenn zu Hause auszuziehen keine Option war.

Da ich mich ohnehin nicht auf die Buchstaben vor mir konzentrieren konnte, legte ich das Buch beiseite und holte mein Handy aus der Hosentasche, um meine Nachrichten zu checken. Nichts. Auch nicht von Charlie, von der in den letzten zwei Tagen nach der Party ungewöhnlich wenig gekommen war.

Ob Amy ihr von unserem Gespräch erzählt hatte? Das konnte gut sein, denn auch von meiner anderen besten Freundin hatte ich seit Samstagmorgen nichts mehr gehört.

Als ich meine Nachrichten öffnete, wurde mir ganz oben ein Gruppenchat angezeigt, zu dem ich neu hinzugefügt worden war und der *Mission Mrs Bennett* hieß. Ich zog eine Braue hoch und klickte mich in die Liste der Teilnehmer: Außer mir waren Charlie, Amy und Nate in der Gruppe. Ich rief den Chat auf, und drei Pünktchen signalisierten mir, dass Amy gerade tippte.

Hey Partypeople,
mir ist gerade aufgefallen, dass wir noch nie gemeinsam in Nashville waren. Das kann doch nicht angehen, oder? Deshalb mein Vorschlag: Wir machen nächstes Wochenende einen Ausflug dorthin, und Nate zeigt uns mal, wo man gut tanzen – und Leute kennenlernen ;-) – kann.

Ein paar Sekunden lang starrte ich ihren Text regungslos an. Und Leute kennenlernen, Zwinker-Emoji. Das war eindeutig an mich gerichtet. Aber Amy konnte doch nicht wirklich glauben, dass ich beim Feiern in Nashville meiner zukünftigen Freundin begegnen würde?

Während ich mir noch den Kopf darüber zerbrach, ging eine weitere Nachricht von Amy ein, diesmal in unserem privaten Chat. Mein Herz machte einen Satz, weil es das erste Mal seit Wochen war, dass es dort etwas von Amy zu lesen gab.

Ich musste schmunzeln, als ich las, was sie geschrieben hatte:

Ja, richtig gelesen. Mission Freundin beginnt in Nashville.

Ich tippte zurück:

Meinst du wirklich, dass eine Fernbeziehung zwischen Nashville und Hazelwood funktioniert?

Wahrscheinlich werden wir nicht deine große Liebe treffen, nein. Aber so ein Abend eignet sich hervorragend zum Üben.

Also gut.

Mit mir an deiner Seite kann nichts schiefgehen, versprochen.

Ich schloss den Chat und dachte über Amys Worte nach. Natürlich war die Vorstellung, dass ausgerechnet die Frau, in die ich verliebt war, mir dabei helfen würde, jemanden kennenzulernen, absurd. Gleichzeitig fühlte es sich aber total schön an, dass die Funkstille zwischen Amy und mir nun vorbei war. Ich sehnte mich danach, Zeit mit ihr zu verbringen. Wieder Probleme mit ihr teilen zu können, genauso wie gute Nachrichten. Und wenn sie mir bei der Suche half, würde das erst mal so weitergehen.

Plötzlich war da noch ein Gedanke in meinem Kopf, der immer mehr Gestalt annahm. Eine Freundin zu haben, würde nicht nur dafür sorgen, dass ich wieder mit Amy befreundet sein konnte. Wahrscheinlich würde auch Richard mich dann in einem anderen Licht sehen. Schließlich hatte ein richtiger Mann eine Frau an seiner Seite – zumindest wäre es ein Glaubenssatz, der in Richards veraltetes Weltbild passte.

Kurz entschlossen öffnete ich wieder den Chat.

Danke für deine Hilfe! Was ziehe ich am Samstag an?

Es dauerte keine Minute, bis Amy antwortete.

Soll ich vorher bei dir vorbeikommen?

Gerne!

Ein warmes Gefühl machte sich in meinem Bauch breit. Es fühlte sich gut an, dass sie für mich da war. Auch wenn ich im Hinterkopf behalten musste, dass es nicht darum ging, ihr nahe zu sein, sondern eine Frau zu finden, die meine Nähe genauso genoss wie ich ihre.

Kurz schwebten meine Finger über dem Tastenfeld. Ich wollte das Gespräch irgendwie am Laufen halten, wusste aber nicht, wie. Weil mir nichts Besseres einfiel, fragte ich:

Sind deine Schlüssel eigentlich noch aufgetaucht?

Ja. Travis hat vorhin in den Gruppenchat der Party geschrieben, dass er beim Aufräumen unter dem Sofa einen Schlüsselbund gefunden hat.

Na, was für ein Glück!

Aber es wurmte mich, dass ausgerechnet Travis den Schlüssel gefunden hatte.

Geht so! Ich hab nicht gerade Lust, dort vorbeizufahren, ehrlich gesagt. Nach dem, was Freitagabend passiert ist …

Kann ich verstehen. Soll ich ihn abholen?

Ich starrte den Text einen Moment lang an, bevor ich auf Senden drückte. Früher hätte ich keine Sekunde überlegt, so etwas für Amy zu tun. Schließlich war es das, was eine Freundschaft ausmachte, oder? Dass man immer füreinander da war.

Wirklich???

Ihre Dankbarkeit sprang mir förmlich aus nur dieser einen Zeile entgegen und brachte mich zum Schmunzeln.

Klar! Für dich würde ich doch alles tun.

Es war die Wahrheit. Ich würde alles für sie tun. Trotzdem löschte ich den letzten Satz, bevor ich die Nachricht abschickte.

Kapitel 6

Rile

Als ich am nächsten Tag in die Einfahrt von Travis' Haus fuhr, kämpften sich die Bilder von Freitagnacht zurück in mein Gedächtnis. Der Anblick von Amy und ihm. Eng umschlungen.

Heute Morgen hatte ich Travis eine kurze Nachricht geschickt und ihm mitgeteilt, dass ich den Schlüssel nach der Arbeit für Amy abholen würde. Er hatte geantwortet, dass er nicht wisse, ob er um die Uhrzeit schon zu Hause sei, und den Schlüssel deshalb vorsichtshalber unter die Fußmatte legen würde. Und darüber war ich verdammt froh, denn ich hatte absolut keine Lust, Travis' blödes Grinsen zu sehen.

Das Grinsen, das er stets im Gesicht hatte. Die meisten Menschen würden es vermutlich als charmant beschreiben, aber ich fand, dass es etwas Selbstgefälliges hatte.

Travis Johnson hatte einige Attribute, um die man ihn beneiden konnte: einen muskulösen Körper, einen anständigen Bartwuchs, ein markantes Gesicht und ein strahlendes Gewinnerlächeln. Und dessen war er sich sehr bewusst.

Vielleicht hatte sich mein Bild von ihm aber auch einfach verschoben, seit ich Zeuge davon geworden war, wie er Amy die Zunge in den Hals gesteckt hatte. Bei dem Gedanken daran presste ich meine Lippen fest aufeinander.

Ich schüttelte den Kopf und stieg aus dem Wagen. *Bring es einfach so schnell wie möglich hinter dich. Das dauert keine zwei Minuten.*

Doch als ich auf halbem Weg zum Haus war, wurde mit einem Mal die Eingangstür aufgerissen.

»Rile! Wusste ich's doch, dass ich ein Auto gehört habe.«

Innerlich stöhnte ich auf, als besagter muskulöser Körper hinter der Türschwelle auftauchte, in Trainingsshorts und einem T-Shirt.

»Du bist ja doch da!« Ich zwang meine Mundwinkel nach oben.

»Hab heute früher Feierabend gemacht, aber wollte gerade los zum Sport.«

Natürlich wolltest du das.

»Dann will ich dich mal nicht aufhalten«, sagte ich, dankbar dafür, dass er mir eine Ausrede lieferte, die Übergabe möglichst schnell über die Bühne zu bringen. Ich machte noch ein paar Schritte auf ihn zu und sah ihn erwartungsvoll an. Wann rückte er den Schlüssel endlich raus?

»Eigentlich hatte ich gehofft, dass Amy selbst vorbeikommt.« Mit einer lässigen Bewegung strich er sich eine Haarsträhne aus der Stirn.

»Aha«, entgegnete ich, weil Travis mich weiterhin ansah, als würde er auf eine Antwort von mir warten.

»Sie ist schon echt cool«, fuhr er fort. »Obwohl ich es eigentlich nicht gerade sexy finde, wenn eine Frau so viel trinkt.«

Ein paar Sekunden lang konnte ich ihn nur anstarren. Dann fand ich meine Sprache wieder. »Wie bitte?«

»Na, du weißt schon. Ist doch unattraktiv, sich so volllaufen zu lassen. Findest du nicht?«

Ich verengte die Augen. »Ich finde es attraktiv, wenn eine

Frau macht, worauf sie Lust hat, anstatt immer nur irgendwelchen Typen gefallen zu wollen.«

Einen Moment lang dachte ich, ich hätte Travis damit die Laune verdorben, aber dann lachte er. »Hey, ganz ruhig, Kumpel. Oder bist du jetzt Amys Bodyguard?«

»Ich bin ihr Freund!«

»In dieser Position solltest du ihr den Tipp geben, dass kotzend über dem Gebüsch zu hängen, nicht besonders …«

»Kannst du mir jetzt den Schlüssel geben?«, fuhr ich Travis dazwischen, weil ich keine Lust hatte, mir weiter seine blöden Kommentare anzuhören.

»Ist ja schon gut!« Er zuckte mit den Schultern und bückte sich, um die Fußmatte hochzuheben. Als er den Schlüssel schließlich in den Händen hielt, warf er ihn – ohne mich vorzuwarnen – in meine Richtung. Zu unserer beider Überraschung fing ich ihn mit einer Hand.

»Nicht schlecht«, kommentierte Travis, obwohl ich sicher war, dass er insgeheim gehofft hatte, ich würde danebengreifen.

»Danke! Viel Spaß beim Sport«, sagte ich, und Travis salutierte zum Abschied, bevor ich ihm den Rücken zukehrte und zum Auto zurückging.

»Du bist mein Held!« Amy kam bereits auf mich zugelaufen, als ich noch auf dem Fahrersitz saß. Im selben Augenblick, als ich mich erhob, drückte sie sich schon an mich. Weil ich kurz die Luft angehalten hatte, nahm ich nun einen tiefen Atemzug von ihrem unvergleichlichen Duft. Eine rauchige Kirschnote, die ich unter Tausenden wiedererkannt hätte und die mich wahrscheinlich für immer an sie erinnern würde.

»Danke, danke, danke!«, flüsterte Amy in unsere Umarmung hinein, und ich beeilte mich, etwas Abstand zwischen uns zu bringen.

»Wofür denn? Travis war gar nicht da!« Ich versuchte, eine ernste Miene beizubehalten, aber Amy durchschaute mich sofort.

Kichernd boxte sie mich in die Seite. »Haha, sehr witzig!«

Ich zückte die Schlüssel und hielt sie Amy vor die Nase. Sie nahm sie entgegen, bevor sie so tat, als würde sie sich mit der Hand gegen die Stirn schlagen.

»So eine peinliche Aktion. Hat er noch was gesagt?« Sie machte eine kurze Pause. »Dazu, dass ich in seine Büsche gekotzt hab?« Ihre sorgenvolle Miene versetzte mir einen Stich.

»Nö«, log ich, noch bevor ich darüber nachdenken konnte. »Das hat er bestimmt gar nicht mitbekommen.«

Ich mochte keine Lügen, aber wieso sollte ich ihr erzählen, dass der Kerl, der sie am Freitag geküsst hatte, mir eben gesagt hatte, dass er es nicht sexy fand, wenn Frauen sich betranken? Es würde nur dazu führen, dass sie sich schlecht fühlte, und das wollte ich nicht. Wenn ich könnte, würde ich Amy vor allem beschützen, was ihr wehtat. Das war doch auch etwas, was beste Freunde taten: den anderen vor Verletzungen zu schützen.

Die Hand auf meinem Arm riss mich aus meinen Gedanken. »Am Samstag werde ich mich für diesen Freundschaftsdienst revanchieren, ich versprech's dir!«

Das Lächeln, das auf ihren Lippen lag, war so schön, dass ich weggucken musste.

Kapitel 7

Rile

Vier Tage und ungefähr zwanzig Augenverdreher später war es endlich Samstag. Irgendwie war ich schon beim Frühstück angespannt. Ob es daran lag, dass ich zum ersten Mal seit Wochen längere Zeit am Stück mit Amy allein sein würde, oder daran, dass das *geheime* Ziel der ganzen Aktion selbst Nate mittlerweile klar sein müsste, wusste ich nicht.

Aber als es um achtzehn Uhr klingelte, schlug mein Herz auf einmal deutlich schneller. Und als ich die Tür öffnete, blieb es dann erst mal kurz stehen. Offenbar litt ich unter Herzrhythmusstörungen.

»Hi!« Amy stand mit einem breiten Grinsen im Gesicht vor mir, und ich musterte sie so unauffällig, wie es mir möglich war. Das schwarze halblange Pulloverkleid war zurückhaltender als ihre sonstigen Outfits, aber sie wirkte darin genauso unwiderstehlich. Der Stoff lag eng am Körper und betonte ihre Rundungen. Die schulterlangen schwarzen Haare trug sie offen, und zwischen den Strähnen blitzten riesige goldene Creolen hervor.

Als sie meinen Blick bemerkte, lachte sie. Das war der Moment, als ich mich zu ihr herunterbeugte und sie in die Arme schloss.

Ein Fehler, wie sich herausstellte. Denn als sie die Umarmung erwiderte und ich ihre Hände auf meinem Rücken spürte, breitete sich eine Gänsehaut auf meinem Körper aus, und der Duft ihrer Haut vernebelte mein Gehirn. Wieder einmal musste ich schmerzhaft feststellen, dass man Gefühle nicht so leicht abstellen konnte.

Ich schluckte hart und ließ sie los.

Jetzt reiß dich zusammen, verdammt noch mal!

»Darf ich auch reinkommen?«, fragte sie augenzwinkernd, bevor sie sich an mir vorbei ins Innere des Hauses drängte – im selben Moment, als Evie die Treppe heruntergerannt kam. Sie liebte Amy abgöttisch und hatte mich in der letzten Zeit ständig gefragt, wann sie mal wieder zu Besuch käme.

»Amy!«, kreischte meine kleine Schwester, als sie bei unserer Besucherin angekommen war, und stürzte auf sie zu. »Endlich!« Dann umklammerte sie mit beiden Armen Amys Beine.

»Hey, Motte!« Amy beugte sich zu Evie herunter und wuschelte ihr durchs Haar.

»Kommt ihr zum Spielen mit in mein Zimmer?«, fragte meine Schwester hoffnungsvoll.

Amy zog die Mundwinkel herunter. »Heute nicht, Motte! Ich habe eine unheimlich wichtige Mission zu erfüllen.«

Evie machte große Augen. »Was für eine Mission?«

Amy ging in die Hocke und sah sie gespielt ernst an. »Leider ist das streng geheim. Aber deswegen müssen Rile und ich gleich eine Stunde ungestört in seinem Zimmer sein.«

O mein Gott. Bei ihren Worten wurde mir erst heiß und dann kalt. Wie hatte ich nur jemals glauben können, das hier sei eine gute Idee?

Mein Glück, dass meine kleine Schwester in ihrem Alter kein bisschen zweideutig dachte.

»Na gut«, sagte sie und stemmte eine Hand in die Hüfte. »Wenn es so wichtig ist. Aber nächstes Mal, versprochen?«

Amy nickte eifrig. »Versprochen!« Dann streckte sie Evie ihren kleinen Finger hin, den diese sofort ergriff. »Pinky Promise!«

»Sind deine Eltern auch da?«, wollte Amy wissen, als sie sich wieder erhob.

»Ja.« *Leider.*

Bevor ich noch etwas anderes sagen konnte, lief sie bereits Richtung Wohnzimmer, und ich folgte ihr zögerlich. Jedes Mal, wenn Charlie bei mir war, kam sie aus dem Staunen nicht mehr heraus – sie liebte das Wohnzimmer unseres großen Backsteinhauses. Amy hingegen ließ sich von dem pompösen Äußeren nicht beeindrucken, denn das Haus ihrer Eltern war ebenso groß.

Wenn Mom und Richard nicht zu Hause waren, kochten wir oft in der offenen Küche, von der aus man durch die riesigen Fensterfronten direkt auf die hinter dem Grundstück liegenden Felder gucken konnte.

An diesem Abend waren die Vorhänge allerdings zugezogen, weil mein Vater auf der großflächigen beigefarbenen Sitzlandschaft saß und mit einem Glas Whiskey in der Hand Football schaute, während meine Mutter in der Küche stand und das Essen zubereitete. In der Luft hing der Duft des Bratens, der im Ofen vor sich hin schmorte.

»Hallo, Mrs Bennett!«, begrüßte Amy meine Mutter und lächelte. Dann ließ sie ihren Blick zu meinem Vater wandern. »Mr Bennett!«

Obwohl meine Eltern Amy schon kannten, seit sie ein Kind war, hatten sie ihr nie das *Du* angeboten, während ich ihre Eltern beim Vornamen nennen durfte – obwohl ich sie viel seltener traf.

Mom wischte sich die Hände an ihrer Schürze ab und schenkte Amy über die Kücheninsel hinweg ein Lächeln.

»Amy! Wie schön, dich zu sehen.«

Richard sah Amy nur kurz an, bevor er sich wieder dem Fernseher widmete.

»Guten Abend, Amy.«

Es war mir unangenehm, dass meine Eltern nicht einmal annähernd die Herzlichkeit ausstrahlten, die die Eltern meiner Freunde an den Tag legten. Irgendwie war jede Begegnung aufs Neue steif. Aber was erwartete ich auch? Selbst wenn wir unter uns waren, fühlte es sich gezwungen an.

»Und ihr geht noch aus?« Wenigstens versuchte Mom, ein Gespräch in Gang zu bekommen.

»Wir fahren nach Nashville!«, erzählte Amy begeistert, zupfte aber etwas verlegen an ihrem Kleid herum, das eigentlich wie maßgeschneidert saß.

»Ja, das hat Rile erwähnt. Ich wünsche euch viel Spaß. Wer …«

»Wird ja auch Zeit, dass Rile mal was unternimmt«, fiel Richard ihr ins Wort. »Er kann schließlich nicht immer nur in seiner Fantasiewelt leben.« Er lachte, aber keiner von uns stimmte mit ein.

Ich sah Mom schlucken.

Amy warf meinem Vater einen düsteren Blick zu. »Ich würde sagen, es gibt schlimmere Hobbys als Lesen.«

Amys Konter sorgte dafür, dass Richard zum ersten Mal seine Aufmerksamkeit etwas länger vom Fernseher löste. Während er sie musterte, huschte ein Schatten über sein Gesicht. Er hasste Widerworte – vor allem von jemandem, der seiner Meinung nach in der Hierarchie unter ihm stand.

»Wenn man trotzdem am richtigen Leben teilnimmt, hast du vielleicht recht, Amy.« Ihr Name klang so verächtlich aus

Richards Mund, dass ich innerlich zusammenzuckte. Ich wollte etwas sagen, wollte endlich für mich einstehen, damit sie es nicht tun musste. Ich wollte mich gegen Richard auflehnen, aber ich schaffte es einfach nicht. Ich war zu schwach.

Wahrscheinlich kann dich Amy deshalb nicht als richtigen Mann sehen.

»Wir gehen mal hoch«, sagte ich und schob Amy Richtung Tür, weil ich es keine Sekunde länger hier aushielt.

»Viel Spaß nachher. Und passt auf euch auf!«, rief Mom noch, während wir den Raum verließen.

»Er macht mich so unfassbar wütend!«, presste Amy zwischen zusammengebissenen Zähnen hervor, als wir die Treppe hochgingen. »Ich könnte schreien.«

»Ich weiß.«

Sie drehte sich zu mir um, ein Funkeln in den Augen. »Macht er dich nicht wütend?«

»Doch. Ich habe nur gelernt, dass es nichts bringt, dagegenzuhalten.«

Sie seufzte. »Ach, egal. Davon lassen wir uns den Abend nicht vermiesen. Ich bin gespannt, welches verführerische Outfit wir für dich finden!«

Ihr Grinsen sorgte dafür, dass ich mich mit einem Schlag wieder viel leichter fühlte.

»Nein! Das ist auf jeden Fall raus. Beige passt auch nicht zu deinem hellen Hautton.« Amy saß im Schneidersitz auf meinem Bett und musterte mich.

Ich verzog das Gesicht, weil das bereits das dritte Hemd war, dem sie ein vernichtendes Urteil gegeben hatte. Mit einer schnellen Handbewegung öffnete ich die Knöpfe, um es wieder auszuziehen.

»Tut mir leid, aber es ist wirklich wichtig, dass wir für heute Abend das Richtige finden.« Plötzlich sprang Amy auf und kam auf mich zu. »Und zieh das T-Shirt aus!«

Weil sie jetzt so dicht vor mir stand, wich ich ein Stück zurück. »Was?«

Sie drückte mir kurz einen Zeigefinger in die Brust. »Du kannst doch kein T-Shirt unter einem Hemd tragen.«

»Wieso nicht?«, fragte ich verständnislos.

»Keine Ahnung. Weil du nicht vierzig bist, vielleicht?«

Ich verdrehte die Augen, aber Amy blieb erwartungsvoll vor mir stehen.

»Aber ohne ist es im Oktober viel zu kalt«, warf ich ein, doch jetzt war es an Amy, mit den Augen zu rollen.

»Im Club gibt es keine Jahreszeiten. Da ist es immer gleich warm.« Sie wackelte mit den Augenbrauen. »Und jetzt weg mit dem Shirt!«

»Aber …«

»Nichts aber!«

Ich rührte mich nicht von der Stelle.

»Was ist?«, wollte Amy wissen.

»Kannst du dich vielleicht umdrehen?«

Sie sah mich für einen Moment so an, als wäre das nur ein Witz, stieß dann aber geräuschvoll die Luft aus und wandte sich um.

»Nimm das dunkelgrüne!«, forderte sie kurz darauf. »Das, was noch in deinem Schrank hängt.«

Mein Blick zuckte zu dem Hemd, von dem sie sprach. In Rekordgeschwindigkeit – maßgeblich, weil ich Angst hatte, dass Amy sich umdrehen könnte – zog ich mich um und räusperte mich. »Du kannst gucken!«

Und das tat sie. Mit einer Drehung, die so schnell war, dass ich den Luftzug wahrnahm.

»Wow!« Amy blinzelte ein paarmal, während sie mich von oben bis unten betrachtete. »Das sieht …« Sie stockte kurz. »… ziemlich heiß aus.«

Heiß.

Ich hatte dieses Wort schon mindestens tausend Mal aus ihrem Mund gehört, aber noch nie in Verbindung mit mir. Und das sorgte dafür, dass mir auf einmal furchtbar warm wurde. Wieso fiel es mir heute nur so dermaßen schwer, in ihrer Nähe zu sein?

»Warte!« Amy verringerte den Abstand zwischen uns, und am liebsten hätte ich einen weiteren Schritt zurückgemacht. Oder die Augen zusammengekniffen. Aber da ich kein Kleinkind war, sondern ein erwachsener Mann, blieb ich an Ort und Stelle und beobachtete mit klopfendem Herzen, wie sie die Hand ausstreckte – okay, mit *rasendem* Herzen – und den obersten Knopf öffnete.

Scheiße.

»Hey!«, schimpfte Amy, als ich rückwärts stolperte.

»Ich kann das selbst!«, brachte ich etwas zu barsch hervor.

Amy hob beide Hände, und ein enttäuschter Ausdruck flackerte in ihren Augen auf. Ich hatte versprochen, dass ich mir Mühe geben würde, aber heute kam in ihrer Gegenwart alles wieder hoch.

»Du siehst auf jeden Fall ziemlich gut aus«, sagte Amy in die Stille hinein, während ich auch den zweiten Hemdknopf öffnete. »Mit dem Hemd und der dunklen Jeans«, fügte sie nach einer Weile noch hinzu. »Das solltest du öfter so tragen.«

Ich sah auf und lächelte sie an. »Du solltest mich öfter beraten.«

Oder auch nicht.

Schon wieder schlug mein Herz im doppelten Tempo. Wahrscheinlich lag es daran, dass das gerade das zweite Kompliment innerhalb von ein paar Minuten war. Und von ihr kam …

Amy ging wieder zum Bett und ließ sich auf die Decke fallen. »Wie soll sie eigentlich sein?«

Ich runzelte die Stirn, bevor ich anfing, die nicht genehmigten Hemden vom Boden aufzusammeln und wieder in den Schrank zu hängen. »Wer?«

»Na, die zukünftige Mrs Bennett.« Sie grinste mich auffordernd an.

»Ach so.« Ich hielt in der Bewegung inne.

So wie du, dachte ich, fragte mich aber gleichzeitig zum tausendsten Mal, warum meine Gefühle für sie irgendwann über die einer Freundschaft hinausgegangen waren.

Es waren nicht nur die süße Stupsnase, der Schmollmund oder ihre dunklen Augen, die immer genau so zu lächeln schienen, wie es ihr Mund tat. Und es lag auch nicht nur an ihrem außergewöhnlichen Kleidungsstil, bei dem sie nichts auf Trends gab.

Ich hatte mich in Amy verliebt, weil sie immer ihre ehrliche Meinung sagte, selbst wenn es wehtat, und nie ein böses Wort hinter dem Rücken von jemandem verlor. Weil sie immer für ihre Überzeugungen einstand, selbst wenn sie damit allein war.

Weil sie nach außen taff und selbstbewusst auftrat, aber insgeheim diese sanfte, verletzliche Seite hatte, die sie nur den wenigsten Leuten zeigte. Ich war einer der Menschen, die das Privileg hatten. Die wussten, dass Amy immer lauter wurde, je leiser sie ihre Gedanken stellen wollte. Und dass sie nicht immer gut gelaunt war, nur weil es so aussah.

»Also? Wie soll sie sein?«

Ich versuchte den Kloß herunterzuschlucken, der sich in meiner Kehle gebildet hatte.

»Da hab ich noch gar keine genaue Vorstellung.«

Amy

Ich konnte Rile an der Nasenspitze ablesen, dass er es hasste. Alles hieran. Die laute Musik, die ganzen Menschen, die einen ständig anrempelten, den klebrigen Tresen, von dem wir gerade unsere Getränke entgegennahmen. Und er wusste, dass ich es wusste. Als Rile meinen Blick bemerkte, verzog er das Gesicht, was dafür sorgte, dass ich unwillkürlich die Mundwinkel nach oben zog.

»Cheers, Leute!« Ich hob meine Cola in die Höhe – heute wollte ich es ruhig angehen lassen und hatte mich deshalb freiwillig als Fahrerin gemeldet – und prostete den anderen damit zu. »Auf Rile!«

Nate, Charlie und Rile taten es mir gleich.

In diesem Moment drängte sich eine große Blondine an meinem besten Freund vorbei, wobei sie die Arme an seinen Rücken legte. Es war deutlich mehr Körperkontakt, als nötig gewesen wäre, um vorbeizukommen.

Das schien auch er zu bemerken, denn er wandte sich zu ihr um – und blieb mit dem Rücken zu uns stehen.

Charlie und ich schauten uns an. Unterhielten sie sich? Aufgrund von Riles Größe verdeckte er die Frau fast vollständig, sodass ich nichts Genaues erkennen konnte.

»Starr die beiden doch nicht so an!«, zischte Charlie und zog mich am Arm ein Stück zur Seite. »Geben wir ihm ein bisschen Raum!« Sie kicherte. »Im wahrsten Sinne des Wortes!«

»Sie werden so schnell groß.« Nate grinste schief, bevor er einen Schluck von seinem Longdrink nahm.

Trotzdem sah ich noch einmal zu Rile, konnte jedoch nicht erkennen, wie es bei ihm lief.

Er macht das schon, tadelte ich mich im Stillen und nippte an meiner Cola.

»Na, hast du genug vom Alkohol nach letztem Wochenende?« Nate stieß mich mit der Schulter an. Es sollte ein Witz sein, aber ich brachte nur ein lahmes Lächeln zustande.

»Heute soll der Fokus mal nicht auf mir, sondern auf Rile liegen«, erwiderte ich. »Ich will ihm nicht die Show stehlen.«

Vielleicht war ich es auch einfach leid, die Partyqueen zu spielen. Nach dem letzten Mal hatte ich mich noch tagelang schlecht gefühlt. Noch mal wollte ich nicht so die Kontrolle verlieren, dass ich anderen mit meinem Verhalten wehtat.

Meine Worte brachten Nate zum Lachen, aber mir war irgendwie nicht zum Rumwitzeln zumute. Deshalb lenkte ich das Thema auf etwas Unverfängliches.

»Wie fühlt es sich eigentlich an, hier zu sein?«

Nate schien zu überlegen, was ich genau meinte.

»Hier, in deiner Heimatstadt«, fügte ich schnell hinzu.

»Ich bin ja nicht zum ersten Mal wieder in Nashville, seit ich in Hazelwood lebe.« Er rieb sich über den Hinterkopf. »Es ist jedes Mal echt cool. Aber ich glaube, mir wird Hazelwood sogar ein bisschen fehlen, wenn die Zeit bei den Rivers vorbei ist!«

Der Plan war, dass Charlie nächstes Jahr ihr Fotografiestudium wieder aufnehmen und Nate ebenfalls zurück nach Nashville gehen würde, um eine Ausbildung zu beginnen. Offiziell endete das Projekt der Regierung, durch das Nate zu den Rivers gekommen war, Ende Oktober, aber er hatte Eds Angebot angenommen, noch bis zum Frühjahr gegen ein kleines Gehalt weiter auszuhelfen, bis die Rivers sich mehr Personal leisten konnten.

»Das dauert ja nun auch noch ein bisschen«, sagte ich augenzwinkernd, als sich eine Hand auf meinen Arm legte.

»Finger weg!«, blaffte ich, weil ich gerade kein bisschen in der Stimmung war, angegrapscht zu werden.

Doch als ich herumfuhr, war es Rile, der mich belustigt ansah.

»Ich bin's nur«, sagte er schmunzelnd.

»Schleich dich doch nicht so an!« Ich boxte ihm spielerisch mit einer Hand gegen den Bauch. Der sich härter anfühlte, als ich gedacht hätte.

Aber wieso fiel mir das überhaupt auf? Und wieso dachte ich jetzt auch noch darüber nach, dass es mir auffiel?

Kurz musste ich daran denken, dass Rile sich vorhin geweigert hatte, sein Shirt vor mir auszuziehen. Wir waren eindeutig noch lange nicht an dem Punkt, an dem wir mal gewesen waren.

»Wo ist denn die Blondine?«, fragte ich.

Er zuckte mit den Schultern. »Weg!«

Für den Bruchteil einer Sekunde flackerte so etwas wie Erleichterung in mir auf. Weil der Abend zu viert bisher so lustig gewesen war. Ich wusste, das war absurd, schließlich war der Sinn dieser Aktion, dass Rile jemanden kennenlernte. Nur fühlte es sich so gut an, dass wir alle mal wieder Zeit zusammen verbrachten.

»Schade!«, meinte ich lahm.

Im Gegensatz zu mir wirkte Rile tatsächlich ein bisschen niedergeschlagen, und sofort hatte ich ein schlechtes Gewissen. Also lehnte ich mich gegen ihn und sah zu ihm hoch.

»Das wird noch, glaub mir!«, machte ich ihm Mut.

Im selben Moment versteifte Rile sich, und ich nahm wieder etwas Abstand. Ich sollte ihm nicht so auf die Pelle rücken.

Er seufzte. Zumindest sah es so aus, wirklich hören konnte ich es wegen der Musik eigentlich nicht. Deshalb mussten wir auch alle mit der doppelten Lautstärke sprechen, um uns zu verstehen.

»Ich weiß auch gar nicht, was ich zu einer fremden Frau überhaupt sagen soll!«, gestand er.

»Hi, ich suche eine Freundin! Oder …«, witzelte Charlie, verstummte aber, als Rile sie böse ansah.

»Das war doch schon mal ein guter Anfang«, gab nun auch Nate seinen Senf dazu. »Man kann so was ja auch nicht erzwingen – es muss von selbst passieren.«

»Genau!«, stimmte ich zu. »Wenigstens wurdest du von jemandem angesprochen, anders als der Rest von uns.«

»Eigentlich wollte sie nur wissen, wo die Toiletten sind.«

Plötzlich richteten sich drei Augenpaare auf Rile. Wir alle starrten ihn ungläubig an, bis es um seine Mundwinkel zuckte.

»Nur ein Scherz!« Er rieb sich übers Gesicht. »Ganz so schlimm war es auch wieder nicht.« Er machte eine kurze Pause. »Sie war schon ganz süß, hat mich gefragt, ob ich von hier komme. Dass meine Antwort *Hazelwood* war, hat sie, glaube ich, etwas abgeschreckt.«

»Sag nächstes Mal am besten, dass du hier in der Gegend wohnst«, schlug ich vor, aber Rile hob protestierend eine Hand. »Etwas vorgeben, was nicht stimmt, um besser anzukommen? Auf keinen Fall!«

Mir wurde ein bisschen warm ums Herz, weil Rile einer der wenigen Menschen war, die sich einfach so gaben, wie sie waren, auch wenn die Gesellschaft ihnen manchmal vermittelte, dass sie eigentlich anders sein sollten. Er verstellte sich nicht, das hatte er noch nie getan, obwohl er es früher in der Schule mit seiner Liebe zu Büchern nicht immer leicht gehabt hatte, umgeben von sport- oder partybesessenen Jungs. Ganz zu schweigen von seinem Vater, dem größten Arschloch, das ich kannte. Der abwertende Spruch heute Abend war bezeichnend für sein Verhalten seinem Sohn gegenüber. Bei jeder Gelegenheit machte Richard ihn nieder oder versuchte ihn dazu zu bringen, sich zu verändern. Wenn ich das mitbekam, war ich jedes Mal auf hundertachtzig. Er gab seinem Sohn das Gefühl, nicht richtig zu sein. Obwohl Rile mehr als richtig war, nicht nur in meinen Augen.

Für mich war Richard Bennett Satan höchstpersönlich. Oder zumindest dessen kleiner Bruder.

»Hey, alles okay?«

Auf einmal war da Riles Hand an meiner Schulter, und ich ließ sie einfach da. Ich legte meine sogar kurz auf seine und schenkte ihm ein kleines Lächeln.

»Ja, alles okay«, versicherte ich.

Und das war es auch. Weil wir irgendwie wieder aufeinander aufpassten, so schwer es auch sein würde, zu unserer alten Verbindung zurückzufinden.

Zwei Stunden und – zumindest in meinem Fall – zwei weitere Gläser Cola später hatten wir uns vollkommen auf der Tanzfläche verausgabt. Na ja, eher Charlie und ich. Nate und Rile hatten viel mehr ein bisschen herumgewippt, während wir Mädels wie wild zur Musik umhergesprungen waren. Zum ersten Mal seit einer halben Ewigkeit fühlte ich mich losgelöst und irgendwie befreit, und das ohne einen Tropfen Alkohol.

Nur eine Frau für Rile hatten wir bisher nicht gefunden. Keine Ahnung, was ich erwartet hatte, aber in Nashville war es nicht unbedingt leichter, jemanden für ihn kennenzulernen, als zu Hause. Bis auf die Blondine hatte uns niemand angesprochen – weder Rile noch einen von uns anderen.

Es konnte allerdings auch daran liegen, dass wir zu viert unterwegs waren. Vermutlich nahmen die Leute an, dass wir zwei Pärchen waren.

Trotzdem tat es mir leid, weil ich Rile zu viel versprochen hatte.

»Wasser?«, fragte Charlie in diesem Augenblick und wischte sich mit der Hand über die verschwitzte Stirn.

»Ja«, riefen Rile und ich wie aus einem Mund. Cola hatte ich bereits mehr als genug intus.

Meine beste Freundin nickte. »Dann gehen wir mal was zu trinken holen.«

Als Charlie und Nate in der Menge verschwunden waren, stellten Rile und ich uns zum Warten an den Rand der Tanzfläche.

Ein bisschen unzufrieden sah ich mich in dem gut gefüllten Raum um. Irgendwie hatte ich mir das alles leichter vorgestellt. Wenn ich allein unterwegs war, lief das anders. Ich legte es viel mehr darauf an, Männern näherzukommen. Dabei ging es immer nur um eine Nacht, und das war ein gravierender Unterschied. Trotzdem musste Rile vielleicht einfach öfter die Initiative ergreifen.

»Eigentlich wollte ich ja, dass du mal *übst*«, brach es aus mir heraus.

»Übst?«

»Zu flirten!«

Rile sah mich ratlos an. »Nur habe ich gerade niemanden zum …« Er malte Anführungszeichen in die Luft. »… Üben.«

»Okay, welche Frau würde dich denn optisch ansprechen?« Ich ließ den Blick über die Menge gleiten, bevor ich ihn erwartungsvoll auf Rile richtete.

»Keine Ahnung. Vielleicht die Blonde am Rand?« Rile deutete unauffällig auf eine hübsche junge Frau, die gerade über irgendetwas, das ihre Freundin gesagt hatte, lauthals lachte. Sie hatte blonde Locken und trug ein schwarzes Crop-Top zu lässigen Jeans. Ich versuchte zu verdrängen, dass sie das krasse Gegenteil von mir war, denn wahrscheinlich musste es so sein, damit Rile mich endlich aus dem Kopf bekam.

»Sehr gut! Hast du eine Idee, wie du sie ansprechen könntest?«

»Ich dachte, du bist die Expertin. Was würdest du mir raten?«

»Lass mich überlegen!« Ich legte mir Daumen und Zeigefinger ans Kinn. »Du könntest auf ein Lied warten, das du gerne magst, und sie dann fragen, ob sie Lust hat, mit dir zu tanzen.«

»Und wie mache ich das, ohne wie der letzte Creep rüberzukommen?«

»Na ja, ich würde erst mal ihre Aufmerksamkeit auf mich lenken.« Um ihm zu zeigen, wie ich das meinte, machte ich ein paar Schritte rückwärts und begann zu tanzen. Gerade lief *APT.* von Rosé und Bruno Mars. Während ich meine Hüften im Takt der Musik kreisen ließ, sah ich Rile unentwegt an und lächelte ihm zu. Dann überbrückte ich den Abstand, den ich zuvor zwischen uns geschaffen hatte, in wenigen Schritten, bis ich wieder genau vor ihm stand. »Wenn du merkst, dass sie dich auch ansieht, gehst du immer weiter auf sie zu. Mir persönlich würde es gefallen, wenn du mir ins Ohr flüstern würdest, um zu fragen, ob ich mit dir tanze.«

Erst als ein überraschter Ausdruck über Riles Gesicht huschte, bemerkte ich meinen Fehler.

»Also, wenn ein Mann das tun würde, meine ich«, verbesserte ich mich hastig.

Er lachte leise. »Ich glaube, das muss ich wirklich erst mal üben.«

Ich lachte ebenfalls. Zumindest, bis er tatsächlich näher herankam und mir das Lachen im Hals stecken blieb. Meinte er etwa *jetzt*? Und *an mir*?

Mein Mund klappte auf, aber anstatt zu sprechen, konnte ich Rile nur dabei beobachten, wie er mir einen letzten Blick zuwarf. Dann streifte er auf dem Weg zu meinem Ohr mit der Nase mein Haar. Als Reaktion auf die Berührung breitete sich eine Gänsehaut auf meinen Armen aus.

»Willst du mit mir tanzen?«, raunte er.

»Das …« Ich räusperte mich. »Das war schon richtig überzeugend!«

Ich zwang mich dazu, in der Position zu verharren, bis Rile sich zurückzog.

Es ist gut, wenn wir uns wieder an Körperkontakt gewöhnen, rief ich mir ins Gedächtnis. *Dann wird es sich irgendwann so normal anfühlen wie früher. Hoffentlich.*

»Dann kannst du ja das Gelernte direkt anwenden.« Ich gab Rile einen Schubs in Richtung seiner Auserwählten, aber in diesem Moment kamen Charlie und Nate in Sichtweite, jeder mit zwei Wassergläsern in den Händen.

»Weißt du was?« Rile stupste mich mit dem Arm an. »Irgendwie fände ich es schöner, wenn wir den Rest des Abends unter uns bleiben.«

Wie von selbst zogen sich meine Mundwinkel nach oben. Ich freute mich über seine Worte – auch wenn das Ziel heute eigentlich ein anderes gewesen war.

Kapitel 8

Rile

»Es war so ein lustiger Abend!« Charlie klang begeistert, als wir im Auto zurück von Nashville nach Hazelwood saßen. Sie hatte sich den Beifahrersitz neben Amy geschnappt, ihre Schuhe ausgezogen und die Füße auf das Armaturenbrett gelegt. Nate und ich hatten es uns auf den hinteren Sitzen des alten Fords gemütlich gemacht.

»Total«, stimmte Amy zu, klang aber alles andere als begeistert.

Sie saß am Steuer und schaute scheinbar konzentriert auf die Straße, wirkte dabei jedoch so, als wäre sie eigentlich ganz woanders. War das Einbildung gewesen, oder hatte es sie aus dem Konzept gebracht, dass ich ihr vorhin ins Ohr geflüstert hatte?

Irgendwie hatte ich ihre Irritation genossen. Es war schön gewesen, wenigstens ein einziges Mal das Gefühl zu haben, dass sie mich nicht nur als Rile, ihren besten und ausschließlich ihren besten Freund, sah.

Trotzdem oder gerade deshalb sollte ich Aktionen dieser Art in Zukunft besser lassen. Denn danach hatte ich keinerlei Ambitionen mehr gehabt, einer anderen Frau nahezukommen. Dabei war das doch der Plan gewesen.

Noch letzte Woche hatte ich Amy versprochen, mir Mühe zu geben, diese einseitigen Gefühle abzustellen. Und genau das musste ich jetzt tun, wenn ich unsere Freundschaft retten wollte.

Erinnere dich an die Zeit, als du sie nur als Vertraute gesehen hast.

Die beste Vertraute, die es gab.

»Wie geht es denn jetzt weiter?«, fragte ich in die Runde.

Im Rückspiegel traf Amys Blick meinen. »Was meinst du?«, fragte sie alarmiert.

Ich lehnte mich im Sitz zurück und streckte meine Beine aus. »Na ja, Mission Freundin war bisher nicht gerade erfolgreich. Ich meine mich zu erinnern, dass du mir versprochen hast, dass das klappt.«

Das Augenzwinkern in meiner Stimme war deutlich zu hören. Zumindest hoffte ich das.

»Ich möchte an dieser Stelle einwerfen, wie cool ich es fand, dass wir mal wieder was zu viert gemacht haben«, sagte Nate neben mir mit einem Grinsen. »Ihr wisst ja, ich kann nicht so gut mit Worten, aber die letzten Wochen … na ja.«

»Ich hab das auch vermisst!« Charlie drehte sich im Sitz zu uns nach hinten und schenkte mir ein kleines Lächeln.

»Ich auch«, stimmte Amy zu, und wieder begegneten sich unsere Blicke im Rückspiegel.

»Zeit mit euch zu verbringen, war das Beste heute Abend. Ich hätte es gar nicht anders gewollt, ganz ehrlich! Aber …« Ich machte eine kurze Pause. »Aber ich hätte trotzdem nichts dagegen, jemanden kennenzulernen.«

»Also, bisher hab ich nichts gesagt, weil ich es erst mal auf dem klassischen Weg versuchen wollte. Aber tatsächlich wüsste ich da noch eine andere Möglichkeit, die ziemlich vielversprechend sein könnte.«

Amys Worte ließen mich hellhörig werden. »Und die wäre?« Um unsere Freundschaft zu retten, würde ich mich wohl selbst auf den absurdesten Plan einlassen.

»Es ist *das* Mittel der Wahl, um heutzutage einen Partner zu finden.« Sie drehte sich kurz nach hinten um, und ihre zweideutige Miene ließ Schlimmes erahnen.

»Nein!« Ich setzte mich im Sitz auf. »Nein, Amy! Kein Onlinedating«, flehte ich verzweifelt.

Sie stieß ein Lachen aus. »Willst du jetzt jemanden kennenlernen oder nicht?«

»Hey, ich muss Rile zustimmen«, kam Nate mir zu Hilfe. »Ich war mal zwei Tage bei Tinder angemeldet, und das war echt ätzend.«

»Ach?« Charlie drehte sich nach hinten um und sah ihren Freund verschmitzt an. »Warum das denn?«

»Man schreibt irgendwelchen Fremden ein paar Texte. Und daran wollen beide Seiten dann direkt beurteilen, ob es passt? Hab den Sinn dahinter noch nie verstanden.«

»Da du erst mal eine Weile brauchst, um aufzutauen, wundert mich das nicht«, kommentierte Amy kichernd. »Rile hingegen kann ziemlich gut mit Worten umgehen.«

»Schon. Aber meinst du wirklich, dass ich beim Onlinedating überzeugen kann? Da geht's viel um Oberflächlichkeiten«, gab ich zu bedenken.

Amy nahm eine Hand vom Lenkrad und hob protestierend den Finger. »Oberflächlich betrachtet, bist du ein einsfünfundneunzig großer Mann mit hellbraunen Augen und vollem Haar, der gerne liest und viel Zeit in der Natur verbringt. Ich glaube, die meisten Frauen können sich etwas Schlimmeres vorstellen.«

Ich öffnete den Mund, doch kurz blieb mir die Luft weg. So sah sie mich?

»Okay!« Ich seufzte. »Also erstellen wir jetzt ein Profil für mich? Bei Tinder?«

Nate runzelte die Stirn. »Es gibt doch noch andere Plattformen. Bei Tinder sind die meisten nur auf Sex aus.«

Amy nickte eifrig. »Stimmt! Deshalb nehmen wir auch nicht Tinder, sondern etwas, was einfach perfekt passt.«

»Jetzt mach's nicht so spannend«, kreischte Charlie. »Raus damit!«

»Google mal *LoveChapter* Dating-App.«

»LoveChapter?«, fragten Charlie, Nate und ich wie aus einem Mund. Aber schon in der nächsten Sekunde hielt Charlie ihr Handy in der Hand und tippte darauf herum.

Nate zog die Brauen hoch. »Noch nie gehört!«

»Dachte ich mir.« Im Rückspiegel konnte ich erkennen, dass Amy in gespielter Verzweiflung mit den Augen rollte. »Es ist eine Dating-App für …«

»Bookies!«, stieß Charlie in diesem Moment aus und hielt ihr Smartphone in die Höhe.

»Was?« Nate und ich tauschten einen irritierten Blick.

Charlie wandte sich um und hielt mir ihr Handy direkt vor die Nase. Das Erste, was mir ins Auge stach, war der pastellfarbene Schriftzug auf dem Display. Das Logo war umringt von kleinen Bücher-Grafiken.

»*LoveChapter*, wir schreiben deine Liebesgeschichte«, las ich zögerlich vor.

Amy nickte begeistert. »Vergiss Tinder und Co.! DAS ist die ultimative Partnerbörse für Buchliebhaber!«

Ich runzelte die Stirn, weil ich nicht so recht wusste, was ich davon halten sollte.

»Ich habe eine halbe Ewigkeit die Weiten des Internets durchforstet und bin dabei auf *LoveChapter* gestoßen.«

»Ich liebe es«, rief Charlie begeistert. »Wenn du jemanden kennenlernst, dann dort!«

Als ich mich zu Nate drehte, grinste der schief.

»Das ist mal was Neues«, meinte er achselzuckend. »Aber wie für dich gemacht, oder?«

Ich überlegte kurz. Vielleicht war es ja wirklich einen Versuch wert. Von Tinder und Co. hielt ich ohnehin nichts, weil ich an einer rein sexuellen Beziehung kein Interesse hatte.

Was das anging, hatte ich zwar Erfahrungen mit meiner ersten Freundin gesammelt, aber das war schon drei Jahre her. Seitdem war in meinem Liebesleben nicht viel passiert.

»Das Konzept ist super!«, rief Amy so überzeugt, dass ihre Begeisterung langsam auf mich überging. »Obwohl es die App erst seit ein paar Monaten gibt, haben da schon viele Paare zusammengefunden.«

»Die bezahlen dich aber nicht dafür, Werbung zu machen, oder?«, feixte Nate, und ich musste grinsen.

Kurz breitete sich eine erwartungsvolle Stille im Wagen aus, während alle auf meine Reaktion warteten.

»Ich finde die App klasse«, sagte ich also und versuchte dabei, überzeugter zu klingen, als ich es war. Zum einen freute ich mich, dass Amy sich so reinhängte, zum anderen wollte ich ihr unbedingt ein gutes Gefühl geben. »Ich meine, wenn ich da nicht die Frau meines Lebens finde, wo dann?«

Okay, das war wirklich etwas dick aufgetragen. Kein Wunder, dass ich die Aufmerksamkeit der anderen jetzt unangenehm deutlich auf mir spürte.

Doch Amy ließ es gar nicht erst peinlich werden.

»Geil!«, rief sie und klatschte kurz in die Hände. »Wir legen gleich damit los, dir ein Profil zu erstellen.«

»In einer halben Stunde kommen wir an«, warf Charlie ein.

»Das reicht vollkommen.« Als mein Blick dem von Amy begegnete, lächelte sie mir aufmunternd zu.

Das wird schon alles, versprach sie mir mit den Augen.

Amy

»Also!« Ich zog das *o* in die Länge, bevor ich weitersprach. »Ist der Download endlich fertig?«

Ein Blick über die Schulter verriet mir, dass Rile immer noch auf dem Display herumtippte. »Moment! Ja, jetzt!«

Aus dem Augenwinkel bekam ich mit, wie Nate näher an Rile heranrutschte, und auch Charlie kletterte fast auf die Rückbank, so weit lehnte sie sich zu den beiden nach hinten. Zu blöd, dass ich auf die Straße gucken musste und deshalb am wenigsten mitbekam.

»Name ist klar«, murmelte Rile, während er sich durch die Profilangaben klickte. »Alter, Wohnort …« Er stockte. »Beruf …«

Er musste nicht laut aussprechen, damit ich verstand, was das Problem war. Zwar arbeitete er im Sägewerk seines Vaters, aber dieser Job sagte rein gar nichts über ihn aus. Schon vor zehn Jahren war sein Berufswunsch Parkranger gewesen, denn er liebte Tiere und die Natur. Eine ganz besondere Verbindung hatte er zum Great Smoky Mountains National Park, in den sein Onkel Peter – der Bruder seiner Mutter, der im Gegensatz zu Richard ein verdammt toller Kerl war – immer mit ihm gefahren war. Seine Liebe zur Natur hatte er definitiv auf Rile übertragen, ganz zum Missfallen von Richard, der die erste Hälfte von Riles Leben versucht hatte, seinen eigentlichen Interessen entgegenzuwirken. Wieder und wieder hatte er ihn zu Footballspielen geschleppt oder zum Eishockey-Gucken gezwungen, bevor er irgendwann entnervt aufgegeben hatte.

Seit Peter in einen anderen Bundesstaat gezogen war und Rile ihn nur noch an Feiertagen traf, hatten Charlie und ich ein neues Ritual geschaffen: Anstelle von Peter fuhren wir jeden Sommer mit unserem besten Freund zum Campen in die Smokys, wenn Tausende von Glühwürmchen dorthin kamen, um sich zu paaren. Aus offensichtlichen Gründen war der Trip dieses Jahr das erste Mal kein Highlight für uns gewesen. Aber heute ließ ich es gar nicht erst zu, dass meine Gedanken in diese Richtung abdrifteten.

»Schreib doch einfach Parkranger rein, wenn das ein besseres Bild von dir vermittelt«, schlug Nate vor, aber Charlie hob protestierend die Hand.

»Auf keinen Fall! Spätestens beim ersten Date muss er doch sowieso zugeben, dass er gelogen hat. Und das macht nicht gerade einen guten Eindruck …«

Ich machte einen zustimmenden Laut. »Genau, sei einfach ehrlich.«

»Ich schreibe *Ausbildung im Sägewerk*.« Rile nickte. »Oh!«, stieß er im nächsten Moment aus. »Lieblingsgenre und Lieblingsbücher. Das gefällt mir!«

Als Reaktion auf seine Begeisterung breitete sich ein warmes Gefühl in meinem Inneren aus. Hoffentlich hielt diese App, was sie versprach.

Während Rile überlegte, welches seine fünf liebsten Romane waren, schweiften meine Gedanken immer wieder ab. Zuerst musste ich an Moms Nachricht von heute Nachmittag denken. Sie hatte mir geschrieben, dass sie und mein Dad vermutlich am nächsten Vormittag wieder in Hazelwood ankommen würden. Außerdem hatte sie mir mitgeteilt, dass die beiden etwas mit mir besprechen wollten, dabei aber offengelassen, ob es etwas Gutes oder etwas Schlechtes war …

Ob Mr Stevens ihnen etwas gesteckt hatte? Da ich bereits volljährig war, durfte der Dekan meine Eltern eigentlich nicht informieren. Trotzdem breitete sich ein unangenehmes Gefühl in meiner Magengrube aus. Das Wochenende war fast vorbei, und übermorgen würde ich wieder an den Campus müssen …

»Amy?«

Erst jetzt bemerkte ich, dass es im Wagen still geworden war. »Ja?«

»Wie findest du das als Buchzitat? Ich muss eins angeben.«

»Sorry, ich hab gerade nicht zugehört. Sagst du es noch mal?« Entschuldigend grinste ich Rile im Rückspiegel an.

»Ich liebe dich, weil das gesamte Universum sich verschworen hat, um mir zu helfen, dich zu finden.«

Mein Herz klopfte auf einmal schneller, und ich versuchte mich wieder auf die Straße vor mir zu konzentrieren. Was war denn jetzt los? Es war ja nicht so, als wären Riles Worte an mich gerichtet.

»Ich …«, fing ich an, brach aber wieder ab. Mein Mund war plötzlich staubtrocken, und ich hatte Mühe, meinen Puls unter Kontrolle zu bekommen.

»*Der Alchemist* von Paolo Coelho«, erklärte Rile.

»Das ist wunderschön«, stieß Charlie aus, die Stimme schwer von Emotionen.

»Ja«, krächzte ich, räusperte mich dann aber schnell und erlangte irgendwann endlich die Fassung wieder. »Find ich auch ziemlich gut. Die Frauen werden es lieben!«

Ziemlich gut war die Untertreibung des Jahrhunderts. Irgendwas an den Worten hatte etwas tief in mir berührt.

So ganz konnte ich das Zitat, das Rile vorgelesen hatte, auch in den nächsten Stunden nicht abschütteln.

Nachdem wir endlich in Hazelwood angekommen waren und ich die anderen zu Hause abgesetzt hatte, fuhr ich in die Einfahrt meiner Eltern. Da sie erst am nächsten Tag wieder aus Nashville zurückkommen würden, musste ich nicht darauf achten, dass ich niemanden weckte.

Während ich die Haustür aufschloss und mir eigentlich Sorgen über das morgige Gespräch mit den beiden machen sollte, wanderten meine Gedanken immer wieder zu dem Zitat, das Rile auf seinem Datingprofil bei *LoveChapter* angegeben hatte.

Ich liebe dich, weil das gesamte Universum sich verschworen hat, um mir zu helfen, dich zu finden.

Etwas daran sorgte dafür, dass sich eine Gänsehaut auf meinem Körper ausbreitete, und ich nahm mir fest vor, selbst mal einen Blick in das Buch zu werfen.

»Amy?«

Ich zog mir die Bettdecke über den Kopf.

»Amy, geht's dir gut?«

Erst jetzt realisierte ich, dass es Mom war, die da mit mir sprach. Mit einem Ruck zog ich die Decke wieder herunter und öffnete die Augen einen Spalt.

»Mom«, murrte ich verschlafen.

Meine Mutter stand in einem schicken schwarzen Hosenanzug vor dem Bett und sah mich skeptisch an.

»Es ist ein Uhr Mittag!« Ihre Miene wurde etwas weicher. »Bist du krank?«

»Nein«, sagte ich und setzte mich im Bett auf. »Ich bin erst um halb vier schlafen gegangen.«

Sie wirkte irritiert. »Wieso? Und warum bist du überhaupt hier und nicht in Knoxville? Du musst doch sicher für die Prüfungen lernen.«

Die Prüfungen. Obwohl ich am Campus gewesen war, hatte ich sie in den letzten Tagen erfolgreich verdrängt. Während der Vorlesungen hatte ich mehr Zeit auf Instagram verbracht, als dem Skript zu folgen, und anstatt zu lernen, hatte ich mit Ebony Pumpkin Spiced Latte getrunken und einen neuen Film im Kino angeschaut. Eigentlich hatte ich so ziemlich alles getan, außer die Nase in Büchern zu vergraben. Tatsächlich wusste ich immer noch nicht, wann die nächste Prüfung überhaupt anstand. Morgen musste ich zurückfahren und dringend dafür sorgen, dass ich nicht durchfiel. Wie genau ich das anstellen würde, war das Problem von Zukunfts-Amy.

»Ich fahre morgen zurück«, erwiderte ich. Dann schwang ich die Beine aus dem Bett und stand auf.

Mom hatte sich nicht gerührt, starrte mich immer noch an.

»Alles in Ordnung?«, fragte ich verunsichert.

Ein seltsamer Ausdruck huschte über ihr Gesicht, aber sie antwortete nicht.

»Mom?« Langsam machte sie mir Angst.

»Ja, es ist alles in Ordnung. Aber …« Sie warf einen Blick zur Tür. »Ich habe dir ja gestern schon geschrieben, dass es etwas gibt, worüber wir mit dir sprechen wollen.«

Mir fiel ihre Nachricht wieder ein, und das flaue Gefühl in meinem Magen kehrte zurück.

Meine Mutter lächelte etwas gezwungen. »Komm mit runter, ich habe gekocht.«

Kurz fühlte es sich so an, als würde mein Kiefer herunterklappen. »Du hast gekocht?« Das war der Beweis dafür, dass irgendwas los war, denn meine Mutter stellte sich nie freiwillig an den Herd.

Ich klang so entgeistert, dass Mom lachen musste. »Nudeln mit Fertigsoße, ich geb's zu.«

»Ah«, machte ich.

Aber auch das war ungewöhnlich. Meine Eltern waren beruflich so eingespannt, dass sie eigentlich nie selbst kochten. Bis zu meinem siebzehnten Lebensjahr hatten wir eine Haushaltshilfe gehabt, die auch für unsere Mahlzeiten zuständig gewesen war. Jahrelang hatte ich mit Beth mehr Zeit verbracht als mit meinen Eltern. Für mich war sie immer so etwas wie ein Omaersatz gewesen, weil Moms Eltern früh bei einem Autounfall ums Leben gekommen waren und Dad zu seinen kein gutes Verhältnis hatte. Deshalb war ich auch todtraurig gewesen, als Mom und Dad irgendwann entschieden hatten, dass sie Beths Hilfe nicht mehr benötigten. Ich sei alt genug, im Haushalt mitzuhelfen und mir meine Mahlzeiten selbst zuzubereiten, hatten sie gemeint.

»Kommst du?«

Moms Worte rissen mich aus meinen Gedanken, und ich nickte. »Ich zieh mir nur schnell was über.«

Während meine Mutter aus dem Zimmer verschwand, zog ich mir einen dünnen Pullover über mein Schlafshirt, bevor ich ihr folgte und die moderne Wendeltreppe hinunter ins Erdgeschoss lief. Das gesamte Haus war von einer Innenarchitektin eingerichtet worden und entsprach genau dem Stil meiner Eltern – edel, aber minimalistisch. In unserem großflächigen Wohnzimmer stand lediglich ein riesiges Sofa, an einer der Wände ein Regal, und auf der anderen hing eine abstrakt bemalte Leinwand, die größer war als ich.

Unten angekommen entdeckte ich auch meinen Vater, der gerade dabei war, Spaghetti auf Teller zu füllen. Es sah witzig aus, weil er einen seiner schicken maßgeschneiderten Anzüge trug, der eher zu einem Geschäftsdinner passte als zu Nudeln mit Fertigsoße.

Ich war fast bei ihm angekommen, da hob er den Blick.

»Amy, Schatz!« Er stellte den Teller ab und breitete die Arme aus.

Ich wurde schneller, um mich hineinzustürzen. Die Umarmungen meines Vaters waren immer tröstlich – fest und lang.

»Geht's dir gut?«, wollte nun auch er wissen, nachdem ich mich von ihm gelöst hatte.

»Klar«, war meine Antwort. Wie immer. Ich war nicht der Typ dafür, meine Probleme bei anderen abzuladen. Irgendwie machte ich so was am liebsten mit mir selbst aus. Oder, wenn ich wirklich mal jemanden zum Reden brauchte, mit Charlie und Rile.

Ich liebte meine Eltern, aber über meinen Kummer wegen Riles Gefühlen und das verbockte Studium konnte ich nicht mit ihnen reden. Dafür waren sie in meiner Kindheit einfach zu wenig da gewesen. Wenn wir schon mal Zeit miteinander verbrachten, wollte ich, dass es eine gute Zeit war. Sie sollte nicht durch meine Probleme überschattet werden.

»Wie läuft's an der Uni?«, fragte Dad in diesem Moment, und ich hätte am liebsten das Gesicht verzogen.

Obwohl ich gerne geschrien hätte, zwang ich mich zu einem Lächeln.

»Super!«, behauptete ich.

Wie lange es wohl dauern wird, bis das gesamte Kartenhaus in sich zusammenfällt?, fragte mich meine innere Zweiflerin. Schließlich konnte ich meine Eltern nicht ewig anlügen.

»Das freut mich«, sagte Dad, und sein stolzes Lächeln sorgte bei mir sofort für Gewissensbisse.

Aus dem Augenwinkel nahm ich wahr, wie Mom Soße auf unsere Nudeln gab. Anschließend bedeutete sie uns mit einer Geste, uns hinzusetzen.

»Fertig!«, verkündete sie.

Während ich mich vor meine Portion Spaghetti setzte, schürzte ich die Lippen. »Ich hatte noch nicht einmal Frühstück.«

»Wieso hast du überhaupt so lang geschlafen?« Ich spürte Dads prüfenden Blick auf mir. Er hatte mir gegenüber Platz genommen. »Warst du aus?«

»Ich war mit Charlie, Nate und Rile in Nashville.«

»Ach so«, sagte Mom, aber es hörte sich mehr wie eine Frage an.

»Rile möchte eine Frau kennenlernen.«

Meine Mutter runzelte die Stirn. »Tatsächlich?«

»Das wird ja auch Zeit«, witzelte mein Vater, wurde aber schnell wieder ernst, als Mom ihn mahnend ansah. »Wie auch immer! Es gibt da etwas, was wir mit dir besprechen müssen, Amy.«

Ich fühlte mich wie festgefroren. Auf einmal hatte ich eine furchtbar schlechte Vorahnung. Ohne dass ich wirklich hätte sagen können, warum. Vielleicht war es die ernste Miene meines Vaters, die Blicke, die meine Eltern sich zwischendurch zuwarfen.

»Du weißt ja, dass wir die meiste Zeit geschäftlich in Nashville sind.« Dad räusperte sich.

Ich nickte langsam, vorsichtig.

»Und unsere Firma hat ein neues, großes Projekt an Land gezogen«, fügte Mom hinzu.

»Und?« Langsam nervte es mich, dass die beiden nicht mit der Sprache herausrückten.

»Wir werden also noch mehr Zeit in der Stadt verbringen.« Wieder sahen sich die beiden an. »Und weniger in Hazelwood.«

Plötzlich wurde mir eiskalt.

»Und nicht einmal du bist noch hier.« Dad versuchte sich an einem schiefen Grinsen, das für mich eher wie eine Grimasse aussah.

»Du solltest eh nicht so viel Zeit hier verbringen. Dein Lebensmittelpunkt ist jetzt in Knoxville.«

Dein Lebensmittelpunkt? Am liebsten hätte ich laut aufgelacht. Die beiden hatten ja keine Ahnung! Keinen blassen Schimmer, was in meinem Leben los war.

»Wir wollen das Haus verkaufen.«

Jetzt war es raus. Die Sache, über die meine Eltern mit mir reden wollten. Und ich saß wie erstarrt auf diesem beschissenen Stuhl in unserem beschissenen Wohnzimmer.

»Das kann nicht euer Ernst sein!« Meine Stimme klang zittrig, als ich endlich ein paar Wörter herausbekam.

»Amy«, versuchte Dad mich zu besänftigen. »Es ist absolut unwirtschaftlich, ein Haus zu behalten, das gar nicht genutzt wird. Vor allem keins in dieser Größe.«

»Unwirtschaftlich?«, fragte ich schrill. »Ihr verdient doch genug Kohle.«

Ich stand so schnell auf, dass das Geschirr auf dem Tisch klirrte. Keiner von uns hatte bisher einen Bissen angerührt.

»Aktuell geben wir Unsummen an Geld für Hotels aus. Wir kaufen eine Wohnung in Nashville. Da kannst du dann immer hinkommen. Rile, Charlie und du könnt euch gerne auch dort treffen und ausgehen, so wie gestern«, sagte Mom, und die Verständnislosigkeit in ihrer Stimme machte mich wütend. Unfassbar wütend!

»Oh, klasse«, keifte ich. »Dann fahre ich dahin und gucke euch beim Arbeiten zu, während ich hoffe, dass Rile und Charlie ab und an auch mal vorbeikommen können. Das wird ein Spaß!«

»Es ist doch nur ein Haus.« Ich wusste, dass Dad es nicht böse meinte, aber das war der schlimmste Satz von allen. Und er traf mich direkt ins Herz.

Denn diese vier Wände waren für mich nicht nur ein Haus. Ich kam hierher, wenn ich nicht weiterwusste. Wenn ich nachdenken wollte. Wenn es mir schlecht ging. Wenn ich keine Ahnung hatte, wohin ich sonst sollte. Es war mein Zufluchtsort. Der einzige Ort, an dem ich mich wirklich sicher fühlte. Und alles, was mir geblieben war.

Kapitel 9

Rile

> Wir könnten als Charaktere unserer Lieblingsbücher kommen, sollten wir uns mal treffen.

Ich blinzelte ein paarmal. Las den Vorschlag von bookishgirl20 noch einmal. War das ein Scherz? Oder wollte sie wirklich, dass ich mich als Wal verkleidete, weil Moby Dick mein ungeschlagener Favorit war, wenn es um Romane ging?

Ich hatte sie angeschrieben und ihren Buchgeschmack bewundert – ein besserer Einstieg war mir nicht eingefallen. Und ziemlich schnell hatte sie dann diesen Satz rausgehauen.

Ich tippte. Hörte wieder auf. Tippte wieder. *Verflucht!* Eigentlich konnte ich ziemlich gut mit Worten umgehen. Die Liebe zum Lesen ging wahrscheinlich nicht nur bei mir mit der zum Schreiben einher. Als Junge hatte ich sogar eine Weile Tagebuch geschrieben, bis mein Vater ein paar der Seiten gefunden hatte und komplett ausgetickt war. Hatte ich bis dahin geglaubt, für ihn wäre es das Allerschlimmste, dass ich lese, war ich da eines Besseren belehrt worden.

In Richards Augen gab es nichts, wirklich *nichts* Schlimmeres, als nicht »männlich« zu sein. Und keine Gefühle zu zeigen, war für ihn der Inbegriff von Männlichkeit. Für mich bedeutete Männlichkeit genau das Gegenteil. Es war leicht, seine Gefühle zu unterdrücken, viel schwerer war es, sie zuzulassen und zu ihnen zu stehen. Nur würden Richard und viele andere Männer seiner Generation das niemals verstehen.

Nun hatte er mich dabei erwischt, dass ich meine Gefühle aufschrieb. Und das hatte für einen solchen Ärger gesorgt, dass ich mich lange Zeit danach nicht traute, das, was in mir vorging, aufzuschreiben. Bis mein Liebeskummer wegen Amy so groß geworden war, dass ich es allein mit meinen Gedanken nicht mehr aushielt …

Um nicht wieder dahin abzudriften, zwang ich sie jetzt zurück in die Gegenwart und starrte auf die Wörter von bookishgirl20. Noch immer hatte ich keine Ahnung, was ich ihr antworten sollte.

Zum Glück erschien irgendwann ein weiterer Text.

War nur ein Witz, keine Sorge!

Dahinter folgte ein zwinkernder Emoji. Das war gut, oder?

Meine Mundwinkel zuckten, während meine Finger über die Tasten flogen.

Dann bin ich ja beruhigt.

Zufrieden schickte ich ihr ebenfalls einen Zwinker-Emoji. Galt das bereits als Flirten? Vielleicht war ich ja doch nicht so schlecht darin, wie ich befürchtet hatte.

Während ich auf ihre Antwort wartete, klickte ich auf das Profil meiner Chatpartnerin. Wie schon der Profilname verriet, war sie zwanzig und studierte Amerikanische Literatur in Darlinville, der nächstgrößeren Kleinstadt. So viel hatte ich bereits erfahren. Die vierzig Meilen Entfernung waren nicht optimal, aber ihr Profil war das einzige, an dem ich seit Sonntagmorgen hängen geblieben war. Das lag zum einen daran, dass sie dasselbe Lieblingszitat wie ich ausgewählt hatte – ich meine, wie hoch war die Wahrscheinlichkeit, dass so etwas direkt nach ein paar Swipes geschah? –, und zum anderen an ihrem Foto.

Sie hatte blondes langes Haar, einen Pony und ein strahlendes Lächeln. Während die anderen Frauen mich mehr oder weniger kaltgelassen hatten, hatte ich bei ihren Bildern sofort lächeln müssen. Sie wirkte sympathisch und süß. Wie das nette Mädchen von nebenan, wenn man es als Kompliment meinte.

Ich heiße übrigens Lilly

Erschien auf meinem Display genau in dem Moment, als ich mich fragte, ob ihre Augen eher grün oder blau waren.

Lilly. Ich hielt kurz inne, weil der Name so perfekt zu ihr passte. Und zu mir. Lilly und Rile. Das klang doch ziemlich gut zusammen.

Jetzt beruhig dich mal, tadelte ich mich im Stillen und gab mir eine imaginäre Ohrfeige. *Steiger dich nicht sofort in die Sache hinein.*

Charlie hatte mir vor ein paar Tagen mit liebevollem Spott vorgeworfen, ein hoffnungsloser Romantiker zu sein. Keine Ahnung, wieso es so verpönt war, es als Mann romantisch zu mögen. Wieso mussten Kerle sich immer wortkarg und draufgängerisch geben? Ich war nun mal kein Nate, und obwohl ich mir früher manchmal gewünscht hatte, so jemand zu sein, wollte ich das inzwischen auch gar nicht mehr. Wahrscheinlich hatte ich mir deshalb auch immer vorgestellt, dass ich meine Freundin im richtigen Leben kennenlernen würde – bei einer Wanderung oder im Coffee Shop. Aber da das in den letzten Jahren kein einziges Mal passiert war …

Ich bin Rile

Antwortete ich schnell, bevor ich das Ganze wieder zerdenken konnte.

Hi, Rile.

Ich malte mir aus, wie sie auf dem Bett saß und lächelte, während sie mit mir schrieb. Es war eine schöne Vorstellung. Und deshalb fasste ich einen Entschluss.

Hast du morgen schon was vor?

Lillys Antwort ließ nicht lange auf sich warten.

Nein, aber jetzt?

Sie war schlagfertig – und das gefiel mir. Wahrscheinlich, weil ich die meiste Zeit meines Lebens von solchen Frauen umgeben gewesen war. Zumindest, wenn ich Mom nicht dazuzählte, denn die traute sich selten, eine schlagfertige Reaktion zu zeigen, insbesondere gegenüber meinem Vater.

Warst du schon mal im Books & Brew?

Das Books & Brew lag zwanzig Minuten entfernt, ungefähr auf halber Strecke zwischen Hazelwood und Darlinville. Es war das einzige Büchercafé in der Umgebung und in den letzten Wochen für mich zu einer Art Zufluchtsort geworden. Dort gab es gemütliche Leseecken, unzählige Regale mit Büchern und den besten Cappuccino weit und breit.

Ja! Das ist mein Lieblingscafé!

Zufrieden grinsend schlug ich eine Uhrzeit für unser Treffen vor, als auf meinem Display ein Foto von Amy auftauchte, auf dem sie die Zunge herausstreckte. Sie hatte das Bild irgendwann mal selbst eingestellt, damit ich es immer sah, wenn sie mich anrief. Ihr Anblick versetzte meiner Euphorie einen Dämpfer, und ich brauchte einen Moment, um ranzugehen.

»Du glaubst nicht, was passiert ist …«, rief ich ins Telefon, um dem blöden Gefühl gar nicht erst die Chance zu geben, sich auszubreiten.

Amy ist deine beste Freundin. Und von jetzt an siehst du sie wieder als genau das!

»Ich hab ein Date!«, ließ ich die Bombe platzen.

Weil es am anderen Ende der Leitung so still war, dachte ich zuerst, die Verbindung sei unterbrochen worden.

»Amy?«, fragte ich irritiert.

Warum sagte sie nichts? Immerhin hatte sie mich angerufen, nicht ich sie.

»Wow«, kam es nach einer gefühlten Ewigkeit. »So schnell?« Ihre Stimme klang noch ein bisschen heiserer als sonst.

»Na ja, heute ist Mittwoch«, sagte ich. »Ich hab mich am Sonntag angemeldet.« Irgendwie hatte ich das Gefühl, mich verteidigen zu müssen.

»Du hast recht!« Amy lachte ein bisschen zu laut. »Das sind tolle Nachrichten! Wie heißt sie? Wie alt ist sie? Wann trefft ihr euch?«

»Bist du krank?«, fragte ich, anstatt eine ihrer Fragen zu beantworten. »Du klingst so komisch.«

Sie räusperte sich. »Nein! Alles super. Ich dachte nur, ich rufe mal an und frage, wie du bei der Dating-App vorankommst. Aber offensichtlich brauchst du meine Hilfe gar nicht.«

Dass sie einen Witz machte, beruhigte mich, also versuchte ich das Gefühl, dass etwas nicht stimmte, beiseitezuschieben. Vielleicht mussten wir uns nach der langen Funkstille erst mal wieder aufeinander einstimmen, aneinander gewöhnen.

»Also!«, verkündete ich. »Sie heißt Lilly, ist zwanzig und studiert Amerikanische Literatur.« Ich grinste, und wahrscheinlich konnte Amy das hören, als ich weitersprach: »Und sie liebt Bücher. Natürlich, sonst wäre sie ja nicht bei *LoveChapter*.«

»Unglaublich!«, sagte Amy verblüfft. »Wenn ich mir jemanden für dich hätte ausdenken sollen, wäre exakt diese Frau dabei herausgekommen.«

»Wir treffen uns morgen um halb fünf im Books & Brew.«

»Morgen schon?«

»Ich kann's selbst nicht glauben!«

»Ja, es geht auf einmal alles so schnell.« Bei der Art, wie sie die Worte aussprach, sah ich sie vor mir, wie sie auf ihrer Unterlippe herumkaute. »Aber ich freue mich wahnsinnig für dich. Du hast nur das Beste verdient. Die Beste! Viel Spaß morgen.«

»Danke, Amy.«

Gerade als ich auflegen wollte, sagte sie noch etwas. »Erzählst du danach, wie es war?«

»Klar!«, versprach ich, doch nachdem wir das Gespräch beendet hatten, ließ mich das nagende Gefühl nicht los, das Amy eigentlich aus einem anderen Grund angerufen hatte.

Mit klopfendem Herzen stieg ich am nächsten Tag aus meinem Pick-up. Bei der Arbeit hatte ich mich etwas ablenken und bei einem Kaffee mit Hank über mein neues Buch sprechen können, aber nun gab es nichts mehr, was für Zerstreuung sorgte. Schon auf dem Parkplatz, der sich nur ein paar Gehminuten vom Café entfernt befand, hielt ich Ausschau nach Lilly. Nach blonden Haaren, dem süßen Lächeln. Aber noch entdeckte ich keine Spur von ihr, und das änderte sich auch nicht auf dem kurzen Weg zum *Books & Brew*.

Ich war fünf Minuten zu früh und stellte mich ein Stück neben die Eingangstür. Wahrscheinlich stand mir *Ich habe ein Date* praktisch auf die Stirn geschrieben. Als mir das klar wurde, entfernte ich mich noch etwas weiter vom Eingang.

Nun stehe ich hier.

Wie stand man denn am besten, wenn man auf jemanden wartete? Verschränkte Arme? Zu abwehrend. Hände in den Hosentaschen? Zu unsicher. Zumindest predigte Richard das immer.

Nur wurde ich bei dem Gedanken daran, nicht unsicher zu wirken, noch unsicherer. *Scheiße.*

Das hier war mein erstes Blind Date. Die erste Verabredung mit jemandem, den ich vorher nicht kannte. Wahrscheinlich war ich deshalb so nervös. Oder weil ich seit der Schulzeit keine Frau mehr auf diese Weise getroffen hatte.

Bevor meine Ängste vollkommen eskalieren konnten, entdeckte ich sie. Ich hob den Blick und sah zuerst honigfarbenes Haar, das beim Gehen wippte. Dann lief auf einmal alles wie in Zeitlupe ab. Lilly, wie sie lächelnd auf mich zukam, in einer braunen, eng anliegenden Cordhose und einem farblich passenden Rollkragenpullover. Es war ein bisschen so wie in diesen Filmen, wo plötzlich die Hauptfigur auftauchte, sodass es mich nicht gewundert hätte, wenn auch noch ein schnulziger Neunziger-Jahre-Song erklungen wäre.

Für ein paar Sekunden blieb meine Aufmerksamkeit an der dunklen Tasche hängen, die an Lillys Schulter baumelte, bis er weiter zu dem Buch in ihrer Hand glitt.

Sie hat ein Buch dabei!

Keine Ahnung warum, aber irgendwie beruhigte mich diese Tatsache. Ein kleiner Teil der Anspannung fiel von mir ab, und meine Mundwinkel zogen sich nach oben. Genau in dem Moment, als sie mich erreichte.

»Hi, Rile!« Sie war zwar etwas größer als Amy, aber dennoch klein – zumindest im Vergleich zu mir –, sodass sie zu mir hochschauen musste.

»Hallo, Lilly!« Verflucht, wie sollte ich sie denn jetzt begrüßen?

Zum Glück nahm sie mir die Entscheidung ab und umarmte mich einfach. Sie machte keine große Sache daraus, kam einfach noch näher und schlang die Arme um mich.

»Schön dich, kennenzulernen.«

Wow.

»Du bist wirklich groß«, fügte sie noch hinzu, als sie sich von mir löste. »Das gefällt mir!«

Wärme schoss mir ins Gesicht, und ich fuhr mir verlegen durchs Haar. Fieberhaft überlegte ich, was ich darauf erwidern sollte.

Wir sahen uns an, und sie legte den Kopf schief, sodass ihr Pony ein Stück zur Seite fiel. Ihre Augen waren eindeutig blau.

»Wollen wir reingehen?« Erst durch ihre Frage wurde mir bewusst, dass ich sie angestarrte hatte.

Ich nickte schnell und ging dann vor, damit ich ihr die Tür aufhalten konnte.

»Ein richtiger Gentleman«, kommentierte Lilly die Geste und strahlte mich an, was meinem Selbstbewusstsein einen kräftigen Schubs nach oben versetzte.

Als wir einander gegenüber Platz genommen und unsere Getränke bestellt hatten – Lilly eine heiße Schokolade, ich einen Cappuccino –, war meine Nervosität auf einmal wie weggeblasen.

»Was liest du denn gerade?« Ich deutete auf Lillys Buch, das mittlerweile zwischen uns auf dem Tisch lag.

»Mal wieder *Stolz und Vorurteil*«, entgegnete sie und hielt sich eine Hand vors Gesicht. »Ich beschwere mich immer, dass es zu viele Bücher gibt, um alle zu lesen, die ich toll finde, trotzdem lese ich meine Lieblingsbücher immer wieder.«

»Du glaubst nicht, wie oft ich *Moby Dick* schon gelesen habe.«

»Lass mich raten: Hundertmal?« Sie kicherte.

Bevor ich zu einer Antwort ansetzen konnte, kam Freddy, der Barista, und stellte die Becher vor uns ab.

»Lasst es euch schmecken!« Er warf mir einen vielsagenden Blick zu, der aller Wahrscheinlichkeit nach ausdrücken sollte: *Viel Erfolg bei deinem DATE!* Ich versuchte ihm wortlos deutlich zu machen, dass er mich nicht blamieren sollte.

»Du scheinst ja wirklich öfter hier zu sein«, kommentierte Lilly unsere nonverbale Kommunikation, und mir wurde wieder warm. Sie war so entwaffnend ehrlich!

Ich zuckte mit den Schultern. »Schuldig im Sinne der Anklage.«

Schuldig im Sinne der Anklage? Am liebsten hätte ich mir mit der Hand gegen den Kopf geschlagen. Wieso kamen manchmal solche abgedroschenen Phrasen aus meinem Mund? Wie kam ich nur immer auf diesen Mist?

Doch Lilly kicherte. Sie lachte mich nicht aus – sie lachte über das, was ich gesagt hatte.

Überrascht blinzelte ich ein paarmal. Das hier machte wesentlich mehr Spaß, als ich zu hoffen gewagt hatte.

Es war … einfach.

»Aber um noch mal auf *Stolz und Vorurteil* zurückzukommen …« Ich machte eine kurze Pause, um nach den richtigen Worten zu suchen. »Ich fand es auch ziemlich gut.«

Lillys Miene hellte sich noch ein bisschen mehr auf. »Du hast es gelesen?«

»Jep!«

Spätestens in diesem Augenblick wurde mir klar, dass Lilly mich mochte. Und dass dieses Date gut lief. Verdammt gut. Erst als ich meinen dritten Cappuccino bestellte, fiel mir auf, dass ich schon seit zwei Stunden nicht an Amy gedacht hatte.

Amy

Auf einmal wurde es hell.

»Steh auf!«

Wahrscheinlich dachte Mom, dass ich schlief, doch ich tat nur so. Seit meine Eltern mir von ihren Plänen, das Haus zu verkaufen, erzählt hatten, wollte ich kein Wort mehr mit ihnen reden.

»Amy, wieso liegst du um elf Uhr noch im Bett?« Sie klang ungewohnt hysterisch, was mir eine gewisse Genugtuung verschaffte.

Ich riss die Augen auf. »Weil ich Lust darauf habe!«

Plötzlich verschwand die Decke über mir, und ich brauchte ein paar Sekunden, um zu realisieren, dass Mom sie vom Bett gerissen hatte. Meine Mutter war für ihre stets beherrschte Art bekannt – Wutausbrüche waren genauso untypisch für sie wie jede andere überschwängliche Emotion.

»Wieso bist du immer noch hier?«, wollte sie wissen. »Es ist Donnerstag, und du hast doch Vorlesungen.«

Meine Eltern waren am Montagmorgen wieder nach Nashville aufgebrochen und hatten mir vorher das Versprechen abgenommen, dass ich an den Campus zurückkehren würde. Nur hatte ich das nicht getan. Sie wussten zwar nichts von meinen Problemen an der Uni, aber sie kannten mich gut genug, um zu wissen, wie trotzig ich sein konnte. Ihnen war klar, dass ich gerade jetzt in Hazelwood bleiben wollte.

Die Konsequenzen, die Dekan Stevens mir angedroht hatte, waren mir egal. Mir war alles egal.

Eigentlich war mein Plan gewesen, mich ebenfalls Montagmorgen auf den Weg zu machen, aber nach dem Gespräch mit meinen Eltern hatte ich einfach nicht die Kraft dazu gehabt. Immerhin hatte ich mich aufraffen können, zum Arzt zu fahren. In der Praxis hatte ich eine Magen-Darm-Grippe vorgetäuscht und mir ein Attest für diese Woche ausstellen lassen. So wurde ich zumindest nicht direkt exmatrikuliert.

»Ich dachte, wenn ich das Haus nicht mehr verlasse, könnt ihr es nicht verkaufen«, behauptete ich.

Natürlich war das nicht ernst gemeint, aber ich hatte einfach keine Energie gehabt, mich auf den Weg zu machen. Stattdessen hatte ich mich in den letzten Tagen einfach hier verkrochen, vier Vorlesungen und ein Seminar verpasst und alle in dem Glauben gelassen, ich sei schon weg. Selbst Charlie.

Einen einzigen Versuch hatte ich unternommen, jemandem davon zu erzählen, dass meine Eltern unser Zuhause loswerden wollten. Aber als ich Rile angerufen hatte, um ihm mein Herz auszuschütten, war er so gut drauf gewesen. Er hatte mir von seinem Date erzählt, und ich hatte ihm die Laune nicht vermiesen wollen. Ich wollte Rile dabei helfen, eine Frau kennenzulernen, und jetzt, wo er wirklich jemanden traf, konnte ich ihm das nicht versauen. Auch wenn es sich komisch angefühlt hatte, als er von ihr gesprochen hatte.

So, wie ich Rile kannte, hätte er die Verabredung sofort abgesagt und sich bei mir einquartiert. Mich getröstet. Aber gerade war das aus offensichtlichen Gründen einfach keine Option.

»Reiß dich zusammen!«, keifte Mom.

Ich reagierte nicht.

»Warum bist du nicht an der Uni?«

Ich biss mir auf die Unterlippe. Und schwieg.

»Okay, es reicht mir jetzt! Ich rufe den Dekan an.«

In der nächsten Sekunde saß ich kerzengerade im Bett. »Nein!«

Meine heftige Reaktion ließ Mom die Stirn runzeln. »Wieso nicht?«

»Was macht das denn für einen Eindruck?« Ich versuchte, so überzeugend wie möglich zu klingen. »Er denkt, alles sei in Ordnung, und dann rufst du ihn an, weil wir einen Familienstreit haben. Außerdem bin ich volljährig und nicht mehr in der Highschool – welche Eltern einer 21-Jährigen rufen den Dekan an?«

»Eltern, die mehr als fünfundzwanzigtausend Dollar jährlich bezahlen, damit ihre Tochter studieren kann«, zischte sie. Sie hielt kurz inne. »Außerdem haben wir keinen Familienstreit, Amy.« Das Wort *Familienstreit* kam ihr nur schwer über die Lippen. Sie machte eine Handbewegung, die aussah, als würde sie ein lästiges Insekt verscheuchen. »Dein Vater und ich haben uns bloß dazu entschieden, dieses Haus zu verkaufen.«

»Und mich habt ihr dabei nicht gefragt. Ich wohne auch hier.«

»Tust du nicht«, erwiderte sie scharf. »Du wohnst in deinem Zimmer im Studentenwohnheim. Da, wo du jetzt auch wieder hinfahren wirst.«

Wütend funkelte sie mich an.

Als ich nicht antwortete, verschränkte sie die Arme vor der Brust. »Amy?«

Ich wandte den Blick ab. »Ist ja gut. Heute Nachmittag fahre ich.«

Ich fuhr nicht. Zumindest nicht an diesem Nachmittag. Stattdessen setzte ich mich in meinen Wagen und machte mich auf den Weg zu Charlie.

Sie war um diese Zeit zwar noch nicht zu Hause, aber ich wusste, wo ich sie antreffen würde. Im *Butterfly Garden* ihrer Familie, eine der Touristenattraktionen des Ortes. Na ja, eigentlich *die* Touristenattraktion. Abgesehen von verschiedenen Wanderrouten durch die naturbelassene Hügellandschaft und einem großen See hatte Hazelwood für Fremde nicht sonderlich viel zu bieten.

Bereits als ich in den Sandweg, der zum Grundstück führte, einbog, zog die große Glaskuppel des Gebäudes meine Aufmerksamkeit auf sich.

Ich war lange nicht hier gewesen.

Aber Charlie hatte in einer halben Stunde Feierabend. Perfektes Timing!

Kurzerhand sprang ich aus dem Wagen und marschierte zielstrebig zum Haus. Als ich den Vorraum betrat, in dem man die Eintrittskarten kaufte, sprang Charlie von ihrem Stuhl hinter der Kasse.

»Hey!« Sofort hellte ihre Miene sich auf, und meine Freundin kam auf mich zugestürmt. »Was für eine Überraschung! Ich dachte, du wärst längst in Knoxville. Oder bist du schon wieder zurück?«

»Ich konnte nicht.« Erschrocken stellte ich fest, wie zittrig meine Stimme klang.

Charlies Gesichtsausdruck wechselte von fröhlich zu besorgt.

»Was ist passiert?«, fragte sie mit sanfter Stimme.

Obwohl wir allein waren, warf ich einen Blick über die Schulter, nur um auf Nummer sicher zu gehen. Nicht, dass es ein Geheimnis gewesen wäre, aber …

»Mom und Dad wollen das Haus verkaufen.«

»Was?« Charlies Aufschrei ließ mich zusammenzucken.

Obwohl ich genauso schockiert reagiert hatte. »Das ist nicht dein Ernst!«

Sie klang vollkommen außer sich – und meine Augen füllten sich mit Tränen.

»Doch, die beiden haben es mir am Sonntag gesagt.«

Meine Stimme bebte.

»Aber wieso? Das Haus ist …« Sie brach ab. »Es ist wunderschön. Und es ist …«

»… mein Zuhause«, vervollständigte ich ihren Satz.

Vielleicht war es kindisch, so an einem Ort zu hängen. Man sagte ja immer, ein Zuhause sei kein Ort, sondern ein Gefühl. Das Zuhause seien die Menschen, die man liebte. Aber für mich war das alles dasselbe. In unserem Haus in Hazelwood fühlte ich mich zu Hause. Nicht nur, weil ich dort aufgewachsen war, sondern auch, weil die Menschen, die ich am meisten liebte, dort waren.

Charlie und Rile.

Auch wenn Charlie nächstes Jahr nach Nashville gehen würde – in die Stadt, in der meine Eltern eine Wohnung kaufen wollten –, würden wir uns seltener sehen. Ganz zu schweigen davon, dass ich Rile dann vielleicht gar nicht mehr zu Gesicht bekäme.

Allein der Gedanke tat weh. Er sorgte dafür, dass ich mich verloren fühlte. Und dafür, dass sich eine einzelne Träne den Weg meine Wange hinunter bahnte. Schnell wischte ich sie weg und biss die Zähne zusammen. Ich hasste es zu weinen. Ich hasste es, dermaßen schwach zu sein. Gerade hasste ich einfach alles.

Im nächsten Moment wurde das Gefühl der Ohnmacht jedoch von etwas Wärmerem verdrängt. Charlie drückte mich fest an sich und vertrieb damit einige der dunklen Gedanken. Ich schlang die Arme um ihre Mitte und klammerte mich an sie, als wäre ich eine Ertrinkende und sie mein Rettungsboot.

»Alles wird wieder gut.« Charlie rieb mir beruhigend über den Rücken. »Wir finden eine Lösung, ich verspreche es dir.«

Auch wenn ich mir nicht vorstellen konnte, wie diese Lösung aussehen sollte, nickte ich an ihrer Schulter.

Charlie drückte mich noch ein letztes Mal an sich, bevor sie wieder Abstand nahm.

»Ich bin nach Feierabend mit Rile verabredet«, sagte sie dann. »Kommst du mit? Danach schläfst du bei mir, und wir reden in Ruhe über alles. Nate ist in Nashville und besucht Trevor. Wie klingt das?«

Der Gedanke, etwas mehr Zeit hier zu verbringen, war verlockend. Und ob ich heute Abend noch nach Knoxville fuhr oder erst morgen, machte eigentlich keinen Unterschied, weil ich ohnehin bis zum Wochenende krankgeschrieben war. Wie ich mittlerweile herausgefunden hatte, begannen übernächste Woche dann die sogenannten *Midterm Exams*, die Zwischenprüfungen. Die waren jedoch nur das kleinere Übel. Im Dezember, wenn das Semester endete, würden die Abschlussprüfungen folgen.

»Okay«, stimmte ich also zu.

»Das, was Rile uns zu erzählen hat, wird dich vielleicht ein bisschen ablenken.« Charlie wackelte mit den Augenbrauen.

Verständnislos sah ich sie an. Erst dann fiel mir seine Verabredung wieder ein.

»Gestern war das Date.« Es klang mehr wie eine Frage.

»Ja! Deshalb wollte ich ihn heute sofort treffen.«

»Mhm.« Der Gedanke, dass Rile gleich von seinem Treffen mit dieser Lilly berichten würde, war seltsam.

Ungewohnt. Zwar hatte ich ihm schon tausendmal von irgendwelchen Männergeschichten erzählt, aber es war noch nie andersherum gewesen.

»Ich dachte ja, dass du schon weg bist«, fügte meine beste Freundin noch entschuldigend hinzu.

Ein Paar mit einem Kind kam durch die Drehtür und winkte Charlie zum Abschied zu. Bevor alle drei nach draußen verschwanden, wandte die Frau sich noch einmal um.

»Es ist jedes Mal so schön bei euch. Danke!«

Charlie bedankte sich für das Kompliment, und als wir wieder allein waren, stemmte sie die Hände in die Seiten.

»So, das müssten die Letzten gewesen sein. Ich mache noch einen Rundgang und schalte überall das Licht aus. Kommst du mit?«

Ich nickte zögerlich und schlenderte hinter Charlie her ins Innere des tropischen Schmetterlingsgartens. Sofort legte sich die schwüle Luft um mich, die einen scharfen Kontrast zur trockenen Kälte außerhalb des Gebäudes darstellte.

Während Charlie entschlossen den Weg entlangging, der Besucher von einem zum anderen Ende des *Butterfly Garden* führte, blieb ich für einen Moment stehen, schloss die Augen und nahm die Geräusche um mich herum wahr: das Plätschern des Teiches zu meiner Linken, das Surren des Sprühsystems … Kurz hatte ich das Gefühl, sogar die Flügelschläge der Falter hören zu können, aber das war wahrscheinlich reine Einbildung.

Die meisten Schmetterlinge flatterten so leise, dass sie kaum Geräusche machten. Charlie hatte mir mal erklärt, dass es nur wenige Ausnahmen gab. Die männlichen Falter bestimmter Arten konnten klickende oder klackernde Geräusche erzeugen – hauptsächlich, um zu kommunizieren oder Konkurrenten abzuschrecken.

Als ich die Lider wieder hob, flog gerade ein gelber Schmetterling an mir vorbei, und ich verfolgte ihn mit dem Blick. Er war so ruhig, so anmutig, dass ich mich plötzlich völlig fehl am

Platz fühlte. Ich passte einfach nicht in diese idyllische Umgebung. Während Charlie immer wieder erzählte, wie sehr sie im *Butterfly Garden* herunterkam und dass der Ort sie erdete, verdeutlichte er mir, was ich alles *nicht* war. Nicht ruhig, nicht sanft, nicht anmutig. Und schon gar nicht friedvoll.

Kapitel 10

Amy

»Es war wie im Film, ungelogen!«

Ungelogen war, dass Rile uns nun seit einer geschlagenen halben Stunde von seinem Date erzählte – ohne auch nur einmal Luft zu holen.

»Wie schön!« Charlie stieß aus Versehen mit dem Bein gegen mich. Schon die ganze Zeit zappelte sie aufgeregt neben mir herum, und am liebsten hätte ich ihr den Ellenbogen in die Seite gerammt.

In der nächsten Sekunde bekam ich ein schlechtes Gewissen, weil sie mich vorhin so lieb getröstet hatte. Außerdem konnten sie und Rile ja auch nichts dafür, dass mein Leben den Bach runterging, während ihres gerade erst so richtig an Fahrt aufnahm.

Um mich abzulenken, nahm ich einen Schluck von dem süßen Caramel Macchiato und konzentrierte mich auf die verschiedenen Geschmacksrichtungen in meinem Mund.

»Sie ist einfach perfekt!«, schwärmte Rile.

Ich war so geschockt, dass ich etwas sagen wollte, noch bevor ich den Kaffee heruntergeschluckt hatte, sodass die Flüssigkeit in meine Luftröhre gelangte und ich drohte zu ersticken. Zumindest fühlte es sich so an: Ich hustete und hustete und hustete. Japste nach Luft, bevor Charlie mir kräftig mit der Hand gegen den Rücken schlug und ich mich langsam wieder einkriegte.

Ich konnte spüren, dass mein Kopf hochrot angelaufen war, und ich wusste nicht, welcher Schreck mir tiefer in den Knochen steckte – der über Riles Aussage oder der über meine Nahtoderfahrung.

»Geht's wieder?« Kurz richtete Rile seine Aufmerksamkeit auf mich, bevor er sich wieder seinem Lieblingsthema widmete: Lilly.

Wir haben es kapiert, Rile. Lilly ist die beste Frau der Welt. Niemand kann ihr das Wasser reichen.

Ich erschrak über meine bösartigen Gedanken und rutschte auf meinem Stuhl ein Stück tiefer. Dann nahm ich einen weiteren Schluck Kaffee, zwang mich dieses Mal aber, die Klappe zu halten, bis das Getränk in meinem Magen war.

»Ich meine, sie ist ...«

Oh nein. Jetzt setzte er schon wieder dazu an, aufzuzählen, welche großartigen Eigenschaften Lilly hatte.

»Süß, hübsch, freundlich und belesen«, fuhr ich Rile dazwischen und beendete seine Aufzählung mit den Attributen, die ich mir gemerkt hatte. Er hatte sie in den vergangenen dreißig Minuten so oft aufgezählt, dass es mir nicht mal möglich gewesen wäre, sie zu vergessen, wenn ich es gewollt hätte. »Wir haben es verstanden.«

Fuck. Zeitgleich mit der Einsicht, dass ich zu weit gegangen war, spürte ich Charlies Blick auf mir. Ich konnte mir denken, was in ihrem Kopf vor sich ging, wusste aber selbst nicht, warum ich mich wie eine gehässige Kuh verhielt. Erst hatte ich Rile dazu gedrängt, sich bei dieser Dating-App anzumelden, und jetzt machte ich es ihm mies, dass er eine passende Frau kennengelernt hatte.

Das ließ nur eine logische Schlussfolgerung zu: Ich war der schrecklichste Mensch der Welt.

»Das kam jetzt irgendwie falsch raus«, entschuldigte ich mich sofort und hielt mir eine Hand vor den Mund. »Ich bin heute einfach mit dem falschen Fuß aufgestanden – tut mir leid.«

Rile starrte den Kaffeebecher in seiner Hand an, und mir wurde schwer ums Herz.

»Sie klingt wirklich nett. Und supersüß.«

So süß wie mein klebriger Caramel Macchiato.

Das Grinsen in meinem Gesicht fühlte sich an wie eine Grimasse.

»Vielleicht solltest du Rile erklären, warum …«, fing Charlie an, aber das wollte ich kein bisschen, deshalb schüttelte ich schnell den Kopf.

»Heute geht es nur um Rile. Um Rile und Lilly.«

Lilly. Dieser Name. Ich würde verrückt werden, wenn ich den mehrmals am Tag sagen müsste.

»Allein der Name ist irgendwie niedlich«, bemerkte Charlie im selben Moment und lächelte. »Ich freue mich schon darauf, sie kennenzulernen.«

Sie kennenlernen?, keifte eine Stimme in meinem Inneren.

»Ich auch«, beeilte ich mich zu sagen. »Also, wenn es irgendwann in ferner Zukunft mal so weit sein wird. Wenn es um eine feste Beziehung geht, sollte man es schließlich langsam angehen lassen.« Ich lachte, um meinen Worten den Ernst zu nehmen. »Da hat man ja viel Zeit, um sich kennenzulernen.«

Rile und Charlie sahen mich an.

»So viel Zeit«, schob ich noch nach.

»Ach, wozu warten? Eure Meinung ist mir enorm wichtig. Ein paarmal will ich mich schon noch allein mit ihr treffen, bevor ich sie euch vorstelle. Aber dann könnten wir doch mal alle zusammen etwas im Grill essen.«

Mir fiel buchstäblich die Kinnlade herunter, aber ich versuchte mir mein Entsetzen nicht anmerken zu lassen.

»Ich muss leider heute Abend noch zurück an den Campus«, log ich. »Und dann erst mal Gas geben, was das Studium angeht. Ich weiß noch nicht, ob ich es in nächster Zeit nach Hazelwood schaffe. Schade!«

»Vielleicht klappt es ja in den nächsten paar Wochen irgendwann. Du musst auf jeden Fall dabei sein! Immerhin bist du einer der wichtigsten Menschen in meinem Leben.«

Einer der wichtigsten Menschen in meinem Leben.

»Stimmt, das lasse ich mir natürlich um keinen Preis entgehen.«

Für den Bruchteil einer Sekunde schloss ich die Augen und fragte mich, wieso zur Hölle meine Gefühle in letzter Zeit so durcheinandergerieten.

Ich versuchte ja, mich für Rile zu freuen, aber irgendwie wollte es mir einfach nicht gelingen. Tief in mir war da dieser Widerwille, diese Lilly zu treffen – obwohl sie mir rein gar nichts getan hatte.

»Charlie?«

Ich schielte zur Seite, wo meine beste Freundin unter der Bettdecke schlummerte. Weil ich schon so lange wach lag und an die Zimmerdecke starrte, hatten sich meine Augen mittlerweile an die Dunkelheit gewöhnt. Allerdings drehte Charlie mir den Rücken zu, weshalb ich nicht sehen konnte, ob sie wirklich schlief.

»Charlie?«, flüsterte ich noch einmal.

Sie nuschelte etwas, was ich nicht verstand.

»Bist du wach?«

Die Decke raschelte neben mir. »Da du mich gerade aufgeweckt hast – ja!«

Charlie drehte sich auf den Rücken, und ich legte mich auf die Seite, sodass ich sie besser sehen konnte.

»Tut mir leid!«, entschuldigte ich mich zerknirscht.

»Was ist los?«

»Meinst du nicht, Rile steigert sich da viel zu sehr rein?«

»Wo rein?«, fragte sie verständnislos, bevor sie geräuschvoll gähnte.

»In die Sache mit dieser Lilly«, begann ich vorsichtig. »Ich meine, die beiden haben sich erst ein einziges Mal getroffen. Und er klang vorhin so, als würde schon das Datum für die Hochzeit feststehen.«

»Amy!« Charlies Stimme hatte einen vorwurfsvollen Tonfall angenommen.

Die Bettdecke raschelte wieder, als sie sich neben mir aufsetzte.

Ich stützte mich auf einem Ellenbogen ab und sah zu ihr hoch, auch wenn ich nicht wusste, ob sie mich im Dunkeln erkennen konnte.

»Ich will nur nicht, dass er verletzt wird«, beteuerte ich.

Charlie seufzte. »Sag mal, kann es sein, dass es dich stört, dass Rile Lilly kennengelernt hat?«

»WAS?«, zischte ich, und mein Herz klopfte auf einmal schneller. »Das ist absurd! Ich war doch diejenige, die ihn dazu ermutigt hat, jemanden zu daten. Die, die ihn quasi dazu gezwungen hat, sich bei dieser App anzumelden.«

»Schon«, stimmte Charlie mir zu. »Du warst aber auch

diejenige, die heute fast erstickt wäre, als er uns eröffnet hat, dass er Lilly perfekt findet.«

Ich presste die Lippen fest aufeinander, bevor mir ein blöder Kommentar herausrutschen konnte. Momentan passierte das leider viel zu oft.

»Und du warst diejenige, die aussah, als würde sie Lilly am liebsten die …«

»Kannst du bitte aufhören, diesen nervigen Namen ständig zu wiederholen?«, patzte ich sie an.

»Amy! Du bist eifersüchtig!«

»Was? Quatsch!«, schrie ich, und Charlie legte sich einen Finger auf den Mund.

»Scht! Du weckst noch meine Eltern auf.«

»Ich bin nicht eifersüchtig«, gab ich vehement, aber diesmal leiser zurück. »Ich bin alles andere als eifersüchtig.«

Für einen Moment herrschte vollkommene Stille in Charlies Zimmer. Einzig das Ticken der Uhr erfüllte den Raum.

»Ich bin nicht eifersüchtig«, stellte ich noch einmal klar.

Schweigen.

»Es fällt mir nur schwer, ihren Namen zu ertragen.«

Das war der Moment, in dem Charlie losprustete. Aber ich fand das Ganze kein bisschen lustig.

»Und ich hab keine Lust, mir anzuhören, wie süß sie ist oder wie perfekt sie zu Rile passt«, knurrte ich. »Ich will einfach nichts davon wissen.«

»Amy?«

»Ja?«

»Das *ist* Eifersucht!«

Die Antwort blieb mir im Hals stecken.

Scheiße! Charlie hatte verdammt noch mal recht. Ich war eifersüchtig. ICH WAR EIFERSÜCHTIG.

Ich schlug mir beide Hände vors Gesicht. Wieso wurde mein Leben mit jedem Tag eine noch größere Katastrophe?

»Ich … Aber ich …«, stammelte ich. »Fuck, ich weiß auch nicht, was los ist. Irgendwie …«

»Irgendwie *was*?«

»Irgendwie war es die letzte Woche so schön, wieder mit ihm befreundet zu sein. Bei ihm zu Hause zu sein. Zu viert mit dir und Nate Zeit zu verbringen. Und er hat extra für mich den Schlüssel von Travis geholt.«

»Ich weiß, Amy. Aber auch wenn er eine Freundin hat, wird er doch weiter für dich da sein. Für uns. Findest du es nicht ein bisschen egoistisch von dir, ihn für dich haben zu wollen, obwohl er sich nach einer Beziehung sehnt?«

Ich stöhnte. »Ich bin schrecklich, das ist mir schon klar.«

Charlie lachte leise. »Ich glaube, es ist normal, manchmal eifersüchtig zu sein, auch in einer Freundschaft. Ich erinnere mich noch gut an die Zeit, als du mal eine Weile so viel mit Sarah Peters abgehangen hast.«

»Und weniger mit dir«, ergänzte ich. Eine kurze Episode in der zehnten Klasse.

»Ich war so eifersüchtig, das glaubst du gar nicht.« Charlie schnaubte, als wäre das Ganze erst gestern passiert.

»Doch, du hast mich ziemlich eindeutig damit konfrontiert.« Ich kicherte.

»Auf jeden Fall haben solche Gefühle ihre Daseinsberechtigung«, erkläre Charlie weiter. »Solange nicht mehr dahintersteckt.«

»Mehr?«

»Amy, Rile ist in dich verliebt«, erinnerte sie mich mit ernster Stimme, als ob ich das nicht selbst wüsste. »Schon lange. Wenn du auch Gefühle für ihn hast, musst du ihm das sagen.

Dann würde er sich garantiert nicht weiter mit dieser Lilly treffen.«

Das Lachen brach nur so aus mir heraus. Wie absurd war das denn, bitte?

»Das kann unmöglich dein Ernst sein! Rile ist mein bester Freund. War er schon immer und wird er hoffentlich auch bleiben. Ich habe keine …« Ich malte Anführungszeichen in die Luft. »… Gefühle für ihn. Und selbst wenn, würde ich niemals unsere Freundschaft gefährden, die schon fast mein gesamtes Leben besteht.«

»Hm«, machte Charlie, und bis zu dem Moment hatte ich nicht gewusst, dass ein einziger Laut so kritisch klingen konnte.

»Das wäre total strange! Rile und ich sind doch total verschieden. Kannst du dir uns als Paar vorstellen?«

»Nein«, sagte sie langsam. »Aber das liegt vor allem daran, dass ich euch nur als beste Freunde kenne.«

»Wir wollen komplett andere Dinge. Rile möchte eine *feste Beziehung*.«

»Beziehungen sind gar nicht so schlimm, wie du vielleicht denkst.« Charlie stieß mich mit der Hand an.

»Du weißt ganz genau, dass so was nicht mein Ding ist.«

Meine beste Freundin gähnte laut, was ich zum Anlass nahm, dieses Gespräch, das ohnehin in eine komplett falsche Richtung abgedriftet war, zu beenden.

»Komm, lass uns wieder schlafen, ja?«

Charlie besaß das seltsame Talent, meine intimsten Gefühle aus mir herauszukitzeln. Dank ihr wusste ich jetzt, dass ich eifersüchtig auf Lilly war. Eine kindische Eifersucht. Rile war schließlich kein Spielzeug, das man nicht teilen wollte. Er war ein Mann, der sich eine Freundin wünschte, und als beste Freundin sollte ich ihn dabei unterstützen.

Mein Glück, dass Charlie das mit dem Studium noch nicht wusste. Sonst hätte sie mir auch bei diesem Thema einen Spiegel vorgehalten und das gesagt, was ich eigentlich selbst wusste, aber noch so lange wie möglich verdrängen wollte.

Rile

»Ey, Bennett!«

Oh nein. Ich hatte John, einen unserer Maschinenführer, so spät bemerkt, dass ich nicht mehr vor ihm flüchten konnte. Er war für seine frauenfeindlichen Bemerkungen bekannt – einer von vielen Gründen, weshalb ich ihn nicht ausstehen konnte.

Meistens schaffte ich es, ihm aus dem Weg zu gehen. Aber heute war ich so sehr in meine Gedanken an den anstehenden Wanderausflug mit Lilly vertieft gewesen, dass ich jetzt stocksteif stehen blieb und mich zwang, in Johns Richtung zu gucken.

Mein Kollege war fast so groß wie ich, dabei aber wesentlich breiter, und trug meist ein fleckiges Shirt unter seinem Arbeitsoverall. Außerdem fiel mir jedes Mal seine ungesunde rote Gesichtsfarbe auf.

»Kennst du den schon: Warum leben Frauen länger als Männer?«

Erster Augenverdreher des Tages – check!

Erwartungsvoll stierte er mich an.

»Keine Ahnung?«, gab ich entnervt zurück. Ich hasste kaum etwas mehr als seine misogynen Witze.

»Weil Frauen keine Frauen haben!« John lachte grunzend und schlug sich mit einer Hand auf den Oberschenkel. Als ihm auffiel, dass ich nicht in sein Gelächter einstimmte, wurde er wieder ernst. »Du hast echt keinen Humor, Bennett!«

Zumindest nicht deinen, dachte ich, verkniff mir aber einen Kommentar.

Die Kerle hier konnten teilweise echt aggressiv werden, wenn man ihre Ansichten anzweifelte. Das hatte ich bereits das ein oder andere Mal zu spüren bekommen, auch wenn sie mit mir etwas vorsichtiger umgingen, weil ich der Sohn des Chefs war.

»Ich muss leider los, mein Vater erwartet mich«, erklärte ich und setzte mich schnell in Bewegung, bevor John einen weiteren seiner blöden Kommentare abgeben konnte.

Mit eiligen Schritten lief ich die Treppe zu den Büroräumen nach oben und kam wenig später vor Richards Tür zum Stehen. Ich klopfte zweimal kräftig, bevor ich eintrat.

Mein Vater sah auf. »Rile«, sagte er nur.

»Richard.« Über sein Gesicht huschte ein Ausdruck, den ich nur zu gut kannte.

»Ich würde jetzt Feierabend machen.«

Das Sägewerk war auch samstags geöffnet, allerdings waren wir an den Wochenenden nicht voll besetzt. Ich musste nur einen Samstag im Monat arbeiten, und der war ungünstigerweise ausgerechnet heute.

»Schon? Es ist gerade mal zwölf.« Richard strafte mich mit einem kritischen Blick.

Mein Vater liebte die Arbeit. Er war ein richtiger Workaholic und wäre am liebsten in diesen grauen, ungemütlichen Bürokasten eingezogen, der zum Sägewerk gehörte. Deshalb hatte er auch kein Verständnis dafür, wenn der Job bei jemandem nicht oberste Priorität hatte.

»Ich weiß, aber ich bin verabredet.«

Eine Furche grub sich in seine Stirn. »Verabreden kannst du dich nach der Arbeit.«

»Nein, kann ich nicht. Ich hab heute Morgen extra früher angefangen, weil Lilly und ich nur bei Tageslicht wandern gehen können.«

Richard drehte sich auf seinem Stuhl weiter in meine Richtung. Jetzt hatte ich seine volle Aufmerksamkeit.

»Lilly?«

Eigentlich hatte ich ihren Namen gar nicht erwähnen wollen. Aber bevor mein Vater mich zwang hierzubleiben, legte ich die Karten lieber auf den Tisch.

»Meine Freundin«, sagte ich, auch wenn das nicht wirklich der Realität entsprach. Aber womöglich ja bald.

Bei der Vorstellung musste ich grinsen. Vielleicht lag es aber auch daran, dass Richard alles aus dem Gesicht fiel. Normalerweise hatte mein Vater ein richtiges Pokerface – Emotionen an seiner Mimik ablesen? Fehlanzeige! –, aber in diesem Moment fiel seine unbeteiligte Miene in sich zusammen.

»Du hast eine Freundin?«, fragte er so entgeistert, dass jeder andere beleidigt gewesen wäre.

Doch da ich es nicht anders kannte, nickte ich nur knapp. Und fühlte mich gut. So gut wie lange nicht mehr in seiner Gegenwart.

Ich konnte die Fragen förmlich hören, die ihm durch den Kopf schossen.

Wieso weiß ich das nicht?

Wer ist sie?

Also stehst du wirklich auf Frauen?

»Bis später, Richard«, sagte ich und verspürte eine gewisse Genugtuung, als ich ihm den Rücken zukehrte und aus dem Raum verschwand, ohne dass er mich zurückhielt.

Zum ersten Mal seit … wahrscheinlich zum ersten Mal überhaupt fühlte ich mich ihm überlegen.

»Es ist so cool, mit jemandem unterwegs zu sein, der sich richtig auskennt!«

Ich grinste Lilly an. Sie sah unglaublich süß aus in ihren schwarzen Leggings und den braunen Wanderschuhen. Als sie mir eröffnet hatte, dass sie seit Jahren nicht wandern gewesen war, obwohl sie es eigentlich gerne mochte, hatte ich direkt dieses Wochenende vorgeschlagen. Da die Great Smoky Mountains ein paar Stunden entfernt waren und man ein ganzes Wochenende für einen solchen Trip einplanen sollte, hatte ich eine Route ein Stück außerhalb von Hazelwood herausgesucht.

Die Wälder, die unser Städtchen umgaben, waren durchaus einen Ausflug wert – besonders im Herbst, während des Indian Summers, wenn sich die Laubbäume vor dem Bergpanorama bunt verfärbten.

Schon von klein an fand ich die hiesige Natur faszinierend. Mein Onkel Peter war Parkranger in den Smokys gewesen und hatte einfach alles über den Nationalpark gewusst. Für mich war er der coolste Typ der Welt gewesen – und das männliche Vorbild, das ich mir gewünscht hatte. Er hatte sein Wissen an mich weitergegeben, und ich freute mich, hier und da ein paar Fun Facts mit Lilly zu teilen, während wir durch die Gegend streiften. Bevor mein Onkel weggezogen war, hatte er sich sogar eine kleine Hütte in den Smokys gekauft, in der er ein paarmal im Jahr Urlaub machte und für die ich den Zweitschlüssel besaß. Peter war auch derjenige gewesen, der mich ermutigt hatte, das Praktikum als Parkranger zu machen. Wehmütig dachte ich an die paar Wochen zurück, in denen ich festgestellt hatte, dass es genau das war, was ich tun wollte.

»Sieh mal, dort!«

Lillys Stimme riss mich aus meinen Gedanken. Abrupt blieb ich stehen und folgte mit dem Blick ihrem Finger, der auf ein

Gebüsch deutete. Daneben auf dem Boden saß ein kleines Grauhörnchen, das gerade die Ohren spitzte und in unsere Richtung sah.

»Streifenhörnchen leben auch hier, genau wie Hirsche und Murmeltiere. Vereinzelt auch Bären, aber die sieht man kaum. Anders als in den Smoky Mountains«, erklärte ich Lilly leise, damit meine Stimme das Hörnchen nicht verscheuchte. »Außerdem gibt es die verschiedensten Fledermausarten.«

»Urghs«, machte Lilly. »Fledermäuse finde ich irgendwie ekelig.«

Meine Mundwinkel zuckten kurz, dann setzten Lilly und ich uns wieder in Bewegung.

»Unter anderem findet man hier das Indiana-Mausohr, das zu den bedrohten Fledermausarten gehört«, fuhr ich unbeirrt fort.

»Mausohr!« Lilly kicherte. »Lustiger Name.«

Ich warf ihr einen Blick von der Seite zu. Irgendwie mochte ich ihr Kichern. Und die Art, wie sie mir an den Lippen hing, wenn ich etwas erzählte.

Das Beste war jedoch, dass ich seit unserem ersten Date kaum noch an Amy denken musste. Immer wenn eine Erinnerung an sie aufkeimte – etwa die, wie sie sich an mich gedrückt hatte, nachdem ich ihren Haustürschlüssel von Travis abgeholt hatte –, wenn sich ein Bild von ihr den Weg zurück in mein Gedächtnis kämpfte, konnte ich es erfolgreich durch ein anderes Bild verdrängen. Durch eins von Lilly.

Trotzdem fragte ich mich, warum Amy gestern so merkwürdig reagiert hatte. Man hätte fast denken können, dass sie sich nicht für mich freute.

Aber das ergab überhaupt keinen Sinn, oder?

Schluss damit!, ermahnte ich mich selbst.

»Wie kommt es eigentlich, dass du so viel über die Natur hier weißt?«

Ich erzählte ihr in ein paar Sätzen von meinem Onkel und dem Praktikum.

»Und dann arbeitest du in einem Sägewerk?« Sie lachte, aber diesmal konnte ich nicht mit einstimmen.

»Ja, aber nur, weil es meinem Vater gehört. Und für den kam es nicht infrage, dass ich eine Ausbildung als Parkranger mache.« Meine Stimme klang bitter, und ich spürte Lillys Aufmerksamkeit auf mir.

Da ich sie nicht sofort mit meinem Familiendrama verschrecken wollte, versuchte ich, die unangenehme Stimmung mit einem Lachen aufzulockern.

»Wenn es nach ihm geht, werde ich das Sägewerk irgendwann übernehmen.« Ich zuckte mit den Schultern.

»Das ist aber eine großartige Chance.«

Ich schaute zu Lilly, die sich eine Haarsträhne aus dem Gesicht strich.

»Meine Eltern haben manchmal Schwierigkeiten, über die Runden zu kommen«, gestand sie zögerlich.

»Oh«, gab ich zurück und fühlte mich mit einem Mal furchtbar unsensibel. Während mein größtes Problem darin bestand, dass ich nicht in Richards Rolle als Firmenchef schlüpfen wollte, hatten andere Menschen Existenzängste.

»So schlimm ist es auch nicht, keine Sorge.« Lilly winkte ab. »Mein Dad ist Klempner, und Mom arbeitet in einem Klamottenladen.«

»Das sind doch auch wichtige Jobs.« Das war Augenverdreher Nummer zwei an diesem Tag – aber diesmal galt er mir selbst. Die Aussage war einfach nur daneben.

»Schon, aber ein Vermögen verdient man damit nicht.

Deshalb wollte ich auch studieren. Mehr aus mir machen, weißt du?« Nach einer kurzen Pause fügte sie augenzwinkernd hinzu: »Leider liegen mir die kreativen Arbeitsfelder mehr als die, in denen man gut verdient.«

Ich lächelte sie an, weil ich es beeindruckend fand, so etwas aus eigener Kraft zu tun.

»Ich bin die Erste aus der Familie, die studiert.« Stolz schwang in Lillys Stimme mit.

Genau in dem Moment fiel ein Sonnenstrahl durch die Baumkronen auf ihr Haar und ließ es golden schimmern. Kurzerhand streckte ich eine Hand aus und strich ihr eine der Strähnen aus dem Gesicht.

Plötzlich veränderte sich die Stimmung zwischen uns. Eine leichte Röte zeichnete sich auf Lillys Wangen ab, und sie senkte den Blick.

»Es ist wirklich schön hier …«, sagte sie und fügte schüchtern hinzu: »Mit dir.«

»Das finde ich auch!«, entgegnete ich lächelnd und wartete auf das aufgeregte Ziehen im Bauch, das sonst nur in Amys Gegenwart von mir Besitz ergriff. Aber so richtig wollte es sich nicht einstellen.

Wieso zum Teufel denkst du gerade jetzt an Amy?, schalt ich mich im Stillen.

Im nächsten Moment spürte ich Lillys warme Hand an meiner, und kurz entschlossen ergriff ich sie. Als ich Lilly anschaute, gefiel mir, was ich in ihren Augen sah: Zuneigung, vielleicht sogar Bewunderung. Genau danach hatte ich mich so lange gesehnt.

Kapitel 11

Amy

»Wo warst du, verdammte Scheiße, noch mal?« Ungefähr das waren Ebonys erste Worte gewesen, als ich ihr am Samstag im Wohnheim in die Arme gelaufen war. Dicht gefolgt von: »Du wirst so was von durchfallen, wenn du so weitermachst.«

Und seitdem lief ich mit Bauchschmerzen herum, die sich anfühlten wie ein Magengeschwür. Vielleicht war es sogar eins – nach dem ganzen Stress der letzten Wochen hätte mich das zumindest nicht gewundert. Es waren nicht nur die anstehenden Prüfungen und die Uni im Allgemeinen. Auch den Hausverkauf und die Eifersucht auf Lilly schleppte ich noch mit mir herum. Ich fühlte mich nicht nur unfähig, sondern auch mies, weil ich eifersüchtig war.

»Dein Glück, dass du jetzt noch eine Woche zum Lernen hast. Und dass ich eine Liste für dich erstellt habe mit allen Prüfungen, die in den nächsten Wochen anstehen. Und dem jeweiligen Thema.«

Ebony saß mir am Sonntag an dem kleinen Esstisch gegenüber, der sich neben unserer winzigen Küchenzeile befand, und reichte mir einen Zettel. Ich griff nach dem Papier und starrte auf die Worte.

Schon der erste Begriff auf ihrer Liste sorgte dafür, dass mir ein kalter Schauer den Rücken herunterlief. Ich würde das nie schaffen. Mir Wissen über Themenfelder anzueignen, die mich kein bisschen interessierten, war einfach nicht mein Ding. Kaum zu glauben, dass zwei Menschen, die so viel Ehrgeiz hatten wie meine Eltern, nicht einen Funken davon an ihre Tochter vererbt hatten.

Aus Höflichkeit überflog ich den Rest von Ebonys Liste, bevor ich die Hand sinken ließ.

»Danke, Bonny.«

Sie lächelte mich an. »Wenn du dich jetzt echt reinhängst, schaffst du es vielleicht noch irgendwie.«

»Ja, vielleicht«, sagte ich, obwohl wir beide wussten, dass da keinerlei Chance bestand.

Gerade als meine Stimmung auf dem absoluten Tiefpunkt angekommen war, vibrierte mein Handy. In der Hoffnung, Rile würde sich endlich mal wieder melden, griff ich schneller als gewöhnlich danach und hielt mir das Display vors Gesicht. Doch es war weder Rile noch jemand anders, den ich kannte. Stattdessen ploppte eine Nachricht von einer unbekannten Nummer auf.

> Hi Amy,
> Ebony hat mir deine Nummer gegeben. Ich kriege dich seit der Party einfach nicht aus dem Kopf. Hast du Lust, dich mit mir auf einen Kaffee zu treffen?
> Matt

Ich stutzte. Matt? Einen Moment lang stand ich auf dem Schlauch und starrte den Text einfach nur an. Dann, ganz langsam, erinnerte ich mich dunkel an die Party vor ein paar Wochen, bei der ich mit diesem Typen rumgemacht hatte. Der heiße Fremde.

»Was ist?«, wollte Bonny wissen, der mein irritierter Gesichtsausdruck wohl aufgefallen war.

»Dieser Typ von der Party neulich hat mir geschrieben«, gab ich zögerlich zurück, bevor ich ihr mein Handy reichte, damit sie die Nachricht selbst lesen konnte. »Er heißt wohl Matt.«

Sie lachte. »Na, endlich! Ich habe einen Kurs mit ihm, und er hat mich letzte Woche nach der Vorlesung auf dem Flur abgefangen und nach deiner Nummer gefragt. War doch okay, dass ich sie ihm gegeben habe?«

Als sie mir das Telefon zurückgab, zuckte ich mit den Schultern. »Schätze schon.«

Die Wahrheit war, dass ich bei der Party dermaßen über die Stränge geschlagen hatte, dass ich mich kaum an Matts Aussehen erinnerte. Er hatte braune Haare gehabt – oder waren sie doch eher dunkelblond gewesen? Würde ich ihn überhaupt erkennen, wenn wir uns verabredeten?

Scham ergriff Besitz von mir und legte sich kurz wie ein Seil um meinen Hals, drückte langsam zu.

Ebony beugte sich ein Stück nach vorn. »Matt hat richtig vor sich hin gestammelt, so hab ich ihn noch nie erlebt. Du hast wohl einen bleibenden Eindruck hinterlassen.« Sie wackelte mit den Augenbrauen.

Ihre Worte sorgten dafür, dass ich mich besser fühlte, weniger armselig, dafür … begehrt? Ich musste gar nicht eifersüchtig auf diese Lilly sein. Sie hatte Rile, aber ich auch – als besten Freund –, und zusätzlich Verehrer, mit denen ich mich amüsieren konnte. Und das war es doch, was ich wollte, oder? Spaß!

Ebonys Augen glänzten vor Begeisterung. »Wusstest du, dass er der Kapitän des Baseballteams ist?«

Ich schüttelte den Kopf. »Ehrlich gesagt weiß ich nicht mal mehr, wie er genau aussieht.«

Hinzu kam, dass ich mich nicht besonders für Baseball interessierte. Oder für Sport im Allgemeinen.

Ebony schlug mir mit gespieltem Tadel gegen den Arm. »Er ist ungefähr eins neunzig groß, hat dunkelbraune Haare und …« Sie seufzte verträumt. »Ach, den Rest solltest du dir selbst anschauen. Noch mal. Und wenn du ihn getroffen hast und seine Teamkollegen kennenlernst, musst du mir unbedingt Jason vorstellen.«

Ich zog die Brauen hoch.

»Der Traum meiner schlaflosen Nächte!«, erklärte sie und seufzte theatralisch.

»Ah«, gab ich lediglich zurück und rieb mir über die müden Augen. In den letzten Nächten hatte ich nicht besonders gut geschlafen.

»Seit ich ihn vor ein paar Wochen auf dem Spielfeld gesehen habe …« Ebony pfiff leise durch die Zähne, und ich musste grinsen.

»So toll, ja?«

Meine Freundin machte eine Chef's-Kiss-Geste.

»Na, dann muss ich mich ja wirklich mit Matt treffen, damit du an Jason rankommst.«

»Wer bist du, und was hast du mit Amy gemacht?«

Irritiert sah ich sie an.

»Also, normalerweise lässt du dir doch kein Date mit einem heißen Typen entgehen«, erklärte sie.

Da hatte sie recht. Auch wenn mir der Gedanke, mich mit einem *heißen Typen* zu treffen, gerade alles andere als verlockend erschien, sollte ich es unbedingt schnellstmöglich tun, um wieder zu meiner alten Form zurückzufinden. Es würde mich von allem ablenken: von meiner Eifersucht, vom Hausverkauf und den lästigen Uniprüfungen. Mal ganz abgesehen davon, dass ich Ebony einen Gefallen tat.

»Du hast ja recht!« Ich entsperrte das Handy, dessen Display mittlerweile schwarz geworden war, und rief noch einmal Matts Nachricht auf. Sofort setzte ich zu einer Antwort an.

Hi Matt,
na klar, ich würde dich auch gerne wiedersehen!
Amy

Nachdem ich sie abgeschickt hatte, zeigte ich den Text Ebony, die damit sichtlich zufrieden war.

»Ausgezeichnet!« Sie klatschte in die Hände.

Als keine Minute später eine Antwort eintraf, entfuhr ihr ein Kreischen.

»Beruhig dich!« Ich lachte und las vor, was Matt geschrieben hatte.

Hast du heute Abend schon was vor?

»Der steht so was von auf dich«, kommentierte Ebony. »Und, wirst du ihn treffen?«

»Ja, aber nicht auf einen Kaffee«, gab ich zurück und zwinkerte ihr zu.

Langsam wurde es Zeit, dass ich wieder die Amy wurde, die es besser draufhatte als jeder andere, eine gute Zeit zu haben.

Jetzt schon ;-) Willst du zu mir kommen?

Für die Zusage brauchte er diesmal nur ein paar Sekunden.

Nun hatte ich wenigstens einen Anreiz, die Stunden bis dahin mit Lernen zu verbringen.

Matt lehnte lässig im Rahmen, als ich die Tür öffnete, und warf mir ein entwaffnendes Lächeln zu, das wahrscheinlich jede andere Frau in die Knie gezwungen hätte. Nur mich ließ es heute vollkommen kalt.

Ich wartete darauf, dass etwas passierte. Dass diese aufregende Euphorie von mir Besitz ergriff, doch nichts geschah.

Stattdessen drang mir der Duft seines Aftershaves in die Nase, und mir wurde übel. Warum zur Hölle wurde mir davon übel?

»Hallo«, raunte Matt.

Seine Stimme hätte dafür sorgen sollen, dass sich ein Ziehen in mir ausbreitete. Tat sie aber nicht.

Shit!

Egal, tu einfach so, als hättest du Lust, bis du wirklich Lust bekommst.

»Hi!« Ich erwiderte Matts Lächeln und machte eine einladende Geste. »Komm rein.«

»Ich hätte nicht gedacht, dass du noch schreibst«, sagte er, als er mitten im Zimmer stand. Ebony war ausgegangen, damit wir beide ungestört waren.

»Aber ich hoffe, du hast dich gefreut, dass ich es doch getan habe?« Ich machte einen Schritt auf ihn zu. Und noch einen. Er konnte ruhig wissen, worauf das hier hinauslief. Auf Reden hatte ich heute Abend zumindest keinen Bock.

Kurz wirkte er überrascht, doch dann grinste er.

»Willst du was trinken?«, fragte ich, als ich ihn fast erreicht hatte. Niemand sollte mir vorwerfen, keine gute Gastgeberin zu sein.

Seine Augen verdunkelten sich, und er schüttelte den Kopf.

»Gut«, hauchte ich.

Im nächsten Moment war ich bei ihm und schlang ihm die Arme um den Hals. Ein überraschtes Keuchen entfuhr ihm, als ich die Hände in seinen Haaren vergrub und ihn zu mir heranzog. Dann lagen seine Lippen auf meinen, und wir küssten uns. Es war ein stürmischer, hungriger Kuss. Und je länger wir uns küssten, desto besser gefiel es mir.

Desto besser gefiel mir Matt, der mich in Richtung Bett drängte und dabei eine meiner Brüste umfasste. Plötzlich breitete sich ein Ziehen zwischen meinen Beinen aus. Das Ziehen, auf das ich die ganze Zeit gewartet hatte.

Kurzerhand griff ich nach seiner Hand und führte sie unter den Bund meiner Hose und dann unter den meines Slips. Immer tiefer nach unten, bis er mit den Fingern meine Clit berührte. Mit kreisenden Bewegungen brachte er mich zum Stöhnen, was ihm wiederum zeigte, dass das, was er da gerade tat, genau richtig war.

Dann – endlich! – geschah das, wonach ich mich so sehr gesehnt hatte: Mein Kopf war wie leergefegt. Ich dachte nicht mehr nach, fühlte nur noch. Und ich fühlte mich gut. Begehrt.

Als ich kurz vorm Explodieren war, aber noch nicht wollte, dass es vorbei war, zog ich Matt mit mir in die Laken. Ich wollte ihn, ich wollte den Sex.

Matt sah mich an, als wäre ich die heißeste Frau der Welt, und dieser Blick gefiel mir. Auch wenn ich ihn bereits zur Genüge kannte …

Eine halbe Stunde später lagen wir verschwitzt nebeneinander in meinem ein Meter vierzig schmalen Bett. Ich strich mir eine feuchte Haarsträhne aus der Stirn und setzte mich auf, sodass die Decke von mir herunterrutschte und meine Brüste entblößte.

»Du hast echt einen Wahnsinnskörper«, raunte Matt und drückte mir einen Kuss auf die rechte Brustwarze.

Als Reaktion auf die Berührung stellte sie sich auf, aber ich wandte mich ab, weil ich keine Lust hatte, noch eine Runde hinterherzuschieben. Ich war gekommen, und mein Kopf war auf eine entspannende Weise leer. Jetzt wollte ich das Schweigen meiner Gedanken genießen und auf dem Laptop diese neue Netflix-Serie gucken, die Nate mir empfohlen hatte. Irgendein Thriller.

»Danke«, entgegnete ich mit einem frechen Grinsen. »Deiner ist auch nicht übel. Mir gefällt vor allem, was du damit anstellen kannst. Können wir gerne wiederholen!«

Ein amüsierter Ausdruck huschte über sein Gesicht. »Sofort?«

Ich schüttelte den Kopf. »Ich muss morgen früh raus und hab einiges an Unikram nachzuholen. Also …« Ich schaute zur Zimmeruhr, in der Hoffnung, dass er den Wink mit dem Zaunpfahl verstehen würde.

»Wow«, brachte er entgeistert hervor, als hätte er noch nie in seinem Leben eine Abfuhr bekommen. »Okay.«

Dann stand er auf, streifte sich das Kondom ab, und verschwand im Bad. Als er kurz darauf zurückkam, zog er sich direkt vor meinen Augen an, wahrscheinlich extra langsam, damit ich sah, was mir entging, und noch einmal seinen heißen Körper bewundern konnte. Und das tat ich. Er war ziemlich groß, perfekt geformt, und auch Matts stählerne Bauchmuskeln waren nicht zu verachten. Das war der Vorteil an Sportlern: Durchtrainiert zu sein, war die Voraussetzung bei Football & Co.

Nachdem Matt gegangen war, zog auch ich mir wieder etwas an und startete die gehypte Serie, von der ich direkt die ersten zwei Folgen guckte. Doch obwohl sie spannend war, schweiften meine Gedanken irgendwann ab, und ich kramte mein Handy hervor. Als ich meine Chats öffnete, sprang mir der mit Rile als Erstes ins Auge, obwohl er sich schon seit zwei Tagen nicht mehr bei mir gemeldet hatte.

Die Erkenntnis versetzte mir einen Stich, aber ich versuchte, mich trotzdem für ihn zu freuen. Wahrscheinlich war mein bester Freund genau in diesem Augenblick mit Lilly zusammen. Einer Frau, die genauso lieb und süß war wie er selbst und die deshalb perfekt zu ihm passte. Mit einer Frau, die ihn nie in ihr Chaos hineinziehen würde. Und die ihn wirklich verdiente.

Trotzdem konnte ich nichts dagegen tun, dass meine Finger über die Tasten flogen und kurz darauf eine neue Nachricht in unserem Chat erschien.

Rile

Ich zog das Smartphone, das eben noch in meiner Tasche vibriert hatte, aus der Hose und warf einen kurzen Blick darauf.

Ich hoffe, du bist nicht entführt worden?

Es war Montagnachmittag und die dritte Nachricht von Amy, und erst in diesem Moment fiel mir auf, dass ich auf ihre anderen gar nicht geantwortet hatte. Sonntag hatte ich mich direkt wieder mit Lilly getroffen, genauso wie heute, und wenn wir uns nicht sahen, schrieben wir miteinander. Ich mochte sie, sie mochte mich – es war herrlich unkompliziert. Auch wenn ich immer mal zwischendurch an Amy gedacht hatte, hatte ich die Zeit genossen, in der alles leicht gewesen war. In der ich jemand war, der bewundert wurde und Komplimente bekam. Der verträumt angesehen wurde. Der immer wieder wie zufällig berührt wurde.

Lilly schenkte mir etwas, von dem ich gar nicht gewusst hatte, dass ich es mir wünschte: Bestätigung. Und irgendwie hatte ich in dieser schönen Blase der letzten Tage vollkommen vergessen, mich bei meinen besten Freundinnen zu melden. Charlie hatte mich gestern sogar angerufen, um zu fragen, ob alles okay sei. Sie hatte sich Sorgen gemacht, weil wir normalerweise jeden Tag zumindest miteinander schrieben.

»Hey, langweile ich dich etwa schon?« Lillys Stimme holte mich zurück in die Gegenwart. Gerade lehnte meine Begleitung sich über den Tisch zu mir und streckte eine Hand aus, um mich am Arm zu berühren.

»Entschuldige, natürlich langweilst du mich nicht.« Ich schaute ihr tief in die blauen Augen, und ein Lächeln zupfte an ihren Mundwinkeln.

»Da bin ich aber erleichtert!«

Ich legte mein Handy mit dem Display nach unten auf dem Tisch vor mir ab und griff nach meinem Kaffeebecher, um einen Schluck Cappuccino zu trinken.

»Mir ist nur gerade aufgefallen, dass ich meine besten Freunde in letzter Zeit ein bisschen vernachlässigt habe«, erklärte ich.

Lilly verzog das Gesicht. »Oje, daran bin ich wohl schuld.«

»Ach, Quatsch!«, sagte ich, weil das meine Verantwortung war. Ich hatte mich einfach auf Lilly konzentriert, damit ich den aufkeimenden Gefühlen Raum geben konnte. Eine richtige Chance, ohne dass die Liebe für Amy mich davon abhielt. »Die beiden verstehen das!«, schob ich noch hinterher, damit Lilly sich nicht schlecht fühlte.

Ich hatte ihr gegenüber schon erwähnt, dass ich zwei beste Freundinnen hatte, und zu meiner Erleichterung hatte Lilly ziemlich cool reagiert. Aber sie wusste ja auch nicht, dass ich in eine von ihnen verliebt gewesen war.

Verliebt gewesen war. Stimmte das, war ich es jetzt nicht mehr? So wohl ich mich auch in Lillys Gegenwart fühlte, war da nie dieses aufgeregte Kribbeln, das ich in Amys Gegenwart gespürt hatte. Kein Herzstolpern, sobald ihre Haut meine berührte. Kein stundenlanges Wachliegen, weil ich ihren Anblick nicht aus meinem Kopf bekam. Kein Den-Kopf-ins-Kissen-Drücken, um den Duft zu inhalieren, den sie dort hinterlassen hatte.

Aber vielleicht war richtige Liebe auch kein Wasserfall, der einen mitriss, sondern ein sanft plätschernder Fluss. Also, falls sich mal tiefere Gefühle zwischen Lilly und mir entwickeln sollten.

»Vielleicht ist es noch ein bisschen früh, aber ich würde dir meine Freunde gerne vorstellen«, hörte ich mich auf einmal selbst sagen. Der Tonfall meiner Stimme war mir selbst fremd, irgendwie eine Mischung aus charmant und selbstbewusst?

Für den Bruchteil einer Sekunde befürchtete ich, Lilly überrumpelt zu haben – immerhin hatten wir uns erst ein paarmal getroffen. Aber dann lehnte sie sich noch ein Stück weiter zu mir und legte ihre Hand auf meine. Sie war warm und weich.

»Ich würde deine Freunde sehr gern kennenlernen.«

Ich lächelte sie an. Wer hätte im Sommer gedacht, dass mein Leben innerhalb von ein paar Monaten so viel besser werden würde?

»Rile!« Mom kam mir entgegengeeilt, als ich um kurz vor zehn durch die Tür trat. »Wo bist du gewesen?«

Ihr besorgter Gesichtsausdruck ließ mich innehalten.

»Ich hab mich mit Lilly getroffen.« Ich zuckte mit den Schultern. »Hab ich das nicht erzählt?«

»Doch, aber das war heute Nachmittag. Du hättest ruhig Bescheid sagen können, dass du nicht zum Essen wieder zu Hause bist.«

»Rile ist ein erwachsener Mann, der sich nicht rechtfertigen muss, wenn er mal länger wegbleibt.« Richard tauchte hinter meiner Mutter auf, und sein Gesichtsausdruck hatte tatsächlich – man konnte es nicht anders beschreiben – etwas Freundliches. Er schaute mich an, fast so, als hätten er und ich ein

Geheimnis. Oder überhaupt irgendetwas gemeinsam. Und diese Geste brachte mich vollkommen aus dem Konzept.

Ich blinzelte ein paarmal, während ich wie erstarrt vor meinen Eltern stand. So eine Situation hatte es noch nie gegeben – dass Mom mir einen Vorwurf machte und Richard mir zu Hilfe kam. Normalerweise war es andersherum. Immer.

»Und, hattest du einen schönen Abend?«

Ich starrte Richard an. Hatte er mich das gerade wirklich gefragt?

Ich warf einen flüchtigen Blick über die Schulter, um mich zu vergewissern, dass wir nicht gefilmt wurden. War hier irgendwo eine versteckte Kamera?

»Äh, ja«, stammelte ich. Mehr konnte er nicht von mir erwarten. Es war einfach zu seltsam, mit ihm darüber zu reden. Keine Ahnung, wie das funktionierte.

»Sehr gut!« Ich hatte Richard selten mit einer derart zufriedenen Miene gesehen, und das machte mir Angst. Hatte er getrunken?

Ich sah von ihm zu Mom und wieder zurück.

»Ich … äh …« Ich räusperte mich. »Ich geh nach oben. Gute Nacht!«

»Gute Nacht, Rile«, erwiderte Richard. Und dann tat er etwas dermaßen Ungewöhnliches, dass ich fast eine Gänsehaut bekam. Er lächelte. Und nicht nur das, er lächelte mich an. *Mich.*

»Schlaf schön!«, fügte Mom noch hinzu, da war ich schon fast bei der Treppe angekommen. Wahrscheinlich war ich noch nie so schnell oben gewesen, aber plötzlich hatte ich das Gefühl, schnell verschwinden zu müssen.

In meinem Zimmer angekommen, konnte ich immer noch nicht fassen, was gerade passiert war. Ich merkte kaum, wie ich mein Handy aus der Tasche holte. Ohne darüber nachzudenken, öffnete ich den Chat mit Amy.

Du glaubst nicht, was gerade passiert ist. Ich stehe immer noch neben mir.

Keine Minute später tippte Amy.

Wer ist da? Kennen wir uns?

Ein Lachen bahnte sich den Weg aus meiner Kehle. Grinsend rieb ich mir übers Gesicht, bevor ich eine Antwort schrieb.

Tut mir leid. Ich weiß, dass ich mich rar gemacht habe. Es war einfach so viel los.

Es war einfach so viel los? So ein Spruch war vollkommen untypisch für mich.

Na, was ist passiert? Schieß los!

Du wirst es nicht glauben …

RILE!!! Jetzt sag schon!

Richard hat gelächelt.

Er hat WAS???

Jetzt lachte ich so laut, dass ich mir eine Hand vor den Mund halten musste.

Er hat MICH ANGELÄCHELT.

O mein Gott. Vielleicht war er beim Arzt und ist todkrank, sodass er jetzt sein gesamtes Leben hinterfragt? Ändern will, was er bisher falsch gemacht hat?

Ich setzte den Emoji, der Tränen lacht, unter ihren Text. Und in diesem Augenblick vermisste ich sie so sehr, dass die nächste Frage fast wie von selbst auf dem Display auftauchte.

Wann kommst du zurück nach Hazelwood?

Amy tippte. Hörte auf zu tippen. Tippte wieder. Dann passierte eine Weile nichts.

Mit dem Handy in der Hand setzte ich mich aufs Bett und ließ mich ins Kissen fallen. Dann tauchte endlich ihre Nachricht auf.

Ich weiß noch nicht genau. Warum?

Ich will euch unbedingt Lilly vorstellen. Nächstes Wochenende im Grill.

Eigentlich muss ich lernen ...

Enttäuschung breitete sich in mir aus. Weil ich wusste, dass es eine Ausrede war. Und keine gute. Sie musste auch wissen, dass ich es wusste.

Gerade wollte ich das Telefon weglegen, da erschien noch ein

Satz auf dem Display, der dafür sorgte, dass mein Herz sich sofort wieder leichter anfühlte.

> Aber wenn es dir so wichtig ist, komme ich trotzdem. Lernen kann ich auch in H.

Kapitel 12

Amy

Ich konnte das Schluchzen nicht unterdrücken, weil mir die Tränen mittlerweile in Strömen über die Wangen liefen.

»Amy?« Ebonys Kopf tauchte im Türrahmen auf. »Brauchst du Hilfe beim Lernen?«

Ich klappte das Buch zu, das vor mir lag, und aus meiner Kehle drang ein Geräusch, das eine Mischung aus Weinen und Lachen war. »Ich lerne gar nicht!«

Ebony machte einen Schritt ins Zimmer und musterte besorgt mein verheultes Gesicht. »Das solltest du aber!«

Ich schnaubte. Es war mittlerweile Donnerstag, und die letzten Tage hatte ich nichts anderes getan. Meine Freundin war sichtbar verblüfft, als sie zu mir kam und sich neben mich setzte. Es musste das erste Mal sein, dass sie mich weinen sah. Normalerweise tat ich alles dafür, dass niemand die traurige Amy zu Gesicht bekam. Wenn ich ehrlich war, tat ich eigentlich alles dafür, dass nicht mal ich selbst mich mit meinen negativen Gefühlen auseinandersetzen musste.

»Warum weinst du dann?«

Noch bevor ich zu einer Antwort ansetzen konnte, fiel ihr Blick auf mein Buch. Mit einer schnellen Bewegung hatte sie es in die Hände genommen und hielt es sich vors Gesicht.

»*Der Alchimist?*«, fragte sie erstaunt. »Du liest?«
»Ich wollte mal was Neues ausprobieren.«
»Und die Geschichte ist so traurig?«
»Nein«, sagte ich mit erstickter Stimme. »Aber so schön! Es geht um die Reise des andalusischen Hirten Santiago, der einem Traum folgt, in dem ihm ein Schatz bei den ägyptischen Pyramiden versprochen wird.«
Ebony blinzelte ein paarmal. »Okay?«
Ihre skeptische Miene brachte mich zum Lachen. »Es geht um Selbstverwirklichung und die Kraft der eigenen Träume.«
Nur war mir beim Lesen klar geworden, dass ich gar keine Träume hatte. Und das war viel mehr der Grund für meine Tränen als alles andere. Aber ich war froh, dass mir das Buch vor Ebony eine Ausrede gab.
Alle Menschen in meinem Leben hatten Ziele, etwas, auf das sie hinarbeiteten. Meine Eltern waren ja ohnehin absolute Workaholics, aber auch Charlie hatte ihr Ding; sie liebte die Fotografie. Nate plante eine Ausbildung als Automechaniker, Amber und Caleb lebten für ihre Kunst – und einander –, und auch Rile hatte mit dem Lesen und der Natur zwei große Leidenschaften, selbst wenn er beruflich etwas anderes machte. Ich war die Einzige, die keinen Plan hatte. Keinen blassen Schimmer, was ihre Leidenschaft war. Wofür brannte ich, was machte mein Leben aus?
Minutenlang hatte ich überlegt, was eigentlich meine Interessen waren. Aber das Einzige, das mir eingefallen war, waren Partys und Männer – und ich war mir ziemlich sicher, dass Knutschen und Sex nicht als Hobbys zählten. Der Gedanke war so ekelig-unangenehm, dass mir ein weiteres Schluchzen entwich. Und noch eins.
Mittlerweile hatte Ebony mich in die Arme genommen, um

mich zu trösten. Offenbar war mein Leben nicht nur sinnlos, sondern auch noch mitleiderregend.

»Hey, Süße«, murmelte meine Freundin an meinem Ohr und streichelte mir beruhigend über den Rücken. »Alles wird gut.«

Ich versuchte ihren Worten zu glauben, wusste aber nicht, ob tatsächlich alles gut werden würde. War das überhaupt noch möglich?

Reiß dich endlich zusammen, versuchte ich mich zu beruhigen, aber heute fiel mir das irgendwie schwerer als sonst. Also ließ ich mich von Ebony wiegen und weinte so lange, bis keine Tränen mehr kamen.

Ich grinste so sehr, dass sich meine Kiefermuskeln fast verkrampften. Freundlich auszusehen, sollte nicht so anstrengend sein. Ich hoffte, meine Grübchen ließen mein Lächeln ehrlich aussehen. Je näher wir Rile und Lilly kamen, desto stärker hämmerte mein Herz gegen meine Brust.

Fuck.

»Was?«, raunte Nate mir zu, als wir den Weg zum *Hazelwood Grill* entlanggingen, der Charlies Eltern gehörte. Erst da wurde mir klar, dass ich das *Fuck* laut ausgesprochen hatte.

»Nichts!«, zischte ich.

Ich spürte seinen Blick auf mir und war mir plötzlich sicher, dass er mich sehr wohl verstanden hatte.

Auf einmal legte mir Charlie eine Hand auf den Rücken, doch gerade konnte selbst ihre sanfte Berührung mich nicht beruhigen. Rile und Lilly waren nur noch wenige Meter von uns entfernt.

»Hey!« Rile hob die Hand zum Gruß, und ich versuchte meine Mundwinkel noch ein Stück höher zu ziehen – vergeblich.

»Hi!«, sagten Charlie und Nate gleichzeitig, und ich stimmte mit in die Begrüßung ein.

Das Erste, was mir auffiel, war Riles verändertes Äußeres. Seine Haare waren kürzer und … hatte er etwa Gel benutzt? Außerdem trug er eine Lederjacke, die ich noch nie zuvor an ihm gesehen hatte.

Aber nicht nur das – die Art, wie er gerade mit den Augenbrauen wackelte, war auch neu. Ich konnte den Gedanken nicht abschütteln, einen vollkommen anderen Menschen vor mir zu haben. Vielleicht fühlte es sich deshalb so fremd an, als er mich flüchtig an sich drückte. Normalerweise waren seine Umarmungen lang und fest, aber womöglich waren diese Zeiten auch vorbei.

»Ams, darf ich dir meine Freundin Lilly vorstellen?«

Meine Freundin? Innerhalb von ein paar Treffen konnte man sich doch nicht so sehr ineinander verlieben, dass man eine feste Beziehung einging. Das wusste selbst ich, die keinerlei Erfahrungen mit der Liebe hatte.

Bullshit! Schon mal was von Liebe auf den ersten Blick gehört?

Kurz verrutschte mein Grinsen, aber ich fing mich schnell wieder.

»Hallo, Amy!« Lilly sah so zauberhaft aus, mit ihrem cremefarbenen Stirnreif, der das lange blonde Haar zurückhielt, und dem freundlichen Lächeln, dass ich sie auf Anhieb hätte sympathisch finden müssen. Die Tatsache, dass ich es nicht tat, sorgte dafür, dass ich mich noch mieser fühlte als ohnehin schon.

»Freut mich!«, log ich und versuchte mich an einem Lächeln.

Lilly streckte mir die Hand entgegen, aber ich überwand den restlichen Abstand zwischen uns und drückte sie kurz an mich.

Sich die Hand zu geben, war etwas für ältere Leute. Außerdem musste ich es hinbekommen, dass sie mich mochte. Und so tun, als würde ich sie auch mögen.

Zum Glück kam erst gar kein unangenehmes Schweigen auf, denn Charlie war die Nächste, die Lilly in die Arme schloss. Nate begrüßte sie ebenfalls, gab ihr allerdings nur die Hand.

»Lasst uns reingehen.« Rile bedeutete uns, ihm nach drinnen zu folgen, und steuerte im Grill geradewegs auf einen der Tische zu. Fürsorglich zog er einen der Stühle zurück, damit Lilly sich hinsetzen konnte.

Daraufhin sah sie ihn so verliebt an, dass ich mich abwenden musste. Irgendwie fühlte ich mich auf einmal so, als wäre ich bloß eine Zuschauerin und gar nicht Teil des Geschehens.

»Worauf wartest du?«, fragte Charlie und zog mich am Arm zu einem der anderen Stühle. Fast gewaltsam drückte sie mich an den Schultern nach unten, bis ich schließlich ebenfalls saß. Weil es ausgerechnet der Platz genau gegenüber von Lilly war, war ich scheiße froh, als plötzlich Tony auftauchte und unsere Bestellung aufnahm.

»Wollen wir uns eine Flasche Wein teilen?«, fragte Charlie in die Runde, und ich nickte dankbar. Glücklicherweise war heute nicht ich mit Fahren dran, sondern Nate.

»Ich trinke eigentlich keinen Alkohol«, verkündete Lilly lächelnd in die Runde.

»Aber ich würde ein Glas mittrinken, wenn es in Ordnung ist?« Rile warf Lilly einen Blick zu, der so aussah, als würde er sie um Erlaubnis bitten.

Ich presste die Lippen fest aufeinander, weil mir Lillys gesamtes Auftreten meine eigene Unzulänglichkeit vor Augen führte.

Ich schaute zu Charlie, die gerade Smalltalk-Floskeln mit ihr austauschte. Das hätte ich eigentlich auch tun sollen. Charlies interessierter, freundlicher Gesichtsausdruck machte deutlich, dass sie Riles Freundin sympathisch fand. Vielleicht war das der Grund, weshalb Rile von einem Ohr zum anderen grinste.

Nun fühlte ich mich endgültig vollkommen fehl am Platz. Ohne mich hätte diese Verabredung ein Doppeldate sein können, eins, bei dem aller Wahrscheinlichkeit nach jeder mehr Spaß gehabt hätte als in meiner Gegenwart.

Als unsere Getränke kamen, schenkte ich mir ein Glas Wein ein und kippte es in einem Zug herunter, was mir einen tadelnden Blick von Rile einbrachte. Wahrscheinlich war ich ihm peinlich.

Meine Aufmerksamkeit wurde von Lilly beinah magnetisch angezogen, und ich musterte die cremefarbene Bluse, die farblich perfekt zu ihrem Haarreif passte und garantiert gebügelt war. Wenn man sie betrachtete, war es kaum vorstellbar, dass Rile mal in mich verliebt gewesen sein sollte.

Unsicher sah ich an meinem knittrigen Band-Shirt herunter, das ich in die rote Lederhose gesteckt hatte. Die paar Mal, die ich von einem Bügeleisen Gebrauch gemacht hatte, konnte ich an einer Hand abzählen. Früher hatte mich Mom, die stets ein ordentliches Business Outfit trug, für meinen nachlässigen Kleidungsstil gerügt, doch das hatte sie irgendwann aufgegeben.

Als Lilly mein Starren bemerkte, lächelte sie mich an, während Charlie weiter mit ihr sprach.

Du bist das Problem, nicht sie, rief ich mir ins Gedächtnis.

»Amy studiert Business Administration in Knoxville«, hörte ich Charlie in diesem Moment sagen, bevor sie mich unter dem Tisch mit dem Knie anstieß.

Ich zwang meine Aufmerksamkeit wieder auf das Gespräch und bewegte meinen Kopf wie mechanisch hoch und runter.

»Genau!«, bestätigte ich. Und weil ich es ihr nicht so schwer machen wollte, fügte ich hinzu: »Und du Literatur, hat Rile erzählt?«

»Ja, ich hab mich schon immer fürs Lesen und Schreiben interessiert. Liest du auch?« Lillys neugieriger Blick lag auf mir.

Ich dachte an *Der Alchimist*, das Buch auf meinem Nachttisch.

»Amy doch nicht!« Rile prustete los, und die Tatsache, dass er zur allgemeinen Belustigung einen Witz auf meine Kosten gemacht hatte, traf mich wie ein Messer ins Herz. Das Grinsen, das er danach zur Schau trug, hätte ich ihm am liebsten vom Gesicht gewischt.

Ohne es zu wissen, hatte Rile meinen wunden Punkt getroffen, und das tat so weh, dass mir für einen Moment schwindelig wurde. Normalerweise war er immer auf meiner Seite, deshalb fühlte sich sein Spruch an wie Verrat.

Die letzten Wochen hatte er sich nicht nur kaum gemeldet, anscheinend war er jetzt auch derjenige, der mir Sprüche reindrückte, anstatt umgekehrt. So fühlte es sich wohl an, wenn man seine eigene Medizin schlucken musste …

»Was machst du denn so, abseits des Studiums?«, wollte Lilly wissen.

Noch während sie die Frage stellte, wusste ich, dass ich gleich etwas schrecklich Dummes tun würde. Trotzdem konnte ich es nicht verhindern. Es war ein bisschen so, als würde ich mich selbst dabei beobachten, wie ich den Mund öffnete und sprach.

»Ach, eigentlich hab ich keine Hobbys außer Partys und Sex.«

Ich hatte nicht gewusst, dass es in einem Restaurant voller Menschen so leise sein konnte. Zuerst kam es mir so vor, als hätten alle im Raum aufgehört zu sprechen, aber dann wurde mir klar, dass es nur unser Tisch war. Hatten Rile und die anderen sogar aufgehört zu atmen?

Lilly starrte betreten auf ihre gefalteten Hände, und Rile war komplett versteinert. Die Gesichter von Charlie und Nate konnte ich zum Glück nicht sehen, weil sie neben mir saßen.

»Das ist es doch, was du meintest, Rile, oder?« Meine Stimme zitterte, und auf einmal konnte ich das alles hier nicht mehr ertragen. Ich stand so abrupt auf, dass ich mir das Knie am Tisch anstieß. Es tat höllisch weh, aber den Aufschrei verkniff ich mir; schließlich hatte ich schon für genug Aufsehen gesorgt.

Noch bevor einer der anderen mich aufhalten konnte – was bestimmt ohnehin keiner getan hätte –, steuerte ich bereits auf die *Staff Only*-Tür zu, hinter der sich die Küche und der Mitarbeiterraum des Grills befanden. Eigentlich war Unbefugten der Zutritt verboten, aber da ich quasi zur Familie gehörte, galt dieses Verbot nicht für mich.

Leider auch nicht für Rile.

»Amy! Hey, warte doch mal!«

Seine Rufe ignorierend hastete ich durch den Gang und beeilte mich, die Tür zum Hinterhof aufzustoßen, bevor er mich erreicht hatte. Hastig schlüpfte ich hindurch und stand Sekunden später im Freien. Ich nahm einen tiefen Atemzug der kühlen Oktoberluft, die mich sogleich frösteln ließ, sodass ich die Arme um mich schlang. Meine Daunenjacke hing drinnen über meinem Stuhl, und im Pullover war es mittlerweile eigentlich viel zu kalt.

»Was ist denn in dich gefahren?« Ich stand mit dem Rücken zu meinem besten Freund, aber seine Stimme verriet mir, wie angefressen er war. ER. »Was ist dein Problem?«

Du hast mir wehgetan.

»Ich hab kein Problem«, entgegnete ich, ohne mich zu ihm umzudrehen, weil ich mir ziemlich sicher war, dass Ehrlichkeit in diesem Fall nichts bringen würde.

»Deine einzigen Hobbys sind Partys und Sex? Wie kannst du so was vor Lilly sagen?«

Ach, darum ging es. Nicht darum, *dass* ich es gesagt hatte, sondern darum, dass ich es *vor Lilly* gesagt hatte.

»Das ist peinlich«, fügte Rile noch hinzu, und Wut stieg in mir auf.

»Ach so, peinlich bin ich auch noch?« Ich stieß ein Lachen aus, das allerdings kein bisschen fröhlich klang. »Hast du noch weitere Beleidigungen auf Lager?«

»Amy …« Plötzlich stand er direkt vor mir, woraufhin ich konzentriert meine Füße anstarrte. Meine Augen brannten, und ich hasste es.

»*Amy liest doch nicht.* Ha, ha, ha, ha.« Ich äffte sein Lachen nach, bevor ich den Kopf wieder hob und ihn mit ausdrucksloser Miene ansah.

Er verzog das Gesicht. »Das war ein Witz. Ich wollte die Stimmung auflockern. Die war nicht besonders angenehm, falls dir das nicht aufgefallen sein sollte.«

»Wieso? Du sahst aus, als würdest du es genießen, im Mittelpunkt zu stehen.«

Rile verschränkte die Arme vor der Brust. »Bist du sauer, dass es ausnahmsweise mal nicht du warst?« Stöhnend rieb er sich mit einer Hand übers Gesicht. »Wieso streiten wir überhaupt? Ich dachte, über diesen Punkt wären wir längst hinaus.« Auf einmal klang Rile furchtbar erschöpft. »Ich wollte doch nur, dass ihr Lilly kennenlernt, weil sie mir etwas bedeutet. Und vor allem, dass sie euch kennenlernt, weil ihr mir noch viel mehr bedeutet.«

Mit einem Mal war meine Wut wie weggeblasen, und ich fühlte mich genauso erschöpft, wie Rile klang.

»Sie bedeutet dir etwas?« Die Worte kamen mir nur als Flüstern über die Lippen. Aber was hatte ich denn erwartet? Er hatte eine Frau kennenlernen wollen, weil er sich eine Beziehung wünschte. Dass er Gefühle für Lilly entwickelte, war das Ziel der ganzen Sache.

»Es tut mir leid«, stieß ich kurzerhand aus. »Ich bin heute nicht so gut drauf, wollte das aber eigentlich nicht an euch auslassen.«

Ich rechnete fest damit, dass Rile fragen würde, was los war, warum es mir nicht gut ging. Stattdessen kratzte er sich am Hinterkopf. »Na ja, bisher hast du keinen besonders guten Eindruck gemacht. Aber du kannst das Ruder bestimmt noch rumreißen.«

Und dann tat Rile etwas, was er in zehn Jahren Freundschaft noch nie getan hatte: Er zwinkerte mir zu. Bevor er auf dem Absatz kehrtmachte und wieder Richtung Gebäude lief.

Perplex blieb ich noch ein paar Sekunden an Ort und Stelle.

»Ach, Rile?«, fragte ich dann, kurz bevor er die Tür erreichte.

Er drehte sich noch einmal zu mir um.

»Übrigens habe ich *Der Alchimist* an einem Tag durchgelesen.«

Rile

Jedes Mal, wenn mein Blick Amy streifte, zupfte Sorge an mir, aber ich versuchte, sie zu verdrängen. Genauso wie alles andere Negative an diesem Abend. Ich hätte sie vorhin fragen sollen, was los war, aber in den letzten paar Wochen ging es endlich mal bergauf für mich. Da war es doch wohl nicht zu viel verlangt, dass ich das nur mal einen Abend lang genießen wollte! Oder wenigstens versuchte, es zu genießen, denn das Treffen lief nicht unbedingt so, wie ich es mir vorgestellt hatte.

»Du wirst dich heute Abend totlachen«, hatte ich Lilly auf dem Weg in den Grill versprochen. »Amy ist die witzigste Person, die ich kenne.«

Nur war der heutige Abend bisher alles andere als lustig gewesen. Und Amy hatte kein bisschen was von ihrem großartigen Humor sehen lassen. *Locker, lustig, offen, redselig.* Das alles waren Attribute, die Amy normalerweise charakterisierten, doch heute traf keines von ihnen zu. *Angespannt*, *zynisch* und *gereizt* wären in diesem Fall die besseren Adjektive gewesen.

Erst als Lilly ihre weiche Hand auf meine legte, bemerkte ich, dass ich so lange an dem Nagel meines Zeigefingers herumgepult hatte, dass er schon ganz eingerissen war. Als Kind hatte ich lange an den Nägeln gekaut, diese lästige Angewohnheit aber abgelegt, als ich älter geworden war.

»Lass die Nägel dran«, flüsterte Lilly mir zu. »Ich finde, abgerissene Fingernägel sehen immer so ungepflegt aus.« Sie sagte es mit einem Lächeln, aber kurz störte es mich dennoch.

Wahrscheinlich hatte Amy mir mit ihrem Verhalten einfach den Abend verdorben.

»Leute, in zwei Wochen ist Halloween!« Charlie machte einen aufgeregten Hüpfer und sah erwartungsvoll in die Runde.

»Halloween ist Charlies Lieblingsfeiertag«, erklärte ich an Lilly gewandt.

Charlie nickte begeistert. »Deshalb habe ich überlegt, eine Halloweenparty zu schmeißen.«

Ich gab einen überraschten Laut von mir, weil der 31. Oktober die letzten Jahre immer gleich ausgesehen hatte: Wir hatten uns zu einem Horrorfilmabend getroffen und haufenweise Süßigkeiten in uns hineingestopft.

»Ist mal was anderes.«

Lilly machte ein verwirrtes Gesicht, und ich hätte am liebsten vor Erleichterung aufgeseufzt, als Amy das Wort an sie richtete.

»Charlie und ihre Familie haben im Sommer ein Country Festival organisiert. War eine ziemlich große Sache.«

»Es stand sogar in der Zeitung«, fügte Nate hinzu und grinste schief.

Sein Kommentar brachte Amy zum Lachen, und meine Mundwinkel zogen sich ebenfalls nach oben, weil das etwas war, was Nate früher nie gesagt hätte. Amys lautes, raues Lachen war eines der schönsten Geräusche überhaupt, und bei seinem Klang entspannte ich mich sogleich.

In dem Moment kamen die bestellten Burger, und die Stimmung löste sich.

Zwischen ein paar Bissen berichtete Charlie davon, dass sie mit ihrem Bruder Caleb telefoniert hatte. »Er und Amber werden auch zur Halloweenparty kommen. Sie war zwar gerade bei ihm zu Besuch, aber ich konnte beide überreden, vor Thanksgiving noch mal einen Abstecher nach Hazelwood zu machen.«

Sie nahm einen Schluck von ihrem Wein.

»Außerdem würde ich ein paar alte Schulfreunde einladen«, sagte sie dann. »Und Wyatt und Grace, Travis …«

Der letzte Name ließ mich kurz zusammenzucken und an den Tag denken, als ich Amys Schlüssel bei ihm abgeholt hatte. Amys Miene blieb jedoch teilnahmslos. Ob die beiden nach der Party noch einmal Kontakt gehabt hatten? Ich konnte nicht anders, als mich zu fragen, wie es werden würde, wenn die beiden wieder aufeinandertrafen.

»Du bist natürlich auch herzlich eingeladen.« Charlie lächelte Lilly an, und meine Freundin erwiderte den freundlichen Gesichtsausdruck.

»Das war ein richtig schöner Abend.« Lilly seufzte zufrieden, als sie sich zwei Stunden später im Beifahrersitz zurücklehnte. »Deine Freunde sind echt nett.«

Ich grinste, erleichtert, dass das Treffen letztendlich doch noch ein Erfolg gewesen war. »Ja, das sind sie.«

»Nur am Anfang war es ein bisschen komisch.«

Lillys Worte hingen eine Weile zwischen uns. Ich hatte keine Ahnung, was ich dazu sagen sollte. Vor allem war mir nicht klar, auf was genau sie sich bezog, weshalb ich lieber den Mund hielt.

»Dieser Spruch von Amy und dass sie danach einfach rausgestürmt ist«, begann Lilly. »Das war irgendwie total unreif.«

Ich wünschte, dass sie das nicht zur Sprache gebracht hätte. Wie sollte ich ihr Amys Verhalten erklären? Ich wusste ja selbst nicht mal, was genau los gewesen war. Natürlich hatte ich Lilly nichts von meinen Gefühlen für Amy erzählt, und das wollte ich auch jetzt nicht.

Frag nicht weiter nach! Bitte frag nicht weiter nach!

»Wieso hat sie das gesagt?«

Ich spürte Lillys Blick auf mir und war froh, dass ich beim Fahren meinen auf die Straße richten musste.

»Das war ein Scherz«, erklärte ich und hoffte, dass sie nicht weiter nachbohren würde. »Manchmal hat sie einen seltsamen Humor.«

»Ich dachte, ihr Humor wäre so großartig?«

Schwang da etwa Kritik in ihren Worten mit? Was erwartete sie jetzt von mir?

»Ist er normalerweise auch«, sagte ich knapp.

»Es klang gar nicht so, als wäre es spaßig gemeint. Das war ganz schön makaber. Und wieso bist überhaupt du ihr nachgelaufen, nicht Charlie? Du hast mich einfach dort sitzen lassen.«

Wütend schlug ich aufs Lenkrad. »Ich weiß es auch nicht, okay? Ich wollte einfach nach ihr sehen. Wahrscheinlich hatte sie einfach einen schlechten Tag.« Dann fügte ich etwas sanfter hinzu: »Tut mir leid, dass du dich allein gefühlt hast. Darüber habe ich nicht nachgedacht.«

»Offensichtlich. Und dein Tag ist es heute wohl auch nicht. Wieso fährst du denn so aus der Haut, nur weil ich nachfrage? Ist ja schon ziemlich drüber, dass sich jemand so verhält.«

Der zickige Ton, mit dem sie über Amy sprach, gefiel mir gar nicht, aber das behielt ich für mich. Stumm presste ich die Lippen aufeinander.

»Ist ja auch egal. Hinterher hat sie sich ja zusammengerissen.« Lilly machte eine wegwerfende Handbewegung und wechselte das Thema. »Sag mal, ich wollte am Montag ein bisschen shoppen gehen. Hast du Lust, mich zu begleiten? Vielleicht können wir dich auch neu einkleiden.«

Neu einkleiden? Das klang ziemlich radikal.

»Was stimmt nicht mit den Sachen, die ich habe?«

»Die sind super«, versicherte Lilly. »Aber deine neue Lederjacke sieht ja auch so toll an dir aus. Und es würde Spaß machen, wenn wir zusammen einfach ein bisschen stöbern.«

Da hatte sie recht. Und vielleicht war es wirklich an der Zeit für ein paar neue Klamotten.

»Okay!«, stimmte ich also zu. »Dann gehen wir also einkaufen.«

Als ich Lilly eine halbe Stunde später zu Hause absetzte, wurde ich plötzlich nervös.

Am Anfang war ich der Meinung gewesen, erst mal mit Amy abschließen zu müssen, bevor ich die Sache mit Lilly auf die nächste Stufe hob. Aber wie sollte ich die Gefühle für meine beste Freundin ganz hinter mir lassen, wenn ich keine neuen zuließ?

Hinzu kam, dass ich mehr als ein Jahr heimlich in Amy verliebt gewesen war, bis ich mich letzten Herbst Charlie anvertraut hatte. Meine Gefühle für sie gingen so tief, dass es naiv gewesen wäre, zu glauben, dass sie innerhalb weniger Wochen verschwanden. Ich musste sie einfach in eine freundschaftlichere Richtung lenken.

Kurz darauf hielt ich auf dem Parkplatz vor dem Studentenwohnheim und hielt Lilly die Tür auf. Ich wusste, dass es ihr gefiel, wenn ich mich wie ein Gentleman verhielt. Und wenn es eine positive Sache gab, die meine Eltern mir beigebracht hatten, dann war es höfliches Benehmen.

Lilly schien zu ahnen, dass ich sie küssen wollte. Das konnte ich in ihren Augen sehen, als wir uns gegenüberstanden.

Erwartungsvoll schaute sie mich an, bevor sie einen Schritt auf mich zumachte. Dann hob sie den Kopf ein Stück, senkte die Lider und öffnete leicht den Mund. Ich hätte mich nur noch hinunterbeugen und sie küssen müssen. Es wäre so leicht gewesen.

Doch gerade, als ich mich auf sie zubewegen wollte, tauchte ein Bild vor meinem inneren Auge auf. Erst die Umrisse, dann der enttäuschte Gesichtsausdruck, als sie mich vorhin angesehen hatte. Wieso jagte jedes Mal eine Gänsehaut über meine Arme, wenn ich daran dachte? Und wieso konnten die Gedanken an Amy mich nicht wenigstens jetzt in Ruhe lassen? Jedes Mal, wenn ich einen Schritt nach vorn machte, tat ich zwei zurück.

Ich versteifte mich und wollte Lilly gerade eine gute Nacht wünschen, da stellte sie sich auf die Zehenspitzen und legte ihre Hände in meinen Nacken. Ich stieß einen überraschten Laut aus, Sekunden bevor sie ihre Lippen mit meinen verschloss.

Es war ein sanfter, aber bestimmter Kuss. So als wollte sie mir sagen: *Wir haben jetzt lange genug gewartet.*

Und sie hatte recht. Ohne unseren Kuss zu unterbrechen, beugte ich mich zu ihr hinunter und zog sie an der Hüfte zu mir heran. Als ich sie ein paar Sekunden später wieder losließ, seufzte sie leise.

»Gute Nacht, Lilly.« Ich strich ihr eine verlorene Haarsträhne – die einzige, die sich aus dem Haarreif befreit hatte – aus dem Gesicht.

»Gute Nacht, Rile.« Sie lächelte mir zu, bevor sie sich umdrehte und zum Wohnheim lief. Auf halbem Weg drehte sie sich noch einmal um und warf mir eine Kusshand zu, was mich schmunzeln ließ.

Es konnte also doch einfach sein.

Kapitel 13

Rile

Nach unserem ersten Kuss folgten mindestens fünfzig weitere. Die ersten hatte ich noch mitgezählt, weil es so unbegreiflich war, dass ich jahrelang niemanden geküsst hatte und es nun täglich viele Male tat. Aus unschuldigen Küssen wurden intensivere, und als ich zwei Nächte später bei Lilly im Wohnheim übernachtet hatte, hatte sie sich vor dem Einschlafen ganz eng an mich gekuschelt. Kurz waren meine Gedanken zu Amy gewandert, doch bevor sie sich richtig manifestieren konnte, hatte ich meine Nase in Lillys Haaren vergraben und mich mit dem Duft ihres Kokos-Shampoos abgelenkt.

Die Zeit mit Lilly war schön. Sie war leicht. Und es fühlte sich gut an, endlich mal derjenige zu sein, der angehimmelt wurde.

Zumindest schrieb mir Lilly unzählige Nachrichten, warf mir sehnsüchtige Blicke zu und berührte mich, wann immer es ihr möglich war.

In der Woche nach unserem ersten Kuss stand ich vor dem Spiegel des Klamottengeschäfts, in das Lilly mich gezerrt hatte, und betrachtete skeptisch die eng anliegende schwarze Jeans. Normalerweise trug ich weitere Hosen, weil sie bequemer waren. In dieser konnte ich mich kaum bewegen.

»Bist du sicher, dass mir das steht?«, fragte ich Lilly.

Zur Jeans hatte sie mir ein cremefarbenes Shirt in die Hand gedrückt, das nun übergroß an mir herunterhing und die Hose wahrscheinlich noch enger aussehen ließ.

»Soll das so sitzen?«

Begeistert nickte sie. »Ich finde es total cool! Dazu die Lederjacke, und du siehst zum Anbeißen aus!«

Sie wirkte so begeistert, dass ich mich nicht traute, ihr zu sagen, dass ich mich überhaupt nicht wohlfühlte. Stattdessen stand ich wenig später an der Kasse und bezahlte zweihundertfünfzig Dollar für ein Outfit, das ich gar nicht mochte.

Was ich hingegen mochte, war das Gefühl, Lilly glücklich zu machen. Also verdrängte ich meine Zweifel, was die Klamotten betraf.

Als Nächstes steuerte sie einen Optiker an, doch sobald ich den Schriftzug über dem Laden las, blieb ich abrupt stehen. Protestierend hob ich die Hände.

»Hey, hey! Ich mag meine Brille!«

Ich hatte das Gestell vor zwei Jahren gemeinsam mit Amy und Charlie ausgesucht. Noch heute erinnerte ich mich gern an den Tag zurück. Wir hatten den Spaß unseres Lebens gehabt, weil wir versucht hatten, vierundzwanzig Stunden lang nicht das Wort *ich* zu benutzen. Natürlich war das Amys Idee gewesen, und natürlich waren wir kläglich gescheitert.

»Ich auch!« Lilly hakte sich im Gehen bei mir unter und sah zu mir hoch. »Aber es wäre doch praktisch, Kontaktlinsen zu haben? Du hast so schöne Augen! Die sieht man hinter der Brille gar nicht richtig.«

Sie wollte mich weiterziehen, aber ich blieb stehen. Wie sollte ich darauf reagieren? Langsam fühlte es sich ein bisschen so an, als wollte sie mein Aussehen verändern.

»Ich hab dir doch gesagt, dass ich schon mal welche hatte und die nicht richtig vertragen habe.« Ich konnte nichts gegen den leichten Unmut tun, der in meiner Stimme mitschwang. Aber eigentlich wollte ich das auch gar nicht.

»Das ist bestimmt Gewöhnungssache«, meinte Lilly achselzuckend. Sie schien gar nicht zu bemerken, dass meine Laune in den Keller gerutscht war. »Und zum Beispiel beim Sport sind Brillen total nervig. Ich hab ja selbst eine, aber die beschlägt beim Power Yoga immer.«

»Gut, dass ich keinen Sport treibe.«

»Das würde dir aber vielleicht guttun.« Sie knuffte mich in die Seite, und mir wäre fast die Kinnlade heruntergeklappt.

Ich wusste, dass ich eine gute Figur hatte, obwohl ich nicht ins Fitnessstudio ging. Klar war ich nicht so muskulös wie Nate oder die Football-Jungs, aber die Arbeit im Sägewerk und das viele Wandern waren auch eine Form des Trainings. Nicht, dass ich mich Lilly gegenüber rechtfertigen müsste.

»Wandern ist auch Sport«, entgegnete ich trotzdem kühl. »Wenn du einen Muskelprotz kennenlernen wolltest, hättest du dich bei *Tinder* anmelden sollen anstatt bei *LoveChapter*.«

»Sorry, du hast recht«, entschuldigte sie sich schnell. »So war das gar nicht gemeint.«

Auch wenn Lilly nun nicht mehr auf den Gang zum Optiker bestand und den Rest des Tages zuckersüß zu mir war, fragte ich mich doch zum ersten Mal, seit wir uns kannten, ob sie wirklich so gut zu mir passte. Vielleicht suchte mein Herz aber auch einfach nur nach Fehlern, weil sie nicht Amy war.

Ich hab mal wieder meinen Schlüssel verloren. Das hat mich daran denken lassen, dass du ihn letztens extra von Travis abgeholt hast. Danke noch mal 😊.

Hab ihn wiedergefunden! Er lag hinten im Auto, unter einem der Sitze. Typisch ich :D!

Letzte Woche hab ich mich mit einem Typen getroffen, der mir jetzt ständig schreibt. Am liebsten würde er sich jeden Tag mit mir treffen, und irgendwie schreckt mich das ab. Ich suche ja keinen Freund oder so. Soll ich ihm das direkt sagen, oder wie komme ich aus der Sache heraus?

Ich hab jetzt fünf Tage in Folge wie besessen gelernt, Ebony hat mir sogar geholfen. Trotzdem werde ich die Prüfung morgen verkacken, das weiß ich jetzt schon.

Ich hab Angst, Rile.

Als ich fertig war, den inneren Monolog, den Amy mir in den letzten Tagen via Textnachrichten geschickt hatte, zu lesen, fühlte sich mein Herz unangenehm schwer an. Weil ich unseren Chat heute zum ersten Mal geöffnet hatte, obwohl mir keineswegs entgangen war, dass immer neue Nachrichten hinzugekommen waren.

Die Wahrheit war: Ich hatte Angst, dass mein Gehirn oder

vielmehr mein Herz – vielleicht auch beide – die Beziehung zu Lilly sabotieren wollten. Deshalb hatte ich beschlossen, mich für eine Weile zurückzuziehen.

Nicht vollständig natürlich. Ich wollte unseren Kontakt nur etwas reduzieren, bis sich die Beziehung zu Lilly stabilisiert hatte.

Nichtsdestotrotz tat es weh, Amys Worte zu lesen. Denn ich konnte das, was sie mir eigentlich sagen wollte, ganz deutlich zwischen den Zeilen erkennen: *Ich vermisse dich.*

Noch schlimmer war, dass sie mir genauso fehlte, auch wenn ich das Gefühl nicht wirklich zuließ.

Schnell tippte ich eine Antwort:

Viel Glück! Ich denke an dich.

Dabei war es genau das, was ich mit aller Kraft verhindern wollte.

»Was machst du denn da die ganze Zeit am Handy?« Lilly ließ sich neben mir auf die Matratze fallen.

Schnell legte ich das Smartphone zur Seite, damit sie nicht sehen konnte, wem ich geschrieben hatte. Was lächerlich war, immerhin war Amy eine meiner beiden besten Freundinnen.

»Deine Mom hat gesagt, ich soll dich zum Essen holen!«

Lilly war heute das erste Mal bei mir zu Hause. Ich hatte bei den letzten Treffen ständig Ausreden erfunden, weshalb wir uns nicht bei mir treffen konnten. Mit allen Mitteln hatte ich verhindern wollen, dass Lilly Mom und vor allen Dingen Richard begegnete. Aber irgendwann waren mir die Argumente ausgegangen.

Zu allem Überfluss hatte Lilly meiner Mutter sogar angeboten, ihr beim Kochen zu helfen, damit »sie sich besser kennenlernen können«. Mom war sichtlich angetan von Lilly und ihrer hilfsbereiten Art und Richard immer noch bei der Arbeit, was meine Hoffnung schürte, er könnte das gemeinsame Essen verpassen.

Doch das Glück war nicht auf meiner Seite. Gerade als ich Lilly die Treppe nach unten folgte, hörte ich den Schlüssel in der Haustür.

Bitte, hab Erbarmen!, schickte ich ein Stoßgebet gen Himmel.

In den letzten Tagen war Richard ungewohnt nett zu mir gewesen, doch ich traute dem Ganzen nicht. Es konnte nur eine Frage der Zeit sein, bis er in seine alten Muster zurückfiel und an mir herumkritisierte.

Leider übernachtete Evie heute bei einer Freundin, weshalb das Beste an unserem Zuhause fehlte. So graute mir schon vor einem unangenehmen, steifen Abendessen.

Mein Vater zog sich die Schuhe aus und hängte seine Jacke an die Garderobe, während Lilly – höflich, wie sie war – im Flur wartete, um ihn begrüßen zu können.

»Lilly, das ist mein Vater … Richard«, stellte ich ihn vor, als er schließlich auf uns zukam.

Lillys Gesicht hellte sich beim Anblick meines Vaters regelrecht auf, was angesichts seiner kühlen Ausstrahlung wirklich erstaunlich war. Sie streckte ihm die Hand entgegen. »Mister Bennett, ich habe schon sehr viel von Ihnen gehört.«

Das war eine glatte Lüge! Ich hatte Lilly nur das Allernötigste über ihn erzählt, und das auch nur, wenn sie nach ihm gefragt hatte.

Falls er überrascht war, ließ Richard es sich jedenfalls nicht anmerken. Seine Mundwinkel hoben sich, als er ihre Hand ergriff.

»Hallo, Lilly. Freut mich, dich kennenzulernen. Von dir hab ich leider noch nicht so viel gehört.«

Unsicher blickte ich zu Lilly, weil man diese Aussage auch falsch verstehen konnte, doch sie ließ sich nicht beirren.

»Ich habe gelesen, dass Sie das Sägewerk ganz allein und aus dem Nichts aufgebaut haben. Das finde ich wirklich beeindruckend!«

Mir fiel buchstäblich die Kinnlade hinunter. Es fühlte sich absolut unnatürlich an, dennoch war ich unfähig, den Mund wieder zu schließen. Zum Glück schien es keinem der beiden aufzufallen.

Richard tat etwas, was mich vermuten ließ, dass er von Außerirdischen entführt und einer Gehirnwäsche unterzogen wurde.

Er strahlte über das ganze Gesicht. Und dann tat er noch etwas vollkommen Untypisches: Er streckte eine Hand aus und berührte Lilly am Arm. »Das ist aber lieb von dir!«

Lieb? Ich war mir nicht sicher, ob ich dieses Wort jemals zuvor von ihm gehört hatte. Manchmal sagte er »Evie, sei lieb«, aber das war's auch schon.

Endlich gelang es mir, den Mund wieder zu schließen.

»Ist lange her, dass Rile ein Mädchen mit nach Hause gebracht hat«, sagte mein Vater, während er mit Lilly ins Wohnzimmer ging. »Du musst wirklich etwas Besonderes sein!«

Immer noch vollkommen durch den Wind folgte ich den beiden. Was redete er da? Ich brachte ständig Mädchen mit nach Hause. Wie oft war zum Beispiel Amy hier gewesen? Doch ihr hatte er kaum Beachtung geschenkt, geschweige denn ein Gespräch mit ihr geführt.

Richard lief ins Wohnzimmer, wo bereits der gedeckte Tisch auf uns wartete. Er gab meiner Mutter einen Kuss auf die Wange und tat so, als sei er überrascht, wie toll das Essen aussah, obwohl Mom jeden Abend etwas in der Art herrichtete.

»Lilly hat mir beim Kochen geholfen und auch den Tisch gedeckt«, erzählte Mom strahlend.

Das hier war die reinste Farce. Zum ersten Mal verhielten die beiden sich wie richtige Eltern, und das war unangenehmer als alles andere, weil es mir völlig fremd war.

Das Abendessen wurde sogar schlimmer, als ich es befürchtet hatte. Nur auf eine vollkommen unerwartete Weise.

»Rile, du hast wirklich Glück, dass deine Eltern eine eigene Firma haben, die dir den Einstieg ins Berufsleben erleichtert«, sagte Lilly, als wir mit der Vorspeise begannen.

Prompt verschluckte ich mich an der Suppe.

»Was?«, fragte ich entgeistert.

War Lilly noch ganz bei Trost? Ich hatte ihr doch erklärt, dass ich nur widerwillig für meinen Vater arbeitete und viel lieber eine Ausbildung als Parkranger gemacht hätte. Und, dass ich nicht das beste Verhältnis zu ihm hatte.

»Leider sieht mein Sohn das ein bisschen anders!« Richard sah mich flüchtig an, bevor er von einem Stück Baguette abbiss.

»Rile ist noch so jung. Irgendwann wird er verstehen, was für ein Segen das Sägewerk ist«, versuchte Mom es mit einem ängstlichen Ausdruck im Gesicht. Wahrscheinlich, weil sie Sorge hatte, die Situation würde eskalieren.

»Nein.« Normalerweise war ich eloquenter, aber irgendwie fehlten mir angesichts dieser Dreistigkeit langsam die Worte.

»Bestimmt«, pflichtete Lilly meiner Mutter bei, und mein Blick schnellte zu ihr. »Parkranger ist ja irgendwie auch kein richtiger Job.«

WIE BITTE? Ich konnte nicht fassen, dass sie das gerade wirklich gesagt hatte.

Mom und Dad lachten. Hatten sich die drei gegen mich verschworen?

Am liebsten wäre ich sofort aufgestanden und gegangen, doch stattdessen saß ich wie festgefroren auf meinem Stuhl, unfähig, mich zu bewegen. Lilly war zum ersten Mal bei uns, da konnte ich verstehen, dass sie einen guten Eindruck machen wollte. Was ich allerdings nicht verstand, war, dass sie dafür meinen Traum miesmachen musste.

»Parkranger ist ein richtiger Beruf«, sagte ich knapp. »Mit klar geregelten Aufgaben, Anstellungsverhältnis und in vielen Fällen sogar Beamtenstatus.« Nach einer kurzen Pause fügte ich noch hinzu: »Onkel Peter ist Ranger!«

»Der Peter, der sich letztes Jahr Geld von mir leihen musste?«, fragte Richard höhnisch, und am liebsten hätte ich ihm den Rest meiner Suppe ins Gesicht gekippt. »Oder der Peter, der für einen anderen Job den Bundesstaat gewechselt hat?«

Erst als mein Kiefer wehtat, merkte ich, wie fest ich die Zähne zusammenbiss. Mein Vater wusste genauso gut wie ich, dass Peter vor allem für seine Frau weggezogen war, weil sie in der Nähe ihrer Familie sein wollte, nachdem meine Cousine geboren worden war.

»Er arbeitet dort auch als Parkranger«, stellte ich richtig und funkelte Richard an.

»Wenn man eine Familie ernähren will, sollte man einen Beruf ausüben, der finanzielle Sicherheit bietet.« Er machte eine Geste, die unsere Umgebung einschloss.

Ich hätte ihm erklären können, dass Liebe und Unterstützung für eine glückliche Kindheit viel wichtiger waren als Geld, aber das hätte er genauso wenig verstanden wie Lilly, die den Blick bewundernd über unser pompöses Wohnzimmer schweifen ließ. Es war ihr deutlich anzusehen, dass ihr gefiel, was sie sah.

Aber mir gefiel nicht, was *ich* sah.

»Rile?«, fragte Lilly in die Stille der Dunkelheit hinein.

Nach dem Essen waren wir in mein Zimmer gegangen und hatten jeder noch ein bisschen gelesen, bevor ich das Licht gelöscht hatte. Wahrscheinlich hatte Lilly gemerkt, dass ich sauer auf sie war, denn ich hatte nur das Nötigste mit ihr gesprochen. Jetzt versuchte ich seit mindestens einer Viertelstunde einzuschlafen. Nur war ich hellwach, weil ich einfach nicht glauben konnte, dass Lilly mir so in den Rücken gefallen war.

»Ja?«

»Es tut mir leid«, sagte sie leise.

Ich schnaubte. »Was genau?«

Neben mir raschelte die Decke. »Das, was ich gesagt habe.«

»Okay.« Keine Ahnung, was ich sonst dazu sagen sollte. Mit einer einfachen Entschuldigung war es irgendwie nicht getan.

»Ich weiß, dass das blöd bei dir angekommen ist.«

Ich setzte mich im Bett auf. »Das ist noch nett ausgedrückt. Deine Worte haben mich echt verletzt. Du weißt doch ganz genau, wie viel mir an Peter liegt – und wie gern ich Parkranger geworden wäre.«

»Ja, das weiß ich. Es ist nur …« Sie machte eine Pause. »Weißt du, wie oft ich als Kind mit meinem Dad im Supermarkt stand und er mir gesagt hat, dass wir etwas nicht kaufen können, weil es zu teuer ist?«

Sie seufzte.

»›*Dafür haben wir kein Geld*‹ ist vermutlich der Satz, den ich in meinem Leben am häufigsten gehört habe. So oft haben meine Eltern mir etwas versprochen, und dann habe ich es doch nicht bekommen, weil sie nicht die finanziellen Mittel hatten.« Ihre Stimme wurde immer leiser, bis sie fast nur noch ein Flüstern war.

Nun tat sie mir leid. Ich streckte eine Hand nach ihr aus und berührte sie am Arm. »Lilly …«

»Du musst mir glauben, dass ich das wirklich nicht böse meine, Rile. Aber ich sehe euer großes, beeindruckendes Haus und deinen Vater, der dir eine ganze Firma vermachen will, und denke mir einfach nur, wie schön es sein muss, wenn man keine Geldsorgen hat. Es ist zwar mein Traum, Autorin zu werden, aber ich hänge mich auch so sehr ins Studium, weil ich später eine Stelle als Professorin bekommen möchte. Eine Karriere mit einem guten und geregelten Einkommen, ein schönes Haus, ein bisschen Wohlstand … So stelle ich mir meine Zukunft vor.«

»Das wusste ich nicht.«

Sie lachte freudlos. »Natürlich nicht. Woher auch? Trotzdem ist es keine Entschuldigung. Ich wollte dich nicht in eine Richtung drängen, in die du gar nicht willst. Das wollte ich nur klarstellen.«

Mir wurde warm ums Herz. »Danke, dass du es mir gesagt hast.« Ich zog sie fest in meine Arme und drückte ihr einen Kuss auf den Scheitel.

Amy

Meine Hände zitterten dermaßen, dass ich den Stift kaum halten konnte. Vielleicht lag es an der Aufregung, vielleicht aber auch daran, dass ich die halbe Nacht wach gewesen war und mit Ebony gelernt hatte. Um nicht einzuschlafen, hatte ich kannenweise Kaffee in mich hineingekippt, der mit Sicherheit zu meinem Zittern beitrug.

Ich hatte mich in den letzten Tagen wirklich ins Lernen reingehängt. War in Knoxville geblieben, obwohl meine Gedanken noch in Hazelwood hingen, hatte weder eine Party besucht noch Sex gehabt. Obwohl Matt mir täglich schrieb, hatte ich mich bisher nicht wieder mit ihm getroffen. Ich wollte unbedingt einmal im Leben etwas hinbekommen. Mir beweisen, dass ich es konnte.

Auch wenn Business Administration nicht mein Ding war, wollte ich es trotzdem schaffen, damit nicht alles umsonst gewesen war. Und das bedeutete harte Arbeit.

Mit Charlie hatte ich, seit ich hier war, ein paarmal telefoniert, aber Rile hatte ich seit dem Abend im Grill nicht mehr gehört. Ich hatte ihm zwar jeden Tag geschrieben, aber erst gestern Abend eine Antwort erhalten. Und auch in der hatte er lediglich auf meine letzte Nachricht geantwortet und den Rest ignoriert. Wahrscheinlich schwebte er gerade auf einer rosaroten Wolke irgendwo zwischen Kennenlernen und Verliebtsein.

Viel Glück, ich denke an dich!, stand in unserem Chat. Obwohl ich mir sicher war, dass er genau das nicht tat.

Konzentrier dich auf die Prüfung, ermahnte ich mich und starrte auf das Blatt Papier vor mir. Ich hatte mir in den letzten Tagen einiges an Wissen über Grundlagen der Finanzplanung, Budgetierung, Finanzanalyse und Investitionsentscheidungen reingeprügelt. Aber konnte man wirklich in so kurzer Zeit alles aufholen und verinnerlichen?

Das wird sich jetzt zeigen!

Ich begann mit dem *Multiple Choice*-Teil der Prüfung, der mir leichter fiel als gedacht, bevor ich zur Beantwortung der offenen Fragen kam, die mir mehr abverlangten.

Knappe zwei Stunden später legte ich den Stift neben das Blatt, genau in dem Moment, als unser Dozent rief: »Kommen Sie bitte zum Ende, meine Damen und Herren. Die Zeit ist abgelaufen!«

Mein erster Impuls nach der Prüfung war, eine kurze Textnachricht an Rile zu tippen. Ich war stolz auf mich und wollte dieses Gefühl mit ihm teilen. Doch dann entschied ich mich dagegen. So wie ich vor ein paar Wochen meinen Freiraum gebraucht hatte, so brauchte er nun seinen. Nur konnte ich jetzt viel besser nachvollziehen, was das für ein beschissenes Gefühl war.

Es gab einen Grund, warum er tagelang keine meiner Nachrichten beantwortet hatte, und der war Lilly. Was auch gut so war.

Wenn er wissen wollte, wie es gelaufen war, würde er sich melden und nachfragen. Anstatt den Chat mit ihm zu öffnen, rief ich den mit Charlie auf und erzählte ihr, dass ich die Prüfung geschafft hatte. Sie antwortete innerhalb von Sekunden, dass sie schon den ganzen Vormittag in Gedanken bei mir gewesen sei.

Rile schrieb nicht und fragte auch nicht, wie es gelaufen war. Eigentlich meldete er sich überhaupt nicht mehr bei mir. Und weil ich ihn nicht bedrängen wollte, ließ ich es irgendwann auch bleiben.

Charlie fiel ebenfalls auf, dass er kaum noch von sich hören ließ, aber verständnisvoll, wie sie war, schob sie es auf die anfängliche Verliebtheit. Doch während er ihr zumindest noch schrieb, ignorierte er mich komplett. Deshalb kam es auch vollkommen überraschend, als er Charlie und mich am Tag vor Halloween zum Frühstück einlud, um mal wieder Quality Time miteinander zu verbringen und zu quatschen.

Es war seltsam: Obwohl ich mich schon tausende Male mit Rile getroffen hatte, war ich an diesem Tag furchtbar aufgeregt.

Wahrscheinlich, weil wir so wenig Kontakt gehabt hatten.

Weil es jetzt Lilly gab, die ihn so in Beschlag nahm.

Weil ich mich immer ein bisschen komisch fühlte, wegen seiner Gefühle mir gegenüber.

Weil ich eifersüchtig auf Lilly war.

Weil er mein bester Freund war und ich das Gefühl hatte, dass sie ihn uns wegnahm.

Ich war stolz auf mich, weil ich tatsächlich eineinhalb Wochen in Knoxville geblieben war und keine Vorlesung oder Prüfung verpasst hatte. Und auch jetzt kam ich nur fürs Halloween-Wochenende zu Besuch und würde am Sonntag wieder aufbrechen.

»Ich bin ja mal gespannt, was der Herr zu seiner Verteidigung zu sagen hat.« Charlie verdrehte gespielt genervt die Augen, bevor sie die Klingel drückte.

»Warum zappelst du denn so rum?«, flüsterte sie wenig später, aber ich konnte irgendwie nicht stillstehen. Viel länger musste ich es zum Glück auch nicht, denn kurz darauf wurde die Tür aufgerissen.

»Amy! Charlie!«, kreischte Evie, und ich ging in die Hocke, damit die Kleine sich in meine Arme stürzen konnte. Sie roch nach frisch gewaschener Wäsche, und ich inhalierte den vertrauten Geruch, während ich sie fest an mich drückte, um mich zu beruhigen.

»Ihr wart ja total lange nicht hier«, beschwerte sich Evie und stemmte die Hände in die Hüften.

»Rile ist aber auch da, oder?«, fragte Charlie und warf einen Blick ins Innere des Hauses.

»Ja!« Evie nickte. »Aber der ist echt komisch drauf in letzter Zeit.«

Charlie sah sie verwundert an, aber ich fragte schon: »Warum?«

»Ach, er ist ja jetzt sehr beschäftigt mit seiner Freundin … Lilly. Und ich mag sie wirklich, sie ist echt hübsch.«

Ich verzog das Gesicht, hatte meine Mimik aber schnell wieder unter Kontrolle.

»Aber als ich sie gestern gefragt habe, ob sie mit mir spielt, meinte sie, dass sie zu alt ist, um mit Barbies zu spielen.« Sie tippte sich mit der kleinen Hand gegen die Stirn. »Könnt ihr euch das vorstellen?«

Meine Mundwinkel zuckten. »Waaaaas?«, fragte ich gespielt empört. »Man ist doch nie zu alt, um mit Barbies zu spielen.«

»Rile spielt in letzter Zeit auch nicht mehr mit.« Die Schnute, die Evie daraufhin zog, sah so süß aus, dass ich mir ein Lachen verkneifen musste.

Evie gab ein trauriges Seufzen von sich, und ich streckte die Hand aus, um ihr über das weiche Haar zu streicheln. Schließlich wusste ich genau, wie ihr zumute war.

»Ich kann nachher ein bisschen mit dir spielen, wenn du Lust hast, Motte«, bot ich an.

Evies Augen leuchteten begeistert. »Ja! Du bist die Beste, Amy! Wieso kannst du nicht hier wohnen anstatt Rile?«

Gerade umarmte Evie mit den Armen meine Beine, da tauchte Rile hinter ihr auf.

»Na, ihr zwei?«

»H…hey«, brachte ich noch irgendwie heraus, war dann aber zu abgelenkt davon, dass er keine Brille trug.

»Was hast du da an?« Charlie machte große Augen, während sie Rile von oben bis unten musterte, und auch ich starrte ihn an. Oversized Shirt und enge Jeans. Dieses Outfit war komplett untypisch für ihn.

»Ich war shoppen.«

Shoppen?

»Lilly hat mir geholfen, mich neu einzukleiden.« Etwas an seinem Tonfall verriet mir, dass er nicht ganz so begeistert davon war.

»Wieso?« Die Frage rutschte mir einfach raus, noch bevor ich es mir anders überlegen konnte.

Aber Rile zuckte nur mit den Schultern. »Wollt ihr draußen stehen bleiben, oder kommt ihr rein?«

Das ließ Charlie sich nicht zweimal sagen. Sie hatte schon im Flur ihre Schuhe ausgezogen, als ich noch etwas unschlüssig vor der Tür herumstand.

»Lass dich erst mal drücken!« Aus den Augenwinkeln nahm ich wahr, wie Charlie förmlich in Riles Arme sprang und ihn so lange umarmte, dass ich Zeit hatte, ebenfalls reinzugehen und die Sneaker von den Füßen zu streifen. »Endlich wieder gemeinsame Zeit!«, quietschte sie und presste sich noch fester an unseren Freund.

»Aua«, protestierte er und wandte sich schließlich mir zu. In seinen Augen blitzte etwas auf, was ich nicht richtig deuten konnte. Es war so, als würde er für den Bruchteil einer Sekunde zögern, aber vielleicht bildete ich mir das auch nur ein, weil ich mich selbst befangen fühlte.

»Amy«, sagte Rile bloß. Früher klang mein Name aus seinem Mund so vertraut, jetzt fühlte es sich so an, als wäre er ein Fremder.

Er sah mich kurz an, bevor er mich wieder auf diese flüchtige Art an sich drückte, wie man es bei Leuten tat, die man eigentlich nicht mochte. Nicht mal lang genug, als dass ich seinen Geruch hätte wahrnehmen können. Ich sehnte mich danach, richtig von ihm in den Arm genommen zu werden, mit ihm zu lachen, rumzuwitzeln, einander zu ärgern.

Früher hatte ein Blick genügt, um genau zu wissen, was der andere dachte. Jetzt betrachtete ich ihn und hatte keinen blassen Schimmer, was in seinem Kopf vor sich ging.

»Die Prüfung ist gar nicht so schlecht gelaufen«, erzählte ich, bloß um irgendwas zu sagen.

»Das freut mich!« Rile zeigte mit dem Daumen nach oben. »Habt ihr Hunger?«

Während ich ihm dabei zusah, wie er mit Charlie Richtung Esstisch ging und sich unterhielt, wurde mir plötzlich klar, weshalb ich solche Angst vor diesem Treffen gehabt hatte, warum ich so nervös gewesen war.

Es gab etwas Schlimmeres, als jemanden zu vermissen, weil er nicht da war. Viel schmerzhafter war es, jemanden zu vermissen, obwohl er direkt vor einem stand.

»Und, was gibt's Neues?«, wollte Rile wissen, als wir ein paar Minuten später am Esstisch saßen, jeder ein Croissant auf dem Teller und einen Cappuccino in der Hand, den Rile mit der Barista-Maschine seiner Eltern zubereitet hatte.

»Also, ich muss schon sagen, dass mich diese Partyvorbereitungen doch mehr Zeit gekostet haben als erwartet, aber …«

Charlie rutschte ein Stück an den Tisch heran und rieb sich die Hände, ein teuflisches Grinsen im Gesicht. »Die Deko ist der Hammer! Es wird so gruselig.«

»Uhhhhh«, machte ich. »Was habt ihr eigentlich für Kostüme?«

»O mein Gott, da kommt ihr nie drauf! Und deshalb werde ich es auch nicht verraten!« Charlie quietschte vor Freude. »Dann wird es euch morgen nämlich umhauen.«

»Ich hatte wegen des ganzen Lernens gar keine Zeit, mir was Kreatives auszudenken«, überlegte ich laut. »Wahrscheinlich geh ich als Teufel, das habe ich noch zu Hause.«

»Wie passend«, feixte Charlie, bevor sie einen großen Schluck von ihrem Kaffee nahm. »Und du, Rile?«

»Lilly und ich gehen als Aphrodite und Zeus.«

»Ihr habt ein Partnerkostüm?«, fragte Charlie verwundert.

»Jep.«

»Ich dachte, du hasst Partnerkostüme?« Meine Stimme klang vorwurfsvoller als beabsichtigt. Aber irgendwie war es auch ein Vorwurf, denn letztes Jahr hatte ich wochenlang versucht, Rile dazu zu überreden, mit mir als Joker und Harley Quinn zu gehen, war aber bis zuletzt auf Widerstand gestoßen. Stattdessen war er als Parkranger gegangen und hatte es damit erklärt, dass es die einzige Möglichkeit sei, diese blöde Uniform zu tragen.

Ich stellte meine Tasse auf dem Tisch ab und nahm das Croissant vom Teller, obwohl mein Magen plötzlich rebellierte.

»Tue ich auch, aber Lilly hat es sich gewünscht.«

»Und du tust alles, was Lilly sagt?«

Rile zog die Augenbrauen zusammen. »Was soll das denn heißen?«

Ich schmiss das Croissant, das ich bis eben noch in der Hand gehalten hatte, auf meinen Teller. »Seit du mit ihr zusammen bist, trägst du keine Brille mehr, ziehst andere Klamotten an, hast eine neue Frisur, meldest dich nicht mehr bei uns. Sie verändert dich total, merkst du das gar nicht?«

Ich saß mit dem Rücken zur Tür. Als Rile mich zuerst perplex anstarrte, bevor sein Blick dann zu einem Punkt hinter mir zuckte, und Charlie sich ängstlich auf die Lippe biss, wusste ich, dass jemand hinter mir stand.

»Ihr habt die Klingel nicht gehört, also hab ich Lilly mal reingelassen«, erklang Evies helle Kinderstimme hinter mir.

Lilly.

Fuck.

Shit.

Das würde Rile mir nie verzeihen – auch wenn es die Wahrheit gewesen war.

Kapitel 14

Amy

Heute war ein mieser Tag. Dass er das werden würde, war mir eigentlich schon gestern Abend klar gewesen, als ich mit diesem ekeligen Gefühl im Bauch ins Bett gegangen war.

Das gemeinsame Frühstück war von Anfang an keine Quality Time gewesen, aber definitiv noch schlimmer geworden, nachdem ich Rile meine ehrliche Meinung aufgedrückt hatte. Und Lilly Zeugin davon geworden war.

Zwar hatten alle Anwesenden gute Miene zum bösen Spiel gemacht, aber es bestand eine hundertprozentige Wahrscheinlichkeit, dass dieser Vorfall nach Charlies und meinem Abgang eine halbe Stunde später noch Thema gewesen war.

Zum Abschied hatte mich Rile dann nicht mal mehr gedrückt. Und seitdem schmerzte meine Brust so sehr, dass sogar das Atmen wehtat. Vielleicht war es aber auch nur ein Phantomschmerz, weil ich mir eigentlich nach den letzten Wochen sicher war, dass ich gar kein Herz mehr hatte.

Zu allem Überfluss hatte ich auch noch geträumt, dass ich Sex mit Rile hatte, und war nachts hochgeschreckt, mit einem Pochen zwischen den Beinen. Diese körperliche Reaktion hatte mich dermaßen in Panik versetzt, dass ich nicht wieder hatte einschlafen können.

Das war der Grund, weshalb ich jetzt im Badezimmer meiner Eltern – die miesen Verräter! – stand und versuchte, die dunklen Schatten unter meinen Augen mit Concealer abzudecken, was mir mehr schlecht als recht gelang.

Es war bereits nachmittags, aber ich trug immer noch das alte Schlafshirt und war ungeschminkt.

Seit der Nachricht mit dem Hausverkauf schlief ich ohnehin nie mehr als fünf Stunden am Stück. Und weil ich aktuell die meiste Zeit in Knoxville verbrachte und Mom und Dad sowieso selten nach Hazelwood fuhren, liefen wir uns noch weniger über den Weg als sonst. Mom hatte mich in den letzten Tagen ein paarmal versucht anzurufen, aber ich war nie drangegangen.

Und als ich gestern ins Haus gekommen war, war keiner von meinen Eltern dort gewesen – Überraschung. Trotzdem begleitete der Gedanke, dass unser Zuhause bald von Fremden bewohnt sein würde, mich rund um die Uhr.

Um die Müdigkeit zu verstecken, schminkte ich mich heute stärker als sonst, fuhr häufiger mit der Wimperntusche über meine Wimpern, trug sogar Eyeliner auf für Smokey Eyes und malte meine Lippen mit einem knallroten Lippenstift nach. Das perfekte Make-up für eine Teufelin.

Es war zwar erst fünf, aber ich hatte Charlie versprochen, zwei Stunden vor Partybeginn bei ihr zu sein, um ihr beim Vorbereiten zu helfen.

Als ich zurück in mein Zimmer kam, fiel mein Blick auf die Teufelshörner, die aus meiner Tasche herausragten. Gestern hatte ich wieder einmal bewiesen, wie gut dieses Kostüm zu mir passte.

Oh Mann. Ich band mir das Deckhaar zu einem Zopf und ließ das untere offen. Hoffentlich würden Lilly und Rile erst bei Charlie eintreffen, wenn die anderen schon da waren. Ich hatte keine Ahnung, wie ich Lilly gegenübertreten … mich verhalten sollte, wenn wir aufeinandertrafen.

Zuletzt steckte ich mir silberne Creolen in die Ohren, denn die durften auch an Halloween nicht fehlen.

Gerade als ich den zweiten Verschluss befestigt hatte, klingelte mein Handy, und ich zog es aus der Tasche. Schon wieder Mom. Wahrscheinlich sollte ich langsam mal aufhören, sie zu ignorieren.

Nachdem ich mich gemeldet hatte, redete sie sofort drauflos. »Na endlich, Amy!«

Ich presste die Lippen aufeinander. »Was möchtest du? Ich wollte gerade zu Charlie.«

»Wir haben noch so viel zu tun, dass es sich dieses Wochenende nicht lohnt, nach Hause zu kommen.« *Wie schade.* »Aber ich habe mir schon gedacht, dass du da bist.« Sie klang ungewöhnlich zögerlich.

»Bin ich. Warum?«

»Tja, also …« Sie machte eine kurze Pause. »Es gibt einen ersten Interessenten.«

Ich sagte nichts.

»Für unser Haus.«

Eine Gänsehaut breitete sich auf meinen Armen aus.

»Hast du mich gehört, Amy? Du müsstest die Person morgen rumführen. Kriegst du das hin?«

»Um wie viel Uhr?«, fragte ich mechanisch.

»Morgen Nachmittag um fünf. Mister Ferguson und seine Frau sind wirklich sehr interessiert. Bitte nicht vergessen!«

»Okay«, brachte ich irgendwie noch heraus, bevor ich auflegte.

Heute war ein mieser Tag – und so, wie es aussah, würde es morgen nicht anders sein.

»Du kommst genau richtig«, flötete Charlie, als ich bei ihr zu Hause ankam. »Tadaaaaa!«, rief sie und zog mich förmlich herein.

Ich schaute mich um und staunte nicht schlecht. Das Licht im Flur war gedimmt, und überall hingen künstliche Spinnweben, in denen kleine und größere Plastikspinnen befestigt waren.

»Wow«, sagte ich anerkennend, bevor Charlie mich in die Arme schloss.

»Ziemlich gruselig, oder?« Nate kam in den Flur, grinste schief und umarmte mich ebenfalls. »Also, ich werde den Rest der Deko anbringen, und ihr kümmert euch um das Essen?«

»Super!« Charlie schenkte ihm ein liebevolles Lächeln, bevor sie mich in die Küche zerrte. Sobald sie die Tür hinter uns geschlossen hatte, musterte sie mich besorgt. »Also, wie geht's dir?« Mit ihrem Blick fuhr sie mein Gesicht ab, als würde sie nach Anzeichen für etwas – einen Nervenzusammenbruch? – suchen.

Ich stieß geräuschvoll die Luft aus. »Ganz gut, schätze ich.«

»Bullshit!« Meine beste Freundin packte mich an den Schultern und sah mich eindringlich an. »Du musst mir nichts vormachen!«

»Okay, okay!« Ich hob beide Hände, um sie zu besänftigen. »Es geht mir schon besser. Mom hat mich vorhin angerufen, um mir zu sagen, dass morgen jemand kommt, um sich das Haus anzugucken.« Ich schaute auf meine Füße.

»Eine Wohnungsbesichtigung?« Charlies schrille Stimme hallte durch die Küche.

»Genau. Und die Sache gestern … Dass ich es mal wieder übertrieben habe, weiß ich.«

Charlie verschränkte die Arme vor der Brust. »Das finde ich nicht!«

Ich hob den Kopf. »Nicht?«

»Nein! Das, was du gesagt hast, stimmt. Die beiden kennen sich erst seit ein paar Wochen, und schon will sie alles an ihm verändern. Gerade am Anfang?« Sie schürzte die Lippen. »Dann meldet er sich kaum noch und lädt uns irgendwann endlich mal wieder zum Quality Time-Frühstück ein – und da kommt sie auch dazu? Ich bin echt sauer.«

»Oh«, formte ich mit den Lippen.

»Am liebsten würde ich Lilly ausladen, damit wir endlich mal wieder Zeit haben, richtig mit ihm zu sprechen. Würde ja gerne mal hören, was er dazu zu sagen hat.«

Für ein paar Sekunden schwiegen wir.

»Ich bin froh, dass du das auch so siehst. Ich dachte schon, es liegt an mir«, brachte ich schließlich erleichtert hervor. »Ist natürlich trotzdem blöd, dass Lilly gehört hat, was ich gesagt habe.«

»Definitiv. Freundinnen werdet ihr jetzt wohl nicht mehr.«

Ich kaute auf meiner Unterlippe herum, bevor ich weitersprach. »Meinst du, sie hasst mich?«

»Na ja.« Charlie zog eine Grimasse. »Das wird sich gleich zeigen …«

Kapitel 15

Amy

Heute war der Abend, an dem ich herausfand, wie lange man zwei Menschen bei einer Zwanzig-Mann-Party aus dem Weg gehen konnte: eine Stunde und dreiundvierzig Minuten.

Das schaffte ich allerdings nur, weil Lilly und Rile gleichzeitig mit Caleb und Amber eintrafen, die bei ihrer Ankunft für eine Menge Aufsehen sorgten. Nicht wegen ihrer aufwändigen Vampir-Kostüme, sondern weil die meisten der Anwesenden die beiden eine Weile nicht gesehen hatten.

Charlie stürzte sich bereits in Calebs Arme, als dieser noch nicht mal richtig durch die Tür war, und Wyatt zog ungefähr gleichzeitig Amber in eine Umarmung. Ich freute mich zwar auch, die beiden zu sehen, aber normalerweise hätte ich sie etwas weniger euphorisch begrüßt.

»Amber! Caleb!«, jubelte ich und stürmte auf die beiden zu. »Mann, seht ihr scharf aus!«

»Du bist aber auch toll zurechtgemacht!« Amber strahlte mich an. »Sehr sexy!«

Ihr Blick fuhr anerkennend von meinem knappen schwarzen Oberteil über meinen dunklen Rock bis hin zu meinen nackten Beinen, die in Overknees-Stiefeln steckten. Ich fühlte mich in dem Outfit heute allerdings nicht halb so sexy wie sonst.

Doch schnell zogen Charlie und Nate Ambers Aufmerksamkeit auf sich.

»Nein! Wie lustig seid ihr denn?« Amber hielt sich kichernd eine Hand vor den Mund, während sie Charlie und Nate betrachtete.

Das war exakt auch meine Reaktion gewesen, als mir die beiden ihre Kostüme präsentiert hatten. Charlie trug einen orangefarbenen Overall und hatte die Haare in Nates Tennessee Titans-Cap versteckt, sodass es aussah, als hätte sie einen Kurzhaarschnitt. Der aufgemalte Dreitagebart vervollständigte das Bild, das sie bot.

Nate hingegen hatte eine blonde Langhaarperücke auf dem Kopf und ein buntes Blümchenkleid an.

»Steht dir überraschend gut, mein Freund«, kommentierte Caleb Nates Outfit, bevor er ihm anerkennend auf den Rücken klopfte. »Ich wusste im ersten Moment wirklich nicht, wer von euch wer ist.«

»Oder?« Wyatt lachte schallend.

»Ehrlich gesagt war ich am Anfang nicht so begeistert von der Idee.« Kurz rieb Nate sich mit einer Hand übers Gesicht. »Aber dann war es einfach zu witzig.«

»Ich find's so geil!«, sagte ich grinsend.

»Ja!« Amber nickte eifrig. »Definitiv das beste Kostüm, auch wenn ich noch nicht alle gesehen hab!«

Gerade setzte ich meinen Becher an die Lippen, um einen Schluck zu trinken, da streifte mein Blick Lilly und Rile, und mir stockte der Atem. Mein Herz rutschte eine Etage tiefer, und ich hielt mitten in der Bewegung inne.

Hör auf, sie anzustarren, und verschwinde!, schrie meine innere Stimme mich an.

Nur konnte ich nicht weggucken. Meine Augen klebten

förmlich an Lilly, deren Haare zu einem blonden Kranz geflochten und mit einem goldenen Haarreif am Kopf befestigt waren. Die Träger des weißen, langen Kleides verliefen quer über ihre Brust bis zum Rücken, und ein goldener Gürtel betonte ihre Taille. Obwohl sie eine griechische Göttin darstellen sollte, hätte sie genauso gut ein Engel sein können – das Gegenteil von mir, wenn man so wollte.

Wahrscheinlich störte es mich deswegen so sehr. Und weil sie das optische Gegenstück zu Rile bildete, der nicht weniger wie eine Erscheinung aussah. Sein langes Gewand mit goldenen Borten war ebenfalls weiß, und auf seinen Locken saß ein goldfarbener Lorbeerkranz. In der Hand hielt Rile das wichtigste Erkennungszeichen von Zeus: einen Zepter, aus dem Blitze schossen.

Lilly und Rile wirkten zusammen so perfekt, dass mir Tränen in die Augen stiegen und ich mir wünschte, der Blitz an Riles Zepter würde mich treffen, damit ich mir die beiden nicht länger angucken musste.

Fuck. Was zur Hölle war bloß mit mir los?

Um mich abzulenken, versuchte ich, in Bewegung zu bleiben. Mich mal hier und mal dort zu einer Gruppe dazuzustellen – alles mit möglichst viel Abstand zu Rile und Lilly.

Gerade, als ich den Tisch mit den Getränken ansteuerte, um mir eine Cola zu holen, hielt Travis' Stimme mich auf.

»Miss Evans! Mensch, du bleibst heute ja gar nicht stehen. Hab schon zweimal versucht, dich anzusprechen, aber dann warst du schon wieder weg.«

»Habe ich gar nicht gemerkt, sorry!«, entschuldigte ich mich und versuchte, an ihm vorbeizulinsen. Wo waren Lilly und Rile gerade?

»Ich wollte dir nur sagen, dass mir dein Kostüm gefällt.« Er lehnte sich zu mir und flüsterte mir ins Ohr: »Sehr sogar!«

Das Anzügliche in seiner Stimme war kaum zu überhören, aber heute ließ er mich kalt. Auch ein Blick auf seine Lippen, die sich zu einem spitzbübischen Grinsen nach oben zogen, änderte nichts daran. Und schon gar nicht seine Hand, die plötzlich an meiner Taille lag.

Das war der Moment, in dem ich wieder über Travis' Schulter sah und Rile entdeckte. Ohne Lilly. Er stand allein dort und sah mich an.

Ich hätte mich mit Travis ablenken können, so wie ich es sonst auch tat. Hätte ihn küssen können. Da weitermachen, wo wir bei seiner Party aufgehört hatten, aber ich wollte nicht. Konnte nicht.

Ich wollte nur mit Rile sprechen. Als mir klar wurde, was mit mir los war, erstarrte ich. Es erklärte meine Eifersucht auf Lilly. Mein seltsames Verhalten der letzten Wochen. Ich empfand etwas für Rile. Etwas, was über Freundschaft hinausging.

Die Erkenntnis versetzte mich in eine Art Schockstarre, und gleichzeitig fragte ich mich, wie ich so lange so blind gewesen sein konnte. Ich stand auf einmal so neben mir, dass ich nicht mal hörte, was Travis gerade zu mir sagte. Eigentlich hörte ich es schon, sah, wie seine Lippen sich bewegten, aber die Bedeutung seiner Worte kam einfach nicht bei mir an.

Ich legte mir eine Hand auf die Brust und spürte, wie mein Herz immer kräftiger schlug. Konnte das sein? War es wirklich möglich? So lange hatte ich Rile nur als Freund gesehen, nie als Mann. Wieso war plötzlich alles anders?

Halbherzig entschuldigte ich mich bei Travis, bevor ich ein paar Schritte in Riles Richtung machte. Es war, als würde mich ein unsichtbares Band zu ihm hinziehen. Immer weiter, bis ich Sekunden später vor ihm zum Stehen kam.

Keine Ahnung, was ich vorhatte. Ich konnte ihm ja schlecht sagen, dass ich glaubte, etwas für ihn zu empfinden, mir aber nicht sicher war. Vielleicht stimmte es ja gar nicht. Vielleicht drehte ich langsam, aber sicher einfach durch.

Obwohl ich wusste, dass das eine wirklich dumme Idee war, konnte ich mich nicht davon abhalten, ihn anzusprechen.

»Hey!«, sagte ich betont beiläufig, während mein Herz vor Aufregung Purzelbäume schlug. »Wo ist Lilly?«

»Die musste noch mal nach Hause, weil ihr kleiner Bruder sich ausgesperrt hat und ihre Eltern nicht zu Hause sind.«

»Oh, shit! Die wohnen auch in Darlinville?« Meine Stimme war ungewohnt zittrig, aber wegen der Musik bemerkte er es hoffentlich nicht. Ich verzog das Gesicht, weil das vermutlich eine angemessene Reaktion war.

»Ach, tu doch nicht so!« Rile verengte die Augen zu schmalen Schlitzen. »Du konntest es ja gar nicht erwarten, dass sie geht. Oder warum bist du jetzt hier?«

Dass er so reagierte, erschreckte mich, und ich wich ein Stück zurück.

Seine Miene war genauso hart wie seine Worte.

»Ich habe mich vorher nicht getraut, Rile.« Langsam wurde ich wütend. Wieso tat er so, als wäre das alles meine Schuld? Ich hatte ihm nichts getan, außer dass ich gestern die Wahrheit laut ausgesprochen hatte – und komische Gefühle entwickelt hatte.

»Pah!«, machte er. »Kein Wunder! Weißt du, wie lange ich gebraucht habe, um Lilly davon zu überzeugen, dass du kein Problem mit ihr hast? Für sie gibt es einfach keinen guten Grund für dein Verhalten, außer dass du auf mich stehst.«

Jetzt überleg dir ganz genau, was du sagst, mahnte eine leise Stimme in meinem Inneren.

»Vielleicht tue ich das ja. Hast du darüber mal nachgedacht?«

Fuck.

Riles Augen weiteten sich leicht, und es dauerte einen Moment, bis er sich wieder gefangen hatte.

Plötzlich wurde die Musik um uns herum lauter, und das Dröhnen des Songs verdrängte die Worte, die mir noch auf den Lippen lagen. Wahrscheinlich war das besser so. Schlagartig wurde mir alles zu viel.

»Ach, vergiss, was ich gesagt habe, okay?« Ohne ihn eines weiteren Blickes zu würdigen, drängte ich mich an Rile vorbei in den Flur und lief weiter zur Küche. Ich wollte – musste! – allein sein, doch natürlich folgte er mir.

Als er die Küchentür hinter sich zudrückte, sah ich mich panisch nach einem Ausweg um. Toll waren meine Möglichkeiten nicht: Entweder ich stürmte auf die Terrasse, oder ich verbarrikadierte mich in der Speisekammer, die gerade mal einen Quadratmeter groß war. Beides wäre absolut lächerlich.

»Du kannst so was nicht einfach raushauen, Amy!« Riles Stimme bebte vor Zorn. »Wieso tust du mir das an, verdammt noch mal?«

»Lass mich in Ruhe, Rile«, flehte ich und drehte ihm den Rücken zu. »Lass uns ein anderes Mal reden. Ich bin doch selbst einfach nur verwirrt.«

»Nein!«, herrschte er mich an, und obwohl ich ihn nicht mehr sehen konnte, meinte ich die Wärme spüren zu können, die von seinem Körper ausging. »Wir klären das sofort.«

Für einen Moment schloss ich die Augen, versuchte mich wieder zu sammeln.

Was willst du, Amy? Was zur Hölle willst du?

Mein Puls pochte so laut in meinem Kopf, dass ich keinen klaren Gedanken mehr fassen konnte.

»Weißt du, wie lange ich auf diese Worte aus deinem Mund gewartet habe?«

Ich öffnete die Augen und drehte mich um, mein Blick traf seinen. Er stand nicht mal eine halbe Armlänge von mir entfernt. Und auf einmal verstummte alles. Mein Herz begann zu rasen, weil er mir plötzlich so nah war und dieser Duft – sein Zuhause-Geruch – mich einhüllte. Meine Lippen teilten sich, aber ich bekam keinen Ton heraus.

»Tut mir leid, was ich gesagt habe«, flüsterte ich irgendwann, weil ich mich nicht traute, in normaler Lautstärke zu sprechen. »Aber … irgendwas hat sich verändert, Rile.«

»Amy, das kannst du nicht machen. Du wolltest, dass ich eine Freundin finde, und jetzt, wo ich eine habe, machst du mir das kaputt. Das ist nicht fair!«

»Rile …« Ich wollte weitersprechen, doch seine entschlossene Miene ließ mich abbrechen. Noch nie hatte ich ihn so aufgebracht gesehen.

»Du hattest eine halbe Ewigkeit Zeit für das hier. Aber du wolltest nicht.« Wütend starrte er mich an.

Als ich Tränen in seinen Augen glänzen sah, wich ich erschrocken zurück.

»Jetzt willst du mich doch nur, weil du mich nicht haben kannst.«

»Rile«, sagte ich mit erstickter Stimme.

»Weil du niemanden mehr hast, der deine Schlüssel von irgendeinem Kerl abholt. Der dir die Haare aus dem Gesicht hält, wenn du kotzen musst. Der dir sagt, wie toll du bist. Aber das allein reicht mir nicht. Ich will mehr.«

Mehr.

Eine Woge der Zuneigung überrollte mich, riss mich mit sich.

»Ich vermisse dich so sehr.« Meine Stimme klang noch heiserer als sonst. Und als mir klar wurde, wie sehr er mir tatsächlich fehlte, setzte irgendwas in meinem Gehirn aus. Anders konnte ich es mir zumindest nicht erklären, warum ich einen Schritt auf ihn zumachte, mich plötzlich in seine Richtung lehnte.

Was tust du da, verdammt?, schrie meine innere Stimme, aber sie hatte keine Chance.

»Vermisst du mich nicht? Bin ich dir wirklich so egal?« Ich legte eine Hand auf Riles Brust. Sein Herz pochte so stark unter dem Kostüm, als wollte es an seiner Stelle antworten. Sagen, dass ich ihm alles bedeutete.

Mit der anderen Hand fuhr ich seinen Arm entlang und spürte, wie sich eine Gänsehaut darauf ausbreitete. Die Reaktion seines Körpers zeigte mir ganz deutlich, was er nicht sagen konnte.

»Amy«, raunte er. Seine Stimme klang ebenso rau wie meine. »Du weißt, dass du mir nicht egal bist.«

Ich wusste, dass es falsch war. Trotzdem beugte ich mich noch ein Stück nach vorn, stellte mich auf die Zehenspitzen und küsste ihn. Na ja, eigentlich war es kein richtiger Kuss, weil meine Lippen seine nur flüchtig streiften, bevor er zurückschreckte. Dann ging die Küchentür auf, und Nate streckte den Kopf herein. »Stör ich gerade?«

»Nein, kein bisschen«, stieß Rile aus.

»Scheiße, Amy!«, sagte er dann so leise, dass nur ich es hören konnte. Das war alles.

Ohne ein weiteres Wort, ohne mich noch einmal anzusehen, war Rile durch die Tür verschwunden. Ich war froh, dass Nate kein Gespräch mit mir anfangen wollte. Er holte nur eine Packung Chips aus der Speisekammer und war kurz darauf wieder verschwunden.

Ich blieb allein zurück. Allein mit dem beängstigenden Gedanken, dass ich noch nie etwas so sehr gewollt hatte wie Rile. Allein mit der Gewissheit, dass ich noch nie etwas so sehr verkackt hatte wie das hier.

Rile

O mein Gott! Kopflos lief ich durch die Küche in den Flur – *o mein Gott!!* –, drängte mich an ein paar Leuten vorbei, deren Gesichter ich gar nicht wahrnahm – *o mein Gott!!!* –, und fuhr mir mit zittrigen Händen durchs Haar.

Mein Herz hämmerte in einem solchen Tempo, dass es mich nicht überrascht hätte, wenn es im nächsten Moment aus dem Takt geraten wäre. Meine Gedanken rasten wie wild und machten es mir unmöglich, stehen zu bleiben.

Amy hatte mich geküsst! Oder zumindest hatte sie es vorgehabt, aber ich würde niemals fremdgehen und war deshalb sofort zurückgewichen. Trotzdem konnte ich das Schuldgefühl nicht abschütteln, das sich seitdem in mir ausbreitete. Denn ein Teil von mir hatte nicht zurückweichen wollen.

Ich schüttelte den Kopf, um die Gedanken zu vertreiben, aber es war zwecklos. Die Erinnerung würde ich nie wieder loswerden, da war ich mir sicher.

»Verdammte Scheiße«, stieß ich aus und fuhr mir durchs ohnehin schon zerzauste Haar. Wieso hatte sie das getan? Wieso hatte sie das, verdammt noch mal, getan?

Ich konnte nicht glauben, dass sie das wirklich durchzog, wo ich so lange versucht hatte, über meine Gefühle für sie hinwegzukommen, und nun, endlich, auf einem guten Weg war.

»Hey, Rile!« Nate hielt mich an der Schulter fest. Der hatte mir gerade noch gefehlt! Ich fühlte mich kein bisschen imstande, mich zu unterhalten. »Alles in Ordnung, Mann?«

Ich biss die Zähne zusammen und ignorierte den Drang, mir das Haar erneut zu raufen.

»Klar, wieso?«, hörte ich mich fragen, aber ich fühlte mich eher so, als würde ich mich selbst von außen betrachten.

»Weil du nicht so aussiehst, als wäre alles in Ordnung.« Nates Blick wanderte zu meiner Brust, die sich immer noch schnell hob und senkte. »Bist du kurz mal 'ne Runde joggen gegangen?«

»Ich hab Durst«, verkündete ich, als würde das alles erklären.

Nates Mund klappte auf, aber noch bevor Worte herauskamen, hatte ich mich in Bewegung gesetzt.

Entschlossen steuerte ich den Tisch an, auf dem die Getränke und das Essen standen. Zuerst war ich enttäuscht gewesen, dass Lilly irgendwann einen Anruf von ihren Eltern bekommen hatte und zu ihrem Bruder musste, der sich ausgesperrt hatte. In diesem Moment war ich jedoch erleichtert, dass sie nicht hier war.

Wie lange war sie überhaupt schon weg? Zehn Minuten oder eine Stunde? Wie lange war ich mit Amy in der Küche gewesen?

O mein Gott. Ich würde nie wieder entspannt etwas in Charlies Küche essen können.

Plötzlich hatte ich einen Becher in der Hand und füllte Wodka hinein.

»Uh, Wodka?« Charlie tauchte neben mir auf und lehnte sich gegen den Tisch, genau an die Stelle, an die ich die Flasche zurückstellen wollte, und musterte mich.

»Ja, Wodka, Mrs Obvious!« In der Hoffnung, endlich die Bilder von dem, was gerade eben passiert war, aus dem Kopf zu bekommen, kippte ich mir die widerliche Flüssigkeit in den Mund. Angeekelt verzog ich das Gesicht, stellte aber zufrieden fest, dass ich für ein paar Sekunden nur an das brennende Gefühl in meinem Hals denken konnte.

Als ich Charlie das nächste Mal ansah, lag ihre Stirn in Falten.

»Was ist?«, fragte ich, und weil sie mir immer noch den Weg versperrte, griff ich über sie rüber und stellte die Wodkaflasche wieder an ihre ursprüngliche Position. Alkohol war auch keine Lösung, genau genommen mochte ich Wodka überhaupt nicht.

Charlies Brauen wanderten nach oben. »Was ist los?«

»Nichts!« Eigentlich wollte ich gar nicht bissig klingen.

»Rile, ich wollte noch mal mit dir reden. Wegen gestern.«

Alles, nur das nicht.

»Sorry, aber da habe ich gerade keinen Kopf für.« Ich konnte hier einfach nicht ruhig herumstehen und plaudern, als wäre nichts passiert. Deshalb drehte ich Charlie kurzerhand den Rücken zu und steuerte die Haustür an. Die kalte Herbstluft würde mein Gehirn durchlüften.

Doch so leicht ließ Charlie sich nicht abschütteln.

»Es macht mir Angst, dass unsere Freundschaft sich in den letzten paar Wochen verändert hat. Seit du Lilly kennst, ziehst du dich immer mehr zurück«, hörte ich ihre Stimme hinter mir, gerade als ich meine Finger um den Türgriff legte.

Ich stieß ein Schnauben aus und riss die Tür auf, woraufhin mir sofort der kühle Wind die Haare aus der Stirn wehte.

Draußen angekommen, drehte ich mich zu ihr um. »Okay, also du darfst dich in den Straftäter …« Ich brach ab, als mir auffiel, dass ich hier gerade über meinen Freund sprach, und fing noch einmal neu an. »Du darfst dich verlieben, eine Beziehung führen. Amy darf bei jeder Party wen anders abschleppen. Aber Gott bewahre, wenn ich mal nicht *nur* euer bester Freund sein will.«

»So ist das doch gar nicht!« Mittlerweile standen wir auf der Veranda, und Charlie stemmte die Hände in die Seiten. »Das hat gar nichts damit zu tun, *dass* du eine Freundin hast. Mir gefällt nur nicht, wie du seitdem drauf bist.«

Den zweiten Teil hörte ich schon kaum noch, weil in dem Moment Amy hinter ihr im Türrahmen auftauchte. *Fuck.* Schon bei ihrem Anblick zog sich alles in mir zusammen. Ich konnte es kaum ertragen, ihre vollen Lippen zu sehen, von denen ich nun wusste, wie weich sie sich anfühlten. Ihre traurigen Augen.

Kurzerhand schloss ich meine, aber das ließ die Bilder nicht verschwinden. Immer wieder sah ich Amy näher kommen. Spürte ihre Körperwärme. Spürte …

Scheiße, verdammt noch mal! So viele Monate hatte ich davon geträumt, dass so etwas passierte. Dass Amy mir sagte, dass sie Gefühle für mich hatte. Dass sie mich küsste, mich liebte. Aber jetzt war es einfach nur ein Albtraum. Ich hatte sie zurückgewiesen, sodass eigentlich nicht wirklich etwas passiert war, trotzdem konnte ich nach dieser Aktion doch nicht einfach so weitermachen wie bisher. Das wäre Lilly gegenüber nicht fair gewesen.

Wieder stieg Wut in mir auf. Was erwartete sie von mir? Dass ich Lilly stehen ließ, obwohl sie toll war und die gleichen Interessen hatte wie ich? Nur damit Amy sich morgen wieder daran erinnerte, dass sie gar keinen Bock auf eine Beziehung hatte – schon gar nicht mit jemandem wie mir? Jetzt gerade fühlte es sich für sie wahrscheinlich aufregend und verboten an, weil ich nicht zur Verfügung stand …

Wieso hatte ich ihr im Sommer bloß von meinen Gefühlen erzählt und sie nicht runtergeschluckt, so wie all die Monate zuvor? Durch mein Geständnis bei diesem verdammten Ich-habe-noch-nie-Spiel hatte sich alles verändert. Jetzt hatte unsere Freundschaft einen Knacks, von dem sie sich nie wieder erholen würde. Mein Herz zog sich schmerzhaft zusammen.

»Hey, Amy! Alles in Ordnung bei dir?« Charlies Frage katapultierten mich wieder in die Gegenwart. Ich war wie in Trance gewesen, sodass ich nicht schnell genug reagierte und wie festgefroren an Ort und Stelle stehenblieb.

»Es ist ganz schön kalt hier draußen, Leute.« Mit beiden Händen rieb sie sich über die nackten Arme.

Ich hasste, dass mir ihr verschmierter Lippenstift auffiel. Fuck, wieso sahen ihre Lippen so weich aus? Wieso *waren* ihre Lippen so weich? Und wieso konnte ich nicht weggucken?

Wir sahen uns an. Eigentlich wollte ich mich abwenden, aber ihre Augen flehten mich an, es nicht zu tun.

Ich vermisse dich so sehr.

Je näher sie kam, desto schneller klopfte mein Herz.

Ich hatte mir so lange gewünscht, zu wissen, wie sich ihre Lippen anfühlten. Jetzt wünschte ich mir, mir dieses Wissen aus dem Gedächtnis brennen zu können. Ich wollte nicht nur eine Eroberung für Amy sein. Ich wollte viel mehr. Und Lilly konnte mir dieses Gefühl geben.

»Du hast recht, wir holen uns hier draußen noch den Tod«, hörte ich Charlie sagen.

Aber Amy blieb stehen, und ich spürte ihre Aufmerksamkeit auf mir, obwohl ich es mittlerweile schaffte, den Boden anzustarren anstatt ihre Lippen.

»Leute, wir müssen uns jetzt mal zusammenreißen. Für unsere Freundschaft.« Weder Amy noch ich reagierten auf Charlies Worte, doch sie fuhr unbeirrt fort: »Ich meine es ernst. Wir werden diesen Abend genießen, gemeinsam. Habt ihr das verstanden?«

Amy und ich tauschten einen unbehaglichen Blick.

»Lilly ist wieder da.« Es waren Amys erste Worte, die an mich gerichtet waren, seit …

Lilly. Ich fuhr herum.

Da kam sie die Stufen der Veranda hoch, wie ein blonder Engel. Meine Freundin.

Es gab vermutlich einen Haufen Kerle, denen es nichts ausmachte, ihrer Freundin gegenüberzustehen, nachdem sie gerade von einer anderen Frau geküsst wurden. Ich war keiner von ihnen.

Während Lilly mir einen Kuss auf die Wange drückte, hatte ich das Gefühl, dass die Wahrheit jeden Moment aus mir herausplatzen würde.

Amy hat mich geküsst. Amy hat versucht, mich zu küssen.

Höchstwahrscheinlich würde ich gleich den Verstand verlieren, wenn ich nicht laut aussprach, was passiert war.

»Und, hat alles geklappt?«, fragte ich stattdessen, als Lilly meine Hand ergriff.

»Ja!« Lilly verdrehte die Augen. »Henrys Glück, dass ich noch einen Schlüssel habe. Er ist fünfzehn und kann immer noch nicht auf sich selbst aufpassen.«

»Jungs sind immer später dran.« Mein Kopf schnellte zu Amy, die sich allen Ernstes an unserem Gespräch beteiligte. Auf einmal konnte sie sich also doch so verhalten, wie eine normale beste Freundin es tun würde.

Ich presste die Lippen fest aufeinander, aber Lilly schien sich sehr zu freuen, dass Amy mit ihr sprach.

»Wieso steht ihr denn hier draußen in der Kälte?«, fragte Lilly in diesem Moment.

»Gute Frage!« Charlie lachte. »Vielleicht konnte Rile es nicht erwarten, dass du wiederkommst.«

Aua. Wie ein Schuss ins Bein.

»Awww«, machte Lilly und lehnte sich an mich. Was nicht nur Charlie, sondern auch Amy mit den Augen verfolgte. Amys Blick sorgte dafür, dass ich am liebsten abgehauen wäre. Ich ertrug das alles nicht mehr!

Als Charlie sich in Bewegung setzte, taten wir anderen es ihr gleich, und kurz darauf waren wir wieder im wohlig-warmen Wohnzimmer, wo Musik und Stimmengewirr uns empfingen. Innerlich fühlte ich mich trotzdem kalt – und entspannen konnte ich mich erst recht nicht. Nicht, wenn Amy direkt neben uns stand.

»Wie lange willst du noch bleiben?«, raunte ich Lilly ins Ohr, so leise, dass die anderen es unmöglich hören konnten.

»Soll das ein Scherz sein? Ich bin doch gerade erst wiedergekommen.« Verständnislos sah sie mich an.

»Na ja, irgendwie bin ich heute nicht so in Feierlaune.«

Jetzt stellte Lilly sich ein Stück auf die Zehenspitzen, um mir etwas ins Ohr zu flüstern. »Willst du etwa los und da weitermachen, wo wir gestern Abend aufgehört haben?«

Mir lief es eiskalt den Rücken runter. Wenn es eine Sache gab, die ich mir in diesem Augenblick beim besten Willen nicht vorstellen konnte, dann war es das. Lilly wollte mit mir schlafen – das hatte sie mir gestern Abend ganz deutlich gezeigt –, aber ich hatte noch warten wollen. Warten, bis Lilly die einzige Frau in meinen Gedanken war.

Vielleicht war es altmodisch, immerhin war ich keine Jungfrau mehr, aber ich wollte, dass das erste Mal in einer Beziehung etwas Besonderes war. Alles andere wäre einfach nur falsch. Und heute … undenkbar.

»Ich liebe zwar dein Kostüm, aber wir können gerne zu dir fahren und es ausziehen.«

Panik ergriff Besitz von mir, weil es nur eine Sache gab, die noch schlimmer war, als hierzubleiben. Und zwar mit Lilly nach Hause zu fahren, in dem Wissen, was sie dort tun wollte. Von mir erwartete. Ich konnte keinen Sex mit ihr haben. Nicht an dem Abend, an dem Amy versucht hatte, mich zu küssen.

Shit. Wie sollte ich jetzt das Ruder wieder herumreißen? Immerhin hatte *ich sie* gerade gefragt, ob wir loswollten.

Ich drückte ihre Hand fester und zog sie ein Stück von den anderen weg. »Verdammt, mir fällt gerade ein, dass ich Charlie versprochen habe, dass ich bis zum Ende bleibe, um beim Aufräumen zu helfen. Oh Mann, da kann ich keinen Rückzieher machen. Tut mir leid, das hatte ich ganz vergessen.«

»Was?« Lilly schob die Unterlippe vor. »Das hast du vorhin gar nicht erzählt. Weißt du, wie lang das gehen kann? So spät wollte ich eigentlich nicht ins Bett, und ich muss morgen auch noch lernen. Ganz sicher fahre ich heute nicht noch mal nach Darlinville.« Sie klang angefressen, verständlicherweise.

»Natürlich nicht!«, beeilte ich mich zu sagen. »Wir genießen erst mal den Abend, und wenn du schon mal loswillst, gebe ich dir später meine Schlüssel.«

»Und wie kommst du dann nach Hause?«

»Ich finde schon einen Weg. Und im Gartenhaus ist ein Ersatzschlüssel versteckt.«

Zuversichtlich lächelte ich sie an. Notfalls würde ich laufen.

Kapitel 16

Amy

Was hast du dir nur dabei gedacht? Diese sieben Worte gingen mir unentwegt im Kopf herum, weil ich mich einfach nicht verstand. Wieso machte ich es Rile und mir selbst so schwer?

Sogar für meine Verhältnisse war das vorhin eine dumme und unverzeihliche Aktion gewesen. Deshalb war es auch kein Wunder, dass Rile mir aus dem Weg ging. Ich konnte froh sein, dass er überhaupt noch hier war. Oder mit mir sprach. Wobei er genau genommen seitdem nicht einmal das Wort direkt an mich gerichtet hatte.

Aber er stand mir auch jetzt gegenüber. Neben seiner FREUNDIN.

Bei dem Wort zog sich alles in mir zusammen. Nicht auf eine gute Art, so wie vorhin.

Vorhin. Ich konnte immer noch Riles Wärme spüren, hatte immer noch seinen Duft in der Nase. Ihm so nahe zu sein, war unglaublich gewesen. Trotzdem konnte ich nicht anders, als es zu bereuen, denn das, was da zwischen uns passiert war, hatte alles verändert. Einfach alles. Wahrscheinlich hatte ich unserer Freundschaft mit meinem Verhalten den letzten Gnadenstoß versetzt.

Außerdem war es extrem unfair Lilly gegenüber. Wie von selbst glitt mein Blick durch den Raum, bis er bei Riles Freundin angekommen war. Sie stand neben ihm, eine Hand an seinem Rücken, und lächelte lieblich zu ihm empor. In diesem Moment sah sie mehr denn je aus wie eine Erscheinung.

Mein Bauch krampfte sich zusammen, und in meinem Innern entstand ein ekeliges Gefühl, das sich langsam, aber sicher zu einem Klumpen formte. Sofort sah ich wieder weg. Ich musste das einzig Richtige tun und den beiden für den Rest des Abends aus dem Weg gehen.

Auf einmal spürte ich etwas an meiner Hüfte. Als ich mich umwandte, schaute ich direkt in Travis' Gesicht. Am liebsten hätte ich laut aufgestöhnt.

Der schon wieder!

War es kein klares Signal gewesen, dass ich vorhin kaum auf sein Kompliment reagiert hatte und dann einfach abgehauen war?

»Na?«

»Na«, echote ich. An seinen geröteten Augen und dem schiefen Grinsen konnte ich erkennen, dass er schon ein paar Drinks intus hatte. »Machst du immer noch einen auf schwer zu haben?«

»Wie bitte?«, fragte ich etwas lauter, als es nötig gewesen wäre, obwohl ich seine freche Aussage auch beim ersten Mal verstanden hatte. Vielleicht würde ihm beim zweiten Mal auffallen, wie dreist sie war.

»Na ja, bei meiner Party hast du mir erst die Zunge in den Hals gesteckt und mich dann stehen lassen.«

Ich verengte die Augen zu schmalen Schlitzen. »Und?«

»Und vorhin hast du so getan, als würdest du dich kein bisschen für mich interessieren.« Er strich sich eine Strähne seines halblangen dunklen Haars nach hinten. Wahrscheinlich hielt er sich für den attraktivsten Kerl der ganzen Party.

Ich verschränkte die Arme vor der Brust. »Vielleicht tue ich das auch einfach nicht?«

Er lachte und stieß mich mit der Schulter an. »Ich mache doch nur Spaß!«

»Witzig«, entgegnete ich trocken und verzog keine Miene. Dann ließ ich ihn einfach stehen.

Um halb vier waren die meisten Gäste gegangen und nur noch Amber, Caleb, Nate, Charlie, Rile und ich übrig. Als Lilly ihre Jacke angezogen und sich verabschiedet hatte, war ich davon ausgegangen, Rile würde auch gehen, doch stattdessen hatte er Charlie angeboten, beim Aufräumen zu helfen. Er hatte also nicht, wie eigentlich erwartet, die erstbeste Gelegenheit ergriffen, vor mir zu fliehen.

Dass er hiergeblieben war, ließ mich mit gemischten Gefühlen zurück. Aber auch wenn ich nicht richtig wusste, was ich empfinden sollte, war ich mir in einem Punkt doch sicher: Ich musste mich bei ihm entschuldigen. Ihm sagen, dass ich so etwas nie wieder tun würde. Und wenn das bedeutete, dass ich diese blöden Gefühle mit ins Grab nahm.

Nur ergab sich keine Gelegenheit, bis wir beide – die Einzigen, die nicht im Haus der Rivers übernachteten – ebenfalls aufbrachen.

»Wie kommst du eigentlich nach Hause? Lilly hat doch vorhin das Auto genommen«, fragte Charlie, als sie und Nate mit Rile und mir im Flur standen. Caleb und Amber hatten sich schon vor einer Viertelstunde nach oben verabschiedet.

»Ich laufe«, erklärte Rile.

»Du bist doch mit dem Auto hier«, sagte Charlie, an mich gewandt.

Für den Bruchteil einer Sekunde kniff ich die Augen zusammen. *Fuck!*

»Äh. Ja, aber …«, stammelte ich, doch Rile winkte ab.

»Alles gut, ich hab ziemlich viel getrunken. Ein kleiner Spaziergang wird mir guttun«, behauptete er.

»Das sind doch locker vierzig Minuten Fußmarsch bis zu dir«, überlegte Nate laut.

Doppel-Fuck. Ich musste Rile anbieten, ihn mitzunehmen. Alles andere wäre total auffällig gewesen.

»Ich kann dich rumfahren, kein Problem.«

Riles Brauen hoben sich, so als wolle er sagen: *Ist das jetzt wirklich dein Ernst? Hast du heute Abend nicht schon genug angerichtet?*

Ich zuckte nur mit den Schultern.

»Komm schon«, drängte Charlie ihn. »Ich werde gleich kein Auge zumachen, wenn ich weiß, dass du um diese Uhrzeit noch allein draußen unterwegs bist.«

Riles Mund wurde zu einem schmalen Strich. »Wir sind hier in Hazelwood, nicht in der Bronx.«

»Komm schon, Mann«, sagte Nate. »Jetzt mach dich nicht lächerlich.«

Wenn Charlie und Nate bemerkten, dass es ein neues Problem zwischen Rile und mir gab, ließen sie es sich zumindest nicht anmerken. Gut möglich, dass sie es auch mitbekommen hatten und gerade deshalb wollten, dass wir uns aussprachen. So einfach war das nur leider nicht.

»Also schön«, gab Rile sich geschlagen, vermied es aber, mich anzusehen. »Wäre nett, wenn du mich mitnimmst, Amy.«

Mittlerweile hasste ich meinen Namen aus seinem Mund.

»Okay, dann lass uns fahren«, sagte ich, weil ich es nicht ertrug, unser Gespräch noch länger hinauszuzögern. »Danke für den schönen Abend, ihr beiden.«

Ich grinste Charlie und Nate an und drückte beide noch mal an mich, bevor ich aus der Tür ins Freie trat, wo die kühle Herbstluft mich empfing. Ich nahm einen tiefen Atemzug und hastete dann zu meinem Wagen, um der Kälte zu entkommen. Oder Rile?

Als ich am Steuer saß, hätte ich meinen Kopf am liebsten auf dem Lenkrad abgelegt, so erschöpft fühlte ich mich. Doch als sich die Beifahrertür öffnete und Rile einstieg, war ich mit einem Schlag wieder hellwach.

Er sagte nichts, ich sagte nichts. Es herrschte absolute Stille, doch gleichzeitig schrie mich all das Ungesagte zwischen uns förmlich an.

»Ich mach Musik an, okay?«

Ohne seine Antwort abzuwarten, schaltete ich das Radio ein. Sekunden später dröhnte *Kiss Me* aus den Boxen. *Fuck.* Ich umklammerte das Lenkrad fester und traute mich nicht, zu Rile rüberzusehen.

You wear those shoes and I will wear that dress
Oh, kiss me beneath the milky twilight

Ironischerweise war der Vollmond das Einzige, was uns – abgesehen vom Scheinwerferlicht meines Wagens – den Weg erhellte, während wir über die Landstraße fuhren.

Lead me out on the moonlit floor
Strike up the band and make the fireflies dance
So, kiss me

Plötzlich war das Radio wieder verstummt, sodass ich nun doch einen Blick zu Rile riskierte.

»Ich hasse den Song.«

»Hass ist ein starkes Wort.« Keine Ahnung, warum ich das gesagt hatte. Vielleicht, weil er so angefressen klang und einfach das Radio wieder ausgestellt hatte, ohne mich zu fragen. Immerhin war das hier mein Auto.

»Liebe auch«, konterte er.

Keine Ahnung, was ich dazu sagen sollte. Aber irgendetwas musste ich erwidern.

»Es tut mir leid, was ich vorhin getan habe, Rile. Ich weiß nicht, was in mich gefahren ist. Wenn ich könnte, würde ich …« Den Rest des Satzes brachte ich nicht über die Lippen, weil ich nicht wusste, ob es die Wahrheit war.

»Weißt du was? Das glaube ich dir sogar!« Seine Stimme klang ungewohnt kühl. »Nur bringt das jetzt leider nichts mehr.«

Ich schluckte geräuschvoll. »Rile, hör mir zu …«

»Nein, du hörst mir jetzt zu! Ich lasse mich nicht mehr von dir behandeln wie einen Spielball. Ist dir klar, wie schlecht ich mich gefühlt hab nach der Party bei Travis? Du hast mir leidgetan. Aber du hast mein Mitleid eigentlich gar nicht verdient, weil du immer nur an dich selbst denkst.«

»Das stimmt doch überhaupt nicht!«, protestierte ich mit zittriger Stimme. »Das ist nicht wahr.«

»Wenn du ein einziges Mal an jemand anderen denken würdest, hättest du mich nicht in Charlies Küche geküsst und …«

Protestierend hob ich eine Hand in die Höhe. »Stopp! Ich habe dich nicht da reingezerrt. Du bist mir gefolgt, das ist ein ziemlich großer Unterschied, findest du nicht? Ich habe dich angefleht, dass du das lassen sollst.«

»Weil du gesagt hast, dass du Gefühle für mich hast, verdammt noch mal! In welcher verdrehten Welt ergibt das einen Sinn?«

Aus dem Augenwinkel sah ich, wie er die Hände in die Luft warf. Sein Atem ging unregelmäßig – und mein Körper bebte.

»Es war, weil ich …«

»Nein!«, schrie er. »Wehe, du sprichst das noch einmal aus. Du weißt doch gar nicht, was Liebe überhaupt ist, Amy!«

Jedes seiner Worte traf mich wie ein Pistolenschuss.

Du weißt doch gar nicht, was Liebe überhaupt ist.

Dafür wusste ich, dass er mich verletzen wollte. Und das gelang ihm. In meinen Augen brannten Tränen, doch ich kämpfte mit aller Kraft dagegen an. Auf keinen Fall sollte er mich weinen sehen.

Angesichts seiner Feindseligkeit war ich erleichtert, als wir das Haus seiner Eltern wenig später endlich erreichten.

»Ich brauche erst mal etwas Abstand.«

»Was?«, entfuhr es mir, und mein Kopf schnellte in seine Richtung. »Um Schluss zu machen, muss man erst mal zusammen sein.« Obwohl ich am liebsten losgeheult hätte, versuchte ich mich an einem schiefen Lächeln.

»Ich will ja auch nicht Schluss machen, ich kann nur gerade nicht dein Freund sein.«

Meine Unterlippe zitterte, und ich wandte den Blick ab.

»Ich gehe jetzt rein, zu Lilly, meiner Freundin.« Rile betonte das Wort Freundin so demonstrativ, als sei ich schwer von Begriff.

»Ist sie wirklich deine Freundin oder bloß eine Bestätigung für dein Ego?« Da jetzt ohnehin alles egal war, konnte ich genauso gut ehrlich sein. »Aber weißt du was? Wenn du eine Frau an deiner Seite hast, sollte sie auch erkennen, was sie für ein

Glück hat. Du bist verdammt gut so, wie du bist. Ich finde nicht, dass du dich für jemanden verändern solltest.«

Rile funkelte mich wütend an, dann öffnete er ohne ein weiteres Wort die Tür, sprang aus dem Wagen und knallte sie so laut zu, dass ich zusammenzuckte.

Kapitel 17

Amy

Die Freundschaft mit Rile war eine der wenigen Konstanten in meinem Leben. Auch wenn alles drunter und drüber ging, war er immer da gewesen. Jetzt, wo auch das hinüber war, fühlte ich mich seltsam verloren. Klar, auch in den Wochen nach dem Campingausflug im Sommer hatten wir weniger Kontakt gehabt, aber er hatte mir doch immer wieder geschrieben, selbst wenn von mir kaum etwas zurückgekommen war. Doch nun hatte die Situation etwas schmerzhaft Endgültiges.

Hinzu kam, dass am Sonntag um siebzehn Uhr Mr und Mrs Ferguson vor der Tür standen, um sich unser Haus anzugucken. Aber nicht nur das ältere Ehepaar lächelte mir freundlich entgegen, als ich die Haustür öffnete und mich vorstellte, sondern auch ein vertrautes Gesicht mit vielen Lachfältchen.

»Rita!«, stieß ich überrascht aus.

»Überraschung, Liebes!« Rita trug einen knallroten Rollkragenpullover und hatte eine Haarspange in derselben Farbe im Haar. »Ich hoffe, du siehst nicht vor Schreck so blass aus.« Sie kicherte.

Ich strich mir eine Haarsträhne hinters Ohr. Ich hatte mich nach der Party zwar abgeschminkt, aber heute Morgen keine

Energie gehabt, mich noch einmal fertig zu machen. Es hatte mich schon Mühe gekostet, mich aus dem Schlafanzug zu schälen und in den braunen Hoodie und die schwarze Jeans zu zwängen. Das Haarekämmen war dann das höchste der Gefühle gewesen.

»Nein, Quatsch!«, sagte ich schnell, als ich mich wieder daran erinnerte, dass drei Leute vor der Tür standen, die mich erwartungsvoll ansahen. »Aber was tust du hier?«

»Elonora ist meine Schwägerin.« Als ich nichts erwiderte, fügte sie noch hinzu: »James' Schwester.«

»Oh«, machte ich.

Ihr Mann James war letztes Jahr verstorben, und weil er, genau wie Rita, für so viele Menschen in Hazelwood wichtig gewesen war, hatte die halbe Stadt seiner Beerdigung beigewohnt – darunter ich. Mittlerweile half Rita ein paar Stunden die Woche im Grill bei Charlies Eltern aus. Schon allein deshalb – und weil sie quasi zur Familie Rivers gehörte – begegnete ich ihr häufig. Aber damit, sie heute zu sehen, hatte ich wirklich nicht gerechnet. Ob Mom von ihrer Verbindung zu den Fergusons wusste?

»Dann kommt mal rein!« Ich machte den dreien Platz und bot ihnen an, die Schuhe anzubehalten. Immerhin wollte ich nicht dafür verantwortlich sein, wenn sich einer der alten Leute einen Hexenschuss zuzog.

Als Erstes führte ich Rita und die Fergusons ins Wohnzimmer, den größten Raum des Hauses.

»Wahnsinn!«, sagte Mrs Ferguson anerkennend, als sie sich umsah. »Ich wollte schon immer eine offene Küche haben. Und mir gefällt, wie dezent die Einrichtung ist.«

»Tatsächlich wurde die von einer Innenarchitektin geplant«, erklärte ich.

»Toll!« Als Mrs Ferguson mich warm anlächelte, kam es mir plötzlich vollkommen falsch vor, dass ich dieses Haus so enthusiastisch präsentierte. Es war unser Haus, mein Haus, und ich wollte diese Leute eigentlich gar nicht begeistern. Ich wollte hier wohnen bleiben. Ich wollte, dass sich nichts veränderte.

Innerlich seufzte ich. Aber realistisch betrachtet konnte ich nichts dagegen tun, wenn meine Eltern unser Haus wirklich verkaufen wollten. Vielleicht hielt ich auch nur so an alldem fest, weil es mich davon abhielt, herauszufinden, was ich mit meinem Leben machen wollte. Davon, nach vorn zu schauen.

Schon wieder drängten sich die Bilder von Rile und mir in Charlies Küche in mein Gedächtnis. Ich hatte ihn mein halbes Leben lang als Freund betrachtet. Wieso fiel es mir auf einmal so schwer, ihn weiter mit freundschaftlichen Augen zu sehen? Letzte Nacht hatte ich schon wieder von ihm geträumt – okay, diesmal vielleicht kein Wunder nach …

Ich schüttelte den Kopf, um die Gedanken an gestern – an Rile – zu verdrängen.

Weil die Fergusons nichts dafür konnten, dass ich so an diesem Haus hing, gab ich mir schließlich doch weiter Mühe, meine fröhliche Miene beizubehalten, während ich sie durch den Rest des Hauses führte.

Eine halbe Stunde später waren wir fertig, und das ältere Ehepaar war sichtlich angetan. Die beiden hatten sich schon im Laufe der Führung immer wieder verschwörerische Blicke zugeworfen.

»Jetzt wohnen Sie noch in Nashville?«, fragte ich.

Mrs Ferguson schenkte mir ein warmes Lächeln. »Ja, wir haben die Großstadt eigentlich immer geliebt. Aber nun ist es an der Zeit, zur Ruhe zu kommen. Und wir wollen in Ritas

Nähe sein – mittlerweile ist sie ja ganz allein in dem großen Haus.«

»Ich brauche keinen Babysitter!«, protestierte Rita augenrollend, aber Elonora ignorierte sie.

»In unserem Alter ist es besser, wenn man jemanden hat, der nach einem sieht«, sagte sie mit Nachdruck.

»Wir sind durch, oder?« Mr Ferguson zeigte mit dem Daumen nach oben. »Dann fahren wir jetzt mal zurück ins B&B. Wir schlafen noch einmal drüber und melden uns dann bei Ihren Eltern, ja?«

»Übernachten Sie gar nicht bei Rita?«, fragte ich verwundert.

Rita und Mrs Ferguson sahen sich bedeutungsvoll an, was mich vermuten ließ, dass genau das ein Streitthema – und ich mal wieder ins Fettnäpfchen getreten war. Mein neues Hobby.

»Sagen wir es so: Unser Besuch war eine kleine Überraschung.« Elonora zwinkerte mir zu.

»Wisst ihr was?« Rita stand auf einmal neben mir und legte einen Arm um mich. »Fahrt ihr doch schon mal vor, und wir treffen uns heute Abend zum Essen wieder.«

Elonora wirkte schockiert. »Was? Wieso das denn? Wie willst du dann nach Hause kommen?«

Rita verdrehte die Augen. »Es sind gerade mal fünf Minuten von hier bis zu mir.«

Rita wohnte wirklich nicht weit von unserem Haus entfernt, auch wenn es eher ein zehnminütiger Weg war.

»Du bist so stur«, meckerte Elonora.

»Amy, hast du vielleicht einen Kaffee für mich?«

Ich zuckte mit den Schultern. »Klar, ich mach uns einen.«

Eine Viertelstunde später saßen Rita und ich an unserem Küchentisch, jeder mit einem Becher Kaffee in der Hand.

»Tut mir leid, dass ich dich da mit reingezogen habe.« Rita lächelte mich entschuldigend an. »Aber die beiden tun so, als bräuchte ich einen Babysitter.«

»Dabei bist du doch noch so fit«, überlegte ich laut, obwohl ich Rita deutlich weniger sah, seit ich zum Studieren weggezogen war.

»Ach, na ja.« Rita lachte. »Aber genug von mir! Weißt du, eigentlich wollte ich dich etwas ganz anderes fragen.«

Mich? Etwas fragen?

»Ich habe Rile und dich sehr lange nicht mehr miteinander gesehen. Früher wart ihr ja so viel zusammen unterwegs. Oder zu dritt, mit Charlie.«

»Hat Charlie dich darauf angesetzt?« Rita hatte das Talent, Geheimnisse aus einem herauszukitzeln, von denen man nicht mal wusste, dass es sie gab. Und Charlie verbrachte viel Zeit mit Rita.

Diese durchbohrte mich gerade förmlich mit ihrem Blick.

»Also gut«, gab ich nach und trank noch einen Schluck von meinem Kaffee, bevor ich den Becher vor mir abstellte. Vielleicht würde es mir ja helfen, meine Probleme mit einer vollkommen unbeteiligten Person zu teilen. »Ich habe Rile gestern Abend auf Charlies Halloweenparty geküsst. Das heißt … Ich habe versucht, ihn zu küssen. Er ist sofort zurückgewichen.«

Ritas Augen weiteten sich. Kurz wirkte sie perplex, und das, obwohl sie normalerweise nicht so leicht aus der Fassung zu bringen war.

»Das … also … Wirklich?«

»Ich weiß!«

Und dann erzählte ich ihr die ganze Geschichte, von dem Moment am Lagerfeuer während unseres Trinkspiels bis zu der Party gestern Abend. Und irgendwie hörte ich nicht einmal da auf, sondern erzählte Rita auch von den Problemen an der Uni und sogar von meinen Zukunftsängsten.

»Ich habe einfach Angst, weil jeder in meinem Umfeld einen Traum für die Zukunft hat, nur ich habe absolut keinen Schimmer, was ich mit meinem Leben anfangen soll. Damit fühle ich mich ohnehin schon verloren. Aber jetzt meldet sich Rile auch nicht mehr … Und dann wird auch noch unser Haus verkauft, in dem ich aufgewachsen bin und das ich über alles liebe«, beendete ich meine Ausführungen, und meine Stimme zitterte dabei leicht.

Rita griff nach meiner Hand. »Da trägst du aber eine ganz schöne Last auf den Schultern, Kind.«

Ich senkte den Kopf, ließ zu, dass sie meine Hand nahm und drückte.

»Weißt du, Rile war wahrscheinlich so lang heimlich in dich verliebt, dass er es jetzt, wo die Chance besteht, dass du auch etwas für ihn empfindest, mit der Angst zu tun bekommt.«

»Dass ich etwas für ihn empfinde, ist ja klar. Nur woher weiß ich, ob diese Gefühle über die einer Freundschaft hinausgehen? Ich habe einfach das Talent, alles zu verbocken, weißt du?«

»Mh«, machte Rita unschlüssig.

»Außerdem: Beziehungen gehen kaputt, Freundschaften nicht.«

»Also …« Rita legte ihre Hände auf den Tisch und rutschte auf dem Stuhl ein Stück nach vorne. »Dass du ihn gestern geküsst hast, spricht eine ziemlich deutliche Sprache.«

Ich seufzte. »Er denkt, dass ich ihn jetzt nur will, weil ich ihn nicht mehr haben kann. Und dass ich gar nicht weiß, was Liebe ist.«

»Ach, Kleines! Er war einfach sauer auf dich. Weißt du, was ich denke?«

Ich hob den Blick und begegnete ihrem.

»Wenn es wirklich Liebe ist, dann wirst du es bald wissen. Weil du ihm dann gar nicht aus dem Weg gehen *kannst*. Und er dir wahrscheinlich auch nicht.«

Ich seufzte leise. Insgeheim war ich mir ziemlich sicher, dass Rile alles daransetzen würde, mir möglichst lang aus dem Weg zu gehen.

»Und zu deinen anderen Problemen … Es gibt so ein passendes Sprichwort: Manchmal führt der einzige Weg hinaus mitten hindurch.«

Rile

»Hab vom Chef gehört, dass du eine Freundin hast. Herzlichen Glückwunsch, Mann!«

Ben, einer unserer Maschinenführer, klopfte mir etwas zu fest auf den Rücken, nachdem ich am Montagmorgen den Mitarbeiterraum betreten hatte. Seit ich nach unserem Abendessen letzte Woche noch mehr darauf bedacht war, Richard aus dem Weg zu gehen, nahm ich das kleinere Übel in Kauf und benutzte statt seiner privaten Kaffeemaschine im Büro die, die hier stand. Ich hatte keine Lust auf seine heuchlerische Akzeptanz.

»Danke!« Ich grinste schief, weil ich es irgendwie seltsam fand, dass mein Vater private Informationen an seine Angestellten weitergab. Es war überhaupt komisch, dass er ihnen gegenüber so zugänglich war, während er seinen eigenen Sohn immer so behandelte, als wäre er noch in der Probezeit – sowohl bei der Arbeit als auch zu Hause.

»Zufriedene Mitarbeiter sind motivierte Mitarbeiter!«, pflegte Richard immer zu sagen, und wahrscheinlich war da sogar etwas dran.

Aber ich war immer noch sauer auf ihn, weil er Peter vor Lilly schlechtgemacht hatte. Ihr hingegen hatte ich verziehen, weil ich seit unserem Gespräch verstand, warum sie sich so verhalten hatte. Auch wenn ein leiser Zweifel blieb, ob wir so gut zueinanderpassten, wenn ich im Gegensatz zu ihr kein bisschen nach Erfolg und Wohlstand strebte. Ich wollte nicht so sein wie

Richard. Natürlich konnte man auch beruflich erfolgreich sein, wenn man nicht so drauf war wie mein Vater, aber mir waren Geld und Status einfach nicht wichtig, und ich bezweifelte, dass sich das jemals ändern würde.

Außerdem musste ich immer wieder daran denken, was Amy zu mir gesagt hatte. Ich dachte daran, wenn ich neben Lilly im Bett lag, im Auto an ihrer Seite saß, wenn sie mich verliebt anlächelte, wenn …

Es fiel mir einfach unglaublich schwer, das, was passiert war, aus dem Schädel zu kriegen. Besonders, weil es für lange Zeit mein größter Wunsch gewesen war, dass Amy mich als Mann wahrnahm. Dass sich dieser Traum nun, kaum dass ich ihn aufgegeben hatte, erfüllte, war wirklich Ironie des Schicksals.

»Wo hast du deine Süße denn kennengelernt?«, wollte Ben wissen. Er musterte mich neugierig, während er Kaffee in einen Becher goss, auf dem stand: *So sieht der beste Maschinenführer der Welt beim Kaffeetrinken aus.*

Als mein Handy klingelte, war ich froh über die Unterbrechung. Ich bedeutete Ben mit einer Geste, dass ich rangehen musste, und zog das Telefon hervor.

Peter stand auf dem Display, und meine Mundwinkel zogen sich wie von selbst nach oben.

»Hey«, rief ich, während ich durch die Tür in den Flur lief. »Wie schön, dass du anrufst.«

»Rile! Geht's dir gut?«, wollte Peter wissen. Da es unmöglich war, innerhalb eines Telefonats während der Arbeitszeit zusammenzufassen, was die letzten Wochen passiert war, sagte ich nur: »Ganz gut, im Moment ist superviel los! Wie geht es euch? Und vor allem Jane?«

Meine kleine Cousine wurde im kommenden Monat drei, und zur Feier des Tages wollte Peter mit ihr und seiner Frau

Mary in die Great Smoky Mountains zu ihrer Hütte fahren. Ich war natürlich auch eingeladen – genauso wie Mom und Richard, auch wenn die beiden bisher noch keiner Einladung in das Ferienhaus gefolgt waren. Mein Vater war sich zu fein dafür, und auch meine Mom konnte nicht besonders viel mit dem naturverbundenen Leben anfangen.

»Jane geht's wunderbar! Eigentlich uns allen. Zumindest war das so, bis Mary sich letzte Woche das Bein gebrochen hat.«

»Was?«, fragte ich entsetzt. »Wie ist das denn passiert?«

»Sie ist beim Fensterputzen von der Leiter gefallen und unglücklich gestürzt.« Peter seufzte. »Die gute Nachricht ist, dass sie jetzt erst mal krankgeschrieben ist, weil sie natürlich nicht mit einem gebrochenen Bein Sportunterricht geben kann. Die schlechte ist, dass wir nicht in die Smokys kommen können.«

Peter war anzuhören, dass ihn dieser Umstand traurig machte. Genau wie mich.

»Oh nein, wie schade«, entgegnete ich enttäuscht. »Ich habe mich so auf euch gefreut!«

»Ich habe mich auch sehr auf dich gefreut, Kumpel. Du fehlst mir.«

Peters Worte hinterließen ein warmes Gefühl bei mir. Er war schon immer jemand gewesen, der das Herz auf der Zunge trug. Im Gegensatz zu Richard.

Als Peter weggezogen war, war mit ihm von einem Tag auf den anderen die wichtigste Bezugsperson aus meinem Leben verschwunden. Wir telefonierten regelmäßig, ja, und wir sahen uns auch alle paar Monate. Aber wenn man in unterschiedlichen Bundesstaaten lebte, driftete man zwangsweise ein bisschen auseinander. Zumal er jetzt eine kleine Tochter hatte, die ihn sehr in Beschlag nahm.

»Aber das ist noch nicht alles«, fuhr Peter fort und riss mich damit aus meiner Melancholie. »Ich war seit dem Sturm im Frühjahr nicht in der Hütte, und es muss unbedingt jemand hinfahren, um nach dem Rechten zu sehen. Nachsehen, ob es Schäden durch Wetter oder Tiere gibt, ob drinnen alles in Ordnung ist. Vielleicht den Whirlpool mal anschmeißen, um zu kontrollieren, ob er noch funktioniert …« Ich konnte durchs Telefon hören, wie er grinste.

»Du meinst, ich soll trotzdem hinfahren?«

»Wenn du die Zeit findest, vielleicht für ein Wochenende, würde mir das sehr helfen.«

Ich nickte, obwohl er mich gar nicht sehen konnte. »Klar, das mache ich gern. Ich vermisse die Wälder schon richtig.«

»Toll!«, sagte Peter dankbar. »Du kannst gerne deine Freunde mitnehmen.«

»Ich werde Charlie und Nate mal fragen«, überlegte ich laut. Dann kam mir plötzlich eine Idee. »Und was ist mit meiner Freundin?«

Ich hörte Peter schlucken. »Freundin?«

»Jep. Ist noch relativ frisch«, erklärte ich.

»Ich freu mich so für dich, Kumpel! Wie heißt sie? Wie alt ist sie?«

Ich lachte und wollte gerade zu einer Antwort ansetzen, da wurde es am anderen Ende der Leitung laut.

»Ach, Scheiße! Jane hat ein Glas fallen lassen«, entfuhr es Peter. »Du sollst Daddy doch fragen, wenn er dir etwas runterholen soll … Das kannst du noch nicht allein, Schatz.«

Im nächsten Moment hörte es sich so an, als würde Peter die Scherben zusammensammeln.

»Nicht herkommen, bis ich den Rest weggesaugt habe, okay?«, bat er die Kleine. Dann sagte er an mich gerichtet: »Tut mir total leid, Rile, aber ich muss auflegen. Lass uns in ein paar Tagen noch mal telefonieren, und dann erzählst du mir alles, ja?«

»Kein Problem, Peter. Liebe Grüße an deine Frauen.«

»Hab dich lieb, Rile. Sag mir einfach noch mal Bescheid, wann du in die Hütte fährst. Einen Schlüssel hast du ja.«

»Das mache ich. Versprochen.«

Lilly beugte sich über mich, um meinen Hals zu küssen. Die Berührung ihrer Lippen sorgte dafür, dass sich eine Gänsehaut auf meinen Armen ausbreitete.

Ich schloss die Augen und fasste mit einer Hand in ihr Haar, das immer nach Kokos-Shampoo roch. Im nächsten Moment lagen ihre Lippen auf meinen. Zeitgleich drängte sich ein Bild vor mein inneres Auge, das mich immer wieder heimsuchte, und sofort öffnete ich die Lider.

Irgendwie hatte ich angenommen, dass es besser werden würde, je länger ich Amy nicht sah. Stattdessen wurde es eher schlimmer. Ich bekam sie einfach nicht aus dem Kopf. Die letzten Jahre war sie ein so elementarer Teil von mir gewesen, dass es sich ohne sie anfühlte, als müsste ich mit nur einem Arm leben. In den ersten paar Tagen nach der Halloweenparty hatte mich wenigstens der Groll gegen sie davon abgehalten, sie zu vermissen. Aber je mehr Zeit verstrich, desto weniger Wut blieb.

Das Seufzen, das meine Kehle verließ, deutete Lilly falsch.

»Ich glaube, es wird langsam Zeit, einen Schritt weiterzugehen.« Sie fuhr noch einmal mit den Lippen meinen Hals entlang, während sie eine Hand in meine Hose gleiten ließ.

Sofort versteifte ich mich.

Wieso kannst du dich nicht einmal so verhalten wie ein richtiger Mann?, hörte ich Richard sagen, und bei der Erinnerung an seine Worte war meine Stimmung vollends dahin.

Hastig setzte ich mich im Bett auf. »Ich habe eine Überraschung für dich!«

Das Ablenkungsmanöver funktionierte offensichtlich, denn Lillys verschleierter Blick wurde klarer, und sie rappelte sich ebenfalls auf.

»Eine Überraschung?« Fragend musterte sie mich.

»Ganz genau!« Ich wackelte mit den Augenbrauen. »Du hast ja neulich deine Leidenschaft fürs Wandern entdeckt, richtig?«

Ihre Brauen hoben sich. »Du willst noch mal wandern gehen?«

»Genau. Aber nicht hier!«

Verständnislos sah sie mich an. »Sondern?«

Ich griff nach ihrer Hand. »Ich habe dir doch von meinem Onkel Peter erzählt.«

»Der mit den Schulden bei deinem Vater?«

Wie enttäuschend, dass gerade das bei ihr hängengeblieben war!

»Der Parkranger«, sagte ich deshalb trotzig. »Ihm gehört ja eine Hütte in den Great Smoky Mountains. Und er hat mich gebeten, für ein Wochenende hinzufahren, weil so lange niemand dort war.«

»Ohhh«, machte Lilly. »Und ich soll dich begleiten?« Jetzt umspielte ein zaghaftes Lächeln ihre Lippen.

»Charlie liebt dieses Haus auch. Ich habe mir gedacht, dass wir zu viert hinfahren.«

Ich sah einen Schatten über Lillys Gesicht huschen, als sie ihre Hand wegzog. »Nur damit wir uns richtig verstehen: Mit *zu viert* meinst du Charlie, Nate, dich und mich?«

»Natürlich!«

Dieses Wochenende würde ich die Gedanken an Amy zu Hause lassen, mit meiner Vergangenheit abschließen und mich auf meine Zukunft konzentrieren – auf Lilly. Danach würde ich ihr der Freund sein, den sie verdiente. Das war das Richtige … oder?

»Gott sei Dank!« Lilly atmete erleichtert aus und legte ihre Hand wieder in meine. »Jetzt kann ich es ja endlich sagen: Ich kann Amy nicht ausstehen.«

Ich blinzelte ein paarmal. »Wie bitte?«

»Sie ist ein echt schwieriger Charakter. Das ist doch der Grund, weshalb du den Kontakt zu ihr abgebrochen hast, oder?«

Nun war es an mir, die Hand wegzuziehen. »Ich habe gesagt, dass wir ein paar Differenzen haben, weshalb ich mich eine Zeit lang zurückziehe. Das ist ein Unterschied.«

Ihre Worte machten mich wütend. Amy war einer der unkompliziertesten Menschen, die ich kannte, und kam wirklich mit jedem klar. Sie war kein schwieriger Charakter, lediglich unsere Situation war schwierig. Auch wenn ich das Lilly so natürlich nicht sagen konnte.

Diese verschränkte gerade die Arme vor der Brust. »Siehst du! Wir können nicht mal über sie reden, ohne aneinanderzugeraten. Das ist doch nicht normal.«

»Dann hör auf, schlecht über sie zu sprechen.«

Lilly funkelte mich an. »Ach, aber wenn *sie* schlecht über *mich* spricht, so wie neulich beim Frühstück, dann ist nichts dabei?«

»Genau genommen hat sie nicht schlecht über dich gesprochen. Sie hat nur gesagt, dass du mich verändern willst, und du kannst nicht abstreiten, dass da was dran ist.«

»WAS?« Mit einem Satz sprang Lilly aus dem Bett, und ihr Gesichtsausdruck wandelte sich von wütend zu fuchsteufelswild. »Du findest auch, dass ich dich verändern will?«

»Na ja, die andere Frisur, die Kontaktlinsen, die neuen Klamotten …«, zählte ich auf, obwohl ich wusste, dass ich es eigentlich gut sein lassen sollte. »Außerdem die Bemerkungen über das Sägewerk.«

»Rile, ich hab dir doch schon erzählt, warum ich mich so verhalten habe. Danke für dein Einfühlungsvermögen.« Sie schnaubte. »Außerdem wollte ich, dass deine Eltern mich mögen. Ist das so schwer zu verstehen?«

»Richard hat mein ganzes Leben lang versucht, mich zu verändern. Ich brauche keine Freundin, die in seine Fußstapfen tritt.«

Lillys Miene wurde weicher. »Aber das will ich doch gar nicht, das musst du mir glauben.«

Der Blick, mit dem sie mich ansah, wirkte aufrichtig.

Du bist verdammt gut so, wie du bist. Ich finde nicht, dass du dich für jemanden verändern solltest.

Plötzlich fiel mir das ein, was Amy zu mir gesagt hatte, und die Erinnerung ließ mich erstarren. Nicht wegen der Bedeutung ihrer Worte, sondern weil mir mit einem Mal klar wurde, dass es gar nicht an Lilly lag, dass wir uns gerade stritten. *Ich* war das Problem. Weil Lilly sich permanent mit einer Frau messen musste, die ich auf ein Podest gehoben hatte. Sie versuchte, ein Herz zu erobern, das schon lange jemand anderem gehörte. Und das war nicht fair.

Eine Welle der Traurigkeit überrollte mich. Weil wir uns alle in dieser beschissenen Situation befanden, für die irgendwie niemand so richtig etwas konnte.

Meine Schultern sackten ein Stück nach unten, und mein Herz tat es ihnen gleich. Ich musste eine Entscheidung treffen, die schon längst überfällig war.

»Es tut mir so leid, Lilly.«

»Muss es nicht, Schwamm drüber! Wir haben beide Dinge gesagt, die wir nicht so gemeint haben.«

Mein Mund klappte auf, vorerst, ohne dass etwas herauskam.

»Nein, das meine ich nicht.« Ich fuhr mir mit der Hand durchs Haar. »Ich glaube, das mit uns funktioniert nicht.«

»Was redest du denn da?«, fragte sie vollkommen fassungslos. »Es funktioniert doch ganz wunderbar.«

Ich rieb mir übers Gesicht und nahm all meinen Mut zusammen, um Lilly wieder ins Gesicht zu schauen, mich mit ihrem Unverständnis zu konfrontieren.

»Ich bin einfach gerade … Ich kann keine Beziehung mit dir führen.«

Jetzt war Lilly bei mir, fasste mich am Arm. Der Schmerz, der ihre Züge beherrschte, versetzte mir einen Stich.

»Habe ich etwas falsch gemacht? Ich wollte dir wirklich nicht das Gefühl geben, dass du dich verändern musst. Und ich kann nächstes Mal, wenn ich bei euch bin, gerne alles richtigstellen vor deinem Vater. Ihm sagen, dass ich dich dabei unterstützen würde, wenn du Parkranger werden willst.«

Ihre Stimme klang erstickt, und mein Herz zog sich schmerzhaft zusammen. Weil sie all die richtigen Worte sagte. Alles, was ich mir wünschte. Und es trotzdem nicht reichte.

»Es liegt nicht an dir, wirklich nicht! Du bist toll.«

»Woran dann?« Nun hatte sich noch etwas anderes in ihre Stimme geschlichen. Argwohn?

Ich wollte ihr nicht sagen, dass ich Gefühle für eine andere Frau hatte, schon gehabt hatte, bevor wir uns begegnet waren. Es würde ihr bloß wehtun und kein bisschen helfen. Aber anlügen wollte ich sie auch nicht.

»Ich kann dir einfach nicht das geben, was du verdienst.«

Auf einmal wollte ich nur noch weg. Meine Füße setzten sich schon in Bewegung, bevor ich mich richtig dazu entschlossen hatte, zu gehen.

»Es tut mir leid, wirklich«, sagte ich noch einmal. Dann ließ ich sie allein im Zimmer zurück.

Kapitel 18

Amy

Fuck!

Fuck, fuck, fuck, fuck, fuck.

Mom hatte mich angerufen, aber ich hatte meinem Handy einfach nur beim Klingeln zugesehen. Weil ich mich nicht getraut hatte ranzugehen, aus Angst, die Worte aus ihrem Mund zu hören. *Das Haus wird verkauft.*

Klar, es änderte nichts an der Tatsache, aber ich hatte in diesem Augenblick genug damit zu kämpfen, dass ich in wenigen Sekunden meine Note wissen würde. Oder zumindest wissen könnte. Denn seit einer halben Stunde saß ich wie festgefroren vor meinem Laptop und starrte den Bildschirm an, der mittlerweile schwarz geworden war. Ich hatte mich bereits vor dreißig Minuten in das Onlineportal der Uni eingeloggt und war nur noch einen Klick davon entfernt, zu erfahren, ob ich bestanden hatte oder nicht. Wahrscheinlich war es deshalb so beschissen schwer, es wirklich zu tun.

»Komm schon, bring es einfach hinter dich«, flüsterte ich. »Es ist nur eine der Prüfungen.« Aber wem wollte ich etwas vormachen? Bei meinen Noten kam es auf jede Prüfung an.

Dann legte ich einen Finger auf die Maus, und der Bildschirm wurde wieder hell. Die Website der Uni erschien.

Genauer gesagt, mein Bereich des Studentenportals. *Amy Evans, Midterm Exam, Finanzmanagement* stand dort, und der Cursor schwebte genau über den Buchstaben. *Fuck.*

Bevor ich wieder einen Rückzieher machen konnte, klickte ich – und den Bruchteil einer Sekunde später erschien meine Note. *Sechzig Prozent.* Ich war durchgefallen, wenn auch nur knapp.

Ich blieb regungslos sitzen, während ich das Prüfungsergebnis weiter ansah. Ein bisschen wartete ich darauf, dass mir die Tränen kamen, aber es breitete sich nur ein seltsam taubes Gefühl in mir aus. Ich würde das Studium nicht schaffen, davon war ich jetzt überzeugt. Ich war einfach zu weit abgehängt, und ich wusste nicht mehr, wie ich mich noch irgendwie motivieren sollte. Ich hätte ein *Bestanden* so sehr gebraucht, um endlich wieder Hoffnung zu schöpfen, dass das alles einen Sinn hatte.

Das Klingeln meines Handys durchbrach meine düsteren Gedanken. Es war wieder meine Mutter, aber diesmal ging ich ran.

»Hallo, Mom.« Meine Stimme klang seltsam fremd. »Was gibt's?«

Keine Ahnung, warum ich das fragte, immerhin wusste ich es eigentlich schon. Rita hatte mir bereits gestern Abend eine Nachricht geschickt, um mir mitzuteilen, dass ihre Schwägerin und deren Mann unser Haus kaufen wollten. Und mir zu sagen, dass ich nicht traurig sein sollte, weil ich immer vorbeikommen durfte, wenn ich in Hazelwood war.

»Du wirst das jetzt nicht gerne hören, Schatz«, fing Mom an. »Aber Mr und Mrs Ferguson haben zugesagt.«

Sie wollen das Haus kaufen.

»Sie wollen das Haus kaufen.«

»Alles klar, dann weiß ich Bescheid!« *Alles klar, dann weiß ich Bescheid?* Ich wusste vorher schon Bescheid.

Auch Mom schien irritiert über meine Reaktion. »Ist alles in Ordnung, Amy?«

»Wann müssen wir ausgezogen sein?«, fragte ich, anstatt auf ihre Frage zu antworten.

»Anfang Januar würden sie gerne einziehen. Dafür bieten sie sogar etwas mehr Geld. Die beiden haben es wohl eilig.«

»Okay«, sagte ich. Obwohl das alles andere als okay war. Uns blieben weniger als zwei Monate. Wir würden Weihnachten und Silvester also mit dem Packen von Umzugskartons verbringen – dann war alles vorbei.

Plötzlich brannten doch Tränen in meinen Augen. Ich versuchte sie wegzublinzeln, während Mom noch erzählte, dass sie und Dad sich eine »wirklich schicke« Fünf-Zimmer-Wohnung in der Stadt angesehen hatten. Die Bilder wollte sie mir gleich schicken, doch die interessierten mich kein bisschen. Ich würde mir die Wohnung erst mal sowieso nicht angucken, obwohl ich dort wohl oder übel würde einziehen müssen, wenn ich meinen Studienplatz verlor.

Nachdem wir aufgelegt hatten, starrte ich für eine Weile ins Leere. Bis die Zimmertür aufgerissen wurde und Ebony vollkommen außer Atem im Zimmer stand.

»Ich habe deine Nachricht gerade erst gelesen. Hast du mittlerweile nachgeguckt?«

Ich nickte schwach. »Jep.«

Sie kam näher, immer noch schwer atmend, und sah mich erwartungsvoll an. »Und?«

»Sechzig Prozent.«

»Scheiße!« Ebonys Fluch hallte durch das Zimmer und kam irgendwann auch bei mir richtig an.

»Ich bin einfach nicht für Business Administration gemacht, Bonny.«

»Aber … Kann ich irgendwas tun?« Der Ausdruck in ihren Augen sah so traurig aus, dass ich mich abwenden musste.

»Du kannst tatsächlich etwas für mich tun. Hast du mir nicht von der Party erzählt, die morgen bei diesem Jason steigen soll?«

Sie nickte eifrig. »Er wohnt nicht auf dem Campus, sondern mit Matt und einem weiteren Teamkollegen in einer WG.«

»Tja, Matt schickt mir ja regelmäßig Nachrichten, dass er mich wiedersehen will. Dann ist jetzt wohl der Moment gekommen!«

»Bist du sicher, dass eine Party jetzt das Richtige ist?«

Ich wollte die Besorgnis in Ebonys Gesicht nicht sehen. Deshalb stand ich auf und steuerte meinen Kleiderschrank an.

»Bin ich!«, versicherte ich.

Denn was war die Alternative? Hier im Zimmer hocken und mir die Augen aus dem Kopf heulen, weil mein Leben eine Katastrophe war? Weil *ich* eine Katastrophe war? Nein! Wenn das meine letzten Wochen an der Uni waren, wollte ich es noch mal richtig krachen lassen. Und Alkohol und Matt würden mir dabei helfen, alles zu vergessen. Meine Zukunft, unser Haus und vielleicht sogar Rile.

Es dauerte eine ganze Flasche Sekt lang, bis die lästigen Gedanken in meinem Kopf endlich verstummten. Aber um mich auf das Positive zu konzentrieren: Sie verstummten.

Der Nachteil war, dass ich ganz schön ins Wanken geriet, nachdem ich das letzte Glas geext hatte und aufstand.

Außerdem nervte mich Ebonys sorgenvolle Miene. *Alkohol löst keine Probleme*, schrie die mir nahezu entgegen. Aber ich ignorierte sie und zwängte mich zwischen ein paar Menschen hindurch, auf der Suche nach Matt. Wir waren bereits eine halbe Stunde hier, und ich war ihm noch nicht über den Weg gelaufen, so voll war es in der Dreizimmerwohnung der Jungs.

Durch die warme, stickige Luft klebte mir mein weißes Croptop förmlich am Oberkörper. Es war sehr eng und betonte meine Brüste, weshalb ich dazu eine weite dunkle Baggy-Jeans gewählt hatte. Ich spürte die Blicke der Männer auf mir und genoss die Aufmerksamkeit. Auch wenn ich alles andere verloren hatte, mein Sexappeal war immer noch da.

Aber gerade war ich auf der Suche nach einem ganz bestimmten Mann, von dem ich wusste, dass der Sex gut sein würde.

Ich schaute durch den Raum, über die vielen Köpfe hinweg, bis ich plötzlich einen entdeckte, der mir bekannt vorkam.

»Hey, Matt!«, rief ich. »MATT!« Diesmal lauter.

Irgendwann drehte er den Kopf und sah mich an. Als er mich erkannte, weiteten sich seine Augen leicht. Dann kam er auf mich zu. »Amy.«

»Überraschung!« Ich lächelte ihn an, bevor ich die Arme um ihn schlang. Doch noch während der Umarmung überlegte ich es mir anders, zog sein Gesicht an mich heran und küsste ihn leidenschaftlich.

»Wow«, entfuhr es ihm. »Das ist mal eine gelungene Überraschung.«

»Oder?« Ich grinste frech.

»Ich dachte schon, dass du mich gar nicht wiedersehen willst, weil du nicht richtig auf meine Nachrichten eingegangen bist.«

»Tut mir echt leid, bei mir ist so viel los im Moment.«

Ich spürte seine Aufmerksamkeit überdeutlich auf mir. »Probleme?«

»Kann man so sagen«, antwortete ich ausweichend und betrachtete viel zu genau die Flecken auf meinen ursprünglich mal weißen Sneakern.

Ich wollte nicht mit ihm über meine Probleme reden. Ich wollte gar nicht über meine Probleme reden.

»Auf jeden Fall habe ich eine Idee, wie ich es wiedergutmachen kann.« Ich hoffte, mein vielsagender Blick würde ihm zu verstehen geben, was ich meinte. »Das muss ich dir allerdings in deinem Zimmer zeigen.«

Ich biss mir auf die Lippe und sah ihn erwartungsvoll an.

»Dann zeige ich dir mal, wo ich meine Nächte verbringe.« Er grinste mich frech an, bevor er nach meinem Handgelenk griff und mich mit sich zog. Wir drängten uns durch das Getümmel und kamen irgendwann vor einer der Türen zum Stehen.

Matt zog einen Schlüssel aus seiner Hosentasche, zwinkerte mir zu und öffnete die Tür. Als er das Licht einschaltete, stach mir zuerst die Kommode an der Wand ins Auge, auf der einige Pokale und Medaillen neben einem Foto des Baseballteams platziert waren. Darüber hing ein Banner der Tennessee Volunteers. Aus einer Kiste, die auf dem Boden neben der Kommode stand, lugte ein Baseballschläger heraus. Das komplette Zimmer schrie förmlich *Sportler*.

Die größte Fläche im Raum nahm jedoch das dunkle Queensize-Bett in Anspruch, und ich konnte mir denken, womit er hier die meiste Zeit verbrachte.

»Also, das ist mein Reich«, raunte Matt und war mit einem Satz bei mir, wie ein Löwe, der bereit war, seine Beute zu erlegen.

Diesmal küsste er mich, nicht weniger leidenschaftlich als ich ihn noch vor ein paar Minuten, aber auf einmal war ich abgelenkt. Lag es an dem ganzen Baseballkram? Wobei, auch wenn Sport selbst mich nicht interessierte, die Sportler taten es normalerweise schon.

Ich öffnete meinen Mund, um Matts Zunge Einlass zu gewähren.

Komm schon, Amy!

Während wir uns küssten, zog ich ihn Richtung Bett, doch ich kam nicht in Stimmung, das Pulsieren zwischen meinen Beinen wollte sich einfach nicht einstellen.

Fuck.

Vollkommen unerwartet drängte sich vor mein inneres Auge ein Bild, das da nicht sein sollte. Und ein Gefühl. Die Erinnerung an weiche Lippen und …

Fuck. Fuck. Fuck. Wieso dachte ich auf einmal an Rile, während ich Matt küsste?

Ich war so schockiert, dass ich ein Stück zurückwich.

»Was ist los?«, wollte Matt mit besorgter Miene wissen.

»Ich, ähm, ich …« Für ein paar Sekunden schloss ich die Augen. »Nichts!«

Ich legte die Hände in Matts Nacken und zog ihn wieder zu mir heran, küsste ihn noch einmal. Doch irgendwas fehlte. Schlagartig wurde mir klar, dass ich keinen Sex mit ihm haben *wollte* und es deswegen nicht durchziehen *konnte*.

Noch nie hatte ich mit jemandem geschlafen, nur für ihn, sondern immer nur, wenn ich selbst etwas davon hatte. Und daran würde sich auch heute nichts ändern.

Ich ließ Matt wieder los. »Tut mir leid, aber ich glaube, ich kann das nicht.«

Irritiert blinzelte er ein paarmal. »Was?«

Ich machte ein paar Schritte rückwärts. »Ich bin einfach nicht in der Stimmung.«

»Das ist jetzt ein Scherz, oder?« Seine Miene verdunkelte sich. »Erst versprichst du mir Sex und zerrst mich regelrecht in mein Zimmer. Hier machst du mich heiß und weist mich dann ab?«

»Ja«, sagte ich ruhig, obwohl sich ein ungutes Gefühl in mir ausbreitete. »Aber trotzdem habe ich das Recht, es mir anders zu überlegen. Und das musst du akzeptieren.« Ich versuchte mir die aufsteigende Beunruhigung nicht anmerken zu lassen. »Ich habe mich entschuldigt, und jetzt werde ich gehen.«

»Ach, tu doch nicht so! Jeder am Campus weiß, dass du es mit jedem machst.«

»Nur weil ich mir nehme, was ich WILL, mache ich es noch lange nicht mit jedem, du Arschloch«, zischte ich.

Die Beunruhigung war verflogen. Was blieb, war Wut. Ich war so wütend. Nicht nur auf Matt, sondern auf alle Männer, die mir schon vorgeworfen hatten, ich sei leicht zu haben. Die mich billig genannt hatten. Eine Schlampe. Die fanden, dass ein knappes Outfit jedem Mann das Recht gab, einen anzufassen.

»Ihr feiert euch im Team dafür, wenn ihr Frauen abschleppt. Aber wehe eine Frau handhabt es genauso wie ihr und nimmt sich, was sie will. Das macht sie in euren Augen nicht selbstbestimmt, sondern billig, richtig? Weil es euch eine Scheißangst macht, wenn wir uns gegen diese verfickten Strukturen auflehnen und tun, was WIR wollen.«

Matt stand mit offenem Mund vor mir. Er schien sprachlos zu sein, aber ich wartete nicht ab, bis er wieder imstande war zu reden. Um ehrlich zu sein, war es mir verdammt egal, was er zu seiner Verteidigung zu sagen hatte. Also drehte ich mich um und ging.

Rile

Ich saß an meinem Lieblingstisch im *Books & Brew*, zum ersten Mal seit Wochen ohne Lilly, und hatte die Nase in meinem Buch vergraben. Allerdings las ich nicht wirklich, sondern starrte die aufgeschlagene Seite einfach an, ohne die Bedeutung der Worte darauf wirklich aufzunehmen.

Als irgendwann ein Schatten in meinem Sichtfeld auftauchte, nahm ich zuerst an, es sei Freddy, und machte mir nicht die Mühe, hochzusehen. Bis die Person sich auf den Stuhl mir gegenüber sinken ließ.

»Ich bin so schnell gekommen, wie ich konnte«, sagte Charlie schwer atmend und legte ihre Tasche auf den Tisch. »Die Schüler bei der letzten Führung hatten so viele Fragen, dass sich alles gezogen hat.«

Endlich hob ich den Kopf und schaute sie an.

Meine beste Freundin schien meinen betrübten Gesichtsausdruck zu bemerken.

»Hey, was ist passiert?«, fragte sie und rutschte mit dem Stuhl ein Stück näher zu mir.

»Ich habe mich von Lilly getrennt«, antwortete ich zögerlich.

Ich beobachtete, wie ihre Augen größer wurden. Ihre Lippen teilten sich und schlossen sich wieder.

»Ihr habt Schluss gemacht?«

»Ja«, gab ich zögerlich zurück.

Und dann erzählte ich ihr die ganze Geschichte, angefangen bei dem Essen mit Lilly und meinen Eltern bis hin zu dem

Streit. Davon, dass ich einfach noch nicht dazu bereit war, eine andere Frau als Amy in mein Leben zu lassen.

»Amy hat versucht, dich zu küssen?«, fragte Charlie schrill. Und dann fügte sie noch ein paar Nuancen höher hinzu: »In unserer Küche?«

»Pst!« Ich legte mir einen Zeigefinger an die Lippen.

»Tut mir leid, aber ich kann's nicht glauben.« Charlie stützte den Kopf auf den Händen ab. »Ich fasse es nicht. Dass sie dich … Sie hat mir kein Wort gesagt.«

»Nein?« Es überraschte mich, dass Charlie noch nichts davon wusste. Der Teil in mir, der sich ohnehin schon schuldig fühlte, weil ich Amy gegenüber so gemein gewesen war, fühlte sich plötzlich noch schuldiger. Wenn sie nicht mit Charlie gesprochen hatte, hatte sie dann überhaupt jemanden zum Reden gehabt?

Ich wusste doch, wie sie war. Sie gab es nur ungern zu, wenn sie Probleme hatte. Wenn sie sich überhaupt jemandem anvertraute, dann eigentlich nur Charlie und mir.

»Ehrlich gesagt habe ich seit ein paar Tagen nichts mehr von ihr gehört. Ich dachte, sie ist mit Lernen beschäftigt, jetzt, wo sie sich doch reinhängen will. Aber …«

»Aber?«

Charlie rutschte auf ihrem Stuhl umher. »Nach dem, was du erzählt hast, verkriecht sie sich wahrscheinlich eher.«

Weil es ihr schlecht geht.

Der zweite Teil ihres Satzes hing unausgesprochen zwischen uns.

»Ich brauche einfach ein wenig Abstand. Dann wird das irgendwann wieder.«

Hoffe ich.

Charlie nickte verständnisvoll. »Klar!«

Nachdem ich einen Schluck von meinem mittlerweile kalten Cappuccino genommen hatte, tauchte Freddy auf.

»Charlie! Dich habe ich ja ewig nicht hier gesehen!« Er drückte kurz ihre Schulter, bevor er ihre Bestellung aufnahm. »Willst du auch noch was, Rile?«

»Ne, danke«, sagte ich und hielt meinen Becher hoch. »Hab noch.«

»Ich glaube, es ist die richtige Entscheidung.« Als Freddy wieder weg war, machte Charlie ein unschlüssiges Gesicht. »Ich meine, zuerst klang alles so toll mit Lilly, aber … Amy hatte schon recht mit dem, was sie gesagt hat.«

Ich seufzte leise. »Ich weiß. Trotzdem liegt es nicht nur an ihr. Sie ist eine tolle Frau … Es ist einfach nicht der richtige Zeitpunkt.«

Für eine Weile sagte keiner von uns etwas.

»Meinst du, das, was Amy zu dir gesagt hat, hat etwas damit zu tun?«

Ich rieb mir über die Stirn. »Keine Ahnung. Es hat mich schon durcheinandergebracht. Aber du kennst doch Amy – vielleicht war es ungewohnt für sie, die zweite Geige zu spielen, und deshalb … Ach, was auch immer.«

»Puh«, stieß Charlie aus. »Ich finde, du brauchst dringend etwas Ablenkung. Wie wär's, wenn wir mal wieder ein Wochenende bei mir oder dir zu Hause verbringen, quatschen, einen Film gucken … tagsüber vielleicht wandern. Entweder mit Nate oder ohne ihn, wie es dir lieber ist.«

»Ich hab einen besseren Vorschlag!« Ich sah Charlie vielsagend an.

Als ich eine bedeutungsvolle Pause machte, um sie noch ein bisschen zappeln zu lassen, kickte sie leicht mit dem Fuß gegen mein Bein.

»Rile! Jetzt sag schon!«

»Hey, das tut weh!«, behauptete ich schmunzelnd. »Also gut! Peter hat vor ein paar Tagen angerufen …«

Wieder hielt ich kurz inne, und Charlie verdrehte die Augen, was mich zum Lachen brachte.

»Er und die Mädels können nicht in die Smokys kommen, weil Mary sich das Bein gebrochen hat.«

»Oh, Scheiße!«

Freddy tauchte neben Charlie auf und reichte ihr ihren Latte macchiato, den sie dankend entgegennahm.

»Ist wohl nicht so schlimm, aber wandern gehen kann sie in nächster Zeit natürlich nicht. Deswegen kommen sie über Janes Geburtstag nicht in die Hütte. Aber Peter hat gefragt, ob ich trotzdem hinfahren kann. Und ich darf dich und Nate mitnehmen!«

Charlie hüpfte aufgeregt auf ihrem Stuhl auf und ab. »Oh, wie cool! Ich wollte schon so lange mal wieder dorthin. Es ist so idyllisch da draußen.« Verträumt ließ sie den Blick durch den Raum schweifen. »Ich sehe mich gedanklich schon im Whirlpool sitzen. Und das ist genau das, was du nach dem ganzen Stress auch brauchst. Vielleicht kannst du in den Bergen endlich mal in Ruhe nachdenken, einen klaren Kopf bekommen. Weit weg von Lilly und Amy.«

»Das glaube ich auch.«

Charlie griff über den Tisch nach meiner Hand, und einen Moment lang saßen wir einfach nur so da.

»Charlie?«, begann ich dann.

»Ja?«

Ich presste die Lippen fest aufeinander. »Meinst du, du kannst vielleicht mal nach Amy sehen?«

Sie gab einen überraschten Laut von sich. »Meinst du sehen im Sinne von: nach Knoxville fahren?«

»Ich würde es selbst tun, aber …«

Charlie zog ihre Hand zurück und nahm den Kaffeebecher in beide Hände. Dann trank sie einen Schluck, während sich ihre Stirn immer mehr in Falten legte. »Ich würde es sofort machen, ohne zu zögern, nur habe ich jeden Tag mindestens eine Führung im *Butterfly Garden*.«

»Ich habe am Freitag frei. Da könnte ich für dich übernehmen.«

Nun wurden die Falten in Charlies Stirn noch tiefer. »Du willst die Führungen im *Butterfly Garden* für mich übernehmen, damit ich nach Knoxville fahren kann?«

»Ja.«

»So einfach stellst du dir das vor?« Charlie musste ein Lachen unterdrücken. »Die Kids werden dir Löcher in den Bauch fragen, und du hast überhaupt keine Ahnung von Schmetterlingen.«

Protestierend hob ich die Hand. »Hallo? Immerhin bin ich mit dir befreundet. Ich war schon hundertmal im *Butterfly Garden*.«

»Okay, wie alt werden Schmetterlinge?«

Ich seufzte genervt. »Hängt von der Art ab.«

Kurz musterte Charlie mich mit unergründlicher Miene. »Du meinst das wirklich ernst?«

Ich nickte.

»Sehr schön!« Sie rieb sich freudig die Hände. »Dann verbringen wir den Rest des Tages damit, dir Wissen über Schmetterlinge einzutrichtern.«

»Ich kann's kaum erwarten!«, brachte ich unbeeindruckt hervor.

Ich liebte zwar die Natur und die Tierwelt, aber ich hatte Charlies Faszination für Schmetterlinge noch nie ganz nachvollziehen können. In meinen Augen gab es Tausende von Tieren, die spannender waren als die langweiligen Falter.

Kapitel 19

Rile

»Weibliche Schmetterlinge legen ihre Eier gezielt auf bestimmte Pflanzen, damit die Raupen, sobald sie geschlüpft sind, direkt Nahrung finden.«

Ich deutete auf eines der Terrarien, in denen sich einige Futterpflanzen befanden. Die Kinder folgten meiner Hand mit dem Blick.

»Hier seht ihr, dass schon einige Raupen geschlüpft sind.«

Ein kleines Mädchen mit dunklem Haar trat neben mich und spähte neugierig durch die Scheibe.

»Die sehen ekelig aus!«, sagte sie, klang aber mehr fasziniert als angewidert.

Ich zuckte mit den Schultern. »Die Eier werden zu Raupen, aber so bleiben sie ja zum Glück nicht. Wer von euch weiß, was danach mit ihnen passiert?«

Ein Junge hob breit grinsend die Hand. »Ich weiß es! Sie werden zu Schmetterlingen.«

Auch meine Mundwinkel hoben sich. Mir bereitete diese Führung deutlich mehr Spaß, als ich gedacht hätte. Im Grunde genommen tat ich hier etwas, was ich liebte: Menschen die Natur nahebringen. Auch wenn es nur Schmetterlinge waren und keine Bären oder andere spannende Tiere aus den hiesigen

Nationalparks. Obwohl ich gerade durchaus in meinem Element war, musste ich immer wieder aufpassen, dass meine Gedanken nicht zu Amy abdrifteten.

Charlie war schon vor ein paar Stunden nach Knoxville aufgebrochen und vermutlich längst da. Sie hatte versprochen, sich zu melden, sobald sie angekommen war, aber bisher wartete ich vergeblich auf eine Nachricht. War das ein gutes oder ein schlechtes Zeichen?

Natürlich hätte ich mich selbst bei Amy melden, ihr schreiben oder sie anrufen können, doch das brachte ich momentan nicht über mich, denn neben der Sorge um sie war da immer noch Wut. Weil es sich so anfühlte, als würde sie mich einfach nicht weiterziehen lassen. Wer konnte schon sagen, was mit Lilly passiert wäre, wenn Amy sich einfach zurückgezogen hätte?

Als mir auffiel, dass ich eine Weile nichts gesagt hatte, räusperte ich mich.

»Das stimmt, am Ende wird aus der Raupe ein Schmetterling. Aber was passiert davor?«

Leises Gemurmel war zu hören, bevor ein paar kleine Hände in die Höhe schossen.

»Ja?« Ich zeigte auf ein Mädchen, das bisher noch nichts gesagt hatte.

»Aus der Raupe wird erst mal eine Puppe.«

Ich nickte begeistert. »Genau, sehr gut! Die Raupen fressen unglaublich viel und durchlaufen verschiedene Stadien«, erklärte ich, während ich weiter zum nächsten Kasten ging, wo viele von ihnen an Zweigen, Ästen und Netzen hingen.

Jetzt drängten sich die Kinder an mir vorbei, um den bestmöglichen Blick auf die Puppen zu erhaschen.

»In diesem Stadium befreit sich der Schmetterling irgendwann aus dem Kokon, entfaltet seine Flügel und trocknet. Die

Wandlung von der Raupe zum Schmetterling nennt man Metamorphose.«

»Das ist ziemlich cool!«, sagte eines der Kinder, und ein paar strahlende Gesichter sorgten dafür, dass sich ein richtiges Glücksgefühl in mir ausbreitete.

Kurz hielt ich inne, weil ich nicht erwartet hatte, dass der Tag so fantastisch laufen würde. Eigentlich hatte ich die Führungen ein bisschen widerwillig übernommen und nur, damit Charlie nach Amy schauen konnte. Doch tatsächlich fühlte es sich heute kein bisschen nach Arbeit an. Ein Gefühl, das mich schmerzlich an mein Praktikum in den Smoky Mountains erinnerte.

Auf einmal war da dieser Gedanke in meinem Kopf. Zwar konnte ich nicht ändern, dass ich in Liebesdingen gerade nicht weiterkam – es war nun mal einfach so, dass die Liebe zu Amy nicht von jetzt auf gleich verschwand –, doch ich konnte mein Leben selbst in die Hand nehmen, wenn es um meinen Job ging. Ich *musste* nicht gefangen sein in einem, den ich schrecklich fand und der mich nicht erfüllte.

Zum ersten Mal seit langer Zeit zog ich es ernsthaft in Erwägung, zu kündigen. Und je länger ich in die begeisterten Augen der Kinder um mich herum schaute, desto sicherer war ich mir, dass das eine gute Idee war.

Nur … was sollte aus Evie werden, wenn ich das wirklich durchzog?

Amy

Mir war schwindelig, mein Kopf pochte, und das alles hatte rein gar nichts mit Alkohol zu tun. Nach meiner Auseinandersetzung mit Matt hatte ich keinen Tropfen mehr angerührt. Wozu auch? Wenn ich ehrlich zu mir selbst war, schafften es nicht mal mehr Partys und Sex, mich von meinen Problemen abzulenken. Mehr als einmal hatte ich an Ritas Worte denken müssen.

Manchmal führt der einzige Weg hinaus mitten hindurch.

Es klang vielleicht abgedroschen, aber an dieser Weisheit war tatsächlich etwas dran. So wie es aussah, musste ich da jetzt durch.

Meine Nase lief, also kramte ich nach einem Taschentuch, zog es heraus und putzte sie mir.

»Scheißerkältung«, fluchte ich, während ich mit entschlossenen Schritten weiter den Flur entlangeilte, bis ich irgendwann auf Mr Stevens Büro zusteuerte.

Nachdem ich das Taschentuch in meine Hosentasche gesteckt hatte, klopfte ich zweimal energisch gegen die Tür und trat dann ein. Diesmal war ich viel selbstbewusster als bei unserem letzten Termin, weil ich mir inzwischen sicher war, dass das, was folgen würde, das Richtige war.

Dekan Stevens war in eine Akte vertieft, von der er nun den Blick hob.

»Miss Evans«, stellte er überrascht fest. »Haben wir einen Termin, der mir entfallen ist?«

Ich schüttelte den Kopf. »Nein, aber ich muss dringend mit Ihnen sprechen.«

»Gerade ist es ungünstig, weil …«

Ich ließ ihn nicht ausreden. »Es geht auch ganz schnell.«

Ohne eine Antwort abzuwarten, machte ich ein paar Schritte auf ihn zu.

Er beäugte mich kritisch. »Sie sehen nicht gut aus, wenn ich das mal so sagen darf.« Wahrscheinlich spielte er darauf an, dass ich ungeschminkt war und meine Nase vom vielen Schnäuzen so rot wie die von Rudolph.

»Ich bin krank«, erklärte ich mit krächzender Stimme.

»Oh.« Er rutschte mit dem Stuhl ein Stück vom Tisch weg. Wahrscheinlich wollte er sich nicht bei mir anstecken.

Meine Mundwinkel zuckten kurz, bevor ich wieder ernst wurde.

»Aber deswegen bin ich nicht hier«, sagte ich dann.

Er hob die Braunen. »Sondern?«

»Ich wollte Sie nur darüber informieren, dass ich das Studium abbrechen werde.«

Erstaunt sah er mich an. »Sie wissen, dass Sie sich online exmatrikulieren müssen, richtig?«

Ich lächelte. »Ja, das hab ich schon erledigt. Aber ich wollte es Ihnen gerne auch persönlich mitteilen.«

Zu meiner Überraschung erhob er sich. »Ich brauche Sie wohl nicht zu fragen, ob Sie sich sicher sind?«

Entschieden schüttelte ich den Kopf. »Ich glaube, uns ist beiden bewusst, dass Business Administration nicht das Richtige für mich ist.«

»Tun Sie mir einen Gefallen, Miss Evans, und suchen Sie noch einmal Ihren akademischen Berater auf, um die finanziellen und akademischen Folgen abzuklären, die sich aus Ihrer Exmatrikulation ergeben.«

»Das mache ich!«, versicherte ich. Da musste ich sowieso hin, wenn ich herausfinden wollte, wie lange ich meine Entscheidung noch vor meinen Eltern geheim halten konnte. Da sie die Studiengebühren immer semesterweise überwiesen, hatte ich wohl noch ein paar Wochen Zeit.

Kurz breitete sich Stille zwischen uns aus.

»Und wie geht es jetzt für Sie weiter?«, wollte der Dekan dann wissen.

Ich zuckte nur mit den Schultern. »Ich habe keinen blassen Schimmer.«

Er schenkte mir ein warmes Lächeln. »Aber das werden Sie irgendwann wissen. Ich wünsche Ihnen nur das Beste!«

Als ich das Büro verließ, spürte ich die Blicke einiger Kommilitonen auf mir, aber vielleicht war das auch bloß Einbildung. Jedenfalls fühlte ich mich endlich wieder so, als hätte ich die Kontrolle über mein Leben. Rita hatte recht – Entscheidungen zu verdrängen oder auf die lange Bank zu schieben, führte nur dazu, dass man Zuschauer des eigenen Lebens wurde.

Ich trat den Rückweg zum Studentenwohnheim an, und das Pochen in meinem Kopf wurde bei jedem meiner Schritte stärker.

Irgendwann bestand ich nur noch aus Schmerzen. Das Licht der Herbstsonne blendete mich so unangenehm, dass es mir vorkam, als würde mir jemand mit einer Taschenlampe ins Gesicht leuchten.

Auf einmal konnte ich nicht mehr weitergehen. Das Hochgefühl von eben war vollkommen verschwunden. Die Umgebung verschwamm vor meinen Augen, sodass ich sie kurz schließen musste, und ich stützte mich mit den Händen auf den Knien ab. Verdammt, was war das?

»Amy? Amy, was ist mit dir?«

Langsam bekam ich es mit der Angst zu tun. Hatte ich nun auch noch Halluzinationen? Jedenfalls konnte es unmöglich wirklich Charlie sein, deren Stimme ich gerade gehört hatte. Sie war Hunderte von Meilen von hier entfernt und ganz sicher nicht auf dem Campus.

»AMY? Geht's dir nicht gut?«

Nun öffnete ich doch die Augen.

»Charlie?«, brachte ich nuschelnd hervor, weil ich tatsächlich in das Gesicht meiner Freundin sah. Doch sofort verschwammen ihre Umrisse wieder vor meinen Augen. Für den Bruchteil einer Sekunde wurde alles schwarz, und ich hatte das Gefühl, ohnmächtig zu werden. Aber dann spürte ich Charlies Hände, die mich stützten. Und mit ihrer Hilfe schaffte ich es irgendwie zurück in mein Zimmer.

Mir war furchtbar heiß, so unglaublich heiß. Ich schob die Decke ein Stück von mir, um mein T-Shirt zu betasten, das klitschnass war.

Ein leises Stöhnen verließ meinen Mund, als ich versuchte, mich aufzurichten. Meine Knochen schmerzten, und meine Glieder waren so schwer, dass ich mich kaum rühren konnte. Plötzlich fror ich so stark, dass ich am ganzen Körper zitterte.

Dann war da etwas Kaltes, Nasses an meiner Stirn, das mich zum Wimmern brachte.

»Kalt«, flüsterte ich.

»Hey«, drang es liebevoll an mein Ohr. »Du bist ja wach.«

»Wach ist ein ziemlich optimistischer Begriff«, brachte ich irgendwie hervor, obwohl mein Hals staubtrocken war, und schlug langsam die Augen auf.

Charlie war über mich gebeugt und hielt einen Waschlappen in der Hand. Mit den blonden Locken, die ihr ins Gesicht fielen, und dem Licht, das hinter ihr auf meinem Nachttisch brannte, sah sie aus wie ein Engel.

»Du hast Fieber«, sagte sie und betrachtete mich sorgenvoll. »Wieso läufst du denn so krank noch durch die Gegend?«

Ich öffnete den Mund, aber es kam nur ein Krächzen heraus.

Sofort drückte Charlie mir ein Glas in die Hand. »Hier, trink.«

Unter Einsatz all meiner Kräfte schaffte ich es schließlich doch, mich fröstelnd ein Stück aufzusetzen und das Glas an die Lippen zu nehmen. Gierig trank ich es zur Hälfte leer. Dann nahm Charlie es mir ab, damit ich mich wieder hinlegen konnte.

Zu meinem Entsetzen legte sie die Hand auf mein T-Shirt. »Soll ich dir mal frische Klamotten raussuchen? Das ist total durchgeschwitzt.«

Ich nickte stumm, und Charlie ging zum Kleiderschrank.

Weil meine Augen brannten, schloss ich sie wieder.

»Ich war vorhin bei Dekan Stevens.«

»Mh?«, machte Charlie.

»Ich kam aus seinem Büro, als … du mich getroffen hast. Ich habe mich exmatrikuliert.«

Außer dem Dröhnen in meinem Kopf war plötzlich nichts mehr zu hören.

Dann Schritte, bis ich Charlies Hand an meiner spürte.

»Was hast du?«, fragte sie ungläubig.

»Jep«, krächzte ich, ohne die Augen zu öffnen.

»Du … studierst nicht weiter?«

Ich konnte Charlies Stimme nicht entnehmen, was sie davon hielt, aber vielleicht lenkten mich meine Kopfschmerzen auch zu sehr ab. Ich schüttelte den Kopf, doch das tat so weh, dass ich sofort wieder aufhörte.

»Und wie fühlst du dich?« Charlie holte tief Luft, bevor sie weitersprach. »Also, abgesehen von der Grippe. Wieso hast du mir vorher nichts gesagt?«

»Charlie«, fing ich an, wusste aber nicht, wie ich ihr das alles erklären sollte. »Es ist etwas passiert. Es ist so viel passiert.«

Ihr Griff um meine Hand wurde fester. »Ich weiß, ich habe mit Rile gesprochen.«

Ich gab ein zischendes Geräusch von mir. »Keine Ahnung, was mehr wehtut. Mein Kopf oder seinen Namen zu hören.«

»Ach, Ams.« Charlie klang so traurig, dass ich am liebsten geweint hätte, aber nicht einmal dazu hatte ich die Kraft. »Du solltest dich jetzt gesund schlafen, ja? Und wenn es dir besser geht, reden wir. Über alles.«

»Fährst du nicht zurück nach Hazelwood?«, fragte ich schwach.

»Ich lasse dich doch in diesem Zustand nicht allein«, sagte sie liebevoll. »Ebony hat mir angeboten, in ihrem Bett zu schlafen, weil sie wohl bei irgendeinem Jason übernachtet.«

Immerhin eine von uns, für die die Party ein voller Erfolg war, dachte ich noch, bevor Charlie wieder zum Schrank ging und mir wenig später einen Pyjama ans Bett brachte.

Nachdem sie mir beim Umziehen geholfen hatte, löschte sie das Licht, und ich sank in einen tiefen, fiebrigen Schlaf.

Kapitel 20

Rile

Charlie kam nicht, wie eigentlich geplant, am Samstag zurück. Stattdessen schrieb sie mir eine Nachricht, in der sie mir mitteilte, dass ihre Mom die Führungen am Wochenende übernehmen und sie ein paar Tage bei Amy bleiben würde. Aber sie versprach mir, mich am Donnerstag anzurufen, wenn sie zurück war.

Es vergingen also vier Arbeitstage, an denen ich das Sägewerk noch mehr hasste als sonst – wahrscheinlich, weil der Freitag im *Butterfly Garden* mir deutlich gemacht hatte, dass es nicht immer so sein musste.

Am Mittwoch hatte ich deshalb besonders schlechte Laune, als ich von der Arbeit nach Hause kam. Ich kickte meine Schuhe von den Füßen und starrte zum bestimmt achtzigsten Mal auf mein Handy, auf dem immer noch keine Nachricht von Charlie eingegangen war.

»Scheiße«, fluchte ich und riss am Ärmel meiner Winterjacke.

In der letzten Woche war es verdammt kühl geworden, sodass ich meine Daunenjacke anzog, wenn ich zur Arbeit ging. Der November war in Hazelwood zwar meist noch frostfrei, aber wenn ich frühmorgens das Haus verließ, lagen die Temperaturen häufig im einstelligen Bereich.

Ich hängte meine Jacke an die Garderobe und trottete missmutig Richtung Treppe, als ein Quietschen durch den Raum hallte.

»Rile, Rile, Rile!« Meine kleine Schwester sprang mir förmlich entgegen und umschlang mich, als sie bei mir angekommen war. Normalerweise verbesserte meine Laune sich schlagartig, wenn ich Evie sah, aber heute schien nicht einmal ihre kindliche Freude zu helfen.

»Na, Motte«, sagte ich mit einem gezwungenen Lächeln und strich ihr liebevoll übers Haar.

»Wieso siehst du so traurig aus?«, wollte sie wissen und hängte sich an mein Bein, sodass ich nicht weitergehen konnte.

Ich deutete auf mein Gesicht, das noch immer zu einer Grimasse verzogen war.

»Ich lächle doch!«, behauptete ich.

»Aber deine Augen nicht.«

Ihre Ehrlichkeit sorgte dafür, dass sich ein Kloß in meinem Hals bildete.

Ich hielt nichts davon, Kinder anzulügen. Aber die ganze Wahrheit wollte ich meiner kleinen Schwester auch nicht aufbürden. Deshalb entschied ich mich für die Halbwahrheit.

»Heute war es nicht so schön bei der Arbeit. Und ich vermisse meine Freunde.«

Ich sah nach unten und beobachtete, wie ihre Augen größer wurden.

»Bist du deshalb immer so muffelig?«, wollte sie wissen.

»Ich bin muffelig?«, fragte ich erstaunt zurück.

Evie ließ mein Bein los und verschränkte die Arme vor der Brust. »Du willst nicht, dass ich es merke. Aber das tue ich trotzdem.«

»Oh«, sagte ich so leise, dass es kaum zu hören war.

»Rile?«

»Ja?«

»Wenn du es so wenig magst, bei Dad zu arbeiten, wieso tust du es dann?«

»Ich …«, fing ich an, hatte aber keinen blassen Schimmer, wie ich ihr das erklären sollte. »Dad möchte, dass ich ausziehe, wenn ich etwas anderes mache.«

»Na und? Du bist erwachsen. Und Erwachsene ziehen doch irgendwann aus, oder nicht?«

Mir entfuhr ein Lachen. So, wie sie es sagte, klang es ziemlich leicht.

»Ich möchte dich nicht allein lassen«, gab ich ehrlich zu.

Evie zuckte mit den Schultern. »Wir können uns doch trotzdem ganz oft sehen, auch wenn du eine eigene Wohnung hast, oder nicht?«

Kurz überlegte ich. »Natürlich, sonst würde ich dich viel zu sehr vermissen.«

»Und ich könnte auch bei dir übernachten, oder?«

Jetzt war das Grinsen in meinem Gesicht echt. »Klar!«

»Dann sehe ich kein Problem«, sagte meine kleine Schwester altklug. Gerührt zog ich sie in meine Arme. Wenn ich die Welt doch bloß auch noch mal aus den Augen eines achtjährigen Kindes sehen könnte!

Du fehlst mir.

Kannst du mir nicht wenigstens die Chance geben, noch einmal mit dir zu sprechen? Ich möchte dir noch ein paar Dinge sagen.

Ich las die beiden Nachrichten auf meinem Handy und stieß ein Seufzen aus. Dann ließ ich den Bildschirm wieder dunkel werden, bevor ich mich dem Rucksack zuwandte, der neben meinem Handy auf dem Bett lag. Ich packte unheimlich gerne, vor allem für ein Wochenende in den Smokys, aber Lillys Nachrichten zerstörten die Vorfreude.

Verhielt ich mich unfair? Seit wir getrennt waren, hatte ich keine ihrer Nachrichten beantwortet. Nicht nur, weil ich meine Entscheidung nicht bereute, sondern auch, weil ich mit den Gedanken ganz woanders war. Ich war kein Experte, wenn es um Beziehungen ging – und schon gar nicht im Schlussmachen –, aber wahrscheinlich schuldete ich ihr ein Gespräch. Ich rieb mir über die Stirn. Momentan war irgendwie alles so verfahren. Wenn sie es brauchte, um mit mir abzuschließen, wäre es also nur fair, mit ihr zu reden.

Ich faltete das T-Shirt, das ich in der Hand hielt, und legte es dann auf dem Bett ab, bevor ich nach meinem Handy griff.

Mit gerunzelter Stirn überflog ich die vielen Nachrichten, die Lilly mir in den letzten Tagen geschrieben hatte. Anschließend tippte ich selbst eine in unseren Chat.

> Hey, Lilly, tut mir leid, dass ich mich jetzt erst melde. Ich will dir keine falschen Hoffnungen machen, weil meine Entscheidung die richtige war. Trotzdem können wir noch einmal reden, wenn du das möchtest. Allerdings kann ich erst nach dem Wochenende, weil ich von Freitag bis Sonntag mit Charlie und Nate in Peters Hütte fahre.

Irgendwie hatte ich das Bedürfnis, sie wissen zu lassen, dass wir nur zu dritt fuhren. Lilly war online, und es dauerte keine zehn Sekunden, bis sie anfing zu tippen.

> Rile, es freut mich so, dass du dich meldest!!! Natürlich, das verstehe ich. Ich wünsche euch viel Spaß! Soll ich vielleicht am Montagabend bei dir vorbeikommen?

War mir Montagabend zu früh? Andererseits: Was würde es bringen, das Treffen hinauszuzögern? Für Lilly wäre es wahrscheinlich das Beste, wenn wir das schnellstmöglich klärten. Danach musste ich entscheiden, wie es mit Amy und mir weiterging. Sollte ich weiter auf Abstand bleiben oder mit ihr über das sprechen, was passiert war? Hoffentlich würden die Zeit in der Natur und meine Freunde mir helfen, dieser Frage weiter auf den Grund zu gehen, und Klarheit schaffen.

> Montag passt, komm gerne um sieben vorbei. Schönes Wochenende!

Schönes Wochenende, mein Ernst?

Ich warf das Telefon auf das Kissen am anderen Ende des Bettes – außer Reichweite – und fuhr damit fort, Sachen in meinen Rucksack zu packen. Das war der leichte Teil. Schwieriger wurde es nachher, wenn ich entscheiden musste, welches meiner Bücher ich mitnehmen sollte.

Doch dazu kam es erst gar nicht, denn ein paar Minuten später klingelte mein Handy.

»Mann«, stieß ich aus und hechtete zum Kissen.

Es war Charlie, die sich endlich meldete.

»Wird aber auch Zeit, dass du anrufst«, sagte ich atemlos. »Wie war's bei Amy?«

»Rile … Ich …« Sie machte eine kurze Pause. »Wir haben ein Problem.«

Sofort schrillten bei mir sämtliche Alarmglocken. »Ist etwas passiert?«

»Ja«, entgegnete Charlie knapp, ihre Stimme klang belegt. »Nein.«

»Was denn jetzt?«

»Wir müssen Amy mitnehmen.«

Ich hatte mich verhört, ganz sicher. Für einen Augenblick brachte ich keinen Ton heraus.

»Rile?«

Ich räusperte mich. »Du verarschst mich doch, Charlie?« Die Worte kamen harscher aus meinem Mund als beabsichtigt.

»Es tut mir wirklich leid, aber du wolltest, dass ich nach Amy schaue. Und jetzt, wo ich weiß, wie es ihr geht, gibt es nur zwei Optionen. Entweder du fährst allein mit Nate in die Smokys, oder Amy kommt mit uns mit.«

»Nein, Charlie!«, protestierte ich. »Ich kann sie im Moment nicht um mich haben. Ich habe noch nicht mal die leiseste Ahnung, wie ich mich ihr gegenüber in Zukunft überhaupt verhalten soll!«

Ärger hatte sich in meine Stimme geschlichen, aber meine beste Freundin durfte ruhig wissen, was ich von ihrem Vorschlag hielt.

Verdammt, eigentlich sollte es ihr ohnehin klar sein!

»Rile, hier geht es nicht um etwas so Unwichtiges wie einen Kuss, sondern …«

»Okay, wow, meine Gefühle sind also unwichtig. Verstehe.«

»Rile!« Charlie schrie mich förmlich an. »Amy geht es verdammt mies. Ich bin deinetwegen extra nach Knoxville gefahren, um nach ihr zu sehen. Und was ich da vorgefunden habe, gefällt mir nicht. Ganz und gar nicht.«

Meine Lippen teilten sich, weil ich ihr automatisch wieder etwas entgegensetzen wollte, aber dann sickerte die Bedeutung ihrer Worte langsam zu mir durch.

»Warte mal«, beeilte ich mich zu sagen. »Was hast du denn vorgefunden?«

Sie hatte mir Samstagabend lediglich eine SMS geschrieben, dass sie ein paar Tage länger bei Amy bleiben und sich melden würde, wenn sie zurück war.

»Eine Amy, die mit Grippe auf dem Campus rumgelaufen ist und die ich erst mal wieder gesund pflegen musste.«

Das konnte es nicht sein, was Charlie so besorgte, also wartete ich erst mal ab, bis sie weitersprach.

»Deshalb bin ich ein paar Tage geblieben. Und als es ihr besser ging, hat sie mir erzählt, was alles passiert ist.«

»Wie lang willst du noch um den heißen Brei herumreden?«, fragte ich ungeduldig, während ich unruhig im Zimmer auf und ab lief. »Charlie!«

»Sie ist durch die Prüfung gefallen, hat sich exmatrikuliert, sich mit dem Captain der Baseballmannschaft angelegt, und ihre Eltern verkaufen das Haus.«

»Ihre … WAS?« Abrupt blieb ich stehen. »Die Evans verkaufen ihr Haus? Aber … Amy liebt es über alles.«

Vor meinem inneren Auge sah ich, wie Charlie nickte. »Ja, das tut sie. Und die Käufer wollen schon Anfang Januar einziehen!«

»Das ist ja in sechs Wochen!« Meine Stimme klang ungewohnt schrill. Wenn Amys Eltern das Haus verkauften, dann …

Es bedeutete nicht nur, dass Amy ihre Wurzeln verlor. Sie würde auch alle Zelte in Hazelwood abbrechen. Dann konnte sie nicht mal mehr eben so an den Wochenenden vorbeikommen. Oder in den Semesterferien, an unseren Geburtstagen, zu irgendwelchen Partys … Vielleicht würde sie gar nicht mehr zurückkommen.

Ich schluckte hart.

»Rile?«

Weil ich plötzlich Angst hatte, meine Stimme könnte sich brüchig anhören, räusperte ich mich.

»Aber … wenn sie das Studium abbricht und hier kein Haus mehr ist, in das sie zurückkommen kann …«

Mist, meine verfluchte Stimme bebte trotzdem!

»Amys Eltern wissen nichts von der Exmatrikulation«, erklärte Charlie, obwohl es nichts besser machte, im Gegenteil. »Auf jeden Fall befindet sie sich gerade im freien Fall und hat nichts, was ihr Halt gibt.«

»Verstehe.«

»Also, unter diesen Umständen … Wäre es für dich in Ordnung, wenn wir sie mitnehmen? Wenn nicht, ist das natürlich dein gutes Recht, ich würde es sogar verstehen, aber dann bleibe ich hier.«

»Ich weiß nicht, ob es eine Hilfe für sie sein wird, mit mir Zeit zu verbringen …«, begann ich und wusste selbst nicht, wie der Satz weitergehen würde, bevor ich ihn aussprach. »… aber okay. Ich bin einverstanden.«

Kapitel 21

Amy

»Bist du sicher, dass es wirklich kein Problem für Rile ist?« Unsicher spähte ich an Charlie vorbei zur Haustür, durch die wir eigentlich genau jetzt nach draußen gehen sollten.

Ich war meiner besten Freundin unendlich dankbar, dass sie die letzten Tage bei mir geblieben war. Weil es eigentlich keinen Grund mehr für mich gab, mich in Knoxville aufzuhalten, war ich gestern mit ihr zusammen nach Hazelwood gefahren, wo sie mich dann überredet hatte, mit in die Smokys zu kommen. Ich hatte mich nur breitschlagen lassen, weil Charlie gedroht hatte, ohne mich nicht mitzukommen.

Trotzdem hatte ich panische Angst vor dem Aufeinandertreffen mit Rile – vor allem, seit sie mir erzählt hatte, dass er sich von Lilly getrennt hatte. Irgendwie wusste ich, dass ich der Grund dafür war. Es war meine Schuld. Keine Ahnung, ob Rile mir je verzeihen würde, dass ich es ihm versaut hatte.

»Bisher weiß er noch gar nichts von seinem Glück«, meinte Nate trocken. »Aber er wartet bestimmt schon draußen.«

Als er meine erschrockene Miene bemerkte, grinste er schief. »War nur ein Witz! Amy, entspann dich! Es sind nur zwei Nächte in den Smokys. Ist ja nicht so, als hätten wir das nicht schon mal zu viert gemacht.«

»Ja, und du weißt hoffentlich noch, wie das geendet hat …«

Nates Grinsen verrutschte, bevor er sich an Charlie wandte. Seine Lippen formten: *Hilf mir!*

»Ganz sicher«, beantwortete Charlie meine ursprüngliche Frage und packte mich am Arm. »Das wird sich aber vielleicht ändern, wenn wir ihn deinetwegen warten lassen.«

Ich blies meine Backen auf und ließ die Luft geräuschvoll wieder entweichen. Dann zog ich mir die Kapuze meines braunen Hoodies ins Gesicht.

Nate warf mir einen Blick zu, der wohl so viel bedeuten sollte wie: *Ernsthaft?!* Aber in diesem Moment zog Charlie mich schon Richtung Tür.

Draußen angekommen machte ich mich von ihr los und trottete hinter ihr und Nate her. Nate trug nicht nur seinen, sondern auch unsere Rucksäcke, weshalb er zuerst den Kofferraum ansteuerte, um unser Gepäck zu verstauen.

Als ich zu Rile schaute, der am Steuer saß und den Kopf gegen die Stütze gelehnt hatte, rutschte mir das Herz in die Hose. Er wirkte nicht unbedingt begeistert über die Tatsache, dass ich bei diesem Kurztrip dabei sein würde.

Je näher ich dem Auto kam, desto langsamer wurden meine Schritte. Das fiel mir aber erst so richtig auf, als Charlie wie wild mit den Händen fuchtelte.

Erleichtert stellte ich fest, dass Nate auf dem Beifahrersitz Platz nahm und Charlie auf dem Platz hinter Rile. Der übrig gebliebene Sitz war der, auf dem man am wenigsten Blickkontakt mit dem Fahrer hatte.

Puh!

»Guten Morgen«, sagte ich leise, während ich mich auf den Rücksitz fallen ließ.

»Morgen!«, entgegnete Rile, und unsere steife Begrüßung

machte das hier zum wahrscheinlich unangenehmsten Aufeinandertreffen, das es je zwischen uns gegeben hatte. Hoffentlich würde es nicht das ganze Wochenende so weitergehen!

»Und, ist Stau vorausgesagt?«, fragte Charlie betont fröhlich.

»Hab nicht nachgeguckt.« Rile zuckte mit den Schultern. »Aber wir fahren ja sowieso, oder?«

Okay, er klang angefressen. Und ich wusste genau, dass es an mir lag.

Ursprünglich hatte ich mich selbst geweigert mitzukommen, aber Charlie hatte damit gedroht, den Ausflug ganz abzusagen, wenn ich sie nicht begleitete. Ich wusste, dass sie sich Sorgen um mich machte und nur helfen wollte. Nur bezweifelte ich, dass *das hier* irgendwem helfen würde.

»Im November fahren ja nicht mehr so viele Leute in die Smokys wie im Frühling oder Sommer«, schob Rile noch nach.

»Ich bin auf jeden Fall schon super gespannt auf die Hütte«, sagte Nate, und Rile warf ihm einen Blick von der Seite zu.

Mittlerweile war es so normal, Zeit mit Nate zu verbringen, dass ich manchmal ganz vergaß, wie langweilig er uns, Hazelwood und die Natur noch vor einem halben Jahr gefunden hatte. Damals wäre er niemals zu einer Hütte mitten in einem Nationalpark mitgekommen.

»Ehrlich wahr!«, betonte Nate. »Charlie hat erzählt, dass es einen Kamin und einen Whirlpool gibt. Und besonders Letzteres klingt für mich ziemlich verführerisch.«

Charlies Lippen umspielte ein verliebtes Lächeln, aber ich wandte mich schnell ab, weil mir mit einem Mal unangenehm heiß wurde. Vielleicht lag es daran, dass die Heizung an war, vielleicht auch an meinem dicken Pullover oder an Begriffen wie *Whirlpool* und *Kamin*.

Reiß dich zusammen, mahnte meine innere Stimme, aber da war es schon zu spät, und ich hatte wieder diese Bilder im Kopf. Ich wollte sie unbedingt aus meinem Gedächtnis bekommen, aber sie hatten sich in der hintersten Ecke meines Gehirns festgebrannt und wurden wieder und wieder und wieder und wieder abgespielt. Vielleicht war es der Fluch, mit dem man unweigerlich belegt wurde, wenn man es wagte, mit seinem besten Freund Dinge tun zu wollen, die keine beste Freundin jemals tun sollte.

Als ich wieder zu Charlie rübersah, stellte ich fest, dass sie immer noch verliebt lächelte, und plötzlich machte sich eine schreckliche Vorahnung in mir breit. Was, wenn Charlie und Nate an diesem Wochenende auch ein bisschen Zweisamkeit miteinander wollten? Immerhin arbeiteten die beiden nicht nur viel und hatten sich eine Auszeit mehr als verdient, sie waren auch erst seit ein paar Monaten zusammen. Kamin, Whirlpool – was gab es Romantischeres? Was, wenn Rile und ich uns dann zu zweit beschäftigen mussten?

Fuck!

Eine Hitzewelle rollte über mich hinweg, und ich musste mir die Kapuze vom Kopf ziehen, weil mir die Haare mittlerweile fast an der Stirn klebten. Mit ein paar schnellen Bewegungen band ich mir das Haar zu einem Zopf nach oben. *Viel besser!* Nur mein Herz pochte immer noch etwas zu schnell, weil es sich in einer irrationalen Alarmbereitschaft befand.

»Erinnert ihr euch noch daran, wie wir das erste Mal in die Hütte gefahren sind?« Jetzt grinste Charlie schelmisch.

Ich wusste, was sie da versuchte: Sie wollte uns daran erinnern, dass es andere Zeiten gegeben hatte. Zeiten, in denen wir einfach nur Freunde gewesen waren. Die allerbesten Freunde. Auch wenn das gerade nur schwer vorstellbar war.

»Du hast uns am Kamin diese fiese Gruselgeschichte vorgelesen, wegen der ich die halbe Nacht nicht schlafen konnte.« Charlie gab einen gequälten Laut von sich, und Nate lachte rau.

»Das lag vielleicht eher daran, dass Amy dich erschreckt hat, als du im Dunkeln vom Klo kamst!« Mit einem Grinsen im Gesicht drehte Rile sich kurz nach hinten zu Charlie um, aber weil ich ihn gerade beobachtete – WARUM BEOBACHTETE ICH IHN? –, trafen sich unsere Blicke.

Mein Puls nahm noch mehr an Fahrt auf, und Riles Miene wurde schlagartig wieder ernst. Zu sehen, wie sein Lächeln erstarb, tat so weh, dass ich schnell wegguckte. Ich biss mir auf die Lippe und kramte in meinem Rucksack herum, auf der Suche nach meinen Kopfhörern.

»Ich höre Musik«, verkündete ich, und noch bevor einer von den anderen reagieren konnte, hatte ich die Stöpsel bereits im Ohr.

»Wow!« Nate stieß einen Pfiff aus, als wir in die Auffahrt vor der Hütte fuhren. »Also, unter einer Hütte habe ich mir irgendwie was anderes vorgestellt.«

Obwohl ich schon ein paarmal hier gewesen war, wusste ich, was er meinte. Die Holzhütte war mehr ein Haus und lag auf einem kleinen Berg, direkt an einem Abhang. Die großen Fenster gaben den Blick auf die umliegenden Wälder frei, und die überdachte Veranda lud in den wärmeren Monaten zum Draußensitzen ein.

Sofort erspähte ich den Whirlpool, der in einer Ecke der Veranda stand und von einer Plane bedeckt war. Ich wünschte Riles Onkel natürlich nichts Schlechtes, trotzdem hoffte ich insgeheim, dass der Pool nicht mehr funktionierte. Es gab nämlich eine Sache, die noch schlimmer war als drei Stunden Autofahrt auf engstem Raum mit Rile, und das war: mit Rile gemeinsam im Whirlpool sitzen, mit nichts als Badesachen bekleidet. Ich hatte absichtlich meinen Bikini im Wohnheim »vergessen«, aber Charlie hatte mir einen von sich geliehen. Und obwohl sie ein bisschen größer war als ich und ich eine Körbchengröße mehr hatte, sollte er mir eigentlich passen.

»Da ist er ja schon!« Als hätte Nate meine Gedanken gelesen, deutete er auf den verdammten Whirlpool.

»Hoffentlich funktioniert der überhaupt noch«, überlegte Rile laut. Ihn schreckte die Vorstellung, da zusammen reinzugehen, bestimmt genauso ab wie mich.

Wir stiegen aus dem Wagen und holten unser Zeug aus dem Kofferraum. Diesmal nahm ich meinen Rucksack allerdings selbst, weil ich unbedingt etwas brauchte, um meine Hände zu beschäftigen.

»Gib mir doch schon mal den Schlüssel, dann schließe ich euch auf«, schlug Charlie vor, die als Einzige nichts außer ihrer kleinen Tasche zu tragen hatte, und hielt die Hand auf.

Rile tat wie geheißen und ließ dann Nate vorbei, der die Rucksäcke der Jungs sowie die Tüte mit Getränken und Lebensmitteln schleppte.

Als Charlie und Nate bereits die Veranda erreicht hatten, blieb Rile plötzlich stehen und sah mich an. Zumindest glaubte ich das, weil ich mich nicht traute, ihn ebenfalls anzuschauen. Unwillkürlich überkam mich das Bedürfnis, mir wieder die Kapuze ins Gesicht zu ziehen, aber das wäre wirklich zu kindisch gewesen.

»Wir kriegen das hin, oder?«, fragte er ganz direkt.

Weil er weder abweisend noch feindselig klang, hob ich nun doch den Kopf. In seinen Augen lag etwas, was ich nicht ganz deuten konnte, aber vielleicht sollte ich es auch lieber nicht versuchen.

Ich nickte langsam.

»Wir schaffen das schon«, sagte er noch einmal nachdrücklich, aber ich wusste nicht, ob er mich oder sich selbst damit beruhigen wollte.

»Du musst dir keine Sorgen machen«, versprach ich ihm. »Ich werde versuchen, dir aus dem Weg zu gehen, versprochen.«

Jetzt erkannte ich deutlich, dass es Schmerz war, der in seinen Augen aufblitzte.

»Glaubst du wirklich, dass es das ist, was ich will?«, fragte er ungläubig.

Noch bevor ich auch nur zu einer Antwort ansetzen konnte, ließ Rile mich stehen und folgte den anderen ins Haus.

Rile

Wieso hast du das bloß gesagt, du verdammter Volltrottel?

Manchmal verstand ich mich selbst nicht. Wenn ich Amy auf Abstand halten wollte, hätte ich einfach antworten können: *Danke, das weiß ich sehr zu schätzen.* Wieso hatte ich ihr also zwischen den Zeilen zu verstehen gegeben, dass ich *nicht* wollte, dass sie mir aus dem Weg ging? Ich musste den Verstand verloren haben, das war die einzig logische Erklärung für meinen verbalen Aussetzer.

Wie gut, dass wir seit einer Stunde durch die umliegenden Wälder streiften und ich somit genug Zeit hatte, meine Worte zu bereuen. Wenn ich mich lange genug damit quälte, würde so etwas dieses Wochenende hoffentlich nicht wieder vorkommen.

Nach dem Auspacken – bei mir war nicht viel zu tun gewesen, weil ich eins der beiden Schlafzimmer Charlie und Nate und das andere Amy überlassen hatte und selbst auf dem Sofa schlafen würde – hatten wir die Sandwiches gegessen, die Charlies Mom noch morgens für uns geschmiert und den anderen mitgegeben hatte. Am frühen Nachmittag waren wir dann zu unserer Wanderung aufgebrochen.

Auch wenn die Smokys im Frühling und Sommer bei angenehm warmen Temperaturen immer einen Ausflug wert waren, liebte ich es mindestens genauso sehr, im späten Herbst herzukommen. Nicht nur, weil hier im November weniger Wanderer unterwegs waren, sondern auch, weil der Monat in der Gegend der trockenste war und Temperaturen zwischen zehn und sechzehn Grad herrschten. Die klare Luft und die vielen Tageslichtstunden erlaubten meist eine ausgezeichnete Sicht auf Berge und Täler.

Auch heute hatten wir Glück: Es war zwar kühl, aber trocken und der Weg, den wir genommen hatten, außergewöhnlich schön. Wir befanden uns in einer der höheren Lagen des Nationalparks, die von Fichten- und Tannenwäldern dominiert waren, aber gerade erreichten wir einen Aussichtspunkt, der den Blick auf ein Tal freigab, in dem Laubwälder mit Ahorn, Buche oder Eiche in bunten Farben leuchteten.

»Das ist unglaublich!« Als wir die Plattform erreichten, rannte Amy das letzte Stück bis zum Geländer, wo sie sich dann mit beiden Händen festhielt, um sich drüberlehnen zu können.

»Pass auf!«, mahnte Charlie, war aber kurz darauf neben ihr, dicht gefolgt von Nate.

Jedes Mal, wenn ich meinen Freunden die spektakuläre Natur des Parks näherbringen konnte, machte sich eine regelrechte Euphorie in mir breit. Es war ein freudig kitzelndes Gefühl, das im Bauch anfing und sich anschließend im gesamten Körper ausbreitete. Auch wenn es gleichzeitig immer ein bisschen bittersüß war, weil ich das als Parkranger viel häufiger tun könnte.

»Ich wusste nicht, wie sehr ich das gebraucht habe!«, stieß Amy aus und klang fast ehrfürchtig.

Ich war ein Stück hinter den anderen zurückgeblieben, und anstatt der Aussicht betrachtete ich sie. Die schwarzen Leggings, die in Wanderstiefeln steckten, die rote Jacke über ihrem Pullover. Zum ersten Mal heute wirkte sie entspannt. Beinah ausgelassen sprach sie mit Charlie und gestikulierte dabei wild mit den Armen.

Als sie sich kurz zu mir umdrehte, fiel mir auf, dass ihre vorhin noch so blasse Haut von der Luft rosig geworden war und ihre Augen glänzten. Aber weil ich nicht wollte, dass sie mich beim Starren erwischte, wandte ich mich schnell ab und ging auf sie und die anderen zu.

»Danke, dass ihr mich mitgenommen habt.« Amys Worte trafen mich vollkommen unvorbereitet, und ich wusste, dass sie vor allem an mich gerichtet waren. Vielleicht zog deshalb etwas an meinem Herzen. Ihre Worte ließen mich seltsam melancholisch werden, weil so etwas früher selbstverständlich gewesen war. Vielleicht stellte ich mich deshalb genau neben sie, um nun auch die Aussicht zu genießen. Aber irgendwie konnte die Farbenpracht der Wälder meine Aufmerksamkeit diesmal nicht lange fesseln, und mein Blick wanderte immer wieder zu Amy.

Dabei zuzusehen, wie sie sich fröhlich mit Charlie und Nate unterhielt, verstärkte das Ziehen. Wo war nur meine Wut geblieben? Die ganzen negativen Emotionen waren auf einmal wie weggeblasen.

»Schön, dass du da bist!« Ich hätte die Worte, die meinen Mund verließen, nicht aufhalten können, selbst wenn ich es gewollt hätte.

Das erleichterte, ehrliche Lächeln, mit dem sie mich daraufhin bedachte, sorgte dafür, dass ich nur noch aus diesem sehnsüchtigen Ziehen bestand.

»Sicher, dass wir dir nicht helfen sollen?«, fragte Charlie. Allerdings ließ die Art, wie sie sich grade auf dem Sofa an Nates Schulter kuschelte, ihr Angebot nicht unbedingt überzeugend wirken. Amy hatte angeboten, das Abendessen zuzubereiten, als »Dankeschön für die Ablenkung«.

»Hast du Angst, dass es nicht schmeckt?«, wollte Nate grinsend wissen.

»Ihr wisst ganz genau, dass ich in vielem eine Katastrophe bin, aber nicht darin!«, entgegnete Amy und hielt drohend das große Messer, mit dem sie gerade Zwiebeln geschnitten hatte, in die Höhe.

»Trotzdem geht's zu zweit schneller«, sagte ich unbeeindruckt und stellte mich neben Amy an den Küchentresen. Peinlich darauf bedacht, möglichst viel Abstand zwischen uns zu lassen, lehnte ich mich an ihr vorbei, um aus dem Schrank vor ihr ein Küchenbrett zu nehmen.

»Ich schneide die Zucchini und Paprika, okay?«

Zuerst sah sie mich entgeistert an – ein bisschen so, als könnte sie gar nicht glauben, dass ich ihr freiwillig half –, doch dann nickte sie.

»In Ordnung, ich setze schon mal das Nudelwasser auf!«

Kurz erstarrte ich, weil sie an mir vorbeimusste, um zum Herd zu gelangen – und die offene Küche ziemlich klein war. Irgendwie schafften wir es trotzdem ohne Körperkontakt, weil ich mich mit dem Rücken gegen die Anrichte drückte und sie sich noch kleiner und zierlicher machte, als sie ohnehin schon war.

Ein Blick zum Sofa verriet mir, dass Charlie und Nate uns beobachteten, und irgendwie machte mich das noch nervöser.

Schweigend bereiteten Amy und ich ihre vegetarische Version von Spaghetti Bolognese zu, und nicht einmal eine halbe Stunde später saßen wir alle gemeinsam an dem massiven Holztisch im Wohnzimmer. Amy hatte das Gericht schon öfter für uns gemacht, meist als Trostessen – wenn einer von uns Probleme mit seinen Eltern hatte oder wenn eine Prüfung schlecht gelaufen war.

Ich erinnerte mich noch ziemlich genau an den Abend, an dem ich im Wohnzimmer gesessen hatte, die Bewerbungsunterlagen für die Ausbildung zum Parkranger vor mir auf dem Tisch, und Richard mir eröffnet hatte, dass er mich rausschmeißen würde, wenn ich das wirklich durchzog. Im Anschluss war ich zu Amy gefahren, und sie hatte genau dieses Essen für mich gekocht.

Weil Charlie und Nate sich sofort mir gegenüber hingesetzt hatten, war mir nichts anderes übrig geblieben, als den Platz zu nehmen, bei dem ich entweder die ganze Zeit auf mein Essen gucken musste oder in Amys Gesicht.

Es war noch schwerer, als ich befürchtet hatte, ständig in Amys Nähe zu sein. Vor allem, weil ich innerlich so zerrissen war – und mich nicht entscheiden konnte, ob ich ihr aus dem Weg gehen oder ihre Nähe suchen sollte. Ich wusste, dass ich sie wollte, aber ich wusste auch, dass ich ihren Gefühlen mir gegenüber nicht traute. Und dieser Zwiespalt errichtete in meinem Kopf eine Blockade, die ich einfach nicht überwinden konnte.

Glaubst du wirklich, dass es das ist, was ich will?, kamen mir meine Worte von heute Vormittag wieder in den Sinn.

Sosehr mich meine eigenen Gefühle gerade verwirrten, eines stand jedenfalls fest: Meine Wut Amy gegenüber war auf einmal wie weggeblasen. Vielmehr zog und zerrte mich eine Art unsichtbares Band im Inneren zu ihr hin. Weil ich deshalb nicht still sitzen konnte, begann ich, mit dem Bein zu kippeln und mit den Fingern auf dem Tisch zu trommeln.

»Schmeckt unglaublich lecker«, lobte Charlie gerade, nachdem sie die letzte Nudel eingesaugt hatte.

»Danke«, entgegnete Amy, aber ihr Mund war voll, weshalb es mehr nach *Dankpf* klang. Dabei blieb etwas Tomatensoße an ihrer Unterlippe zurück, und ich konnte nicht wegsehen. Das Wissen darum, wie weich ihre Lippen waren, würde mich wahrscheinlich noch umbringen!

Mittlerweile hielt Amy sich kichernd die Hand vor den Mund, und auch Charlie und Nate mussten lachen. Ich lachte nicht, aber immerhin hatte ich aufgehört zu kippeln.

Genau in dem Moment, als Amy ihre Hand wieder sinken ließ und aufhörte zu lachen, trafen sich unsere Blicke. Eine leichte Röte färbte ihre Wangen und …

»Was ist das eigentlich für ein Buch, das du dabeihast?«, fragte Nate plötzlich, und ich war ihm unheimlich dankbar, dass er den Moment so abrupt unterbrach.

Amys Kopf schnellte zur Seite. »Was?«

»Hab's vorhin auf deinem Bett liegen sehen.«

Amy nahm einen Schluck Wasser und schaute durch den Raum.

»Der Alchimist«, sagte sie dann so leise, dass es kaum zu verstehen war.

»Das hast du doch schon längst durch. Liest du es noch mal?«

»Ich, äh …« Amy wirkte peinlich berührt, fast so, als wäre es ihr unangenehm, auf Charlies Frage zu antworten.

Plötzlich überkam mich das dringende Bedürfnis, sie aus der Situation zu retten. Ich stand so abrupt auf, dass das Geschirr auf dem Tisch klirrte.

»Ich nehme mir Nachschlag, wer will noch?«

Wahrscheinlich fragten sich Charlie und Nate, warum ich das tat, wo mein Teller doch noch halb voll war. Aber das kleine Lächeln auf Amys Lippen verriet mir, dass sie ganz genau wusste, was meine Beweggründe waren.

Kapitel 22

Rile

Nach dem Essen zog sich jeder zurück. Amy war im Bad und duschte, während Charlie und Nate was auch immer in ihrem Zimmer taten.

Weil es in der Hütte keinen Geschirrspüler gab, hatte ich den Abwasch gemacht, aber damit war ich längst fertig, weshalb ich das Haus nach einem Buch durchforstete. Wegen Charlies Überfallanruf gestern Abend hatte ich vergessen, eins für mich einzustecken. Im Wohnzimmer war keins zu finden, aber ich war mir ziemlich sicher, dass ich in dem Raum, in dem Amy schlafen würde – und der eigentlich immer mein Zimmer gewesen war –, bei meinem letzten Besuch ein paar Bücher in der Kommode gelassen hatte.

Auf leisen Sohlen huschte ich über den Flur und öffnete die Tür. Es fühlte sich irgendwie verboten an, was Blödsinn war, weil ich ja wirklich nur ein Buch rausholen wollte.

Obwohl sie noch nicht viel Zeit in ihrem Zimmer verbracht hatte, stieg mir sofort Amys Geruch in die Nase. Das weckte so viele Gefühle in mir, dass ich unwillkürlich die Luft anhielt.

Mit angehaltenem Atem steuerte ich die Kommode an, doch als ich am Bett vorbeikam, zog etwas, was auf der Decke lag, meine Aufmerksamkeit auf sich. *Der Alchimist.* Ich wusste, dass ich das Buch dort liegen lassen und schnellstmöglich wieder hier verschwinden sollte, aber irgendwie atmete ich in einem Augenblick einen Schwall Luft aus, und im nächsten hielt ich das Buch in der Hand.

Ich blätterte durch die Seiten und sah überall bunte Markierungen, wo Amy Textstellen angestrichen hatte.

> *Erst die Möglichkeit, einen Traum zu verwirklichen,*
> *macht unser Leben lebenswert.*

Fast alle Stellen drehten sich darum, was das Leben ausmachte und welche Rolle die Zukunft dabei spielte. Ich ahnte, was Amy beschäftigte, und es versetzte mir einen Stich. Doch bevor ich mir weitere Gedanken über Amys Gefühlswelt machen konnte, hörte ich hinter mir ein Räuspern. Erschrocken klappte ich das Buch zu und fuhr herum. Amy lehnte im Türrahmen.

»Tut mir leid, ich …« Ich stoppte.

Mist, wie sollte ich den Satz beenden? *Ich wollte nur mal in deinen Sachen rumschnüffeln?*

»Alles gut«, versicherte sie mir und griff nach dem Buch in meiner Hand.

»Du hast gesagt, du hättest es an einem Tag durchgelesen. Damals im Grill.«

Was faselte ich da? Am liebsten hätte ich mir den Mund zugehalten, damit ich nicht weitersprechen konnte.

»Habe ich auch.« Amy presste die Lippen aufeinander und senkte den Blick. »Es hat mir schmerzlich bewusst gemacht, dass ich die Einzige von uns allen bin, die keine Träume oder Ziele hat. Nichts, worauf ich hinarbeiten kann.«

»Warum hast du es dann mit hierhergenommen?«

Mittlerweile kaute sie auf ihrer Unterlippe herum.

»Ich weiß auch nicht«, antwortete sie achselzuckend. »Vielleicht denke ich, dass es mir dabei hilft, doch noch eine Leidenschaft zu entwickeln.«

Ich öffnete den Mund, um etwas zu erwidern. Ich wollte nicht, dass sie so schlecht über sich dachte.

Aber noch bevor ich etwas sagen konnte, deutete sie an sich hinunter. Erst jetzt fiel mir auf, dass sie lediglich ein Handtuch trug, das ihr nicht mal bis zu den Knien reichte. Ein paar Wassertropfen waren aus ihren Haaren aufs Schlüsselbein getropft und rannen von dort weiter die Haut entlang.

»Ich würde mich jetzt gerne anziehen.« Ihre Stimme klang rau und jagte mir einen Schauer den Rücken hinunter.

»Äh, ja … klar, sorry«, stotterte ich, machte einen Schritt zurück – und stieß gegen den Bettrahmen. Ich schüttelte den Kopf über mich selbst, stolperte dann mehr, als ich lief, aus dem Zimmer und vergaß dabei völlig, was ich dort ursprünglich gewollt hatte.

In den nächsten Stunden konnte ich Amys Worte nicht abschütteln. Immer wieder musste ich mich dazu zwingen, nicht zu ihr zu gehen, nicht mit ihr zu sprechen, sie nicht in den Arm zu nehmen. Sie hatte so traurig geklungen, dass ich seitdem einen hartnäckigen Kloß im Hals hatte. Ich kam mir vor wie der schäbigste Mensch der Welt, weil ich mich ursprünglich geweigert hatte, sie mitzunehmen.

Irgendwie hatte ich für eine Weile vergessen, dass sie nicht nur die stark geschminkte Amy war, die laut lachte, selbstbewusst auf fremde Menschen zuging und drei Tequila-Shots hintereinander trinken konnte. Die einfach versuchte, mich zu küssen, ohne Rücksicht auf meine Freundin.

Sie so auf dem Wohnzimmerteppich sitzen zu sehen – in einem übergroßen Shirt und weiter Jogginghose, ungeschminkt und die Haare zu einem unordentlichen Dutt zusammengefasst –, erschütterte etwas tief in mir. Das hier war der andere Teil ihres Ichs, dem ich in letzter Zeit immer seltener begegnete, weil sie ihn vor mir versteckte. Und ich hatte es nicht mal bemerkt!

Es war bereits nach elf, und Charlie hatte Tee für uns alle gemacht. Die Kanne stand auf dem kleinen Glastisch vor dem Sofa, auf dem Charlie und Nate zusammen lagen.

Ich lehnte mit meiner Tasse an der Couch und hing meinen Gedanken nach, die sich hauptsächlich um eine ganz bestimmte Person drehten.

Hinter Amy, auf der anderen Seite des Raums, lief der Fernseher, aber keiner von uns guckte so richtig hin. Wahrscheinlich, weil das Feuer im Kamin, in dem ich vor einer Stunde die Holzscheite angezündet hatte, viel schöner war.

Genau hier hatten meine besten Freundinnen und ich uns letztes Jahr zusammengekauert, als ich ihnen meine Lieblingsgruselgeschichte von Edgar Allan Poe vorgelesen hatte. Es musste dieser Funke Nostalgie sein, der mich den Mund öffnen ließ.

»Wisst ihr, ich glaube, es ist mal wieder an der Zeit für eine Gruselgeschichte!«

Es war ein naiver Versuch, so zu tun, als wäre alles wie früher, obwohl sich doch alles verändert hatte.

»Oh nein!«, schrie Charlie und war mit einem Satz auf den Beinen. »Ich wollte sowieso gerade ins Bett.«

Sie drückte Amy einen Kuss auf die Stirn und winkte mir nur flüchtig zu, bevor sie in Richtung der Zimmer davonrannte.

Nate zuckte mit den Schultern, stand dann aber ebenfalls auf und folgte seiner Freundin, sodass Amy und ich allein zurückblieben.

Konnten die beiden es einfach nicht erwarten, Zeit zu zweit zu verbringen, oder wollten sie Amy und mir die Gelegenheit geben, zu reden? Jedenfalls glaubte ich ihnen nicht eine Sekunde, dass sie wirklich vor der Aussicht auf eine Gruselgeschichte flohen!

Ein paar Minuten blieb es still im Raum; nur das Flackern des Feuers war zu hören. Ich hätte mich allein aufs Sofa setzen können, doch stattdessen löste ich mich von der Couch und ging zu Amy, ließ mich neben ihr auf den Boden sinken.

Sie starrte ins Feuer, sodass die Flammen ihr Gesicht in ein warmes Licht tauchten. Ein paar Wimpernschläge lang betrachtete ich sie einfach.

»Das war nicht die Wahrheit.« Meine Stimme hörte sich ganz fremd an, selbst in meinen Ohren.

Amys Gesicht wandte sich mir zu, und ich sah Tränen in ihren Augen glänzen.

»Was du gesagt hast«, beeilte ich mich zu sagen. »Dass du keine Leidenschaft hast. Du *bist* die Leidenschaft.«

Sie blinzelte. »Was?«

»Deine Leidenschaft ist das Leben. Du spürst alles intensiv, du lebst intensiv. Ich kenne niemanden, der so sehr lebt wie du.«

Ein paar Sekunden lang sah Amy mich einfach an. Dann sah es kurz aus, als wollte sie etwas sagen, aber das tat sie nicht. Ihr Blick hielt meinen fest, und ich versuchte angestrengt, ihn wieder loszureißen, weil mein Herz plötzlich raste. Als ich es endlich schaffte, fiel er auf Amys weiche Lippen. Wenig hilfreich.

»Du bist die reinste Form von Leidenschaft«, sagte ich.

Amy schloss die Augen, und eine Träne quoll unter den Lidern hervor.

Das war zu viel für mich. Diese Träne war wortwörtlich der Tropfen, der das Fass zum Überlaufen brachte. Und das überlaufende Fass wurde zu einem Tsunami, der mich mitriss.

Auf einmal lagen meine Finger an ihren Wangen, und ich umfasste ihr Gesicht mit beiden Händen, wischte die Tränen weg. Ich wollte ihr alles nehmen, den Schmerz, die Schwere. Alles, was sie davon abhielt, der Welt ihre weiche Seite zu zeigen.

Das Wummern in meiner Brust wurde immer heftiger, aber ich hatte keine Angst mehr. In diesem Moment hätte mir wahrscheinlich gar nichts Angst gemacht. Nicht mal das Ziehen, das sich wieder in mir ausbreitete, als ich Amys Gesicht vorsichtig zu mir heranzog. So nah, dass ihr warmer Atem meine Haut streifte und ich eine Gänsehaut bekam.

Ich beugte mich ein Stück nach vorn, bereit, auch noch die letzten Millimeter Abstand zwischen uns zurückzulegen. Doch …

»Was tust du da?«, flüsterte Amy an meinen Lippen.

Sofort wich ich zurück. »Ich …«

Ich wollte für dich da sein.

Ich wollte, dass es dir besser geht.

Ich wollte, dass du dich nicht so allein fühlst.

Ich wollte dein Freund sein.

Ja, verdammt, was tat ich hier eigentlich? Nachdem ich so wütend gewesen war über ihren Versuch, mich zu küssen, konnte ich sie doch nicht einfach küssen und dann erwarten, dass sich etwas zwischen uns verbessern würde! Entweder ich wurde wieder ihr bester Freund oder …

… ihr fester Freund?

Langsam, ganz langsam zog sie sich von mir zurück.

»Es tut mir leid, was ich über Lilly gesagt habe«, entschuldigte sie sich. »Und alles andere auch. Ich wollte eure Beziehung nicht kaputt machen. Das musst du mir glauben!«

Ich antwortete nicht, weil ich nicht wusste, was ich dazu sagen sollte. Während ich langsam wieder richtig zu mir kam, beruhigte sich mein Puls ein wenig, doch mein Herz schlug immer noch zu schnell.

Ich liebte sie. Und wenn sie wirklich Gefühle für mich hatte, war es vielleicht doch nicht so undenkbar, dass mehr aus uns wurde. Allerdings hatte ich mich gerade erst von Lilly getrennt, und ich wollte Amys Verletzlichkeit in diesem Moment auch nicht ausnutzen.

»Hat Charlie es dir erzählt?«

Amy beobachtete das Feuer im Kamin, dessen Flammen in ihren Pupillen tanzten. Dieser Anblick war schöner als alles, was ich heute sonst gesehen hatte.

»Vielleicht hat sie es in einem Nebensatz erwähnt.«

»Du hattest ja recht. Ich hab mich ein bisschen zu voreilig in die ganze Sache hineingestürzt, aber …«

Ich wusste nicht, wie ich den Satz beenden sollte. Für eine Weile beobachtete ich ebenfalls das Feuer, als würde ich dort die richtigen Worte finden.

»Aber am Anfang war mit Lilly alles so leicht«, begann ich dann.

Jetzt wandte Amy sich wieder vom Feuer ab und mir zu.

»Es hat mir gefallen, mich durch ihre Augen zu sehen«, fuhr ich fort. »Für sie war ich Rile Bennett, dieser große Typ, der nicht nur schlau, sondern auch selbstbewusst ist und verdammt viel über die Natur weiß. Für sie war ich der Rile Bennett, der ich immer gerne gewesen wäre. Zumindest, bis sie angefangen hat, mich optimieren zu wollen.«

Amys Augenbrauen bewegten sich aufeinander zu.

»Du musst nicht optimiert werden, Rile«, sagte sie und sah mir tief in die Augen.

Amy

Keine Ahnung, warum mein Herz auf einmal Purzelbäume schlug. Drehte es so durch, weil Rile mich fast geküsst hätte? Weil ich es verhindert hatte? Weil wir endlich ein ehrliches Gespräch führten?

»Für euch andere war ich einfach Rile, der hoffnungslose Romantiker, der eine halbe Ewigkeit in eine Frau verliebt ist, ohne sich zu trauen, es ihr zu sagen …« Seine Brust hob und senkte sich, und ich wollte meine Hand nach ihm ausstrecken. So, wie er es eben noch bei mir getan hatte.

Ich bin diese Frau.

»… und für meinen Vater sowieso nur eine Enttäuschung«, fuhr er fort, weil er natürlich nichts von meinen Gedanken ahnte.

»Wie kannst du so etwas denken? Du bist der tollste Mann, den ich kenne, Rile!« Ich klang so überzeugend, dass es mich selbst wunderte, da mir gerade erst bewusst wurde, dass es so war.

»Klar, als bester Freund.«

»Nein, als Mann!«

»Du brauchst mir das jetzt nicht zu sagen, um meinem Ego zu schmeicheln, Amy!« Er lachte freudlos und rieb sich mit den Händen übers Gesicht.

Ich seufzte leise. »Ich weiß, dass ich immer sage, dass Beziehungen nicht mein Ding sind. Aber wie könnte es auch anders sein? Guck dir meine Eltern an!«

Rile schnaubte. »Guck dir *meine* Eltern an!«

Ich nickte.

Die nachfolgende Stille war nicht unangenehm. Es wirkte eher so, als würde jeder von uns seinen Gedanken nachhängen.

»Weißt du, diese ganzen Ärsche … bei denen weiß ich, was ich bekomme«, fuhr ich irgendwann fort. »Ich weiß, dass sie mich scharf finden und mit mir ins Bett wollen. Aber immerhin ist mir das vorher klar, weshalb es dann auch nicht wehtut, wenn es vorbei ist. Aber wenn ich mit jemandem zusammen wäre, der anders ist – mit jemandem, den ich wirklich *liebe,* der richtig fühlen kann und *mich* richtig fühlen lässt –, keine Ahnung, was dann passiert.«

Rile starrte mich so entgeistert an, als hätte er mich zum ersten Mal sprechen gehört. Ich spürte, wie mir die Hitze in die Wangen stieg, und wandte den Blick ab.

»Deshalb hab ich mich noch nie auf echte Gefühle eingelassen«, erklärte ich. »Es war mir einfach immer zu gefährlich. Zumindest bis jetzt …«

Rile saß mittlerweile reglos neben mir und hatte in den letzten paar Minuten nicht ein einziges Mal geblinzelt.

»Vielleicht hattest du recht, und ich weiß gar nicht, was richtige Liebe überhaupt ist. Aber …« Wieso war es so fucking schwer, darüber zu sprechen? Es war doch schon hart genug, sich überhaupt darüber klar zu werden, was man empfand. »Aber das, was ich in den letzten Wochen gespürt habe …«

Ich brach ab, weil ich einfach nicht wusste, wie ich meine Gefühle in Worte fassen sollte.

Da Rile immer noch nichts sagte, stand ich auf. So sprachlos hatte ich ihn noch nie erlebt. Vielleicht war die Wahrheit für ihn einfach schwer zu ertragen, mir ging es ja genauso.

»Ich gehe mal ins Bett!«, verkündete ich, ohne eine Antwort von ihm zu erwarten. Kurz bevor ich den Flur erreicht hatte, drehte ich mich allerdings noch einmal um. »Weißt du eigentlich, was der Name Amy bedeutet? *Die Geliebte*. Ironisch, oder?«

Mit der Wahrheit war es so eine Sache. Wenn sie einmal heraus war, gab es keine Möglichkeit, sie wieder zurückzunehmen. Das wurde mir aber erst klar, als ich um vier Uhr morgens noch immer schlaflos an die Decke starrte.

Hatte ich vorhin zu viel zu Rile gesagt? Oder zu wenig? Hatte er verstanden, was ich ihm mitteilen wollte? Aber wie sollte er, wenn nicht einmal ich selbst so richtig wusste, was ich gemeint hatte?

Und die wichtigste Frage von allen war: Wie würde es nun weitergehen? Konnten wir wieder beste Freunde sein, so wie vorher, oder …

Ein genervtes Stöhnen verließ meinen Mund, und ich strampelte die Decke von meinen Füßen. *Fuck.* Wenn ich nicht sofort einschlief, würde ich bei unserer Wanderung morgen so was von abkacken.

Doch zu allem Überfluss war mein Hals auch noch so trocken, dass ich dringend etwas zu trinken brauchte. Nur musste ich dafür blöderweise erst mal in die Küche gehen, die nicht mal durch eine Tür vom Wohnzimmer getrennt war, wo Rile schlief.

Fuck, fuck, fuck.

Sollte ich es riskieren, Rile über den Weg zu laufen, oder lieber die Nacht durchmachen?

Wieder stöhnte ich auf, doch kurz darauf war ich auf den Beinen. Ich musste einfach besonders leise vorgehen, auch wenn ich nicht gerade fürs Stillsein bekannt war.

Ohne ein Geräusch zu erzeugen, drückte ich den Türgriff herunter und tapste barfuß in den stockdunklen Flur. *Shit.* Das war das nächste Problem: Wenn ich das Licht anschaltete, würde Rile ganz bestimmt aufwachen!

Mit zusammengebissenen Zähnen schlich ich über den Dielenboden. Als eines der Bretter knarrte, zuckte ich zusammen und blieb wie angewurzelt stehen. Ich lauschte in die Stille, konnte aber nichts hören.

Weil meine Augen sich noch nicht ganz an die Dunkelheit gewöhnt hatten, erkannte ich leider nicht, ob Rile schlafend auf dem Sofa lag. Oder überhaupt dort war. Ich tastete mich an den Wänden entlang, bis ich nach einer gefühlten Ewigkeit die Kücheninsel erreichte, die die Küche vom Wohnzimmer trennte. Jetzt musste ich nur noch ein Glas und danach den Wasserhahn finden. *Nichts leichter als das!*

Gerade als ich den Griff am Schrank in der Hand hielt, spürte ich einen Lufthauch am Nacken.

»Was machst du da?«

Mit einem lauten Schrei fuhr ich herum.

Riles leises Lachen kitzelte etwas in meinem Inneren, und ich machte einen Schritt rückwärts, weil er mir so nahe war, dass ich seine Körperwärme spüren konnte.

»Ich hab Durst.« Es dauerte eine halbe Ewigkeit, bis ich diese drei Worte herausbekam. »Wieso bist du noch wach?«

Mit einem weiteren Lachen schaltete Rile das Licht ein, und als es plötzlich hell wurde, musste ich mir erst mal eine Hand vor die Augen halten.

»Wenn jemand zehn Minuten hier herumläuft, ist es schwer, nicht aufzuwachen.«

Ich ließ die Hand wieder sinken und verzog das Gesicht. »Shit, tut mir leid.«

Er grinste. »War nur Spaß. Ich war sowieso wach.«

Ich wollte ihn fragen, wieso er um vier Uhr morgens nicht schlief und ob ihn dieselben Fragen wach gehalten hatten wie mich, aber ich traute mich nicht.

»Dann trink mal schnell was. Und dann sollten wir schlafen, denn morgen brauchen wir unsere Kräfte.«

»Für die Wanderung, meinst du?«, wollte ich wissen, während ich ein Glas aus dem Schrank nahm und es mit Leitungswasser füllte.

»Ich hab's euch bisher nicht gesagt, aber eigentlich habe ich da etwas anderes geplant«, gab er geheimnisvoll zurück.

»Okay«, ich hielt das Wasser in die Höhe, bevor ich ein paar Schlucke trank. »Prost!«

Die Stille zwischen uns war irgendwie aufgeladen, und auf einmal wollte ich so schnell wie möglich verschwinden, zurück in mein Zimmer.

»Gute Nacht«, schob ich also hastig hinterher.

»Amy, warte«, sagte Rile, bevor ich mich in Bewegung setzen konnte, um mit dem Glas wieder in mein Zimmer zu verschwinden. »Ich finde, dein Name passt perfekt zu dir. Weil du sehr geliebt wirst.«

Meine Lippen teilten sich. Doch anstatt etwas zu erwidern, schloss ich den Mund wieder und lächelte.

Als ich ein paar Minuten später im Bett lag, wurde mir klar, dass Rile dieselben Fragen wach gehalten hatten wie mich.

Kapitel 23

Amy

»Was hast du denn jetzt geplant?«, fragte Charlie zum ungefähr fünften Mal an diesem Morgen und piekste Rile in die Brust. »Sag, sag, sag!«

Beim Frühstück hatte Rile uns eröffnet, dass er eine Überraschung für uns hatte, und seither ließ sie nicht von ihm ab.

Nate verschränkte die Arme vor der Brust. »Ja, Mann. Wir müssen doch wissen, was wir anziehen sollen.«

»Wanderschuhe sind trotzdem passend. Trag einfach etwas Ähnliches wie gestern.« Schelmisch grinste Rile von einem Ohr zum anderen.

Die Stimmung in unserer Gruppe war heute eine ganz andere – und das, obwohl Rile und ich gestern Abend einen ziemlichen Seelenstriptease hingelegt hatten. Oder vielleicht auch gerade deshalb.

Ich hatte beschlossen, mich heute ganz normal zu verhalten – so wie die beste Freundin, die ich früher für ihn gewesen war –, und anscheinend hatte Rile einen ähnlichen Plan.

»Na schön! Dann erzähle ich es euch also. Wir fahren nach …« Er trommelte mit den Fingern in der Luft. »… Gatlinburg.« Um Riles Mundwinkel zuckte es. »Dort befindet sich eine der größten Ziplines in den Smokys.«

Mein Kreischen ließ Charlie und Nate zusammenfahren, aber Rile schien damit gerechnet zu haben.

»Ahhh, wirklich?«, stieß ich dann leiser aus.

Schon letztes Jahr hatte ich versucht, Charlie und Rile davon zu überzeugen, zu der Zipline zu fahren, die eine Stunde Fahrt von Peters Hütte entfernt lag. Doch den beiden war die Strecke zu weit gewesen, und letztlich hatten sie mich überstimmt.

»Ich konnte mich dunkel daran erinnern, dass wir da eigentlich schon lange mal hinwollten.« Er warf mir einen kurzen Blick zu.

»Ey, das finde ich auch richtig cool!«, bemerkte Nate. »So was wollte ich schon immer mal machen.«

»Ich habe ein bisschen Schiss, ich geb's zu.« Ein ängstlicher Ausdruck huschte über Charlies Gesicht. »Aber ich freue mich trotzdem!«

Nate zog seine Freundin an der Hüfte zu sich heran. »Ach, das schaffst du! Vielleicht können wir ja zusammen fahren?« Er drehte sich zu Rile um. »Weißt du, ob das geht?«

»Gute Frage. Das finden wir heraus, wenn wir da sind.« Rile schaute auf seine Armbanduhr. »In einer Dreiviertelstunde sollten wir aufbrechen, wenn wir rechtzeitig ankommen wollen.«

Damit verließ er das Wohnzimmer, und Nate, der bis eben noch Charlie im Arm gehabt hatte, folgte ihm.

»Ich komm gleich nach«, rief Charlie ihm noch hinterher, bevor sie mich anstupste.

»Dir ist klar, dass Rile das deinetwegen beschlossen hat, oder?«

Anstatt einer Antwort biss ich mir auf die Unterlippe.

»Er will dir eine Freude machen«, erklärte sie überflüssigerweise.

Nun zupfte ein Lächeln an meinen Lippen. »Ich weiß.«

»Und ich finde auch, dass du es verdient hast, mal wieder so richtig Spaß zu haben.«

»Danke!« Ich legte einen Arm um sie.

»Hat der Stimmungswechsel zufällig etwas damit zu tun, dass wir euch gestern Abend allein gelassen haben?«

Ich verdrehte gespielt genervt die Augen. »Ich wusste, dass das dein Plan war.«

Charlie grinste. »Und, hat er funktioniert?«

Ich überlegte kurz.

»Schon, irgendwie!«, sagte ich dann.

»Das musst du mir später noch mal genauer erzählen«, flüsterte sie mir noch zu, bevor sie ebenfalls Richtung Zimmer verschwand.

»O mein Gott, o mein Gott, o mein GOOOOOOOTT!« Der letzte Teil des Wortes wurde förmlich in der Luft zerrissen, während Charlie kreischend an der Seilbahn Richtung Tal hinuntersauste.

Allein das zu beobachten, sorgte für ein aufgeregtes Kribbeln in meiner Magengrube. Schon als Kind hatte ich Vergnügungsparks geliebt, auch wenn meine Eltern nie Zeit gefunden hatten, mit mir welche zu besuchen. Das Highlight meiner Kindheit war daher auch der Ausflug ins Disneyland Orlando, zu dem Charlies Familie mich mitgenommen hatte, als wir dreizehn gewesen waren. Nach einer neunstündigen Autofahrt hatten die Rivers uns Kindern dabei zugeschaut, wie wir den Spaß unseres Lebens hatten, nur um am nächsten Tag noch einmal dieselbe lange Strecke zurückzulegen.

Damals hatte ich Charlie noch um ihre Eltern beneidet, doch irgendwann hatte ich mich damit abgefunden, dass meine nie so sein würden. Und kurz darauf war mir dann klar geworden, dass es auch Vorteile hatte, wenn die Eltern sich so wenig für einen interessierten und nie zu Hause waren …

Rückwirkend betrachtet hätte ich meine Unschuld sonst wahrscheinlich nicht schon mit vierzehn an irgendeinen Nachbarsjungen verloren. Aber damals hatten mir seine Komplimente geschmeichelt, und ich hatte die Aufmerksamkeit genossen.

Ich schüttelte den Kopf, weil ich nicht an mein absolut beschissenes erstes Mal, sondern an meine Zipline-Fahrt denken wollte.

»Bereit?«, fragte der Mitarbeiter von Smoky Sky Adventures und berührte mich etwas mehr als nötig – am Bauch, am Rücken, am Oberschenkel –, während er den Gurt befestigte.

Er sah nicht schlecht aus, und bei einer Party hätte es mich wahrscheinlich nicht mal gestört, angefasst zu werden, doch heute fühlte ich mich damit unwohl. Wenn ich in knappen Klamotten herumlief, rechnete ich mit Übergriffigkeit, aber in Leggings und Schlabberpulli nicht.

»Den Rest schaffe ich allein«, sagte ich deshalb barsch, und das freundliche Lächeln in seinem Gesicht verrutschte leicht. »Okay, okay, Lady. Ich mach hier nur meinen Job!«

Ich verengte die Augen. »Wenn Frauen-Begrabschen zu deiner Berufsbeschreibung gehört …« Der Smoky-Sky-Adventures-Typ bekam einen roten Kopf und öffnete den Mund, aber noch bevor er zu einer Antwort ansetzen konnte, tauchte Rile plötzlich neben mir auf. Kurz dachte ich, er würde etwas zu dem Kerl sagen, doch er brachte einfach ein bisschen Platz zwischen ihn und mich und legte einen Arm auf meine Schulter.

Seine Berührung beruhigte mich sofort, und ich stieß langsam die Luft aus, von der ich gar nicht gemerkt hatte, dass ich sie anhielt.

»Willst du vor mir runter?« Rile fuhr mit dem Blick mein Gesicht ab, als wolle er sichergehen, dass es mir gut ging.

»Oh ja, bitte!«

Er nickte und streichelte mir über die Wange. Bei seiner liebevollen Geste blieb mir kurz die Luft weg, weil es genau das war, was ich brauchte: Nicht jemanden, der mich beschützte, sondern jemanden, der mich liebte.

Immerhin war es doch das, was er mir letzte Nacht hatte sagen wollen, oder?

Weil du sehr geliebt wirst.

»Na dann! Startklar?«, fragte Rile und lächelte mich an.

Meine Mundwinkel hoben sich ebenfalls. »Ich war noch nie so bereit.« Damit meinte ich nicht nur diese Zipline-Fahrt, sondern auch uns. Vielleicht könnte ich doch mehr für Rile sein und er für mich. Vielleicht war das gar nicht so absurd, wie ich früher geglaubt hatte.

Eigentlich war er schon immer mehr gewesen als mein bester Freund. Wenn ich traurig gewesen war, hatte er mich aufgemuntert. Wenn ich mich von der ganzen Welt unverstanden gefühlt hatte, hatte er an meiner Seite gestanden. Wenn ich jemanden zum Reden gebraucht hatte, hatte er zugehört. Er war gleichzeitig Koch, Comedian, Ablenker, Cheerleader und Berater gewesen. Und seit ein paar Wochen war er sogar derjenige, den ich küssen wollte. Von dem ich wissen wollte, wie seine Haut sich unter meinen Fingern anfühlte. Von dem ich angesehen werden wollte, als wäre ich alles für ihn.

Kurz bevor ich mich vom Boden abstieß, grinste Rile mich so breit an, dass ich ihm genau das am liebsten gesagt hätte.

Doch in diesem Augenblick rief ein anderer Mitarbeiter: »Und los!«, bevor er mir einen kräftigen Stoß gegen den Rücken gab. Also dachte ich an all das, was sein könnte, während ich zwischen den Wäldern durch die Luft raste.

Ich fühlte mich schwerelos, und in meinem Bauch kribbelte es. Zum ersten Mal seit langem fühlte es sich endlich wieder so an, als könnte doch noch alles gut werden.

Rile

Irgendetwas hatte sich verändert. Die Stimmung zwischen Amy und mir war irgendwie … aufgeladen, anders konnte ich es nicht beschreiben. Immer wieder spürte ich ihren Blick auf mir. Oder war das Einbildung?

Vorhin, kurz bevor sie mit der Zipline ins Tal gefahren war, hatte sie mich so angesehen wie noch nie zuvor.

Oder hatte ich mir auch das eingebildet? Wünschte ich mir vielleicht einfach nur, dass sie es tat?

»Das wird mir fehlen«, sagte Amy gerade zwischen zwei Bissen und riss mich damit aus meinen Gedanken. »Mit euch Zeit zu verbringen, meine ich.«

Nach unserem Ausflug zur Zipline hatten wir alle Hunger gehabt und waren zum nächstgelegenen Restaurant gefahren – einem urigen Restaurant & Pub, wo Charlie und Nate Burger mit Pommes und Amy und ich Pizza bestellt hatten.

Ich ließ die Hand mit der Gabel darin sinken, Nate schluckte hart, und Charlie blinzelte heftig.

»Tut mir leid, ich wollte uns die Laune nicht versauen.«

Bisher hatte ich den Gedanken an den Hausverkauf recht erfolgreich verdrängt. Aber da sie nun die Sprache darauf gebracht hatte, konnte ich genauso gut die Frage stellen, die mir auf der Seele brannte.

»Wieso wollen deine Eltern das Haus überhaupt verkaufen?«

Meiner Stimme war anzuhören, was ich davon hielt: nichts. Rein gar nichts.

Wie konnten die Evans ihrer Tochter einfach das Zuhause nehmen? Ich mochte Amys Eltern eigentlich. Sie waren allemal herzlicher als meine, allerdings waren sie dermaßen fokussiert auf ihre Karriere, dass Amy häufig auf der Strecke blieb. Und das war nicht fair.

»Sie meinen, dass es sich nicht lohnt, ein Haus zu haben, in dem man kaum Zeit verbringt. Deshalb wollen sie lieber eine Wohnung in Nashville kaufen.«

»Nichts gegen Nashville – ich kann verstehen, dass man da wohnen will –, aber deine Eltern haben die Entscheidung ja auch unter dem Gesichtspunkt getroffen, dass du weiter in Knoxville wohnen bleibst«, warf Nate ein. »Aber … na ja. Das tust du doch bald nicht mehr.«

»Nur wissen die beiden das noch nicht.« Amy steckte sich ein Stück Pizzarand in den Mund. »Aber selbst wenn ich es ihnen gesagt hätte, der Kaufvertrag ist schon unterschrieben. Es hätte also nichts mehr geändert.« Frustriert seufzend lehnte sie sich in ihrem Stuhl zurück. »Die Käufer sind Verwandte von Rita, und aus irgendeinem Grund haben sie es furchtbar eilig, aus der Stadt wegzuziehen.«

»Wenn du willst, kannst du erst mal bei mir unterkommen.« Mein Mund arbeitete manchmal deutlich schneller als mein Gehirn.

Amys Blick schnellte zu mir.

»Also, bis du herausgefunden hast, was du als Nächstes machen willst«, schob ich schnell hinterher. Erst jetzt fiel mir auf, dass ich keinen blassen Schimmer hatte, ob sie es nicht schon wusste. »Evie würde sich freuen.«

Meine kleine Schwester liebte Amy abgöttisch. Wenn sie die Wahl hätte, würde sie womöglich sogar mich gegen sie eintauschen.

»Richard sicher auch!«, ergänzte Amy und verzog bei der Vorstellung, mit meinem Vater unter einem Dach zu leben, das Gesicht.

Ich nahm es ihr nicht übel. Niemand konnte besser verstehen als ich, dass man meinem Vater lieber aus dem Weg ging.

»Aber irgendwo musst du ja schlafen.« Charlie rieb sich nachdenklich das Kinn. »Hey! Vielleicht kriegen wir den Wohnwagen von Barb und Steve zurück.«

»Haha.« Amy streckte Charlie die Zunge raus. »Und als Gegenleistung helfe ich dann auch im Grill aus wie Nate?«

Mit einem Mal saß Charlie kerzengerade im Stuhl. »Die Idee ist gar nicht so schlecht! Denk doch mal darüber nach, Ams. Du könntest dir ein bisschen Geld dazuverdienen, und wenn ich im Frühjahr zurück nach Nashville gehe, kommst du einfach mit?«

»Ich bin doch kein Sozialfall, Charlie.« Schnell schlug Amy sich die Hand vor den Mund. »Das kam jetzt falsch rüber, Nate.«

Für ein paar Sekunden herrschte Schweigen am Tisch – bis Nate losprustete. Wenig später stimmten auch wir anderen mit ein.

»Denk doch mal drüber nach«, sagte Charlie eindringlich zu Amy, als wir uns wieder beruhigt hatten.

»Ist das kalt«, quietschte Charlie und tauchte ihren Körper so schnell unter Wasser, dass mich ein paar Tropfen erwischten.

»Hey!«, beschwerte ich mich gerade, als etwas anderes meine Aufmerksamkeit auf sich zog.

Amy kam, ein Handtuch um den zierlichen Körper gewickelt, auf die Veranda.

»Brrr«, machte sie und rieb sich die Hände.

»Schnell, komm rein!«, rief Charlie, doch Amy zögerte.

»Dein Bikini passt mir nicht so richtig«, sagte sie und schlang die Arme um sich.

»Ach, hab dich nicht so! Keiner wird gucken!«, versprach ich und hätte am liebsten das Gesicht verzogen, weil ich klang wie ein Creep.

Doch wie sich herausstellte, war ich vor allem ein Lügner, denn als ich aus dem Augenwinkel wahrnahm, wie Amy das Handtuch sinken ließ und der Stoff Stück für Stück ihre nackte Haut freigab, konnte ich nicht wegsehen. Abrupt wandte ich mich ab.

Trotz der Gänsehaut, die ich überall hatte, blieb ich so lange an Ort und Stelle, bis ich wirklich und zu hundert Prozent sicher sein konnte, dass Amys Körper im Whirlpool verschwunden war.

»Komm endlich rein, sonst frierst du noch fest, Rile.« Nates Lachen hallte durch die Nacht.

In letzter Zeit fiel mir immer häufiger auf, wie entspannt er war. Seit er seine kranke Mum nicht mehr finanziell unterstützen musste, weil sein Vater es endlich tat, wirkte er fast unbeschwert.

Als ich den kühlen Wind, der über die Veranda fegte, kaum noch aushielt, drehte ich mich schließlich um und zog mir das T-Shirt über den Kopf. Ich warf es über das Geländer und tat dasselbe mit der Jeans, unter der ich schwarze Badeshorts trug.

Wegen der Kälte und weil ich den Moment endlich hinter mich bringen wollte, stieg ich, so schnell ich konnte, zwischen Charlie und Amy in den Whirlpool. Das warme, blubbernde Wasser war so angenehm auf meiner kalten Haut, dass ich ein wohliges Seufzen ausstieß.

Es war schon zehn Uhr, und um uns herum herrschte vollkommene Dunkelheit. Einzig die Unterwasserbeleuchtung des Whirlpools spendete etwas Licht. Dennoch war es nicht dunkel genug, als dass ich Amys Bikini hätte übersehen können. Schon aus dem Augenwinkel war mir der rote Stoff förmlich entgegengeblitzt, der nur das Nötigste von Amy verdeckte.

Augen zu und durch, Rile.

Charlie hatte vier Gläser mit nach draußen genommen und dazu eine Flasche Wein, die jetzt auf dem Holzboden neben dem Whirlpool stand.

»Wer möchte?«, fragte sie und griff danach.

Amy streckte die Hand aus, was meine Aufmerksamkeit auf ihre Brüste lenkte. Obwohl mein Blick sie nur für den Bruchteil einer Sekunde streifte, nahm ich wahr, wie knapp das Bikinioberteil von Charlie vor allem dort war.

Selbstbeherrschung, Bennett.

Ich hatte Amy schon unzählige Male in Badesachen gesehen, aber heute war es das erste Mal, seit wir uns geküsst hatten. Und obwohl ich versuchte, die Gedanken wegzuschieben, holte mein Gehirn wieder und wieder die Erinnerung an unseren flüchtigen Kuss hervor.

»Ich, danke«, sagte ich extralaut, um meine lästigen Gedanken zu übertönen.

Charlie kicherte und drückte mir ein Glas in die Hand.

Als jeder von uns mit Wein versorgt war, hielt ich mein Glas in die Höhe. »Auf unser gemeinsames Wochenende!«

»Darauf, dass wir nächstes Jahr um diese Zeit wieder zusammen hier sitzen«, fügte Charlie noch hinzu und stieß ihres klirrend gegen meins.

»Bin dabei!« Nate prostete uns ebenfalls zu.

Amy tat es ihm gleich, doch ihr abwesender Gesichtsausdruck verriet mir, dass sie mit den Gedanken weit weg war.

Ich trank einen Schluck Rotwein und zwang mich, woanders hinzugucken. Und meine Gedanken in eine andere Richtung zu lenken.

»Wie geht's eigentlich Trevor, Nate?« Nates Kumpel aus Nashville war nicht gerade beliebt in unserer Gruppe, seit er bei einem Besuch hier ordentlich Unfrieden gestiftet hatte.

Nate seufzte. »Mal so, mal so. Er hat mittlerweile eingesehen, dass er Hilfe braucht, und macht einen Entzug. Ist wohl echt hart!«

»Puh, das kann ich mir vorstellen. Aber es ist natürlich ein wichtiger Schritt in die richtige Richtung.«

»Du bist ein guter Freund, dass du ihn trotz allem nicht fallen gelassen hast.« Charlie lehnte sich gegen Nate.

Und ich fand, Charlie war eine tolle Freundin, weil sie Trevor trotz allem eine zweite Chance gab, doch das sprach ich nicht laut aus.

Obwohl ich mich eigentlich davon abhalten wollte, sah ich schon wieder zu Amy rüber, die inzwischen so tief ins Wasser gesunken war, dass gerade noch ihr Kopf herausschaute. Ich beobachtete, wie sie das Weinglas an die Lippen führte.

»Ich dachte ja vorhin echt, dass ich mir in die Hose mache.« Charlie lachte, und ich wandte den Blick von Amy ab.

»Ja, zuerst ist es ein bisschen beängstigend. Aber auch aufregend.« Ich grinste, und Nate gab einen zustimmenden Laut von sich.

»Sagt mal …« Amy tauchte wieder ein Stück auf. »Woher wusstet ihr eigentlich, was ihr wollt?«

Nate runzelte die Stirn. »In Bezug auf was?«

Amy trank wieder einen Schluck Wein. »So generell.«

»Also, dass ich Charlie will … Das war mir nicht unbedingt von Anfang an klar.«

Charlie boxte ihn spielerisch in die Seite, und er legte ihr grinsend eine Hand auf den Oberschenkel.

»Du ja wohl auch nicht«, fügte er hinzu. Sein Grinsen wurde breiter. »Am Anfang warst du auch eher wie ein Teufel zu mir, mein kleiner Sonnenschein.«

»Ich meinte im Leben«, stellte Amy zwischen zwei Schlucken klar. »Also Rile hat diese Liebe zu Büchern und zur Natur«, erklärte sie weiter, als niemand reagierte. »Charlie, du hast schon immer das Fotografieren geliebt.«

»Und ich die Straftaten«, vervollständigte Nate ihre Ausführungen.

Meine Mundwinkel zuckten, aber als Amys Miene ernst blieb, räusperte ich mich.

»Na ja, also ich habe die Hobbys ja irgendwie von Peter übernommen – und ich bin sehr dankbar dafür, dass ich diesen Einfluss hatte.«

»O Gott, sonst wärst du vielleicht noch so geworden wie Richard.« Charlie sah mich gequält an.

»Das bezweifele ich!«

»Und mir wurde das Fotografieren ja auch quasi durch Grandma in die Wiege gelegt«, warf Charlie ein.

»Na toll!« Amy seufzte. »Und ich habe nur meine Eltern, und die haben mir den Drang, Karriere zu machen, leider nicht vererbt!« Ihre Stirn war gerunzelt, die Augen verengt.

»Du bist einundzwanzig!« Ich rückte ein bisschen näher an Amy heran. So dicht, dass meine feuchte Haut auf einmal ihre berührte. Das Gefühl ihrer Haut an meiner jagte einen Stromschlag durch meinen Körper, dennoch blieb ich, wo ich war, und drehte das Gesicht in ihre Richtung. »Du wirst schon noch herausfinden, was du willst.«

Die Reflexion des Wassers tauchte sie in ein warmes Blau, und mein Puls ging immer schneller.

»Und was, wenn nicht?«, fragte sie, und ihr warmer Atem streifte mein Gesicht.

»Du wirst es herausfinden«, sagte ich noch einmal nachdrücklich. »Versprochen!«

Ich konnte selbst im Dunkeln sehen, wie ihre Miene weicher wurde und sie sich entspannte. Sie rückte nicht von mir ab, aber weil mein Herzschlag sich einfach nicht beruhigen wollte, tat ich es irgendwann.

Kapitel 24

Rile

Je später es wurde, desto gelöster war die Stimmung, und schon bald sprachen wir über unverfänglichere Themen. Als es darum ging, was es Neues in unserem Leben gab, hielt ich mich bewusst zurück. Denn ich hatte nichts zu erzählen, abgesehen von meinem Gefühlschaos in Bezug auf Amy und das bevorstehende Treffen mit Lilly. Es war nicht so, dass ich verheimlichen wollte, dass ich mich am Montag mit meiner Exfreundin treffen würde, es passte nur einfach nicht hierher.

Eine leise Stimme in meinem Inneren fragte allerdings: *Würdest du es den anderen erzählen, wenn Amy nicht dabei wäre?*

Ich ignorierte sie.

Als die Flasche leer war und der Zeiger der Uhr zwölf bereits überschritten hatte, gähnten Charlie und Nate im Minutentakt.

Irgendwann rieb Charlie sich über die Augen. »So schön es mit euch ist, aber ich glaube, ich muss ins Bett.«

»Am besten wir gehen alle, oder?«, fragte Nate. »Ich meine, wenn wir morgen wieder um acht aufstehen wollen …«

Ich sah zu Amy rüber, die ihr leeres Weinglas in der Hand hielt.

»Ich bleibe noch ein bisschen hier sitzen, wenn es in Ordnung ist«, sagte sie.

Charlie und Nate sahen mich an.

»Ja, ich bin auch müde«, sagte ich wahrheitsgemäß. »Ich komme gleich.«

Ich komme gleich wie in: *Ich bleibe noch ein bisschen bei Amy.*

Charlies Gesicht nahm einen wissenden Ausdruck an.

»Alles klar!«, sagte sie, während sie aus dem Whirlpool stieg. »Dann schlaft später schön.«

Kurz darauf waren Charlie und Nate im Inneren der Hütte verschwunden.

Für eine Weile sagte keiner von uns etwas, und das Blubbern des Wassers vermischte sich mit dem Rascheln der Blätter im umliegenden Wald zu einer atmosphärischen Hintergrundmusik.

Irgendwann zog Amy die Knie zu sich heran und legte den Kopf darauf ab.

»Alles okay?«

»Okay ist ein dehnbarer Begriff.« Sie grinste mich an, wurde aber schnell wieder ernst. »Abgesehen davon, dass ich mein Zuhause in Hazelwood verliere, die Uni abbreche, was mir mächtig Stress mit meinen Eltern einhandeln wird, und ich keine Ahnung habe, was ich stattdessen machen soll … ist wohl alles *okay.*«

»Das ist alles?« Es sollte als Witz herauskommen, klang aber gar nicht so.

Du machst ja einen großartigen Job, sie aufzuheitern, Bennett.

»Eigentlich ist da sogar noch eine Sache …«

Ich suchte ihren Blick, doch sie mied meinen. Irgendwie veranlasste mich das dazu, wieder näher an sie heranzurücken. Genau wie vorhin prickelte meine Haut, als mein Arm ihre Schulter streifte.

»Was denn?«

Sie biss sich auf die Lippe.

»Du kannst mir alles sagen«, versicherte ich.

Weil sie immer noch nicht reagierte, stieß ich mich vom Rand des Whirlpools ab und hockte mich genau vor sie.

»Hey!« Meine Stimme klang rau.

Ich streckte die Finger aus, streifte ihr Kinn. War ihr kalt, oder war es die Berührung, die dafür sorgte, dass Amy eine Gänsehaut bekam?

Sanft hob ich ihr Kinn an, damit sie mich ansah.

»Keine Angst ist so schlimm wie die, dich zu verlieren«, wisperte sie.

»Du wirst mich nicht verlieren. Niemals!« Die Worte kamen so schnell und so voller Überzeugung aus meinem Mund, dass Amy nicht daran zweifeln konnte, dass ich es ernst meinte.

Erschrocken stellte ich fest, dass ihre Unterlippe zitterte. Langsam zog ich meine Hand wieder zurück.

»Aber die letzten Wochen …« Ihre Stimme brach. Genau wie mein Herz.

»Es tut mir leid, dass ich dir das Gefühl gegeben habe, dass du mich verlierst. Aber du brauchst mich nicht zu küssen oder sonst etwas zu tun, nur damit ich in deinem Leben bleibe.«

Jetzt war es raus. Meine größte Sorge. Dass sie mich bei der Halloweenparty nur aus Eifersucht geküsst hatte. Weil sie nicht mehr die Nummer eins in meinem Leben war. Weil sie meine Aufmerksamkeit teilen musste.

Amy befeuchtete die Lippen, bevor sie wieder sprach. Dann sah sie mich mit einer solchen Intensität an, dass es mir Angst machte.

»So ist das nicht.« Sie hielt inne. »Ich … ich wollte mich wirklich von diesen … Gedanken an dich ablenken. Das schwöre ich dir! Bei einer WG-Party hatte ich sogar vor, mit diesem Matt zu schlafen …«

»Amy!«, unterbrach ich sie, weil ich es nicht ertrug, das zu hören.

»Aber ich hab's nicht durchgezogen. Weil ich nur an dich denken konnte, als ich ihn geküsst habe.«

Meine Augen weiteten sich, und mein Herz raste. Für ein paar Sekunden konnte ich sie nur anstarren.

»Du bist der einzige Mann, bei dem ich mich jemals sicher gefühlt habe, Rile Bennett.«

Bumm, bumm, bumm.

Mein Herz schlug so schnell, dass Amy es hören musste.

Bumm, bumm, bumm. Sie fühlte sich bei mir sicher.

Bumm, bumm, bumm. Sie konnte nicht mit ihm schlafen.

Bumm, bumm, bumm. Sie musste dabei an mich denken.

Sie musste an mich denken. Das war mein letzter Gedanke, bevor ich sie in die Arme zog.

Alles geschah so schnell, dass ich selbst später nicht mehr zu sagen wusste, wie genau es dazu gekommen war. Aber Sekunden später war ihre Haut auf meiner, ihre Brüste pressten sich gegen meinen Oberkörper – und ich fiel im Wasser ein Stück zurück, was für ein lautes Platschen sorgte. Aber ich war groß und der Whirlpool flach, sodass ich mich nur mit den Händen hinter mir abstützen musste, um nicht unterzugehen.

Amy landete auf mir. Sie schlang die Beine um mich, und mir entfuhr ein Keuchen, als sie sich gegen meinen Schritt drückte.

Ich beugte mich nach vorne, legte die Arme um ihren Rücken und zog sie näher zu mir heran. Plötzlich war jeder Millimeter Luft zwischen uns zu viel.

Als hätte sie meine Gedanken gelesen, legte sie ihre Lippen im nächsten Augenblick auf meine, und ich erinnerte mich an nichts, das sich je so gut angefühlt hatte. Ich zog sie noch enger an mich und öffnete den Mund ein wenig. Ihre Zunge fand meine, und ich vergrub die Hände in ihrem nassen Haar. Wir küssten uns – ob Sekunden, Minuten oder Stunden wusste ich nicht zu sagen, weil ich wie im Rausch war.

Irgendwann löste sich Amy abrupt von mir und richtete sich ruckartig auf.

»Warte«, keuchte sie, atemlos von unseren Küssen. »Ich wollte dich nicht überrumpeln. Aber …«

Ich brachte sie mit einem Kuss zum Schweigen.

»Ich bin nicht überrumpelt«, murmelte ich an ihren Lippen.

»Aber ich will es richtig machen.«

Es richtig machen? Nun hielt auch ich inne.

»Das mit uns«, stieß sie hervor und nahm noch etwas mehr Abstand. »Vielleicht sollten wir es langsam angehen lassen.«

Mein Blick fiel auf ihre Nippel, die sich gegen das Bikinioberteil drückten, ebenso hart wie mein … Ich sah an mir herunter.

»Du hast recht.«

Es war so viel passiert in den letzten Wochen und Amy immer noch verletzlich. Aber sie empfand ganz eindeutig mehr für mich als Freundschaft!

Ich konnte nichts gegen das dümmliche Grinsen tun, das sich auf mein Gesicht schlich.

Für mich – Rile Bennett.

Ich hätte nie gedacht, dass das jemals mehr sein könnte als ein ferner Traum.

Amy

»Du hast recht. Ich weiß nicht, was …« Rile brachte noch ein bisschen mehr Abstand zwischen uns und fuhr sich durchs nasse Haar. »Das ging jetzt wirklich zu schnell, aber … Irgendwie konnte ich nicht …«

Er sah so süß aus, wie er sich um Kopf und Kragen redete, dass sich mein Herz zusammenzog. Es war ein sehnsüchtiges Ziehen, das dafür sorgte, dass ich meine Vorbehalte über Bord werfen und ihn wieder küssen wollte. Doch gleichzeitig wusste ich, dass es etwas Besonderes war. Denn vorher hatte ich noch nie gewartet. Noch nie geglaubt, dass es etwas gab, das es wert war, darauf zu warten.

»Lass uns ins Bett gehen«, sagte ich, obwohl ich noch viel zu aufgekratzt war, um zu schlafen. Außerdem würde ich das Pochen zwischen meinen Beinen so schnell nicht loswerden.

Fuck! Gleich würde ich mich darüber ärgern, dass ich nicht zugelassen hatte, dass Rile mit in mein Zimmer kam.

Noch kannst du dich umentscheiden. Küss ihn einfach wieder, flüsterte mir das Teufelchen auf meiner Schulter zu. *Und dann nimm ihn mit ins Bett!*

Hastig stand ich auf, um mich nicht mehr von ihm umstimmen zu lassen. Ich drückte Rile einen flüchtigen Kuss auf die Wange, wobei mein Herz wieder einen aufgeregten Satz machte.

Riles Blick wirkte immer noch benebelt, als ich ihn im Whirlpool zurückließ, und diese Erkenntnis zupfte an meinen Mundwinkeln. Aufgeregt wie ein kleines Kind wickelte ich mich in das Handtuch, das ich vorhin achtlos auf den Boden geworfen hatte, und verschwand im Haus.

Mit rasendem Puls lief ich über den Flur bis zu meinem Zimmer und schloss die Tür hinter mir.

Das Herz klopfte mir bis zum Hals, als ich mich von innen gegen das Holz lehnte. Mein Atem ging genauso unregelmäßig wie mein Puls. Diese freudige Aufregung war etwas vollkommen Neues für mich. Es war kribbelig, quälend süß und kaum auszuhalten. Es fühlte sich ein bisschen so an, als würde mich ein unsichtbares Band wieder nach draußen ziehen, obwohl ich mir doch fest vorgenommen hatte, ins Bett zu gehen.

Nur war an Schlaf jetzt nicht zu denken. Weil mein gesamtes Gehirn nur mit diesem einen Gedanken beschäftigt war: Ich wollte Rile ganz nahe sein.

Ich schloss die Augen und presste den Rücken noch stärker gegen die Tür, als würde mich das davon abhalten, sie gleich wieder zu öffnen. Dann versuchte ich mich auf meinen Puls zu konzentrieren, das heftige Klopfen in meiner Brust. Es fühlte sich so an, als würde mir das Herz gleich aus dem Brustkorb springen, wenn ich nicht etwas unternahm.

Ich presste die Beine fest zusammen, um das Pochen in meiner Mitte zu beruhigen, aber es wurde durch die Reibung bloß noch schlimmer. Mittlerweile bestand ich nur noch aus Herzklopfen.

Leg dich ins Bett, versuchte ich meinen Körper zu überreden. *Schlaf!*

Ich versuchte ganze fünf Minuten, mich davon zu überzeugen, nicht wieder aus dem Zimmer zu laufen. Hier zu bleiben, an Ort und Stelle.

Doch dann machte ich mich von der Tür los, drückte den Griff herunter und riss sie auf.

Und da war er. Rile. Er stand direkt vor meiner Tür und wirkte genauso atemlos wie ich. Sein Brustkorb hob und senkte sich schnell, und er trug nichts außer der dunklen Badeshorts, die gerade den Boden volltropfte.

Ich öffnete den Knoten an meinem Handtuch, sodass der Stoff zu Boden fiel, und Rile machte einen Schritt in den Raum. Mit dem Rücken drückte er die Tür zu, dann war er auch schon bei mir.

»Ich hab so lange hierauf gewartet«, sagte er keuchend und nahm mein Gesicht in beide Hände.

Zärtlich strich er mir mit den Daumen über die Wangen und zog mich zu sich heran. Er küsste mich tief und leidenschaftlich, und ich drängte mich dabei immer enger an ihn. So eng, dass er irgendwann – ohne unseren Kuss zu unterbrechen – mit den Händen meine Pobacken umfasste und mich hochhob.

Mit den Beinen umschlang ich seine Hüften und rieb meine Mitte an der Ausbeulung seiner Shorts. Ein leises Stöhnen drang aus seiner Kehle, und ich rieb mich weiter an ihm, spürte, wie das Pochen in meiner Mitte zunahm und ich immer feuchter wurde.

Rile trug mich zum Bett, wo er mich sanft auf der Decke ablegte. Gerade als er sich ebenfalls hinlegen wollte, berührte ich sanft mit der Hand seinen Bauch und hielt ihn so zurück. Stattdessen kniete ich mich vor ihn, die Hände links und rechts an seiner Hüfte. Zuerst sah ich die Beule in seiner Hose, die sich jetzt genau auf der Höhe meines Gesichts befand, dann sah er auf.

Unter halb gesenkten Lidern schaute ich zu Rile hoch, und Erkenntnis flackerte in seinen Augen auf. Ich liebte es, in seinem Blick zu sehen, dass er wusste, was als Nächstes passieren würde.

Zärtlich und herausfordernd küsste ich seinen Bauch, während ich gleichzeitig mit den Fingern den Knoten seiner Shorts löste und sie dann herunterzog. Als er nackt und in voller Größe vor mir auftauchte, blieb mir fast die Luft weg, doch dann lächelte ich.

Sanft strich ich über die weiche, warme Haut, und Rile stöhnte auf. Als ich mit der Fingerspitze über seine Eichel fuhr, war sie feucht, und ich beugte mich weiter nach unten, um den süßen Tropfen in mich aufzunehmen.

Kapitel 25

Rile

Amys Lippen um meine Härte waren das Überwältigendste, was ich je gespürt hatte. Das Problem war nur, dass ich so lange mit keiner Frau geschlafen hatte, geschweige denn …

Ihr Saugen an meiner Spitze brachte mich fast um den Verstand, und schon nach Sekunden hatte ich das Gefühl, jeden Moment zu explodieren. *Fuck!*

Ich musste irgendeine Möglichkeit finden, den Höhepunkt hinauszuzögern.

Denk an etwas anderes, schrie ich mich innerlich an. Doch mein Kopf war wie leergefegt, und mir wollte einfach nichts einfallen.

Ein Stöhnen drang aus meinem Mund, und bevor ich in ihrem Mund kommen konnte, zog ich Amy an den Schultern nach oben und küsste sie. Ich schmeckte mich auf ihren Lippen, und das entfernte mich kein bisschen von meinem Orgasmus.

Deshalb unterbrach ich unseren Kuss und drückte sie sanft nach hinten, sodass sie mit dem Rücken auf der Bettdecke zum Liegen kam. Kurz betrachtete ich ehrfürchtig ihren makellosen Körper, und das hätte ich möglicherweise für alle Ewigkeit getan, wenn sie mich nicht wieder mit den Beinen zu sich herangezogen hätte.

»Rile!« Ihr Ausruf war eine Mischung aus Drängen und Flehen, weshalb ich mich aus der anbetenden Trance löste und zu ihr aufs Bett kam.

Ich stützte mich links und rechts neben ihr ab und küsste ihre Schläfen, ihren Mund, ihren Hals. Mit den Lippen fuhr ich über ihre Brust und streifte dabei mit der Nase ihre Brustwarze, die sich gegen das Bikinioberteil drückte. Mit einer Hand griff ich an ihren Rücken und öffnete den Verschluss, sodass sich der Stoff löste und schließlich aufs Bett fiel.

Amy lachte leise. »Du wirkst ziemlich routiniert.«

»Das hast du wohl nicht erwartet, hm?« Ich hob den Kopf und grinste sie an, bevor ich wieder ernst wurde und damit fortfuhr, jeden Zentimeter ihres Körpers zu küssen.

Ich wollte sie zum Stöhnen und zum Schreien bringen. Ich wollte sie glücklich machen und ihr alles geben, was sie verdiente. Nicht nur heute Nacht, sondern an jedem Tag.

Irgendwann war ich mit dem Mund bei ihrem Bauch angekommen und streifte mit den Lippen ihren Bauchnabel. Dann bahnte ich mir den Weg weiter nach unten, und Amy quittierte mein Vorhaben mit einem leisen gedehnten Seufzen.

Als ich zwischen ihren Beinen angekommen war, ließ sie ihre Oberschenkel zu beiden Seiten fallen, damit ich mehr Platz hatte, sie in ihrer Mitte zu küssen.

»Rile«, raunte sie drängend und krallte die Hände in meinen Haaren fest, um mich noch näher zu sich heranzuziehen. Ich liebte es, meinen Namen aus ihrem Mund zu hören, und ich wollte, dass sie ihn wieder und wieder ausstieß.

Deshalb fuhr ich mit der Zunge an ihren empfindlichsten Stellen entlang, deren süßer Duft meine Sinne benebelte. Sie roch und schmeckte so wahnsinnig gut, dass ich wieder aufstöhnte.

»Du bist so feucht«, entfuhr es mir.

Aus ihrer Kehle drang eine Mischung aus Wimmern und Lachen. »Wenn du da unten sprichst, vibriert es fast an …«

Sie stöhnte wieder, als ich einen Finger in sie gleiten ließ.

»So feucht.«

»Rile!« Diesmal schrie sie es fast, und die Laute, die aus ihrem Mund kamen, zeigten mir, dass ihr gefiel, was ich tat. Sie spornten mich an, immer weiterzumachen. Meine Härte zuckte und sehnte sich nach ihr.

»Genau da«, flüsterte sie und bewegte meinen Kopf mit ihren Händen an die Stelle, an der sie mich wollte. Ich machte immer weiter, bis ihr Körper bebte, sie sich um meine Finger zusammenzog und ihre Beine neben mir zitterten.

Als sie gekommen war, beobachtete ich gebannt ihre Brust, die sich hob und senkte. Dabei machte sich ein so starkes Glücksgefühl in mir breit, dass mir immer wieder drei Worte durch den Kopf gingen, die ich schon so oft gedacht, aber noch nie zu ihr gesagt hatte.

Nicht mal in meinen kühnsten Träumen hatte ich mir ausgemalt, dass es so schön sein würde, Amy in den Armen zu halten. Sie passte perfekt in die Kuhle zwischen meiner Brust und meinen Armen.

Mit ihr zu schlafen, war der Wahnsinn gewesen. Eine Stunde lang hatten wir uns gegenseitig um den Verstand gebracht, und nachdem sie bereits gekommen war, war es auch nicht schlimm gewesen, dass ich nur ein paar Minuten durchgehalten hatte, sobald ich in ihr war. Zumindest kuschelte sie sich jetzt zufrieden an mich.

Im Zimmer war es warm, die Luft roch nach Sex, und Amys nackte Haut an meiner ließ mein Herz fast überquellen vor Emotionen.

Ich habe mit Amy geschlafen, erinnerte ich mich alle paar Minuten, weil es so unglaublich war, dass ich mir immer wieder klarmachen musste, dass es wirklich passiert war.

Ich seufzte, was Amy dazu brachte, den Kopf zu heben. »Alles gut?«

»Mehr als gut.« Mit einer Hand streichelte ich ihr übers Haar, bevor ich sie noch ein Stück näher an mich heranzog. Irgendwie war es nie eng genug. Deshalb war Sex wahrscheinlich auch so unglaublich, wenn man Gefühle für jemanden hatte. Es gab keine andere Möglichkeit, jemandem so nahe zu sein.

Mit den Lippen streifte ich ihre Stirn, die noch ein bisschen feucht war. »Weißt du, dass du der Wahnsinn bist?«

»Hab ich schon öfter gehört«, gab sie zurück.

Sofort setzte ich mich im Bett auf, was sie dazu zwang, sich ebenfalls aufzurichten. »Ich meine nicht deinen Körper. DU bist unglaublich! Alles an dir.«

Beschämt hielt sie sich eine Hand vors Gesicht.

»Du bist der beste Mensch, den ich kenne. In jeglicher Hinsicht.«

Sie lachte rau. »Rile, hör doch auf!«

Ich sah sie eindringlich an. »Ich höre erst auf, wenn du mir glaubst.«

Nun wurde sie ernst und biss sich auf die Lippe, bevor sie wieder sprach.

»Wie kannst du so davon überzeugt sein?«, fragte sie unsicher. »Ich bin eine Katastrophe!«

»Du bist *meine* Katastrophe.« Liebevoll strich ich ihr über den Rücken, bevor ich mich zu ihr hinunterbeugte und sie küsste. Lange und zärtlich.

Das war der Moment, in dem ich beschloss, dass ich ihr so oft sagen würde, wie perfekt sie war, bis sie es irgendwann auch selbst glaubte.

Amy

Ich war mir ziemlich sicher, dass ich nie wieder mit jemand anderem Sex haben konnte, nachdem ich mit Rile geschlafen hatte.

Für mich war Sex immer etwas Animalisches gewesen. Ich hatte geglaubt, dass es darum ging, zum Höhepunkt zu gelangen, auf seine Kosten zu kommen. Doch jemandem so nahe zu sein, den man liebte, war einfach unglaublich.

Ich war nun wirklich nicht auf den Mund gefallen, aber für das, was zwischen Rile und mir passiert war, fehlten selbst mir die Worte. Trotzdem wollte ich sie finden.

Mit geschlossenen Augen lag ich einfach da, viel zu glücklich, um einzuschlafen. Obwohl ich eigentlich nach allem, was wir getan hatten – und angesichts der Uhrzeit –, unendlich müde sein müsste, war ich hellwach.

Jedes Mal, wenn ich länger an Rile dachte, über *uns* nachdachte, fing mein Herz wieder an, schneller zu pochen.

Als hätte er meine Gedanken gelesen, zog er mich genau in diesem Moment näher zu sich heran und drückte mir einen sanften Kuss auf die Schläfe. Ein warmes Gefühl strömte durch mich hindurch, und ich seufzte leise.

»Rile«, sagte ich, weil ich es immer noch nicht glauben konnte, dass er hier bei mir war.

»Ich liebe es, wenn du meinen Namen sagst.«

»Deswegen hast du dir vorhin also solche Mühe gegeben«, flüsterte ich scherzend, und er lachte leise.

»Ich hab mir wirklich Mühe gegeben.«

»Ich …«, begann ich, hatte aber plötzlich Angst vor meinen eigenen Gefühlen.

Ich schlug die Augen auf, und mein Blick fand seinen. Rile betrachtete mich auf eine Weise, die wieder dieses sehnsüchtige Ziehen in mir hervorrief. Kurz fühlte ich mich, als müsse ich gleich platzen vor lauter Glücksgefühlen. Oder etwas sagen, für das es viel zu früh war.

Rile sah mich nicht nur so an, als würde er mich begehren. Es war, als würde er etwas in mir sehen, was jedem anderen verborgen blieb, und das brachte mein Herz zum Flattern und mich um den Verstand.

Der Ausdruck in seinen Augen machte alles so viel bedeutungsvoller. Auch jetzt überzog wieder eine Gänsehaut meine Arme. Es war ein bisschen beängstigend, dass diese Empfindungen meinen Körper so stark beeinflussten.

Normalerweise zog ich mich nach dem Sex an und ging – oder brachte den Kerl dazu, zu gehen. Je nachdem. Aber heute … heute kuschelte ich mich in Riles Arme. Nirgendwo sonst fühlte ich mich so geborgen.

Du bist meine Katastrophe, hatte er vorhin gesagt, und irgendwie war es das Schönste, was er hätte sagen können.

Kaum zu fassen, dass seit unserem Streit erst ein paar Wochen vergangen waren, und nun war alles anders als an dem Abend der Halloweenparty. Aber ich war unendlich dankbar dafür.

Als ich am nächsten Morgen das Zimmer verließ, war es ein bisschen so, als würde mich eine rosa Wolke umgeben. Ich war schon mit einem Lächeln im Gesicht aufgewacht und bekam es seitdem nicht mehr weg. Aber das wollte ich auch gar nicht.

Seit letzter Nacht verstand ich endlich, was Charlie und die anderen immer mit der Liebe hatten. Auf einmal konnte ich verstehen, warum sie alle so versessen darauf waren, dass jemand sie liebte und sie selbst jemanden lieben konnten. Denn trotz all der Dinge, die in meinem Leben schiefliefen, fühlte ich mich heute unbesiegbar, so, als wäre alles halb so wild, und ich könnte alles schaffen.

Und darum schwebte ich förmlich über den Boden ins Bad und anschließend in die Küche, wo die anderen bereits auf mich warteten.

Charlie und Nate saßen am Tisch, jeder mit einer Scheibe Toast auf dem Teller vor sich. Ich sah sie nur flüchtig an, auf der Suche nach Rile. Als ich ihn an der Küchenzeile vor dem Herd entdeckte, machte mein Herz einen Satz, bevor es doppelt so schnell weiterschlug.

Unsere Blicke trafen sich, und ich wurde rot. Was war denn jetzt los? Das passierte mir sonst nie! Vielleicht röteten sich meine Wangen leicht, aber einen richtig roten Kopf, so wie jetzt, bekam ich nicht. Eigentlich.

Fuck. Normalerweise machte Sex mich nicht verlegen.

Wenn ich mich so auffällig verhielt, könnte ich das Gespräch auch direkt mit den Worten »Übrigens habe ich mit Rile geschlafen« eröffnen.

»Morgen«, murmelte ich deshalb betont beiläufig.

Klang meine Stimme zittrig? War ich wirklich SO aufgeregt?

Mir wurde warm, und meine hektischen Gedanken sorgten nicht unbedingt dafür, dass die Hitze wieder abnahm.

»Guten Morgen!« Charlie strahlte mich an.

Erst jetzt erinnerte ich mich daran, wie laut Rile und ich gewesen waren, vor allem ich. Hatten Charlie und Nate uns gehört? Oder hatte ich alles einfach intensiver wahrgenommen? Unsere Zimmer waren zwar durch das Badezimmer getrennt, aber die Hütte war nicht unbedingt groß.

»Gut geschlafen?« Rile lächelte mich so unschuldig an, dass wahrscheinlich kein Mensch auf der Welt Verdacht geschöpft hätte. Dass er mal besser schauspielern könnte als ich, hätte ich auch nie für möglich gehalten. Irgendwie hatte die ganze Sache mich vollkommen aus der Bahn geworfen. Auf eine schöne, aber intensive Weise.

»Sehr gut«, brachte ich ein bisschen krächzend heraus, kriegte mich aber langsam wieder ein. »Und ihr?«

»Ich hab geschlafen wie ein Stein!« Nate grinste und tauschte einen Blick mit Charlie, von dem ich nicht wusste, was er bedeuten sollte. Entweder hatten sie ihr eigenes kleines Geheimnis, oder sie kannten meins.

»Also, ich habe so gut geschlafen wie lange nicht mehr!« Rile, der immer noch am Herd stand und in einer Pfanne herumrührte, streckte sich mit einem genüsslichen Laut.

Ich erstarrte für den Bruchteil einer Sekunde, zwang mich dann aber, zum Tisch zu gehen, anstatt weiter im Raum herumzustehen wie bestellt und nicht abgeholt.

Was zur verfluchten Hölle, Amy????

Ich konnte mir selbst nicht erklären, wieso ich mich so verhielt, als hätte ich zum ersten Mal in meinem Leben Geschlechtsverkehr gehabt.

»Rile hat Rührei gemacht«, sagte Charlie an mich gerichtet. War das gerade ein Augenzwinkern gewesen?

Ich entschied mich für den Platz ihr gegenüber, wo bereits ein Teller und Besteck auf mich warteten.

Kaum hatte ich mich hingesetzt, tauchte auch schon Rile mit einer Pfanne neben mir auf. »Möchtest du?«

Ich nickte und schenkte ihm ein kleines Lächeln, das er erwiderte. Sofort bestand ich nur noch aus Herzklopfen.

Sollte mir das Angst machen?

Es ist Rile, redete ich mir im Stillen gut zu, *er würde dir niemals wehtun.*

Er schenkte mir und den anderen noch frisch gebrühten Kaffee ein, bevor er sich neben mich setzte, und ich verschlang das beste Rührei, das ich je gegessen hatte.

»Und, was steht heute an? Wanderung?«, wollte Nate wissen, bevor er sich eine weitere Gabel mit Rührei in den Mund steckte.

»Ich glaube, ich hab mir irgendwie den Knöchel verknackst«, behauptete Rile, und ich sah erstaunt auf.

Er hatte … was?

Im nächsten Moment wurde mir klar, was er da tat. Er log. Weil es seinem Knöchel noch letzte Nacht ziemlich fantastisch gegangen war. Sonst hätte er einige der Dinge, die er gemacht hatte, ganz sicher nicht tun können.

»Ja, ich weiß auch nicht«, führte er gerade weiter aus und legte das Besteck neben seinem Teller ab. »Das muss gestern passiert sein. Anscheinend ist es erst über Nacht angeschwollen, deswegen hatte ich es gestern noch nicht gemerkt. Aber heute Morgen tut es echt ziemlich weh.«

Ich traute mich nicht, ihn anzusehen, und hielt den Blick krampfhaft auf meinen Teller gerichtet. Was hatte er bloß vor?

»Scheiße! Und jetzt?« Besorgnis zeichnete sich auf Charlies Gesicht ab. »Sollen wir früher zurück nach Hause?«

Rile lehnte sich im Stuhl zurück. »Ach, ihr wolltet doch gern noch wandern gehen. Ich würde dann einfach hierbleiben, den

Knöchel kühlen und schon mal Ordnung machen. Vielleicht will mir ja einer von euch Gesellschaft leisten?«

Einer von euch.

Ich schickte ein Gebet gen Himmel, dass ich nicht noch einmal rot werden würde.

Ich spürte Riles Aufmerksamkeit auf mir, brachte aber keinen Ton heraus.

»So unbedingt muss ich auch nicht losgehen«, warf Nate ein, doch Charlie stieß ihn mit dem Ellenbogen an. »Also ich hatte mich schon darauf gefreut. Willst du dann vielleicht hierbleiben, Amy?«

Meine beste Freundin hatte feine Antennen, wenn es um zwischenmenschliche Beziehungen ging, deshalb wusste sie wahrscheinlich ziemlich genau, was Riles Plan war.

»Klar«, beeilte ich mich zu sagen. »Ich hab sowieso Kopfschmerzen.«

Natürlich hatte ich keine Kopfschmerzen. Vielmehr ging es mir sogar ganz ausgezeichnet.

Plötzlich spürte ich Riles Bein an meinem. Die unschuldige Berührung ließ mich tief Luft holen. Es war ein bisschen so, als befänden sich auf einmal sämtliche Nervenenden meines Körpers in meinem Oberschenkel.

Das Bedürfnis, Rile zu berühren, wurde mit einem Schlag übermächtig, und von jetzt auf gleich brachte ich keinen Bissen mehr herunter.

Als ich den Blick irgendwann hob und seinem begegnete, traf mich der Ausdruck in seinen Augen vollkommen unerwartet. Er sah mich so an, als wäre ich mehr als … einfach mehr. Und es war mir unbegreiflich, wie ich das jemals nicht hatte bemerken können.

Kapitel 26

Amy

Charlie und Nate hatten es auf einmal furchtbar eilig, ihre Wandertour anzutreten. Innerhalb von einer halben Stunde hatten sie sich fertig gemacht und Proviant eingepackt. Kurz bevor sie die Hütte verlassen hatten, hatte Charlie zudem augenzwinkernd betont, dass sie nicht früher als in zwei, drei Stunden zurück sein würden.

»Dir ist schon klar, dass sie es jetzt wissen, oder?«, fragte ich Rile.

Mittlerweile war ich vom Tisch aufs Sofa umgezogen, und langsam ließ der fehlende Schlaf meine Lider schwer werden. Ich schloss kurz die Augen.

»Selbstverständlich. Aber …« Plötzlich spürte ich seine Hand an meinem Haar, sodass ich die Augen wieder aufschlug. »Früher oder später werden sie ohnehin merken, dass …« Er brach ab.

… dass etwas zwischen uns läuft?

… dass wir ineinander verliebt sind?

Allein das zu denken, ließ mich innerlich quietschen.

»… dass da *mehr* ist«, vollendete Rile grinsend seinen Satz. Im nächsten Moment wurde er wieder ernst. »Weißt du, dass ich mich unglaublich geehrt fühle, dass du mir vertraust?«

Auf einmal war da ein Kloß in meinem Hals, den ich nicht herunterschlucken konnte. Ich antwortete nicht, weil ich Angst hatte, meine Stimme würde brechen.

Rile legte den Kopf schief und sah mich warm an. »Ich will nur, dass du weißt, dass ich das nie ausnutzen würde. Und ich …« Pause. »Ich werde alles dafür tun, dass du glücklich bist.«

Er streichelte mir noch einmal über den Kopf, und mein Herz klopfte schon wieder schneller. Wenn das so weiterging, würde ich irgendwann einen Herzinfarkt bekommen!

»Ruh dich noch ein bisschen aus, wir haben ja kaum geschlafen.« Jetzt grinste er so breit, dass sich Grübchen auf seinen Wangen abzeichneten. »Ich gehe duschen. Und vielleicht bist du danach ja ein bisschen fitter, um … andere Dinge zu tun.«

Mit diesen Worten drehte er sich um, und ich sah ihm dabei zu, wie er über den Flur Richtung Badezimmer lief. Sein dunkles Shirt spannte an den breiten Schultern, und ich fragte mich, weshalb ich vorher nie bemerkt hatte, wie gut er aussah.

Die Erkenntnis jagte erneut ein Feuerwerk an Emotionen durch mich hindurch – allen voran Sehnsucht. Sehnsucht, obwohl er nur ein paar Meter von mir entfernt im Badezimmer war. Unter der Dusche.

Plötzlich war die Müdigkeit wie weggewischt. Ich sprang von der Couch, tapste denselben Weg entlang, den Rile gerade eben genommen hatte, und verharrte kurz vor der Badezimmertür. Sie war geschlossen, doch das Geräusch der Dusche drang an mein Ohr. Bei dem Gedanken daran, dass Rile nackt dort drinnen war – sein starker, schöner Körper –, zog sich etwas in mir zusammen, und ein Kribbeln breitete sich überall aus.

Ich klopfte nicht an, sondern öffnete einfach die Tür und trat hinein.

Das Plätschern des Wassers wurde lauter, und ich wurde von heißem Dampf umhüllt. Rile stand mit dem Rücken zu mir und seifte sich ein. Mein Blick fiel auf seinen Po, was das Ziehen in mir nur verstärkte, intensiver werden ließ.

So schnell ich konnte, zog ich meinen Pyjama aus und ließ ihn achtlos auf den Boden fallen. Mir war egal, ob er nass wurde.

In diesem Moment drehte Rile sich um und entdeckte mich. »Oh, hi!«

Sein Blick wanderte meinen Körper entlang, und ich ließ mir Zeit. Langsam schob ich die durchsichtige Duschwand beiseite und machte einen Schritt ins Nass.

Rile nahm mit seiner Größe den meisten Platz ein, aber er zog mich sofort zu sich, und ich klammerte mich an seine Brust, während die warmen Wassertropfen auf uns herabprasselten.

»Was für eine schöne Überraschung«, sagte er an meinem Ohr, bevor er sich weiter hinunterbeugte und mit den Lippen über meinen Hals fuhr, was mir ein Stöhnen entlockte. Hätte ich vorher gewusst, wie unglaublich sein Mund sich auf meiner Haut anfühlte, hätte ich das hier schon viel früher getan.

Dann lagen seine Hände in meinen Haaren und seine Lippen auf meinen. Ohne unseren Kuss zu unterbrechen, zog er mich näher zu sich heran. Seine warme Zunge traf auf meine, und ich wollte mehr. Immer mehr.

Irgendwann drehte er mich um, sodass ich mit dem Rücken gegen ihn lehnte. Er keuchte, als er mit beiden Händen meine Brüste knetete, über meine Nippel rieb.

Sein Schwanz drückte sich hart gegen meinen Rücken, und ich stöhnte.

Dann wanderten seine Finger weiter nach unten, über meinen Bauch bis zu meiner Mitte. Er rieb über meine empfindlichste Stelle, massierte mich dort, brachte mich wieder zum Stöhnen. Wieso konnte er das nur so gut? Ich wurde immer feuchter. Und irgendwann, als ich dachte, dass ich es nicht mehr aushielt, hörte er auf.

»Hm?«, machte ich, weil ich kurz vorm Kommen gewesen war. »Rile!«

Jetzt waren seine Lippen wieder an meinem Hals. »Lass uns ins Schlafzimmer gehen! Ich will in dir sein.«

In dir. Allein diese zwei Worte sorgten dafür, dass es zwischen meinen Beinen noch heftiger pochte und ich noch feuchter wurde. Das ließ ich mir nicht zweimal sagen.

Rile

Ich konnte nicht genug von dem Gefühl bekommen, in sie zu gleiten. Gestern war es schon unglaublich gewesen, aber heute im Tageslicht spürte ich noch mal alles intensiver. Weil sie mir dabei in die Augen sah, was mich fast durchdrehen ließ.

Ihr an diesem Wochenende so nahe zu sein, war ganz anders als das, was bei der Halloweenparty passiert war. Weil ich jetzt wusste, dass sie etwas für mich empfand, dass sie mir vertraute. Dass das hier etwas bedeutete.

Auch nach dem Sex hämmerte das Herz immer noch wild in meiner Brust, als könnte es einfach nicht glauben, dass das hier alles wirklich passierte. Es beruhigte sich erst, als Amy sich an mich schmiegte und mit großen Augen zu mir hochsah.

Da lag etwas in ihrem Blick, was sich mit Worten kaum beschreiben ließ. Jedenfalls sorgte es für eine unumstößliche Gewissheit: Ich würde keine andere Frau lieben können, solange sie existierte.

»Ich … Du bist …« Ihre Stimme zitterte, und plötzlich konnte ich nicht anders. Die Worte purzelten einfach so aus meinem Mund, ohne dass ich sie aufhalten konnte.

»Ich liebe dich«, sagte ich und hielt kurz inne, um zu beobachten, wie ich mich in ihren Pupillen spiegelte.

Auf einmal glänzten Tränen in ihren Augen, und ich küsste Amy. Küsste ihre Lider, ihre Wangen, ihre Lippen.

Hatte ich es zu früh gesagt? Meine Gefühle hatten mich einfach überrollt – und ich hoffte, dass das nicht zu viel für sie war.

Aber ich liebte sie schon so lange, dass ich die Worte wohl einfach nicht mehr in mir behalten konnte.

Das Schweigen, das uns daraufhin einhüllte, während wir weiterhin ineinander verschlungen auf dem Bett lagen, war nicht unangenehm; vielmehr hatte sich eine zufriedene Stille über uns gelegt. Es war alles gesagt, was gesagt werden musste. Amy hatte meine Liebeserklärung zwar nicht erwidert, aber das störte mich nicht. Vielleicht brauchte sie einfach noch ein bisschen Zeit.

Kapitel 27

Amy

Ich liebe dich. Ich liebe dich. Ich liebe dich. Ich liebe dich.

Ich spulte den Moment auf dem Bett, in dem Rile es mir gesagt hatte, immer wieder ab. Den Ausdruck in seinen Augen, als die Worte über seine Lippen gekommen waren.

Ich liebe dich auch.

Obwohl es die Wahrheit war, hatte ich es nicht aussprechen können, dennoch war ich mir ziemlich sicher, dass Rile Bescheid wusste. Er musste es an der Art merken, wie ich ihn ansah. Wie ich mich gerade an ihn kuschelte, während wir zusammen auf dem Sofa lagen.

Mittlerweile waren zwei Stunden vergangen, seit Charlie und Nate aufgebrochen waren. Rile und ich hatten uns etwas angezogen und sogar ein bisschen aufgeräumt, bevor wir uns nebeneinander auf die Couch gelegt hatten, jeder mit einem Buch in der Hand. Ich hatte Rile gefragt, ob wir ein bisschen lesen wollten, bis die anderen zurückkamen, und der Vorschlag hatte ihn sichtlich begeistert.

Ich las zum dritten Mal *Der Alchimist*, und er hatte in der Kommode in meinem Zimmer eines seiner alten Bücher entdeckt.

»Weißt du, wie sexy du aussiehst, wenn du liest?«

Ich hob eine Braue. »Ach ja?«

»Sonst ja schon, aber mit einem Buch in der Hand … WOW! Das ist ein Level an Sexyness, das nicht überboten werden kann.«

Ich lächelte ihn an. *Rile.* Dieser große, sanfte Mann, der so unglaubliche Dinge mit seinen Händen anstellen konnte. Und mit anderen Teilen seines Körpers. Der mich so behandelte, als wäre ich die einzige Frau auf der Welt. Der …

In diesem Moment klopfte es an der Tür, und ich ließ das Buch sinken.

»Bin ich ein schrecklicher Mensch, weil ich die beiden nicht reinlassen will?«

Meine Mundwinkel hoben sich unwillkürlich. »Vielleicht. Aber dann bin ich auch einer!«

Als Rile Anstalten machte aufzustehen, legte ich ihm eine Hand auf den Bauch. »Bleib liegen, ich gehe.«

Sein Blick sagte es wieder. *Ich liebe dich.* Und ich konnte nichts anderes denken, als ich zur Tür lief.

Es klopfte erneut.

»Ist ja schon gut«, flötete ich, als ich dort angekommen war und den Griff herunterdrückte. Dann zog ich die Tür mit einem Ruck auf.

Es dauerte eine gefühlte Ewigkeit, bis ich die Bedeutung dessen erfasste, was ich da sah. Aber dann blieb auf einmal die Zeit stehen. Denn auf der Veranda standen nicht Charlie und Nate, da stand Lilly. Lilly, die offenbar ebenso schockiert war, mich zu sehen, wie umgekehrt.

»Amy?«, fragte sie erstaunt, aber ich hörte sie kaum, weil ich plötzlich ein Piepen im Ohr hatte und mich so fühlte, als sei ich auf einmal ganz weit weg.

Warum war sie hier? Rile hatte sich doch von ihr getrennt. Woher wusste sie überhaupt, dass wir hier waren? Oder wo sich Peters Hütte befand?

Ein übles Gefühl machte sich in mir breit. Ich drehte mich in genau dem Moment zu Rile um, als er hinter mir auftauchte.

»Was ist denn …« Seine Gesichtszüge entgleisten förmlich, als er erkannte, wer da vor der Tür stand.

»Lilly«, stieß er aus und erstarrte. »Was machst du denn hier?«

Entgeistert beobachtete ich, wie er sich im Nacken kratzte und nur halb so wütend aussah, wie er eigentlich müsste. Er musste doch schrecklich sauer sein, wenn sie einfach hier auftauchte, nachdem sie sich getrennt hatten! Oder gab es da etwas, was ich nicht wusste?

Von einer Sekunde zur nächsten hatte ich eine solche Wut im Bauch, dass ich ihm am liebsten ins Gesicht geschlagen hätte. Dann hätte er vielleicht endlich so wütend ausgesehen, wie es angemessen gewesen wäre.

»Was machst du hier?«, fragte er noch einmal, anstatt sie aufzufordern zu gehen.

Schockiert beobachtete ich, wie Lilly zaghaft lächelte. »Ich weiß, dass wir uns eigentlich erst am Montag sehen wollten, aber irgendwie hab ich es nicht mehr ausgehalten. Und da ich ja noch die Adresse hatte, dachte ich, ich komme einfach vorbei.«

Ich weiß, dass wir uns eigentlich erst am Montag sehen wollten. Jedes ihrer Worte fühlte sich an wie ein Schlag in die Magengrube.

Mir war furchtbar schwindelig, und kurz dachte ich, ich würde gleich umkippen. Aber dann sagte Rile: »Komm doch erst mal rein!«, und die unsagbare Wut in mir ließ mich aufrecht stehen bleiben.

»Und du bist auch dabei, Amy?«, fragte Lilly aufgesetzt fröhlich, während sie sich an mir vorbei ins Innere der Hütte drängte. »Ich dachte, du kommst gar nicht mit.«

Und ich dachte, du bist nicht mehr mit Rile zusammen.

Mit einem Schlag wurde mir klar, was hier los war. Es stimmte nicht. Rile hatte sich nicht von Lilly getrennt. Und anstatt mir das zu sagen, hatte er mich in dem Glauben gelassen. Mit mir geschlafen. Mir gesagt, dass er mich liebte.

Ich fasste mir an die Brust, weil es sich so anfühlte, als hätte dieser Scheißkerl mir das Herz herausgerissen. Vielleicht bekam ich aber auch einfach den befürchteten Herzinfarkt, weil mein Puls das ganze Wochenende schon verrücktspielte.

Während Rile die Tür schloss und Lilly ins Wohnzimmer führte, stand ich noch ein paar Sekunden perplex im Flur herum und versuchte zu realisieren, was das alles zu bedeuten hatte.

Ich hatte Rile erzählt, dass ich niemanden an mich heranließ, damit ich nicht verletzt wurde. Bei ihm hatte ich eine Ausnahme gemacht. Eine einzige Ausnahme. Weil ich wusste, dass er anders war.

Nein! Weil ich *gedacht* hatte, dass er anders war. Und genau das wurde mir jetzt zum Verhängnis. Zum wiederholten Mal an diesem Wochenende legte sich eine Gänsehaut über meinen Körper, nur war es diesmal die von der ekeligen Sorte.

Als mir bewusst wurde, dass ich immer noch blöd herumstand, während Rile sich bereits neben Lilly an den Küchentisch gesetzt hatte, wurde es zu viel.

Es war alles zu viel.

Umso erleichterter war ich, als mein Körper endlich das tat, was ich ihm befahl, und sich in Bewegung setzte.

Noch nie hatte ich in solch einer Geschwindigkeit meine Sachen gepackt. Es dauerte keine fünf Minuten, bis ich meine Jacke angezogen und mir meinen großen Rucksack über die Schultern geschwungen hatte. Ein paar Sekunden später schlüpfte ich auch schon am Eingang in meine Stiefel.

»Amy?« Rile schien wieder eingefallen zu sein, dass ich auch noch da war, denn als ich auf die Tür zusteuerte, eilte er mir hinterher. »Was machst du da?«

»Ist das dein Ernst?«, fragte ich nur, weil mir sonst nichts zu dieser Dreistigkeit einfiel.

»Hey, warte doch mal!«

Ich ignorierte ihn und stürmte nach draußen, wo ich von der frischen Herbstluft empfangen wurde. Mit jedem meiner wilden Herzschläge machte ich einen weiteren schnellen Schritt durch das Laub.

Plötzlich wurde ich am Arm gepackt. »Ich kann dir das erklären, Amy.«

Ja, das war es, was Männer in solchen Augenblicken sagten, oder? Aber ich wollte nicht wissen, was er zu sagen hatte. Ich wollte gar nichts mehr von ihm wissen.

Ich hatte mich in ihm getäuscht. Warum sollte auch ausgerechnet er anders sein als all die anderen Männer?

Rile

Wenn es einen Gott gab, dann hatte er einen furchtbar makabren Sinn für Humor. Oder er mochte mich einfach nicht. Denn das Timing war so dermaßen beschissen, dass es kaum zu glauben war.

Hier stand ich nun, nur im T-Shirt, mitten im Wald, weil Amy einfach nicht anhalten, geschweige denn mir zuhören wollte.

»Jetzt bleib endlich stehen!«, schrie ich verzweifelt. »Du rennst immer weiter in den Wald, und das willst du sicher nicht!«

Plötzlich hielt sie so abrupt an, dass ich gegen sie prallte. Sofort wich sie zurück, als hätte sie sich an mir verbrannt.

»Weißt du was?«, zischte sie. »Ich bereue alles, was in den letzten Tagen zwischen uns passiert ist.«

Ihre Worte taten so weh, dass nun ich ein Stück zurückwich.

»Aber ich wusste nicht, dass Lilly herkommt.«

Amy lachte bitter. »Ach, also bereust du nur, dass ich es mitbekommen habe, dass ihr *nicht* getrennt seid?«

»Wir *sind* getrennt!«

Wütend funkelte sie mich an. »Wolltet ihr euch am Montag treffen, oder nicht?«

Verzweifelt warf ich die Hände in die Luft. »Ja, wir wollten uns treffen. Aber nur, weil sie noch einmal mit mir reden wollte. Und dann hätte ich ihr gesagt, dass …«

»Ich will es gar nicht hören, Rile«, fauchte sie, aber zumindest schien ein Teil meiner Worte zu ihr durchgedrungen zu sein, denn nun lief sie in die entgegengesetzte Richtung. Das war immerhin der Weg zur Straße.

Auch ich setzte mich wieder in Bewegung, folgte ihr. Allerdings nur, bis sie sich noch einmal zu mir umdrehte.

»Du bist genauso wie alle anderen Kerle! Nein, warte …« Ich konnte sie nur anstarren, während sie ihre Tirade fortsetzte: »Du bist schlimmer! Weil du so tust, als wärst du anders.«

Mit hängenden Schultern lief ich zurück zur Hütte. Mein ganzer Körper zitterte. Wie hatte es nur so weit kommen können? Noch vor einer Stunde war ich der glücklichste Mensch der Welt gewesen, und jetzt …

Als ich wieder beim Haus ankam, hätte ich am liebsten geheult, aber ich musste mich noch zusammenreißen, weil meine Exfreundin drinnen auf mich wartete.

Lilly hob den Blick, als ich ins Wohnzimmer trat. Sie hockte immer noch am Küchentisch, von dem ich vor zehn Minuten aufgesprungen war.

»Wo ist Amy?«, erkundigte sie sich.

»Weg.« *Dank dir*, fügte ich noch gedanklich hinzu. Obwohl das hier natürlich ganz allein meine Schuld war. Ich hätte Lilly schon vorher sagen müssen, dass es keine Chance für uns gab. Vor allem aber hätte ich Amy erzählen sollen, dass noch ein letztes Gespräch offen war.

Nur weil ich Lilly gegenüber kein Arschloch hatte sein wollen, hatte ich sie reingebeten, als wäre nichts zwischen uns gewesen. Kein Wunder, dass Amy da mehr hineininterpretierte. Sie hatte mir gestern noch gesagt, wie viel Angst sie davor hatte, sich bei jemandem fallen zu lassen. Alles, was sie mir an den Kopf geworfen hatte, stimmte. Und es war wahrscheinlich auch keine akzeptable Ausrede, dass sich mit Amy alles so vollkommen angefühlt hatte, dass ich gar keinen Gedanken mehr an Lilly verschwendet hatte.

Scheiße! Ich wusste, dass Amy Männern nicht vertraute, das hatte sie mir selbst offenbart. Und trotz ihrer Angst hatte sie sich mir geöffnet. Weit mehr als körperlich, das hatte ich ganz deutlich gespürt.

Das wird sie mir nie verzeihen.

Um den Gedanken zu vertreiben, schüttelte ich den Kopf.

Ich hatte es versaut, daran konnte ich nichts mehr ändern. Aber wenigstens bei einer von beiden konnte ich jetzt für klare Verhältnisse sorgen.

»Bist du etwa mit Amy allein hier?« Lillys Frage kam unvorbereitet, obwohl sie naheliegend war. Charlie und Nate waren ja nirgends zu sehen.

»Nein, die anderen sind wandern gegangen«, erklärte ich knapp und ließ mich auf den Stuhl neben Lilly sinken. Mit einem Mal fühlte ich mich entsetzlich erschöpft.

»Du hast gesagt, dass du mit Charlie und Nate fährst.« Lilly klang vorwurfsvoll, und ich konnte es ihr nicht verübeln.

»Ich weiß, aber wir haben Amy mitgenommen, weil es ihr nicht gut ging.«

»Aha!« Lilly presste die Lippen aufeinander. »Wie praktisch.«

Kurz schwiegen wir beide.

»Hör zu, Lilly«, fing ich dann an, aber im selben Moment fragte sie: »Läuft da was zwischen euch?«

»Nein!« Ich rieb mir über das Gesicht. »Ja!«

Sie verengte die Augen zu schmalen Schlitzen und rückte mit dem Stuhl von mir weg. »Was denn jetzt?«

»Als ich mich bei der Dating-App angemeldet habe, dachte ich, aus Amy und mir könnte nie etwas werden. Ich habe wirklich nicht daran geglaubt, dass ich jemals eine Chance bei ihr hätte.«

Lillys düsterer Miene konnte ich entnehmen, dass sie ahnte, worauf ich hinauswollte.

»Und so war es auch, bis … bis Amy mir gesagt hat, dass sie Gefühle für mich hat. Und deshalb kann es mit uns …« Ich zeigte abwechselnd auf sie und auf mich. »… einfach nicht funktionieren.«

Lilly stand auf. »Weißt du, wie unfair es ist, dass du mir das JETZT sagst? Nachdem ich drei Stunden gefahren bin, um dich zu überraschen? Um dir zu sagen, dass ich dich sehr wohl so nehme, wie du bist? Hätte ich vorher gewusst, dass ich gar keine Chance habe, hätte ich mir die Blamage erspart!«

Ich seufzte. »Es tut mir wirklich leid, Lilly. Wenn ich die Zeit zurückdrehen könnte …«

»Kannst du aber nicht!«, fuhr sie dazwischen. Dann verschränkte sie die Arme vor der Brust. »Wolltest du deshalb nicht mit mir schlafen? Wegen deiner Gefühle für Amy?«

Ich mied ihren Blick. »Vielleicht war das der Grund, ja.«

»Ich kann's echt nicht fassen, Rile. Ein bisschen Ehrlichkeit hätte nicht geschadet, weißt du?«

Ich verstand sie, sehr gut sogar.

»Ich dachte …« Ich brach ab. »Ich dachte, ich könnte Amy aus dem Kopf bekommen, aber …«

»… aber das schaffst du nicht«, vervollständigte Lilly ziemlich treffend meinen Satz.

»Nein! Und mittlerweile will ich das auch gar nicht mehr.«

»Okay, dann ist wohl alles gesagt.« Lillys Stimme klang brüchig, und das versetzte mir einen Stich. Ich hatte ihr wehgetan, auch wenn das nicht meine Absicht gewesen war.

»Ich bring dich noch zur Tür«, sagte ich leise und folgte ihr in den Flur.

»Nicht nötig!«, zischte sie. »Mach's gut, Rile!«

Minuten nachdem ihr Auto aus der Einfahrt verschwunden war, stand ich immer noch an der Haustür und starrte in den Wald.

Erst Charlies Stimme riss mich aus meinem tranceartigen Zustand.

»Rile«, schluchzte sie, und als ich aufsah, bemerkte ich ihr tränenüberströmtes Gesicht. Mir rutschte das Herz in die Hose. War Amy etwas passiert?

Erst da entdeckte ich Nate hinter ihr, dem ebenfalls deutlich anzusehen war, dass etwas nicht stimmte.

»Warum weinst du?«, fragte ich ängstlich.

Da brach Charlie in Tränen aus. »Wir müssen sofort zurückfahren«, schluchzte sie. »Rita hatte einen Herzinfarkt.«

»WAS?«

Im nächsten Moment fiel sie mir wimmernd in die Arme. Ich hielt sie fest, während sie ihren bebenden Körper an mich drückte. Bis eben hatte ich geglaubt, der Tag könnte nicht mehr schlimmer werden. Doch das Leben bewies wieder einmal, dass es *immer* schlimmer kommen konnte.

Kapitel 28

Amy

Keine Ahnung, wie lange ich an der Straße entlanggelaufen war. Ich wusste nur eins: dass es mir wie eine Ewigkeit vorkam, weil meine Füße höllisch wehtaten und der Rucksack langsam schwer wurde. Außerdem war es hier ziemlich einsam. Während der gesamten Zeit waren mir nur zwei Autos entgegengekommen.

Ich hatte mich noch nicht entschieden, was ich tun wollte. Aber es würde bald dunkel werden, und ich konnte schlecht in der Kälte hier draußen schlafen. Deshalb gab es nur zwei Optionen: Entweder ich lief die Nacht durch – was absurd war, weil es zum einen in den Wäldern gefährlich sein konnte und ich zum anderen Stunden bis zum nächsten Ort brauchen würde –, oder ich fuhr per Anhalter nach Hause, was mindestens genauso riskant war. Wieso musste Peters Hütte auch vollkommen abgeschieden im Wald liegen?

Ich würde per Anhalter fahren müssen. Es war das Bequemste, und vielleicht hatte ich ja Glück und erwischte sogar eine Frau? Gerade hörte ich den Motor eines Autos und drehte mich um, um den Finger hochzuhalten, da erkannte ich den Wagen.

Ruckartig wandte ich mich wieder um und setzte meinen Weg fort. Es war Riles grüner Pick-up. Ich hörte, wie der Wagen näher kam, langsamer wurde.

Irgendwann nahm ich aus den Augenwinkeln wahr, wie er neben mir herfuhr. Das hintere Fenster wurde heruntergelassen.

»Fahr zur Hölle, Rile!«, fauchte ich.

Doch es war nicht Rile, der mir antwortete.

»Amy, bitte steig ein«, drang Charlies Stimme nach draußen.

Anscheinend waren mir alle drei hinterhergefahren, wie mir ein kurzer Blick ins Wageninnere verriet.

Doch etwas in Charlies Stimme sagte mir, dass ich sie anschauen sollte. Und als ich es tat, blieb ich abrupt stehen. Ihre Wimperntusche war verschmiert, und der Ausdruck in ihrem Gesicht jagte mir einen Schrecken ein. Plötzlich wurde der Groll gegen Rile von etwas anderem verdrängt – Angst.

»Hast du geweint?«, fragte ich, obwohl es offensichtlich war.

»Steig ins Auto«, flehte Charlie noch einmal.

Ohne noch einmal nachzufragen, lief ich um den Wagen herum, warf meinen Rucksack in den Kofferraum und kletterte dann neben Charlie auf die Rückbank. Immerhin hatten weder meine beste Freundin noch Nate mir etwas getan. Die beiden konnten schließlich nichts dafür, dass sie mit der Persona non grata unterwegs waren.

Sobald ich neben ihr auf dem Sitz saß, griff ich nach Charlies Hand. »Was ist passiert?«

Als sie mich ansah, füllten sich ihre Augen erneut mit Tränen. »Rita ist im Krankenhaus! Sie hatte einen Herzinfarkt.«

»O Gott!«, entfuhr es mir, und ich drückte ihre Hand fester.

Charlie schluchzte leise. »Gestern Abend im Grill hat sie mit Mom die Küche aufgeräumt, das war so gegen halb elf. Sie hat über Schmerzen im Oberbauch geklagt, aber als Mom sie nach Hause schicken wollte, meinte sie, dass sie die letzte halbe Stunde auch noch schaffen würde. Und dann ist sie einfach zusammengebrochen.« Charlie machte eine kurze Pause, bevor sie kaum hörbar hinzufügte: »Sie hat es nur gerade so überlebt.«

»Das ist ja schrecklich!«, sagte ich traurig.

Während ich gestern Abend diesen unfassbar großartigen Sex mit der Person, deren Name nicht gedacht werden durfte, gehabt hatte, wäre Rita fast an einem Herzinfarkt gestorben. Wenn nicht ohnehin schon ein Schatten über diesen Stunden gelegen hätte, würde er es spätestens jetzt tun.

»Wie geht es ihr mittlerweile?«, fragte ich.

Charlie zögerte, wirkte aber wieder gefasster. »Sie ist wohl stabil. Dad hat es mir gestern schon auf die Mailbox gesprochen, aber ich habe es erst heute Mittag gesehen und abgehört.«

Ich verwebte meine Finger mit denen von Charlie. »Du konntest ja nicht wissen, dass etwas passiert.«

»Ich weiß. Trotzdem hab ich ein schlechtes Gewissen.«

Die einzige Person in diesem Auto, die ein schlechtes Gewissen haben sollte, sitzt am Steuer!

Ich musste mir auf die Lippe beißen, um diesen Gedanken nicht laut auszusprechen. Hier ging es nicht um ihn oder mich, sondern einzig und allein um Rita.

»Sollen wir dann direkt zum Krankenhaus fahren?« Riles Stimme versetzte mir einen Stich, und ich zwang mich, nicht nach vorne zu ihm zu gucken – oder in den Rückspiegel.

»Ja, oder?« Nate sah seine Freundin fragend an.

Charlie nickte stumm.

Nachdem das geklärt war, kehrte Stille ein. Die nächste Stunde sprach niemand auch nur ein Wort. Schweigend hielt ich Charlies Hand weiter fest – um ihr Trost zu spenden, aber auch, weil ich einen Halt brauchte.

Irgendwann vibrierte mein Handy, das ich vorhin in die Jackentasche gesteckt hatte, und mit der freien Hand holte ich es heraus. Irritiert stellte ich fest, dass die Nachricht von Charlie kam.

Was ist passiert?

Ich sah zu ihr und betrachtete das Telefon in ihrer Hand. Bevor sie darauf herumtippte, bedeutete sie mir mit dem Kopf, wieder aufs Display zu schauen.

Rile hat vorhin nur kurz erzählt, dass ihr Streit hattet und du abgehauen bist. Ich war noch in Gedanken bei Rita, deshalb ist mir gar nicht aufgefallen, wie untypisch das für dich ist.

Ich starrte die Zeilen an. Überlegte, was ich antworten sollte. Es war so viel geschehen, dass es unmöglich in einen Chat passte. Also tippte ich:

Ich muss dir das später erklären. Es ist einfach zu viel.

Nachdem ich auf Senden gedrückt hatte, spürte ich Charlies Aufmerksamkeit auf mir, doch ich schaute aus dem Fenster. Trotzdem wusste ich, dass sie verstand, denn Charlie ließ auch meine Hand nicht los.

Zweieinhalb Stunden später erreichten wir das *Bradfort Memorial Hospital*, und ich war mir ziemlich sicher, dass es noch keinen Roadtrip gegeben hatte, bei dem die Stimmung dermaßen im Keller gewesen war.

Während Nate wenigstens ein paarmal versucht hatte, ein

Gespräch mit Rile anzufangen, waren Charlie und ich auf der Rückbank still geblieben. Obwohl sie nicht wusste, was Rile getan hatte, glaubte ich, dass sie es sich ungefähr denken konnte. Zumindest verhielt sie sich, als sei sie ebenso sauer auf ihn wie ich. Und ich war einfach nur dankbar, Charlie auf meiner Seite zu wissen.

Ich spürte zwar immer wieder Riles Blick auf mir, schaffte es aber, seine Existenz vollständig auszublenden – zumindest nach außen hin. Dabei gingen mir permanent Hasstiraden durch den Kopf, die ich ihm am liebsten entgegengeschleudert hätte.

Trotz allem wagte es Rile, mich anzusprechen. Als wir aus dem Wagen gestiegen waren und vom Parkhaus ins Krankenhaus eilten, fasste er mich am Arm.

»Hey!«

Ich verengte die Augen, riss mich von ihm los und lief schneller. Charlie und Nate hängte ich ab, aber Rile schloss zu mir auf.

»Jetzt bist du aber kindisch.«

»Pah, ich bin lieber kindisch als ein mieses Arschloch!« Leider kamen die Worte ziemlich laut und gerade dann aus meinem Mund, als wir die Eingangstür passierten.

Ein paar Leute drehten sich zu uns um, und mit Genugtuung stellte ich fest, dass Rile beschämt aussah.

»Und jetzt lass mich gefälligst in Ruhe. Es geht hier um Rita, nicht um dich!«, knurrte ich, dann lief ich wieder voraus.

Kapitel 29

Amy

Piep. Piep. Piep.

Die Geräusche der Geräte, mit denen Ritas Herz überwacht wurde, waren die einzigen Laute im Zimmer.

Charlie hielt mir die Tür auf, und auf leisen Sohlen huschten wir zum Krankenbett. Die Pflegerin hatte uns angewiesen, nur zu zweit reinzugehen und dabei keinen Lärm zu machen.

Ritas zierlicher Körper wirkte so winzig unter der großen Decke, dass ich mir auf die Lippen beißen musste, um nicht in Tränen auszubrechen. Ihre Lider waren geschlossen, weshalb ich für einen Moment annahm, sie würde schlafen. Doch dann schlug sie die Augen langsam auf.

»Kinder«, brachte sie schwach hervor. »Wie schön, euch zu sehen!«

Charlie war als Erste bei ihr und ergriff sogleich ihre Hand. »Rita, was machst du denn für Sachen?«

»Ach, es ist so lange nichts Spannendes in unserem Örtchen passiert. Da war es mal Zeit, ein bisschen für Aufregung zu sorgen.« Sie schenkte uns ein mattes Lächeln, aber weder Charlie noch ich erwiderten es.

Ich war viel zu beschäftigt damit, mich zu fragen, ob es normal war, dass sie so blass aussah.

»Keine Angst, Amy«, sagte Rita in dem Moment. Wieder einmal war es, als könnte sie mir direkt vom Gesicht ablesen, was in meinem Kopf vor sich ging.

Vorsichtig machte ich ein paar Schritte auf sie zu, bis ich irgendwann ebenfalls beim Bett angekommen war.

Rita klopfte auf den Bettrand. »Komm schon, Liebes!«

Ich ließ mich neben ihr auf die Decke sinken und ergriff ihre freie Hand, die sie ausgestreckt hatte. Sie fühlte sich kühl an, und ich musste schlucken.

»Wisst ihr, ich habe die Diagnose schon vor ein paar Jahren bekommen.«

Charlie setzte sich auf die andere Seite des Betts. »Welche Diagnose?«

Rita schloss kurz die Augen. »Herzinsuffizienz.«

Charlie schlug sich eine Hand vor den Mund, während ich Ritas fester drückte.

»Als ich immer schneller erschöpft war, häufig müde, hab ich zuerst gedacht, dass ich mich einfach übernommen habe.«

Während ich Rita zuhörte und ihre Hand ganz fest hielt, traute ich mich kaum zu atmen. Charlie und ich tauschten einen schnellen Blick, und ich konnte in ihrem lesen, dass es ihr genauso ging.

»Als noch Schwindel hinzukam, bin ich irgendwann zum Arzt gegangen, und der hat festgestellt, dass mein Herz nicht mehr richtig pumpt. Ich habe Medikamente eingenommen, aber… Offensichtlich hat mein Herz langsam keine Lust mehr.«

»Das tut mir so leid, Rita.« Meine Stimme brach, und plötzlich hatte ich einen Kloß im Hals.

»Das kann man doch bestimmt behandeln«, sagte Charlie entschlossen. »Und dann wirst du mit Sicherheit hundert Jahre alt.«

Sie versuchte sich an einem Lächeln, und ich wünschte mir, ihr Optimismus würde auf mich abfärben.

»Ich habe mich vom Arzt allerdings zu einer Operation überreden lassen. Er will, dass ich einen Herzschrittmacher bekomme. Das kann nur ein paar Wochen dauern, weil ich das erst mit meiner Versicherung klären muss. Aber ihr wisst ja: Unkraut vergeht nicht.«

Ein paar Wimpernschläge lang sagte keiner von uns etwas.

Charlies Gesicht hellte sich auf. »Das sind tolle Neuigkeiten!«

Ich konnte mich jedoch noch nicht so richtig freuen. »Aber dann pass bis dahin auf dich auf, ja?«

Anfang des Jahres hatte ein Geschäftspartner meines Vaters einen Herzinfarkt erlitten – in Managementpositionen war das wohl nichts Ungewöhnliches –, und von Dad wusste ich, dass nach einem Herzinfarkt nicht selten ein weiterer folgte.

Irgendwann durchbrach Rita die Stille. »Wenn ich auf eine Sache stolz war in meinem Leben, dann war es mein Herz. Eigentlich ironisch, dass es mich jetzt im Stich lässt.« Sie lachte leise. »Ich habe geliebt, so viel geliebt. Nicht nur meinen James, sondern euch alle.«

Ein verzweifeltes Schluchzen erfüllte den Raum, und es dauerte einen Moment, bis ich begriff, dass es aus meiner Kehle gedrungen war.

»Hey! Es ist doch nicht dein Herz, das dich im Stich lässt, meine Kleine.«

»Aber … aber …« Ich konnte kaum ein Wort über die Lippen bringen, ohne erneut in Tränen auszubrechen.

Als ich den Blick hob, lag immer noch ein Lächeln auf Ritas Gesicht, das sie auf einmal viel jünger aussehen ließ.

»Aber das ist doch nicht fair!«, vollendete ich schließlich meinen Satz.

»Ich hatte ein langes, erfülltes Leben, weil ich nie etwas bereut habe. Alles, was ich tun wollte, habe ich getan. Für euch, die ihr so wundervolle, erwachsene Frauen geworden seid, wünsche ich mir das Gleiche.«

Nun kam ein Schniefen aus Charlies Richtung.

»Könnt ihr mal aufhören zu weinen, ihr zwei? Ich bin ja noch nicht tot. Außerdem bekomme ich doch den Herzschrittmacher. Ihr braucht euch also keine Sorgen zu machen, ich bleibe euch noch länger erhalten. Und jetzt will ich fröhliche Gesichter sehen.«

»Es ist gar nicht so leicht, fröhlich zu sein, nach dem, was du uns gerade erzählt hast.« Charlies Stimme bebte.

»Ihr seid jung! Ich hingegen bin alt. Und alte Menschen müssen irgendwann gehen.« Nach einer Weile räusperte Rita sich. »Charlie, Liebling. Sei so gut, und hol für uns drei einen Tee aus der Cafeteria.«

Sofort war Charlie wieder auf den Beinen. »Natürlich!«

Sie eilte aus dem Raum, als würde es Rita wieder gesund machen, wenn sie jetzt ein Heißgetränk bekam.

Ich blieb bei Rita und hielt weiter ihre Hand, hatte mich aber mittlerweile wieder unter Kontrolle.

»Ich habe viel an unser Gespräch gedacht«, sagte Rita plötzlich, wie aus dem Nichts.

Ich blinzelte ein paarmal, weil ich mit dem Themenwechsel erst mal hinterherkommen musste.

»Welches Gespräch?«, fragte ich verwirrt.

»Als du mir erzählt hast, dass es dich quält, nicht zu wissen, was du mit deiner Zukunft anstellen willst.«

»Ach das!« Ich winkte mit der freien Hand ab, weil das nach allem, was in den letzten Tagen geschehen war, gerade mein geringstes Problem war. »Mittlerweile habe ich das Studium abgebrochen. Aber das ist gerade wirklich nebensächlich. Es gibt Wichtigeres.«

»Nein!«, protestierte Rita überraschend energisch. »Mir ist es sogar sehr wichtig, dir etwas mitzugeben.«

Ich öffnete den Mund, schloss ihn aber gleich wieder.

»Du hast noch dein ganzes Leben Zeit, um herauszufinden, was du machen möchtest. Aber vielleicht ist ein Job, der einem gefällt, auch nicht alles.«

»Da hast du recht«, stimmte ich ihr zu. »Aber irgendetwas *muss* ich ja machen.«

Jetzt räusperte Rita sich. »Ich möchte dir eine Geschichte erzählen, Amy.«

Ich nickte und rutschte ein Stück näher an sie heran.

»Heute reisen ja alle durch die Welt, aber früher, als ich jung war und die Schule beendet habe, war das noch nicht so. Eines Tages habe ich durch Zufall eine Reportage über Europa im Fernsehen gesehen – und war vollkommen fasziniert. Ob das italienische Essen in Rom, die Weingebiete in der Provence oder die griechische Architektur, alles war so anders als bei uns, so besonders. Kurz gesagt: Ich wollte unbedingt dorthin fliegen und für ein paar Wochen einfach *leben*. Da mir nach der Schule das Geld für eine solche Reise fehlte, wartete ich und sparte, doch gedanklich hat mich Europa nie losgelassen. Als ich mich dann in James verliebt habe und er mir einen Antrag gemacht hat, beschlossen wir, dass unsere Hochzeitsreise nach Europa gehen sollte.«

Rita hielt kurz inne. Viel am Stück zu sprechen, schien sie anzustrengen.

»Und, wart ihr in Europa?«, fragte ich.

»Nein. Weil ich mit Oscar schwanger wurde.« Oscar war Ritas Sohn, der am anderen Ende des Landes lebte und deshalb nur selten in Hazelwood war.

Plötzlich ahnte ich, worauf diese Geschichte hinauslaufen würde, und der Kloß in meinem Hals kehrte zurück.

»Wir haben immer gesagt, dass wir unsere Europareise nachholen würden. Aber zuerst war Oscar zu klein, dann waren wir beruflich zu sehr eingespannt. Als er größer wurde und schließlich zum Studieren wegzog, konnten wir uns die Reise wegen seiner hohen Studiengebühren nicht mehr leisten.«

Unsere Blicke trafen sich.

»Ich habe ja vorhin gesagt, dass ich nichts in meinem Leben bereue. Aber dann ist mir Europa eingefallen. Dass ich diese Reise nicht gemacht habe, obwohl ich es so sehr wollte, ist das Einzige, von dem ich mir wünschte, es getan zu haben.«

Ich konnte nichts dagegen tun, dass die erste Träne meine Wange hinunterlief. Dann die zweite.

»Weißt du, was ich dir damit sagen will?« Nun klang auch Ritas Stimme schwer von Emotionen.

»Dass ich nach Europa fliegen soll?«, fragte ich erstickt.

Nun lachte Rita, und auch meine Mundwinkel zogen sich nach oben.

»Dass ich nicht hier liege und mir wünsche, ich hätte früher gewusst, was ich mit meinem Leben anfangen will. Du hast noch alle Zeit der Welt. Wenn du es jetzt nicht weißt, wirst du es irgendwann wissen. Und wenn nicht, dann machst du halt etwas anderes.«

Ich spürte regelrecht, wie mir bei Ritas Worten ein Stein vom Herzen fiel. Sie hatte ja so recht! Es gab so viel Wichtigeres im Leben …

Rile

»Rile?«

Ich sah zu Nate hinüber, der auf dem Stuhl neben mir im Gang saß. Er hatte die Ellenbogen auf den Knien abgestützt und die Hände gefaltet.

»Ich frage das echt nicht gerne, aber: Gibt es etwas, worüber du reden willst, Mann?«

Ich rieb mir übers Gesicht. »Du hast es also gemerkt?«

»Na ja …« Nate setzte sich aufrecht hin. »Amy hat dich vorhin ein mieses Arschloch genannt, also …«

Ich nickte. Seufzte. »Keine Ahnung, wo ich anfangen soll.«

Doch darüber brauchte ich mir auch vorerst keine Gedanken zu machen, denn gerade in dem Moment bog Charlie um die Ecke. In der Hand hielt sie ein Papptablett, in dem drei Teebecher klemmten. Ohne uns Beachtung zu schenken, hastete sie an uns vorbei, geradewegs auf die Tür zu Ritas Zimmer zu, hinter der sie wenig später verschwand.

»Weißt du …«, begann ich irgendwann. »Auf eurer Halloweenparty ist etwas zwischen Amy und mir passiert.«

»Etwas Körperliches, meinst du?«, hakte Nate nach.

Ich fummelte an der kleinen Stelle an meinem Daumennagel herum, wo er ein Stück eingerissen war.

»Ja«, gab ich dann zögerlich zu. »Na ja, nicht wirklich. Aber sie hat mich geküsst. Ich hab es natürlich nicht zugelassen, wegen Lilly. Aber …«

Ich erwartete einen überraschten Laut, doch Nate blieb still.

»Das hat mich, gelinde gesagt, überrascht und … verwirrt«, fuhr ich fort. »Ich habe dadurch einfach noch einmal gemerkt, dass ich es nicht schaffe, über Amy hinwegzukommen, und mich von Lilly getrennt. Sie wollte allerdings, dass wir noch einmal darüber reden. Das wollte ich ihr nicht verwehren, also haben wir uns für Montag verabredet. Aber das hätte nichts an der Trennung geändert.«

Nate hob die Brauen. »Fuck. Ich ahne Schlimmes …«

»Vermutlich liegst du da leider richtig. Amy wollte ich ja eigentlich genauso aus dem Weg gehen, um mir meiner Gefühle klar zu werden. Doch dann mussten wir sie mitnehmen und …«

»Also, ich bin ja echt nicht gut in so was …« Nate lehnte sich weiter zu mir rüber. »Aber dass da am Wochenende was zwischen euch abging, hätte selbst Tony mitbekommen.«

Obwohl mir eigentlich nicht zum Lachen zumute war, musste ich grinsen. Tony, der immer wieder im Grill aushalf, war bekannt dafür, regelmäßig in Fettnäpfchen zu treten, weil er für zwischenmenschliche Stimmungen vollkommen unempfänglich war.

»Ich meine, Charlie hat es natürlich sofort bemerkt«, fuhr Nate fort. »Deshalb sollten wir euch schließlich auch allein lassen, oder?«

Ich spürte seinen Blick auf mir. »Genau, und das war auch wirklich toll …« Ich machte eine Pause. »Nur dass dann leider Lilly vorbeigekommen ist!«

»Nicht dein Ernst!«

»Jep.«

Eine Weile sagte keiner von uns etwas.

»Okay, das erklärt einiges«, sagte Nate irgendwann. »Nein, das erklärt alles.«

»Auf jeden Fall weigert Amy sich jetzt, mich anzuhören.«

»Sie glaubt, dass du ihr Vertrauen missbraucht hast«, führte Nate mir die Situation noch einmal vor Augen. »Ich weiß nicht, ob sie jemand ist, der das so schnell verzeiht.«

Seine Worte hallten noch einen Moment zwischen uns wider. Das Schlimmste war, dass er wahrscheinlich recht hatte.

Nate klopfte mir auf die Schulter, was sich überraschend tröstlich anfühlte.

»Ich drücke dir auf jeden Fall die Daumen, Mann.«

Es kam mir vor, als säßen Nate und ich schon eine Ewigkeit vor Ritas Tür, aber dann öffnete sie sich endlich.

Amy kam zuerst heraus, die Augen gerötet, das Haar zerzaust. Offensichtlich hatte sie geweint.

Ich wollte aufspringen und zu ihr laufen, sie in meine Arme schließen und ihr Halt geben, doch ich hielt mich zurück. Es war deutlich, dass sie keine Lust auf mich hatte, denn sie ging extra ein paar Schritte weiter, um Abstand zwischen uns zu bringen.

Ich presste die Lippen fest aufeinander. Wie sollte ich das mit Amy nur wieder hinkriegen, wenn sie mir nicht die Gelegenheit gab, mit ihr zu sprechen? Wie sollte ich mich bei ihr entschuldigen?

Weil du ihr ja so viele Gelegenheiten gegeben hast, sich nach der Halloweenparty bei dir zu entschuldigen, höhnte eine fiese Stimme in meinem Inneren.

»Ihr könnt jetzt rein, wenn ihr wollt«, verkündete Charlie, nachdem sie sich von Nate gelöst hatte.

»Und wenn ihr nicht wollt, bekommt ihr es mit mir zu tun«, fügte sie hinzu, als weder Nate noch ich uns rührten. »Keine Sorge! Ihr geht's den Umständen entsprechend gut.«

»Okay«, gab ich zögerlich zurück.

Ich mochte Rita und wollte für sie da sein, aber plötzlich war da diese Angst vor dem, was in dem Zimmer auf uns wartete. Der Schmerz wegen dem, was heute Mittag passiert war, war schon schlimm genug. Noch mehr könnte ich nicht ertragen.

»Komm!« Nate nickte in Richtung Tür, und ich setzte mich endlich in Bewegung.

»Hey, Rita!«, begrüßte Nate sie, nachdem er als Erster den Raum betreten hatte.

»Nate, mein Süßer, hallo!« Rita hatte von Anfang an einen Narren an Nate gefressen – schon im Frühjahr, als er angekommen war. Sie hatte eine gute Menschenkenntnis, weshalb wir eigentlich gleich hätten wissen müssen, dass er ein anständiger Kerl war. »Hast du mir Zigaretten mitgebracht?«

Ritas schelmischer Gesichtsausdruck bildete einen starken Kontrast zu dem Schock in Nates Zügen.

»Was? Rita, ich hab dich einmal ziehen lassen, aber das war eine Ausnahme.«

Rita kicherte matt. »War doch nur ein Scherz. Nimm doch nicht immer alles so ernst.«

»Hallo, Rita!«, brachte nun auch ich heraus.

Sie lächelte mich warm an. »Rile!« Dann setzte sie sich ein Stück im Bett auf. »Was für eine schöne Überraschung, dass ihr mich auch besucht, Jungs!«

»Ist doch klar«, erwiderte ich und stellte mich neben Nate an ihr Bett. »Wie geht es dir? Wie kann man überhaupt in deinen jungen Jahren einen Herzinfarkt bekommen?« Es sollte ein Witz sein, um sie aufzumuntern, aber meine Stimme klang belegt.

»Tja, dafür muss man schon eine Herzschwäche haben«, gab Rita trocken zurück und setzte sich ächzend noch weiter auf.

»Du … Du hast … was?«, stammelte ich.

Wie bescheuert konnte man eigentlich sein? Heute war anscheinend der Rile-Bennett-macht-alles-falsch-Tag.

»Oh Gott, das tut mir so leid«, sagte ich und sah sie mitfühlend an.

»Scheiße«, murmelte Nate.

»Ach!« Rita zuckte mit den Achseln. »Es wäre viel schlimmer, wenn es einen jungen Menschen getroffen hätte.« Sie hielt kurz inne. »Versprecht ihr mir etwas?«

»Ja«, sagten Nate und ich wie aus einem Mund, obwohl wir noch gar nicht wussten, worum es ging.

»Passt ihr auf eure Mädchen auf, wenn ich nicht mehr da bin?«

Ich wich zurück. »Rita! Du hast den Herzinfarkt doch überlebt. Das wird schon wieder.«

»Rile … Trotzdem hat der Arzt mir keine großen Hoffnungen gemacht, dass ich noch lange auf dieser Erde weile. Und deshalb möchte ich, dass ihr alle aufeinander aufpasst, in Ordnung?«

Ich schluckte hart.

»Komm mal her zu mir.« Rita winkte mich zu sich heran, und ich folgte ihrer Bitte. Mit den Händen bedeutete sie mir, noch näher zu kommen. Als ihr Mund auf der Höhe meines Ohrs war, flüsterte sie: »Amy ist gerade nicht besonders glücklich. Und ich weiß, dass dir viel an ihr liegt. Kannst du dich ein bisschen um sie kümmern?«

Ich zögerte. Das wollte ich ja, nur wusste ich nicht, ob sie mich lassen würde.

»Ich weiß nicht, ob sie das jetzt gerade will«, gab ich deshalb ehrlich zu.

»Wenn du das Gefühl hast, dass sie es nicht zulassen kann, braucht sie dich am meisten.«

Ich dachte noch lange über Ritas Worte nach. Sie war schon immer weise gewesen, und häufig brachte sie die Dinge auf den Punkt. So bestimmt auch diesmal.

Auch wenn Amy mich auf dem kompletten Rückweg ignorierte, ohne ein Wort aus dem Auto stieg, danach nicht an ihr Handy ging, als ich anrief, und meine vier Nachrichten ignorierte – ich würde nicht aufgeben, sie um ein Gespräch zu bitten. Und vielleicht würde sie mir ja dann irgendwann auch verzeihen können.

Kapitel 30

Amy

Europa, gab ich am späten Nachmittag, als ich endlich wieder zu Hause war, in die Suchleiste bei Google ein und drückte auf Enter. Unzählige Ergebnisse erschienen auf dem Bildschirm, doch da die meisten politische Nachrichten und Informationen über die Europäische Union waren, fügte ich noch *Reise* hinzu.

Nun spuckte die Suchmaschine von *Die besten Reiseziele in Europa* über *Plane deine Reise nach Europa* bis *Reichen zehn Tage für eine Europareise?* alles Mögliche aus.

Eigentlich hatte ich mich an meinen Laptop gesetzt, um die Websites verschiedener Unis nach Studiengängen zu durchforsten, die mich interessierten. Doch das war so frustrierend, weil ich mich weder für Kunst noch für Jura oder Biologie begeistern konnte. Und dann hatte ich an das denken müssen, was Rita vorhin gesagt hatte.

Ich wusste kaum etwas über Europa, lediglich, dass es ein Subkontinent mit siebenundvierzig Staaten war. Doch von denen hatte ich noch keinen einzigen besucht.

Ich klickte mich durch verschiedene Websites und Bildersuchen und fand heraus, dass mir Frankreich, Italien, Spanien und Portugal landschaftlich am besten gefielen. Aber auch England, Irland und Schottland müsste ich eigentlich bei meiner Reise einen Besuch abstatten – schon allein, weil ich mich dort auf Englisch verständigen konnte.

Oh? Ich hielt inne. *Meine Reise?* Das klang ja, als würde ich nach Europa fliegen wollen. Na ja, wenn ich so darüber nachdachte …

Natürlich war die Botschaft, die Rita mir mitgeben wollte, eigentlich eine andere. Es ging nicht darum, Tausende von Meilen zurückzulegen und den Kontinent zu wechseln.

Doch wieso eigentlich nicht reisen? Was hielt mich hier, in Tennessee? Ich hatte keinen Studienplatz mehr und bald nicht einmal mehr ein Elternhaus, in das ich zurückkehren konnte. Und Rile …

Nein! Ich hatte wirklich *gar nichts* mehr, wegen dem es sich lohnte zu bleiben.

Das einzige Problem war, dass das Wetter im Dezember in Europa größtenteils genauso schlecht war wie hier. Allerdings könnte ich die Weihnachtszeit in England verbringen – besonders London war zu dieser Zeit sicher besonders, mit der ganzen Weihnachtsdeko. Eine entfernte Cousine meines Vaters lebte sogar im Londoner Umland, vielleicht konnte ich sie anrufen und ihr über die Feiertage einen Besuch abstatten? Und wenn es mir gefiel, blieb ich einfach länger. Sobald das Wetter im Frühjahr besser wurde, könnte ich weiter in die anderen Länder fliegen. Das Geld auf meinem Sparbuch würde sicherlich für sechs Monate reichen.

Je länger ich darüber nachdachte, desto besser fand ich die Idee. Vielleicht war eine lange Reise genau das Richtige für mich. Das, was ich brauchte, um herauszufinden, wer ich war und was ich wollte. Neue Menschen, neue Eindrücke, neue Gedanken. Und wenn nicht, würde ich wenigstens eine unvergessliche Zeit haben und *leben.*

Kurzerhand lief ich in das Arbeitszimmer meines Vaters, das nur selten als solches genutzt wurde. Mit einer Eile, als würde es auf jede Sekunde ankommen, durchwühlte ich die oberste Schreibtischschublade, von der ich wusste, dass sich dort sein altes Adressbuch befand.

Wenig später hielt ich es in der Hand und blätterte durch die Seiten, bis ich bei *S* wie *Smith* angekommen war. Da war sie, die Nummer von Dads Cousine Andrea.

Ohne weiter darüber nachzudenken, zog ich mein Handy aus der Tasche und wählte die Nummer, die Dad samt Ländervorwahl sorgfältig in sein Büchlein eingetragen hatte. Dass uns die Familie Smith während einer USA-Reise besucht hatte, war viele Jahre her, und seitdem hatten wir sie nicht mehr gesehen. Aber ich wusste noch, dass ich Andrea ebenso wie ihren Mann Marc und die gemeinsame Tochter schnell ins Herz geschlossen hatte. Da Dad sich jedes Jahr zu den Feiertagen wie Weihnachten oder Thanksgiving bei ihnen meldete, sollte die Telefonnummer noch stimmen.

Und tatsächlich, schon nach dem zweiten Klingeln meldete sich jemand am anderen Ende der Leitung.

»Smith, hallo?« Andreas vertraute Stimme klang alarmiert.

»Hi, Andrea, hier ist Amy. Howards Tochter.«

»Amy! Ist alles in Ordnung mit deinem Vater?« Jetzt klang ihre Stimme regelrecht panisch.

»Ja, ihm geht's gut«, beeilte ich mich zu sagen. »Ich wollte dich nur etwas fragen.«

»Und dann rufst du um halb zwölf an? Ich wollte gerade ins Bett gehen und hab einen richtigen Schreck bekommen, als ich die Nummer gesehen habe.«

Mir rutschte fast das Herz in die Hose. »Oh Gott, Andrea! Entschuldige! Ich habe den Zeitunterschied total vergessen. Soll ich morgen wieder anrufen?«

Am anderen Ende der Leitung erklang ein lautes Lachen. »Ach, Blödsinn. Jetzt bin ich wach, das kannst du mir glauben.«

»Okay, ich beeile mich trotzdem. Also: Ich würde euch gerne über Weihnachten besuchen. Das heißt, wenn ihr zu Hause seid und Platz für mich habt.«

»Was? Wirklich? Das ist ja eine schöne Überraschung! Anna wird sich riesig freuen. Sie ist mittlerweile auch schon achtzehn.«

»Wow!«, stieß ich aus. »Die Zeit rast! Ich fänd es wirklich schön, euch alle wiederzusehen.«

»Du bist hier immer willkommen. Das heißt, wenn es dich nicht stört, dass du ein bisschen auf dich gestellt sein wirst. Vor zwei Jahren habe ich mich als Eventplanerin selbstständig gemacht. Das Geschäft läuft mittlerweile super – nur boomt es besonders im Dezember, wegen der ganzen Weihnachtsfeiern.«

»Du organisierst Veranstaltungen?«, fragte ich so perplex, als hätte ich noch nie von diesem Beruf gehört. Warum war ich nicht früher darauf gekommen? Das war doch eine Aufgabe, die perfekt zu mir passen würde!

»Ja, genau.« Andrea klang so fröhlich wie jemand, der seine Arbeit wirklich liebte.

Plötzlich kam mir eine Idee.

»Sag mal, brauchst du vielleicht Unterstützung, wenn gerade so viel los ist?«

»Wie meinst du das?«, wollte Andrea wissen.

»Mein Studium, Business Administration, ist nicht so wirklich mein Ding. Deshalb suche ich jetzt nach etwas, das besser passt!«

»Dann kannst du gerne mal bei mir reinschnuppern, Süße«, sagte Andrea gut gelaunt.

»Das klingt toll!«, stieß ich aus. »Ich lasse dich jetzt mal schlafen. Wollen wir vielleicht in den nächsten Tagen noch einmal telefonieren, bevor ich meinen Flug buche?«

»Sehr gerne. Bis dahin erzähle ich Toby und Anna, dass du uns besuchen kommst. Die werden ausflippen vor Freude!«

Ich beendete unser Gespräch mit einem Lächeln.

Als Charlie am nächsten Morgen unangekündigt vor meiner Haustür stand, war ich noch im Schlafanzug. Bis spät in die Nacht hatte ich meine Reise geplant und gar nicht damit aufhören können, mir Notizen zu machen. Ich hatte mich förmlich in die Recherche hineingestürzt, nur um bloß keinen weiteren Gedanken an Rile zu verschwenden. Nach dem, wie er mit mir umgegangen war, verdiente er keine einzige meiner Tränen. Jedes Mal, wenn sich sein Gesicht vor mein inneres Auge drängte, dachte ich an meine Reise und daran, dass uns bald fast fünftausend Meilen trennen würden. Leider war der Gedanke kein bisschen tröstlich.

»Charlie!«, stieß ich überrascht aus, als ich in ihr besorgtes Gesicht schaute. Mit gerunzelter Stirn stand sie im Regen und hielt zwei Kaffeebecher in der Hand.

»Wieso gehst du nicht an dein Handy?« Mit dem Blick fuhr sie meinen Körper ab, als wolle sie sicherstellen, dass mit mir alles in Ordnung war.

Ich machte eine einladende Geste und trat einen Schritt zurück, damit sie reinkommen konnte.

»Ich hab dich seit gestern Abend mindestens zehnmal angerufen.« Ihre Stimme bebte vor Wut.

»Scheiße, tut mir leid!« Ich biss mir auf die Lippe und schielte zu meinem Telefon, das immer noch auf dem kleinen Tisch im Flur lag, wo ich es vorhin abgelegt hatte. »Ich dachte, es wäre Rile.«

Charlie seufzte, zog sich die Schuhe aus und folgte mir in die Küche. »Amy, das kannst du nicht bringen. Ich mache mir ohnehin schon solche Sorgen um dich. Und dann noch das gestern … Ich weiß ja nicht mal, was überhaupt passiert ist. Rile hat auch noch nicht auf meine Nachrichten geantwortet.«

»Und wieso stehst du dann nicht bei ihm auf der Matte?« Sofort, nachdem die Worte raus waren, bereute ich sie. »Tut mir leid, das meinte ich nicht so!«

Charlie stellte die Becher auf dem Küchentisch ab. Dann verschränkte sie die Arme vor der Brust und funkelte mich an. »Weil er auf der Arbeit ist.«

Ich ließ mich auf einen der Stühle sinken. »Ich weiß selbst nicht, warum ich das gesagt habe.«

Charlie tat es mir gleich, ihre Miene wurde weicher. »Dass du dich zurückziehst, wird es nicht besser machen.«

Geräuschvoll stieß ich die Luft aus. »Ich habe einfach das Gefühl, dass ich einen Tiefpunkt erreicht habe. Das Wochenende hat mich glauben lassen, dass es nicht so wäre. Aber das war nur eine Illusion.«

»Eine Illusion?« Verständnislos sah Charlie mich an.

Ich zögerte einen Moment. Aber dann erzählte ich ihr alles. Die ganze beschissene Geschichte. Zumindest den Teil, den sie noch nicht kannte. Berichtete von den Stunden, die ich zu zweit mit Rile verbracht hatte. Von unserer körperlichen Nähe. Und der emotionalen.

Als ich fertig war, saß Charlie ein paar Sekunden einfach neben mir und starrte aus dem Fenster, bevor ihr Blick zu mir wanderte.

»Wow.« Sie schluckte. »Mir fehlen die Worte.«

»Jep. Mir auch!«

»Aber …« Sie hielt inne. »Irgendwie habe ich ein schlechtes Gewissen. Immerhin war ich diejenige, die dir erzählt hat, dass Rile und Lilly nicht mehr zusammen sind. Also, so hat Rile es mir erzählt. Vielleicht wollten die beiden einfach im Nachgang noch mal reden?«

Ich sagte nichts, sondern griff bloß nach meinem bereits fast leeren Kaffeebecher.

»Macht es denn wirklich so einen Unterschied?«, fragte Charlie vorsichtig. »Ob er noch einmal mit ihr sprechen wollte oder nicht, meine ich.«

Ich schnaubte. »Natürlich macht das einen Unterschied! Und wenn er wirklich so endgültig und unwiderruflich Schluss gemacht hat, wieso ist Lilly ihm dann extra in die Smokys hinterhergefahren? Wieso wusste sie überhaupt von der Hütte und dass er da ist?«

»Keine Ahnung. Ich weiß auf jeden Fall, dass Rile dir nie absichtlich wehgetan hätte.«

»Woher?«, fragte ich barsch.

Charlie verengte die Augen. »Weil ich ihn *kenne*.«

»Wenn du ihn so gut kennst, wieso hat es dich dann so überrascht, dass er mich am Wochenende gefickt hat, obwohl er am Montag darauf mit seiner Freundin verabredet war?«

Bei dem Wort *gefickt* war Charlie zusammengezuckt. Und irgendwie tat es mir leid, dass ich meine Wut an ihr ausließ. Sie hatte mir nichts getan. Außerdem war *gefickt* echt nicht der richtige Begriff für das, was wir getan hatten …

»Exfreundin!«

Ich stieß ein Seufzen aus. »Ich weiß, dass du nichts dafürkannst, Charlie. Aber du musst das verstehen. Ich habe ihm am Abend vorher gesagt, dass ich keinem Mann vertraue und mich vorher nie auf Gefühle eingelassen habe, aus Angst, verletzt zu werden. Und dann …« Ich musste schlucken, bevor ich fortfuhr: »… steht Lilly plötzlich vor der Tür, und er bittet sie fröhlich herein, als wäre nichts. Und das eine halbe Stunde nachdem …«

Ich brach ab.

Nachdem er gesagt hat, dass er mich liebt, vollendete ich den Satz in Gedanken.

»Du hast recht«, sagte Charlie und umklammerte ihren Kaffeebecher. »Entschuldige. Es ist nur … Ich hätte nie gedacht, dass du und Rile … Also, dass es da wirklich eine Chance gibt. Und zu wissen, dass es die für einen Moment gab …« Sie trank einen Schluck und verzog das Gesicht. »Kalt.«

Pause.

»Es macht mich einfach traurig«, schob sie dann leise hinterher.

»Er hat mir gesagt, dass er mich liebt«, sagte ich eindringlich, ohne wirklich zu wissen, worauf ich hinauswollte.

»Das tut er ja auch!« Die Art, wie Charlie das sagte, so voller Überzeugung, ließ es erneut in mir brodeln.

»Also, wenn *das* Liebe ist. Wenn es so wehtut …« Meine Augen brannten, und das machte mich noch wütender. Von einer Sekunde auf die andere fühlte ich mich wieder schwach und verletzlich. Mit aller Kraft versuchte ich, das Beben in meiner Stimme zu überspielen, als ich weitersprach. »… dann will ich es nicht.«

Ich atmete zittrig aus. *Fuck.* Gleich würde ich die Fassung verlieren.

Für den Bruchteil einer Sekunde schloss ich die Augen, in der Hoffnung, so die Tränen zurückhalten zu können, die unnachgiebig versuchten, sich einen Weg nach draußen zu bahnen. Ich hörte, wie Charlie aufstand und zu mir kam. Als ich die Lider öffnete, waren meine Wangen feucht, und Charlie schloss die Arme um mich. Dankbar ließ ich den Kopf gegen sie sinken.

Zum Glück hatte ich mich schnell im Griff, sodass meine beste Freundin sich nach ein paar Minuten wieder von mir löste.

Ich räusperte mich. »So, Schluss mit dem Geheule. Ich habe jetzt lang genug in dieser verfahrenen Situation festgesteckt. Schließlich gibt es auch noch eine gute Nachricht.«

»Ach ja?«

»Ja!«

Ich stand auf. Plötzlich hatte ich das dringende Bedürfnis, mich zu bewegen.

»Ich werde nach London fliegen.«

Charlie blinzelte ein paarmal. »Was? Mit wem?«

Ich holte tief Luft. »Allein. Ich möchte eine Europareise machen.«

»EINE EUROPAREISE?« Ihre Augen weiteten sich.

»Ja. Und ich weiß noch nicht, wie lange ich wegbleibe. Vielleicht einen Monat, vielleicht ein halbes Jahr … je nachdem.«

»Aber …« In Charlies Gesicht konnte ich die widersprüchlichsten Emotionen gleichzeitig erkennen: Überraschung, Sorge, Neugier … »Europa soll ja toll sein, aber du hast noch nie ein Wort darüber verloren, dass du dorthin willst. Wie kommst du denn auf einmal darauf?«

Ich zuckte nur mit den Schultern, weil Charlie meine Idee vielleicht nicht ernst nehmen würde, wenn sie wusste, dass Rita mich darauf gebracht hatte.

»Ich wollte mich auch nie in Rile verlieben. Und hier bin ich mit einem fucking Loch im Herz«, argumentierte ich stattdessen und machte eine kurze Pause. »Dass es nicht einmal mit

Rile funktioniert – mit Rile!! –, zeigt doch einfach, dass Beziehungen nicht funktionieren.«

»Na ja«, begann Charlie und schob sich eine Haarsträhne hinters Ohr. »Du hast es nicht gerade lange versucht.«

Ich kaute eine Weile nachdenklich auf meiner Lippe herum.

»Meinst du, Eventmanagement könnte etwas für mich sein?«, fragte ich dann.

»Hallo, in dem Begriff steckt *Management*!« Meine beste Freundin grinste breit.

»Haha«, machte ich. »Meine Großcousine aus London, mein erstes Ziel sozusagen, hat mir gestern am Telefon erzählt, dass sie eine Eventagentur gegründet hat. Ich darf ein bisschen bei ihr reinschnuppern.«

»Hey, du liebst es, Veranstaltungen zu planen. Was ich so mitbekommen habe, sind deine geheimen Undergroundpartys auf dem Campus legendär. Und erinnere dich daran, wie du mit mir im Sommer übers Telefon das Festival geplant hast, weil du wegen Rile nicht vor Ort sein wolltest. Das könnte wirklich etwas sein«, sagte Charlie. »Ich freue mich für dich!«

Rile

Der Tag hatte genauso schlimm angefangen, wie der letzte geendet hatte.

Das Erste, was ich an diesem Morgen getan hatte, war, nach meinem Handy zu greifen und das Display zu entsperren. Nur um dann festzustellen, dass Amy sich nicht gemeldet hatte. Stattdessen hatte Charlie mir etliche Nachrichten geschickt, hauptsächlich, um wieder und wieder zu fragen, was zwischen Amy und mir vorgefallen war.

Bei der Arbeit hatte mir Richard bereits zweimal einen Einlauf verpasst – die Zeit der Nettigkeit war wohl offiziell vorbei, und das, obwohl er noch nicht einmal wusste, dass Lilly und ich nicht mehr zusammen waren. Wenn er von der Trennung erfuhr, würde das vermutlich vollends seine Hoffnung zerstören, durch den Einfluss einer Freundin doch noch den männlichen Nachfolger zu bekommen, den er sich immer gewünscht hatte.

Zumindest würde die Sache mit Lilly heute ihren endgültigen Abschluss finden. Sie hatte mir noch eine Nachricht geschickt, um mir mitzuteilen, dass sie mir gern meine Sachen zurückgeben würde. Ich hatte deshalb vorgeschlagen, dass ich heute nach der Arbeit vorbeikommen würde, um ihr ihren Kram zu bringen und meinen mitzunehmen. Da auch sie aller Wahrscheinlichkeit nach schlecht auf mich zu sprechen sein würde, war es nicht gerade ein Treffen, dem ich entgegenfieberte. Aber wenigstens hatten wir dann einen sauberen Cut.

Zu allem Überfluss war ich heute im Büro auch noch für die Auftragsbearbeitung und Materialbestellung zuständig. Beides gehörte zu meinen Hassaufgaben, weil ich es einfach nur öde fand. Gerade tippte ich stumpf die Bestellungen in eine Exceltabelle, da klingelte mein Handy.

Sofort zog ich es aus der Hosentasche. Als ich Charlies Namen las, breitete sich Enttäuschung in mir aus. Trotzdem ging ich ran.

»Hey, was gibt's?«, begrüßte ich sie, doch Charlie hielt sich nicht mit Höflichkeitsfloskeln auf.

»Was denkst du dir eigentlich dabei, Sex mit Amy zu haben, in einem Moment, in dem sie so verletzlich ist, obwohl du noch nicht von Lilly getrennt bist?«

Ich seufzte genervt. »Ich bin bei der Arbeit, Charlie!«

»Rile«, knurrte sie. »Ich kenne deine Arbeitseinstellung. Also tu jetzt nicht so!«

Ein kapitulierendes Stöhnen verließ meinen Mund. »Ich *war* von Lilly getrennt. Und das wüsste Amy auch, wenn sie mich einmal hätte ausreden lassen. Ich habe Lilly lediglich ein letztes Treffen eingeräumt, weil sie noch mal reden wollte. Es war einfach blödes Timing, dass sie plötzlich in Peters Hütte aufgetaucht ist, aber was hätte ich tun sollen? Sie einfach vor die Tür setzen, nachdem ich sie mit der Trennung aus heiterem Himmel schon so verletzt habe?«

»Ziemlich blödes Timing, das kann man wohl sagen!«, stieß sie aus. »Wieso hast du Amy das nicht erklärt?«

»Das hab ich doch versucht, verdammt!«

Charlie gab ein Geräusch von sich, das sowohl nach Frust als auch nach Schuldbewusstsein klang. »Ach Mann, sorry, aber die Situation ist etwas schwierig für mich. Irgendwie hat jeder von euch seine eigene Version von dem, was passiert ist. Was hältst du davon, wenn du heute Abend zum Essen kommst? Ich koche uns was, und du erzählst mir alles noch mal aus deiner Perspektive.«

»Ich weiß nicht, irgendwie habe ich gerade keine Lust auf …«

»Ich habe mit Amy gesprochen, und es gibt da etwas, was du wissen musst.«

»Dann sag's mir doch einfach?« Ich konnte nichts dagegen tun, dass ich angefressen klang. Irgendwie nervte es mich total, dass Charlie so den Moralapostel raushängen ließ. Ich wusste ja selbst, dass ich Mist gebaut hatte.

»Das will ich ungern am Telefon tun.«

Okay …

»Alles klar!«, gab ich mich geschlagen. »Dann komm ich nach der Arbeit rum!«

Nachdem wir aufgelegt hatten, starrte ich das Handy in meiner Hand noch eine Weile an. Dann rief ich meine Kontakte auf und scrollte bis zu Amys Namen. Mein Finger schwebte eine halbe Ewigkeit über der Stelle, dann donnerte ich das Telefon auf den Tisch und stand auf. Lief ein paar Schritte durch den Raum. Raufte mir das Haar. Schickte ein Stoßgebet gen Himmel. Schloss die Augen. Wünschte mir, Amy mit bloßer Willenskraft dazu bringen zu können, mich *endlich* zurückzurufen oder auf meine Nachrichten zu reagieren.

Ich hatte verdammt noch mal kapiert, dass sie mich bestrafen wollte. Aber wie lange wollte sie das noch durchziehen?

Ich konnte kaum an etwas anderes denken als an sie. Jedes Mal wenn ich die Augen schloss, sah ich Amy vor mir. Ihre warmen dunklen Augen, den Ausdruck darin, als ich ihr gesagt hatte, dass ich sie liebte.

Mit ihr zusammen hatte ich mich so komplett gefühlt. Auch wenn es kitschig klang, aber es war der erste Moment in meinem Leben gewesen, in dem ich mich wirklich vollständig gefühlt hatte. Ich wusste, dass sie es auch gespürt hatte. Und ich wusste, dass sie meine Gefühle erwiderte. Das konnte sie doch nicht alles einfach so wegwerfen!

Kurz entschlossen lief ich zurück zum Schreibtisch und griff wieder nach dem Handy. Am liebsten hätte ich mich selbst geohrfeigt.

Eine Sekunde später hatte ich ihre Nummer gewählt. Die Acht hinter ihrem Namen in der Anruferliste machte mir unangenehm bewusst, wie oft sie mich bisher schon ignoriert hatte. Und auch jetzt ging nach ein paarmal Klingeln die Mailbox ran.

»Amy, hier ist Rile … schon wieder«, redete ich drauflos, bevor ich es mir anders überlegen konnte. »Ich weiß, dass du nicht mit mir sprechen willst. Aber …«

Ja, was aber? Wieder begann ich, durch den Raum zu tigern.

»Aber ich kann nicht einfach so tun, als hätte es die letzten Tage nicht gegeben. Ich habe mich noch nie … noch nie so gefühlt wie in diesen Stunden mit dir.«

Erschrocken stellte ich fest, dass mir die Stimme brach. *Scheiße!* Wenn ich jetzt weinte, würde sie das nicht mehr überzeugen. Also schluckte ich gegen den Kloß in meinem Hals an.

»Verdammt, Amy. Ich kann dich immer noch an mir riechen.«

Woah! Sehr aussagekräftig, Rile. Und eine Entschuldigung war auch nicht dabei.

Bevor ich noch mehr Mist von mir geben konnte, legte ich auf.

Das war der Moment, in dem Richard das Büro betrat, und ich konnte ihm bereits vom Gesicht ablesen, dass er schon wieder etwas zu meckern hatte.

Ich schlug die Tür des Pick-ups kräftiger zu als nötig. Auch wenn mein Auto natürlich nichts dafürkonnte, dass Amy sich immer noch nicht bei mir gemeldet hatte. Oder dass ich eine Stunde länger bei der Arbeit bleiben musste, weil Richard der Meinung gewesen war, ich müsse endlich lernen, Verantwortung zu übernehmen. Oder dass Lilly rotgeweinte Augen gehabt hatte, als ich eben bei ihr gewesen war, um unsere Sachen auszutauschen. Außerdem knurrte mein Magen schon seit einer Stunde immer mal wieder, was meine Laune auch nicht unbedingt verbesserte.

Innerhalb von Sekunden war ich beim Haus.

Entweder hatte Charlie bereits im Flur auf mich gewartet, oder sie war in Rekordgeschwindigkeit zur Tür gesprintet, auf jeden Fall öffnete sie mir im selben Moment, in dem ich auf die Klingel drückte.

»Endlich! Ich dachte schon, du kommst nicht«, sagte sie und drückte mich an sich.

»Ich musste noch zu Lilly«, erklärte ich, nachdem Charlie sich von mir gelöst hatte. »Ihr ihre Sachen zurückgeben und meine mitnehmen.«

Charlie schaute mich mitfühlend an. »Ach, Mensch. Und wie war's?«

Ein leises Seufzen verließ meinen Mund. »Na ja, sie ist nicht gerade gut auf mich zu sprechen, weißt du?«

Noch bevor Charlie etwas erwidern konnte, registrierte ich den köstlichen Geruch, der aus der Küche drang.

Es war …

»Ich habe Steak gebraten«, flötete Charlie, die meinen Blick wohl bemerkt hatte.

Ich stutzte. »Wow, so aufwendig?«

Sie lächelte unschuldig. Zu unschuldig?

Plötzlich kam mir ein Gedanke, den ich bisher noch gar nicht gehabt hatte. Vielleicht war das wieder eines dieser Treffen, die Charlie arrangierte, damit Amy und ich uns aussprachen – so wie bei Trevors Party. Wenn ja, wäre ich ihr in diesem Fall gar nicht mal undankbar.

Unauffällig spähte ich über Charlies Schulter, aber die Küchentür war angelehnt, sodass ich nicht erkennen konnte, ob Amy in dem Raum war.

»Klar, für dich tue ich doch alles!« Charlie grinste etwas verkrampft, und jetzt war ich mir sicher, dass Amy hier war.

Wieso sollte Charlie sich sonst die Mühe machen, gerade heute eines meiner Lieblingsessen zuzubereiten? Vorhin war sie noch total sauer auf mich gewesen.

Danke, Charlie. Danke, danke, danke!

Endlich kam mir ihr Bedürfnis, sich einzumischen, mal zugute.

»Ein schönes Essen zu zweit ist genau das, was wir jetzt brauchen«, sagte sie, während ich aus den Schuhen schlüpfte und sie mit einem Fuß an die Seite schob.

»Ja, genau das Richtige!« Ich zwinkerte ihr übertrieben zu.

Sie blinzelte verwirrt. »Du hast sicher auch Hunger, oder?«

Ich folgte Charlie in die Küche, und ein aufgeregtes Ziehen machte sich in mir breit. Wenn Amy hier war, würde es vielleicht doch nicht so schwierig werden, sie davon zu überzeugen, dass meine Gefühle aufrichtig waren und ich alles wiedergutmachen würde. Vielleicht würde mir diesmal ja auch etwas Romantischeres einfallen als *Ich rieche dich immer noch an mir.*

Ich strich mir noch einmal übers Haar und zupfte mein Hemd zurecht, bevor ich schließlich die Küche betrat. Mit erwartungsvollem Blick sah mich um.

»Wo ist Amy?«

»Hä?«, machte Charlie, während sie zum Herd rannte, auf dem zwei Steaks in der Pfanne brutzelten. »Ich habe doch gerade noch mal betont, dass wir zu zweit essen. Wie kommst du auf Amy?«

Ich ließ die Schultern hängen. »Oh Mann. Ich dachte, das ist vielleicht wieder eine deiner Aktionen, bei denen du keinem von uns sagst, dass der andere auch da sein wird.«

»Rile!« Auf einmal klang Charlie furchtbar traurig. »Tut mir leid, dass du das dachtest. Aber Amy wird nicht kommen.«

»Okay …« Ich senkte den Kopf und schaute auf meine Füße.

In dem Bruchteil einer Sekunde, den ich die Augen schloss, rannte Charlie vom Herd zu mir und drückte sich an mich.

»Jetzt setz dich hin!«

Ich tat wie mir befohlen und hatte kurz darauf einen Teller mit einem saftigen Steak sowie einer dampfenden Ofenkartoffel und Sour Creme vor mir. Der köstliche Geruch sorgte dafür, dass mir das Wasser im Mund zusammenlief.

Gerade als Charlie sich mit ihrem Teller neben mich setzte und ich anfangen wollte zu essen, hielt ich inne. Warum hatte Charlie ausgerechnet mein aufwendiges Lieblingsessen für mich gekocht, wenn es keinen Plan für ein gemeinsames Essen mit Amy gab?

»Charlie?«

Sie sah auf. »Rile?«

Auf einmal hatte ich keinen Hunger mehr. »Was wolltest du mir eigentlich erzählen?«

»Willst du nicht erst mal essen?«

Ich bedachte sie mit einem Blick, der sagen sollte: *Ich rühre mein Essen nicht an, wenn du es mir nicht sofort verrätst.*

Sie stieß ein leises Seufzen aus. »Flipp aber bitte nicht aus! Und du darfst Amy nichts sagen.« Als ich nicht reagierte, deutete Charlie mit dem Kopf auf meinen Teller. »Und das Steak hat zwanzig Dollar gekostet. Wenn du das nicht isst und das Tier umsonst gestorben ist, schweige ich für immer.«

Ich begann zu essen, auch wenn ich das Gefühl hatte, keinen Bissen herunterzubekommen. Hatte Amy mit jemand anderem geschlafen?

Ich schüttelte den Kopf über den Gedanken. Wie hätte sie das so schnell machen sollen? Noch gestern Morgen …

»Amy geht weg.«

Ich hielt inne. »Weg? Wohin?«

»Nach Europa.«

Amy würde nach Europa fliegen? Ich hatte schon häufig mit dem Gedanken gespielt, in Italien Urlaub zu machen, obwohl es so weit weg war. Peter hatte nach dem Schulabschluss ein paar Wochen dort verbracht und mir schon oft von dem Land vorgeschwärmt. Aber Amy hatte mir gegenüber eine Reise nach Europa noch nie erwähnt.

»Das ist ja cool!«, stieß ich aus. »Wie lange?«

Jetzt war Charlies Miene wie versteinert. »Sie will für längere Zeit dorthin. Vielleicht sogar ein halbes Jahr. Oder mehr.«

Ich erstarrte. »Wie bitte? Seit wann denn das?«

Zögerlich nahm Charlie einen Bissen von ihrem Essen. »Ich war vorhin bei Amy, weil ich mir Sorgen gemacht hab, als ich sie nicht erreichen konnte …«

»Bei dir ist sie auch nicht rangegangen?«, fragte ich hoffungsvoll, auch wenn das eigentlich gar nichts änderte.

Charlie schüttelte den Kopf. »Weil sie dachte, dass du es wärst.«

Ich stieß geräuschvoll die Luft aus. »Ach so.« Dann ließ ich das, was ich soeben von Charlie erfahren hatte, für einen Moment sacken. »Also will sie einfach abhauen, ja?«

Charlie antwortete eine Weile nicht.

»Ich weiß nicht, Rile. Sie will etwas mit Bedeutung in ihrem Leben, schätze ich. Jetzt, wo sie kein Studium mehr hat, ihre Eltern das Haus verkaufen und …«

»Ich versteh schon«, fuhr ich dazwischen. »Also läuft sie weg.« Auf einmal war ich sauer. »Mann, ich weiß, dass ich mich falsch verhalten hab, aber dass ich ihr ein Detail nicht erzählt habe, ist doch kein Grund, gleich das Land zu verlassen!«

Charlie saß stumm neben mir und stocherte in ihrem Essen herum.

»Ach, nein! Sie wechselt ja sogar den Kontinent.«

Das war doch echt kaum zu glauben. Gerade, als ich wieder den Mund öffnen wollte, klingelte es an der Tür und Charlie warf mir einen überraschten Blick zu. Offenbar erwartete sie niemanden.

Kapitel 31

Amy

Ich hatte gebucht. Ich hatte wirklich einen Flug nach London gebucht!

Das Unglaublichste an der ganzen Sache war, dass es bereits am 6. Dezember losging, sodass ich tatsächlich in der Weihnachtszeit dort sein würde. Damit würde auch der ganze Umzugsstress an mir vorbeigehen. Meine Eltern kamen zwar erst morgen nach Hause und hatten noch keinen blassen Schimmer von meinen Plänen, aber im Grunde war es auch egal, was sie dachten. Ob sie zustimmen würden oder eher ausrasten – das wahrscheinlichere Szenario. Ich hatte noch genug Geld auf meinem Sparkonto, und wenn es nicht reichen sollte, würde ich mir einfach einen Job in Europa suchen.

Nachdem Charlie gegangen war, hatte ich noch einmal mit Andrea telefoniert und die Daten für die Flüge abgeglichen. Außerdem hatte sie mir erzählt, dass sie ein extra Gästezimmer hatten, in dem ich wohnen könnte. Das Konkreter-Werden meiner Pläne hatte ein aufgeregtes Kribbeln durch meinen Körper gejagt. Schon allein der Zeitunterschied verdeutlichte mir, wie weit London tatsächlich von uns entfernt war.

Nachdem das One-Way-Ticket in mein Postfach geflattert war, war ich so aufgekratzt, dass ich meine Freude mit jemandem teilen wollte. Und da Charlie vorhin erwähnt hatte, dass sie heute Abend allein zu Hause sein würde, fuhr ich spontan zu ihr, um sie zu überraschen. Auch wenn sie nicht so überzeugt von meiner Reise war wie ich, wusste ich, dass sie sich für mich freuen würde.

Als Charlie mir die Tür öffnete, sprach ihr Gesicht allerdings eine andere Sprache. Der Ausdruck in ihren Augen wechselte von irritiert zu verkniffen, als sie mich auf der Veranda entdeckte.

Mir war klar, warum sie so reagierte. Denn ich hatte Riles Pick-up sofort in der Auffahrt entdeckt, was mir einen ganz schönen Dämpfer verpasst hatte. Für den Bruchteil einer Sekunde hatte ich überlegt, direkt wieder zu fahren, aber ich konnte ihm schließlich nicht für immer aus dem Weg gehen.

»Amy«, flüsterte Charlie. »Was machst du denn hier?« Nervös schaute sie über die Schulter.

»Dich an diesem einsamen Abend überraschen?«, sagte ich höhnisch, weil mir mittlerweile klar war, dass sie Gesellschaft hatte.

»Na ja, so einsam ist er gar nicht mehr«, gab Charlie kaum hörbar zurück.

Gerade als ich den Mund öffnete, tauchte *er* hinter ihr auf.

Nein, nein, nein, schrie etwas in meinem Inneren, obwohl ich schon ein paar Minuten Zeit gehabt hatte, um mich auf das Aufeinandertreffen vorzubereiten.

Gleichzeitig fuhr mir Riles Stimme durch den ganzen Körper. Kitzelte meine Eingeweide. Brachte mein Herz aus dem Rhythmus.

»Wer ist es?«, wollte er wissen.

Ich erschauderte. *Fuck.* Dann erstarrte ich.

Fast hätte ich auf dem Absatz kehrtgemacht, doch da stand Rile schon neben Charlie im Türrahmen. Der Ausdruck in seinen Augen ließ meine Knie weich werden. Die traurige Sehnsucht darin übertrug sich auf mich und verdrängte die Wut aus meinem Bauch.

Shit, shit, shit.

Als unsere Blicke sich trafen, machte ich plötzlich einen Schritt nach vorn anstatt zwei zurück.

Perplex starrten Rile und Charlie mich an, während ich mich an ihnen vorbei ins Innere des Hauses drängte. Riles typischer Duft war wie ein Schlag in die Magengrube, aber ich überspielte es mit einem Lächeln. Rile so groß und unwiderstehlich im Flur stehen zu sehen, ließ mich wünschen, ihn berühren zu können. Wieder mit den Fingerspitzen über seine Haut zu fahren. Und seine auf meiner zu spüren.

Das gequälte Seufzen verließ meinen Mund, noch bevor ich es verhindern konnte. Aber ich hatte mich schnell wieder im Griff.

»Gut, dass ihr beide da seid. Dann kann ich die frohe Botschaft gleich zwei meiner besten Freunde überbringen.«

Beste Freunde. Der Begriff fühlte sich komisch auf meinen Lippen an. Falsch. Aber ich wusste, dass es Rile kränken würde. Und das war es schließlich, was ich erreichen wollte, richtig?

»Beste Freunde? Soll das ein Witz sein?« Rile wich ein Stück zurück und funkelte mich an.

Ich seufzte wieder, diesmal genervt. Wieso konnte er seine wahren Gefühle nicht wenigstens ein einziges Mal herunterschlucken, so wie normale Menschen es taten? Na ja, oder zumindest wie ich es tat.

»Nein, Rile«, entgegnete ich trocken. »Das soll kein Scherz sein. Du kannst froh sein, dass ich dir überhaupt noch einen Platz in meinem Leben einräume, nach der Scheiße, die du verzapft hast.« Ich funkelte ihn vernichtend an.

Rile sah aus, als hätte ich ihn geschlagen.

»Ich habe die frohe Botschaft schon gehört«, brachte er bitter hervor.

»Das glaube ich nicht. Denn ihr seid die Allerersten, die davon erfahren. Ich …«

Charlie fasste mich am Arm. »*Ich* glaube, wir sollten jetzt erst mal in die Küche gehen, bevor das Essen komplett ungenießbar ist. Komm mit, ich teile mein Steak mit dir.«

Mit diesen Worten zog sie mich hinter sich her.

»Ich habe für den 6. Dezember ein One-Way-Ticket nach London gebucht!« Ich versuchte, alles an Euphorie, das ich in mir trug, in diesen einen Satz zu legen, aber laut ausgesprochen klang es gar nicht mehr so großartig.

Der Schmerz in Riles Augen war genau der, den ich auch tief in mir spürte, aber nicht zeigen konnte. Den ich nicht mal richtig fühlen wollte. Riles ganze Gegenwart überschattete meine Freude über den Flug, und mit einem Schlag bereute ich es, hergekommen zu sein.

Doch jetzt gab es kein Zurück mehr. Zumindest nicht, wenn ich Rile zeigen wollte, dass ich ihn nicht brauchte.

Während ich neben Charlie am Tisch saß und Bissen für Bissen herunterwürgte, damit es aussah, als hätte ich großen Appetit, rührten Rile und Charlie ihr Essen kaum an.

Es lag eine seltsame Stimmung in der Luft, aber ich tat so, als würde ich sie nicht bemerken.

»Papas Cousine Andrea hat sich so gefreut, dass ich mich gemeldet habe«, sagte ich betont fröhlich. »Ihre Tochter Anna ist mittlerweile achtzehn, die wird mir bestimmt einiges zeigen. Vor allem, wo man feiern kann.«

»Dort auszugehen, ist sicher der Wahnsinn! Wie in New York oder so«, stieß Charlie begeistert aus, verstummte aber sofort wieder, als sie sah, wie Riles Miene sich verfinsterte.

Ich hingegen nahm keine Rücksicht auf seine Gefühle.

»Und den britischen Akzent fand ich schon immer sexy bei Männern!«, setzte ich noch einen drauf.

Das war der Moment, in dem Rile aufstand. »So, mir ist der Appetit vergangen. Ich lass euch mal allein. Ohne mich könnt ihr ohnehin viel besser über die heißen Briten philosophieren.«

»Boah, Amy!« Charlie sah mich unter zusammengezogenen Augenbrauen an, sobald Rile aus der Tür war. »Du hast Rile nicht mal die Chance gegeben, sich zu erklären. Und jetzt reibst du ihm auch noch dein zukünftiges Sexleben unter die Nase. Wieso bist du so fies?«

»Weil …« Ich brach ab. »Weil ich das gerade einfach sein muss.« Erschrocken stellte ich fest, dass meine Stimme zitterte.

»Das ist doch kein Wettbewerb, wer wem am meisten wehtun kann!« Meine beste Freundin klang so traurig, dass es mir einen Stich versetzte. Vielleicht war es aber auch der Umstand, dass sie recht hatte.

Gerade als ich Charlie antworten wollte, tauchte Rile wieder in der Küchentür auf.

»Amy, du hast mich eingeparkt. Kannst du bitte den verdammten Wagen wegfahren?«

Stumm schnappte ich mir meine Schlüssel und ging an Rile vorbei, ohne ihn eines Blickes zu würdigen. Doch sobald wir beide meinen Wagen erreicht hatten, konnte ich nicht anders, als erneut Öl ins Feuer zu gießen.

»Ich plane übrigens auch eine riesige Abschiedsfeier. Du bist natürlich eingeladen, den Beginn eines neuen Lebensabschnitts mit mir zu feiern.«

Herausfordernd funkelte ich ihn an, doch der Ausdruck in seinen Augen nahm mir die Luft zum Atmen. Er sah so … so verdammt enttäuscht aus.

Ich kannte diesen Gesichtsausdruck. Meine Eltern hatten mich schon Tausende Male auf diese Weise angesehen. Genauso wie meine Lehrer in der Schule, Mr Stevens, generell jegliche Autoritätspersonen und Erwachsene. Sogar Charlie hatte es ein paarmal getan. Aber noch nie Rile. Kein einziges Mal. Nicht einmal an dem Abend, als ich Travis vor seinen Augen geküsst hatte. Bis jetzt.

»Ich habe dir gesagt, dass ich dich liebe«, sagte er und sah mich eindringlich an. So eindringlich, dass ich das Gefühl hatte, er könnte mir direkt ins Herz gucken. »Und ich liebe dich. Wie verrückt. Ich liebe dich so sehr, dass es wehtut. Und so sehr, dass ich die letzten vierundzwanzig Stunden keinen klaren Gedanken fassen konnte, weil du mir so gefehlt hast. Ich habe …« Er brach ab, schaute auf den Boden. »Ach, egal! Auf jeden Fall würde ich alles dafür tun, damit das mit uns was wird. Aber du musst es auch wollen! Wenn du bei der kleinsten Komplikation wegläufst, dann kann es nie funktionieren.« Er schüttelte den Kopf. »Ich wünsche dir eine unvergessliche Zeit in Europa, wirklich! Hoffentlich hast du den Spaß deines Lebens. Nur …«

»Nur *was*?«, fragte ich so leise, dass ich mich kurz fragte, ob Rile es überhaupt gehört hatte.

»Nur kann ich nicht zu deiner Abschiedsparty kommen. Ich kann einfach nicht feiern, dass der wichtigste Mensch in meinem Leben bald einfach daraus verschwindet.«

Die Tränen kamen so schnell, dass ich sie erst bemerkte, als meine Augen feucht wurden.

»Aber …« Meine Stimme brach. »Du willst dich nicht einmal von mir verabschieden?«

Sein Blick lag ein paar Sekunden zu lange auf mir, und mein Herz brach in tausend Teile.

»Doch«, sagte er eine Spur weicher. Dann verringerte er den Abstand zwischen uns und zog mich in seine Arme. Er drückte mich so fest an sich, dass ich für ein paar Sekunden alles vergaß. Alles, was er getan hatte, alles, was ich getan hatte. Einfach alles. »Mach's gut, Ams«, flüsterte er mit bebender Stimme an meinem Ohr. Anschließend gab er mir einen flüchtigen Kuss aufs Haar, bevor er mich so plötzlich losließ, dass ich noch einen Moment in der Position verharrte.

Ohne ein weiteres Wort stieg er in seinen Wagen und zog die Tür zu.

Ich fühlte mich auf einmal so zittrig, dass ich nicht sicher war, ob es eine gute Idee war, sich jetzt ans Steuer zu setzen. Aber irgendwie bekam ich es hin. Wie auf Autopilot ließ ich mich auf den Fahrersitz gleiten und parkte den Wagen ein Stück weiter, sodass Rile mit seinem vorbeikam.

Auch Minuten nachdem die Scheinwerfer seines Wagens längst verschwunden waren, hockte ich immer noch im Auto. Irgendwann ließ ich meinen Kopf gegen das Lenkrad sinken, und die Tränen strömten mir unaufhaltsam über die Wangen.

Kapitel 32

Amy

»Amy! Sag mir, dass das ein Scherz ist!«

Da war er wieder: der Blick der Enttäuschung in den Augen meiner Eltern. Nur war es mir diesmal egal.

»Solche Witze mache ich nicht. Ich habe einen guten Humor«, entgegnete ich achselzuckend.

»Du weißt schon, wie viel Geld wir in dein Studium gesteckt haben? Und jetzt brichst du es einfach ab, ohne vorher mit uns zu sprechen?« Mom war völlig außer sich. Wild gestikulierend lief sie im Raum auf und ab, während Dad und ich am Küchentisch hockten. »Buchst einfach einen Flug nach London?« Sie stemmte die Hände in die Hüften und wiederholte so langsam, als wäre ich schwer von Begriff: »L-O-N-D-O-N! Das ist nicht Knoxville, Amy. Du bist doch überhaupt nicht verantwortungsbewusst genug, um so weit von zu Hause weg zu sein. Wenn du in Schwierigkeiten gerätst, sind wir nicht da, um dir aus der Patsche zu helfen.« Sie rieb sich übers Gesicht. »Mein Gott, wenn ich mir nur vorstelle, dass du dort drüben ganz allein nachts durch die Gegend läufst!«

Zum ersten Mal seit einer Ewigkeit hatte ich das Gefühl, dass Mom Angst um mich hatte. Ich hatte mir schon so oft gewünscht, dass sie sich mehr für mich und mein Leben interessierte, nur heute war ein schlechter Tag, um plötzlich mütterliche Fürsorge zu entwickeln.

»Sonst machst du dir doch auch keine Sorgen um mich«, stieß ich aus, weil ich es leid war, die Klappe zu halten.

Abrupt blieb Mom stehen. »Entschuldigung? Ich mache mir ständig Sorgen um dich.«

Dad, der bisher ziemlich ruhig gewesen war, rutschte unruhig auf seinem Stuhl hin und her.

»Das stimmt, Schatz«, sprang er meiner Mutter zur Seite.

Ich schnaubte. »Das könnt ihr ziemlich gut verbergen. Bei einer SMS in der Woche bekomme ich nicht gerade das Gefühl, dass ihr euch sonderlich für mich interessiert.«

Jetzt stand Dad auch auf. »Amy, wir arbeiten so viel, damit es dir an nichts fehlt.«

»Und du hast ja wohl immer das bekommen, was du wolltest«, sagte meine Mutter und verengte die Augen.

Ich erhob mich ebenfalls von meinem Stuhl. »Das stimmt, materiell gesehen hatte ich alles. Aber das, was mir gefehlt hat, waren Eltern, die mit mir einen Film gucken, Eis essen gehen oder sich einfach beim gemeinsamen Frühstück mit mir unterhalten.«

»Amy«, sagte Mom genervt, als könne sie kein bisschen verstehen, dass zwischenmenschliche Nähe etwas ziemlich Bedeutsames im Leben der meisten Menschen war. Wahrscheinlich würde sie nie nachvollziehen können, dass man so etwas brauchte. Deshalb ergab diese Unterhaltung auch keinen Sinn für mich.

»Vergesst einfach, was ich gesagt habe, okay? Ich habe meinen Flug gebucht, und ab sofort kümmere ich mich um mich selbst.« Pause. »Also, eigentlich so, wie ich es in den letzten fünfzehn Jahren auch schon getan habe.«

»Aber …«, begann Mom, doch ich drehte mich auf dem Absatz um und lief in mein Zimmer.

Wahrscheinlich würden die beiden noch ein paarmal versuchen, mich davon zu überzeugen, das Ticket zu stornieren, was nicht möglich war, oder direkt ein anderes Studium anzufangen, was sie sich ebenfalls abschminken konnten. Letztendlich war ich einundzwanzig und konnte machen, was ich für richtig hielt. Und ich wollte endlich damit beginnen, herauszufinden, was *ich* gerne tat und wer ich gerne sein würde. Denn die Amy, die ich seit ein paar Monaten war, wollte ich sicher nicht bleiben.

Als ich mich in meinem Zimmer aufs Bett fallen ließ, drängte sich Riles Gesicht vor mein inneres Auge. Es war nicht das erste Mal. Seit gestern Abend hatte sich unsere Verabschiedung unzählige Male in meinem Kopf abgespielt, wieder und wieder, als wäre die Erinnerung eine Schallplatte, die einen Sprung hatte.

Dass ich mich letzte Nacht in den Schlaf geweint hatte, war der beste Beweis dafür, dass ich schnellstmöglich einen Ozean zwischen ihn und mich bringen musste. Diese intensiven Gefühle … sie waren einfach zu viel für mich.

Schon allein bei dem Gedanken daran, so verletzlich zu sein, wurde ich fast panisch, und mein Herz begann schneller zu klopfen.

Ich zwang mich, ruhig ein- und wieder auszuatmen, bis mein Puls sich reguliert hatte.

Mach's gut, Ams.

Vor Wut strampelte ich mit den Füßen. Wieso bekam ich das einfach nicht aus dem Schädel?

Ich schnappte mir mein Kopfkissen, drückte es mir fest aufs Gesicht und schrie so laut hinein, wie ich konnte.

Es tat gut, den ganzen Frust rauszulassen, und kurz verschaffte es mir auch Erleichterung. Aber nur für ein paar Minuten, bevor mein Kopf mich wieder mit dem quälte, was sich gestern Abend abgespielt hatte. Und noch schlimmer: mit dem, was sich am Wochenende abgespielt hatte. Der Sex. Unsere ineinander verschlungenen Körper. Die Küsse. Unsere Nähe. Seine Worte.

Ich sprang vom Bett und steuerte auf meinen Schreibtisch zu, auf dem mein zugeklappter Laptop lag. Entschlossen öffnete ich ihn und gab in der Suchmaschine *London* ein. Wenn ich mich mit etwas ablenken wollte, dann am besten damit, was ich im United Kingdom alles anstellen konnte.

Außerdem gab es noch eine Abschiedsparty, die geplant werden musste. Zwar würden meine Eltern mir die vielleicht nicht erlauben, aber wenn sie nicht in Hazelwood waren, würden sie auch nichts davon mitbekommen.

Die darauffolgenden zwei Wochen waren geprägt von einer seltsamen Mischung aus Melancholie und Vorfreude. Ich verbrachte den Großteil der Zeit in unserem Haus – zum einen, weil es viel schneite und ich Schnee hasste, zum anderen, weil ich das Gefühl hatte, die letzten Tage in den vier Wänden verbringen zu müssen, die einundzwanzig Jahre mein Zuhause gewesen waren. Hier hatte ich laufen und sprechen gelernt, das erste Mal meine Periode bekommen und irgendwann festgestellt, dass meine Eltern viel seltener zu Hause waren als die meiner Freunde. Hier hatte ich so viel Zeit mit Charlie verbracht. *Und mit Rile.* Der Gedanke an ihn schmerzte heute genauso wie noch vor vierzehn Tagen.

Ich war unendlich froh, dass Rita mir angeboten hatte, meine Sachen in ihrem Haus zu lagern, bis ich wiederkam und wusste, wo ich leben wollte. Meine Eltern hätten die Sachen zwar auch mit nach Nashville genommen, aber das wollte ich nicht.

Übermorgen würde ich Tausende von Meilen zwischen Rile und mich bringen. Und ich hatte keine Ahnung, was mich erwartete, wenn ich nächstes Jahr zurückkam.

Denk jetzt nicht darüber nach, schalt ich mich. *Geh zurück zu den anderen, und genieß deine Party!*

Ich straffte die Schultern, streckte meinem Spiegelbild, das mir missmutig entgegenblickte, die Zunge raus und zog mein kurzes rotes Lederkleid ein Stück nach unten.

Als ich mein Zimmer verließ, wäre ich fast gegen Ebony gestoßen, die neben Charlie vor der Tür stand. Meine Studienfreundin war, gemeinsam mit ein paar anderen Kommilitonen, extra aus Knoxville vorbeigekommen, um mich angemessen zu verabschieden. Letzte Woche hatte ich mein Zeug aus dem Wohnheim geholt und sie bei dieser Gelegenheit auch gleich eingeladen.

»Wo versteckst du dich denn die ganze Zeit?«, wollte Ebony wissen und drückte mich an sich. »Du bist doch der Star des Abends. Und auch wirklich ein Augenschmaus«, fügte sie mit bewundernder Miene hinzu.

Charlie lachte zustimmend. »Allerdings! Dieses Kleid ist …« Sie stieß einen leisen Pfiff aus.

Ich zwang mich zu einem Lächeln. Eigentlich war es mein Plan gewesen, besonders heiß auszusehen, um noch einen kleinen Flirt mitzunehmen, bevor ich abreiste. Für einen Selbstbewusstseinsboost und um mich abzulenken. Und der Plan war aufgegangen: Travis, den ich ganz bewusst deshalb eingeladen hatte, hing schon den ganzen Abend an meinen Lippen – und sein Blick in meinem Ausschnitt. Eigentlich genau das, was ich gewollt hatte. Nur erfüllte es mich heute nicht mit Genugtuung. Ganz im Gegenteil, es juckte mich kein bisschen.

Ich folgte Charlie und Ebony zurück nach unten ins Wohnzimmer, wo ich mich erst mal umsah. Zum tausendsten Mal heute Abend. Meine Aufmerksamkeit glitt über die Menschen, die ich alle nicht richtig wahrnahm, auf der Suche nach einem ganz bestimmten.

Genau diesem einen, der nicht hier war und auch nicht kommen würde.

Enttäuschung breitete sich in mir aus, und ich musste mich dazu zwingen, die Mundwinkel nach oben zu ziehen, als Nate mit zwei Gläsern Sekt auf mich zukam. Eins davon drückte er mir in die Hand, bevor er mich sachte mit der Schulter anstieß.

»Hey! Ich hab noch nie jemanden gesehen, der auf seiner eigenen Party so deprimiert herumgestanden hat!«

»Tja«, sagte ich leise und trank einen Schluck. »Ich bin heute wohl nicht so in …«

Als ich einen blonden Haarschopf in der Menge ausmachte, verstummte ich abrupt. Doch es war nicht Rile, sondern Ben, ein Freund aus Highschooltagen.

Nate folgte meinem Blick. »Wieso hast du ihn nicht einfach noch mal eingeladen?«

Ich kickte einen Erdnussflip auf dem Boden weg – wenn ich morgen hier im Wohnzimmer keine Tiefenreinigung vornahm, würde Mom ausrasten – und sah ihm hinterher.

»Vor zwei Wochen hat er gesagt, dass er nicht kommen will«, entgegnete ich schwach.

»Vor zwei Wochen war vor zwei Wochen, Amy. Jetzt ist jetzt.«

»Er hat sich extra schon verabschiedet«, erwiderte ich missmutig. »Und seitdem ist er mir aus dem Weg gegangen.«

Nate zuckte mit den Schultern. »Irgendwie verständlich, oder?«

Ich antwortete nicht.

»Ich habe Rile noch nie so gesehen, Amy.« Nate biss sich auf die Lippe, so, als überlegte er, ob er weitersprechen sollte. »Dass du einfach abhaust, zerreißt ihn.«

»Ich haue nicht ab«, protestierte ich und verschränkte die Arme vor der Brust.

»Nenn es, wie du willst. Jedenfalls macht es ihn fertig.«

Plötzlich umfasste jemand meine Taille. »Es hat geklingelt, Süße.«

Für den Bruchteil einer Sekunde verzog ich das Gesicht. Gab es eigentlich einen schlimmeren Kosenamen als Süße? Erst als ich mich zu Travis umdrehte, kam die Bedeutung seiner Worte bei mir an.

»Was?«

Er zeigte zur Tür, als ob ich nicht selbst wüsste, wo sie war.

»Da ist grad noch jemand gekommen«, erklärte er.

»O Gott«, stieß ich aus, weil eigentlich alle bereits hier waren. Alle außer …

Mein Herz sackte eine Etage tiefer, und ich rannte so schnell zur Tür, dass ich stolperte. Atemlos schlitterte ich über den Flur und kam schließlich vor Rita zum Stehen.

»Rita!«, stieß ich aus und konnte nicht verhindern, dass meine Stimme enttäuscht klang.

Seit sie vor einer Woche aus dem Krankenhaus entlassen worden war, war ich ein paarmal bei ihr gewesen, um ihr im Haushalt zu helfen oder einen Kaffee mit ihr zu trinken. Nur heute hatte ich nicht mit ihr gerechnet.

»Ich konnte mir doch deine Abschiedsparty nicht entgehen lassen, auch wenn ich nicht eingeladen bin«, sagte sie augenzwinkernd. Dann zog sie mich am Arm ein Stück zur Seite. »War nur ein Spaß!«

Sie grinste, aber mir fiel auf, wie blass sie heute aussah. Schon bei meinem letzten Besuch hatte ich besorgt festgestellt, dass sie schwächer wirkte als sonst. Aber vielleicht war das auch normal, wenn man vor zweieinhalb Wochen einen Herzinfarkt gehabt hatte.

»Weißt du, als du vorgestern da warst, wirktest du irgendwie niedergeschlagen. Deshalb wollte ich sicherstellen, dass du den Abend heute auch genießt.«

»Rita, es ist verdammt kalt draußen. Sag nicht, dass du um diese Uhrzeit zu Fuß hergelaufen bist. Komm, ich fahr dich rüber!«

Rita winkte ab. »Es ist elf Uhr, nicht mitten in der Nacht, Amy.« Sie fuhr mit dem Blick mein Gesicht ab. »Aber dass du noch fahren kannst, gibt mir Grund zur Sorge.«

Ich lächelte schief. »Rile ist nicht hier. Das macht mich etwas traurig.«

Nachdem die Worte raus waren, presste ich die Lippen aufeinander, weil ich plötzlich Angst hatte, dass mir schon wieder die Tränen kamen. In letzter Zeit war ich zu einer richtigen Heulsuse geworden. Eine Angewohnheit, die ich mir in Europa unbedingt wieder abgewöhnen musste, damit die Leute dort mich nicht als Spaßbremse kennenlernten.

»Das habe ich schon befürchtet«, meinte Rita. »Soll ich mal mit ihm sprechen?« Sie nahm meine Hand und drückte sie fest.

Ich atmete geräuschvoll aus. »Das ist lieb von dir, aber in zwei Tagen bin ich ohnehin weg.«

Sie schenkte mir ein warmes Lächeln. »Alles wird gut, versprochen!«

Dann schloss sie mich in eine Umarmung, die mir ein warmes Gefühl von Geborgenheit schenkte.

»Ich werde mal wieder los.« Bevor sie ging, zwinkerte Rita mir noch einmal zu, und in diesem Moment wünschte ich mir mehr als alles andere, dass ihr großes Herz, das so viel Liebe für uns alle in sich trug, noch lange schlagen würde.

Nachdem Rita gegangen war, hätte ich am liebsten alle rausgeschmissen. Jeden einzelnen meiner Gäste. Weil der, den ich wirklich sehen wollte, nicht unter ihnen war. Von einer Sekunde auf die andere wurde mir klar, was für eine blöde Kuh ich gewesen war, Rile so auf Abstand zu halten. Nur weil ich Angst hatte, nur weil mein Ego gekränkt war. Mein Lieblingsmensch war nicht hier, um mich zu verabschieden. Und das war allein mein Fehler.

Rile

Ich träumte davon, dass das Telefon klingelte. Ein nervtötendes, lautes Geräusch, das sich immer wiederholte.

Rrrriiiing. Rrrriiiing. Rrrriiiing.

Es dauerte eine Ewigkeit, bis ich realisierte, dass das Klingeln wirklich da war.

Stöhnend drehte ich mich auf die Seite und tastete nach meinem Handy. Weil ich die letzten Nächte kaum mehr als drei Stunden am Stück geschlafen hatte, hatte ich mich heute Abend schon um halb zehn ins Bett gelegt.

»Hallo«, murmelte ich müde.

»Hast du mir im Krankenhaus nicht versprochen, dass du auf Amy aufpassen wirst?«

»Hä?« Ich nahm das Telefon und starrte aufs Display. »Rita?«

»Ganz genau!«

Ich seufzte. »Amy verlässt das Land, Rita.«

»Junge!«, meckerte Rita. »Ich war eben drüben, und Amy sieht aus wie ein Häuflein Elend.«

»Echt?« Was für eine blöde Frage. Wieso sollte sie mir das sonst erzählen?

»Ich glaube, du begehst einen großen Fehler, wenn du heute nicht zu ihr fährst.«

»Weißt du eigentlich, dass du mich gerade aufgeweckt hast?«

Mir war klar, dass Rita es nur gut meinte, aber es machte mich trotzdem sauer. Sie wusste ja nicht, dass ich schon mehrfach versucht hatte, Amy vom Gegenteil zu überzeugen.

Rita schnaubte. »Schlafen kannst du, wenn du dich mit ihr versöhnt hast!«

Ich ließ den Kopf nach hinten fallen und sog tief die Luft ein. Rita war doch sicher bewusst, dass ich sofort hinfahren würde, wenn auch nur der Hauch einer Chance bestand, dass Amy es wollte.

»Du musst natürlich selbst wissen, was du tust«, sagte sie zuckersüß. »Nur hat Amy eben gerade zu mir gesagt, dass sie traurig ist, weil du nicht da bist. Du hättest mal ihren enttäuschten Gesichtsausdruck sehen sollen, als ich vor der Tür stand und nicht du.«

Keine Sekunde später sprang ich aus dem Bett.

»Rile, bist du noch da?«

»Ja, aber nicht mehr lange«, antwortete ich, weil ich mich bereits anzog.

Was tust du hier überhaupt?, fragte ich mich mindestens einmal pro Minute, seit ich unterwegs war. Unterwegs zu Amy und dem, was entweder der größte Reinfall oder die schönste Überraschung meines Lebens werden könnte.

Vor Nervosität sprang mir das Herz fast aus dem Brustkorb, und ich zwang mich, ruhig zu atmen.

Die sonst etwa zehnminütige Fahrt dauerte heute eine Stunde – zumindest kam es mir so vor –, und ich war zwischendurch fünfmal kurz davor, wieder umzudrehen.

Irgendwann, genauer gesagt um 23.34 Uhr, bog ich in die Einfahrt ein. So, wie ich es schon Tausende Male zuvor getan hatte. Schon Tausende Male zuvor war ich aus dem Wagen gestiegen und hatte den Sandweg zum Haus zurückgelegt, war durch den Garten zur Tür gegangen. Doch noch nie hatten meine Finger gezittert, als ich die Klingel gedrückt hatte.

Und an keinem Tag hatte sich mein Magen vor Nervosität dermaßen zusammengekrampft. Nur mein Herz hatte schon lange etwas schneller geschlagen, wenn ich Amy besucht hatte. Wenn ich sie gesehen hatte. Bei der Erinnerung an all die Male, fasste ich mir fast automatisch an die Brust.

Das war der Augenblick, in dem die Tür aufgerissen wurde. Aber vor mir stand nicht Amy, sondern Nate. Seine Miene hellte sich schlagartig auf, als er mich sah.

»Ich habe mich noch nie so gefreut, dich zu sehen, Mann«, stieß er aus und zog mich förmlich am Ärmel ins Haus hinein.

»Hallo erst mal.« Ich grinste unsicher, aber Nate hielt sich nicht mit Begrüßungsfloskeln auf.

»Du kommst genau im richtigen Moment. Travis versucht gerade, sich an Amy ranzuschmeißen, und sie sieht nicht so aus, als würde ihr das gefallen.«

Mit diesen Worten schob er mich ins Wohnzimmer, obwohl er das eigentlich gar nicht tun musste, denn mittlerweile war ich verdammt schnell unterwegs.

Der Raum war voller Menschen, mindestens vierzig Leute tanzten, tranken oder standen herum und unterhielten sich. Trotzdem entdeckte ich Amy sofort. Obwohl sich kurz darauf ein breiter Körper vor ihren zierlichen schob.

Ich konnte spüren, wie meine Miene sich verdunkelte, und ohne vorher darüber nachzudenken, bahnte ich mir einen Weg durch die Meute, bis ich bei den beiden angekommen war.

Gerade strich Travis Amy eine Haarsträhne aus der Stirn, und sie drehte das Gesicht weg. Das war doch ein universelles Zeichen für: *Ich fühle mich unwohl und möchte das nicht.*

In mir brodelte es. Kurzerhand streckte ich die Hand aus und legte sie Travis auf die Schulter.

»Hey, Travis! Gehst du mal bitte aus dem Weg?« Ehe er antworten konnte, schob ich ihn bereits ein Stück zur Seite.

Er riss sich von mir los. »Geht's noch, Bennett?« Travis verengte die Augen. »Wir unterhalten uns hier gerade.«

»Ja, aber jetzt nicht mehr! Ich habe Amy nämlich etwas wirklich Wichtiges zu sagen.«

»Ach ja?«, fragte er angriffslustig, doch ich beachtete ihn nicht mehr.

Meine gesamte Aufmerksamkeit war auf Amy gerichtet, die mich mit leicht geöffneten Lippen ansah. Ihre Wangen waren rosig, und ihr Blick war auf einmal so weich wie noch nie zuvor.

Plötzlich hatte ich das Gefühl, keine Sekunde mehr warten zu können.

»Ich wollte dich nicht fahren lassen …« Ich brach ab und machte einen Schritt auf sie zu, in derselben Sekunde, in der sie mir entgegenkam. »… ohne dir noch einmal zu sagen, wie sehr ich dich liebe!« Meine Stimme klang so atemlos, wie ich mich fühlte.

Dann überbrückte ich den restlichen Abstand zwischen uns und umfasste ihr Gesicht mit den Händen. Mit beiden Daumen strich ich über die warme, weiche Haut ihrer Wangen. Süße Stromschläge jagten von meinen Fingern durch meinen Körper, bis sie irgendwann zu einem richtigen Feuerwerk wurden. Weil ich es keine Sekunde länger aushielt, beugte ich mich hinunter, im selben Moment, als sie sich auf die Zehenspitzen stellte.

Ihre Augen sagten es mir ganz deutlich, aber nun öffnete sich auch ihr Mund.

»Ich liebe dich auch, Rile!«

Es waren die Worte, die ich schon so lange von ihr hören wollte. Und nun, da sie sie wirklich ausgesprochen hatte, setzte mein Herz einen Schlag aus.

Im nächsten Augenblick zog ich ihr Gesicht zu meinem heran und legte meine Lippen so zärtlich, wie man es in so einer stürmischen Aufregung nur tun konnte, auf ihre.

Ein Seufzen verließ ihren Mund, und ich intensivierte unseren Kuss, ohne ihr Gesicht loszulassen. Wir küssten uns, und ich hätte Stunden so weitermachen können, wenn mich nicht auf einmal schallendes Klatschen aus dem Moment gerissen hätte. Der Applaus wurde so laut, dass ich mich irgendwann sanft von Amy löste.

»Ich wusste schon beim Countryfestival, dass da was in der Luft liegt!« Wyatt hob grinsend einen Daumen hoch, und auch meine Mundwinkel zogen sich nach oben.

Während Amy die Arme um mich schlang und ich einen um sie legte, sprang Charlie mit einer solchen Euphorie auf uns, dass sie uns fast zu Boden riss.

»Ahhhhh«, schrie sie. »Ich kann mich nicht erinnern, wann ich das letzte Mal so glücklich war.«

»Ach, wie nett«, kommentierte Nate trocken, bevor er mir schief grinsend auf die Schulter klopfte.

Kapitel 33

Amy

Mein Herz pochte immer noch wie wild, als ich mich an Rile drückte. Seit unserem Kuss konnte ich die Augen nicht mehr von ihm abwenden. Er liebte mich. Und ich liebte ihn.

Ja, es war immer noch scheiße angsteinflößend, aber eins war mir in den letzten zwei Wochen klar geworden: Diese Angst war nur halb so schlimm wie die Vorstellung, den Rest meines Lebens ohne ihn verbringen zu müssen.

Irgendwann gegen halb zwei hatte ich die anderen nach Hause geschickt. Vielleicht war es unhöflich gewesen, aber das war mir egal, denn ich wollte mit Rile allein sein. Die letzten achtundvierzig gemeinsamen Stunden genießen, nachdem wir schon zwei Wochen vergeudet hatten.

»Dann sind es jetzt nur noch du und ich«, raunte Rile mir ins Ohr, nachdem Charlie und Nate als Letzte gegangen waren. Es sorgte dafür, dass ich eine Gänsehaut bekam.

Ich streckte mich und legte die Hände in seinen Nacken. »Weißt du, dass ich dich liebe?«

»Nein, sag es doch bitte noch einmal«, raunte Rile mir ins Ohr, bevor er sein Gesicht in meiner Halsbeuge vergrub.

Wieder bekam ich eine Gänsehaut, und ein vertrautes Ziehen breitete sich in mir aus. Von einem Moment auf den anderen wollte ich keinen Zentimeter mehr zwischen uns wissen.

Und zum Glück konnte ich diesem Wunsch endlich nachgeben. Ich drängte mich immer weiter gegen Rile, bis er irgendwann gegen die Wand stieß. Dabei griff ich unter sein Shirt und legte eine Hand auf seinen Bauch.

»Hey«, stieß er aus und küsste mich. »Nicht so schnell.« Noch ein Kuss. »Wir lassen uns Zeit.«

»Aber …«, hauchte ich und ließ meine Hand von seinem Bauch weiter nach unten in seine Hose wandern. Strich über die Härte unter seiner Boxershorts.

Rile stöhnte. »Das ist unfair!«

Ein hysterisch glückliches Kichern entfuhr mir. Wahrscheinlich hatte ich so ein Geräusch noch nie zuvor von mir gegeben. Aber ich hatte mich auch noch nie so gefühlt.

Mit einer schnellen Bewegung zog Rile meine Hand aus seiner Hose, ging in die Hocke und packte meine Beine. Bevor ich reagieren konnte, hob er mich hoch und legte mich über seine Schulter.

»Rile«, kreischte ich, an seinem Rücken baumelnd.

»Wir werden jetzt keinen Quickie im Flur haben, sondern stundenlang in deinem Bett miteinander schlafen.«

Ich wurde rot – wegen seiner Aussage und weil mir in dieser Position langsam das Blut in den Kopf stieg. Gleichzeitig schlich sich wieder dieses Grinsen in mein Gesicht, das ich schon während unserer gemeinsamen Zeit in der Hütte kaum wegbekommen hatte.

Während Rile mich die Treppe hochtrug, fragte ich mich, wieso ich ihn früher nie in diesem Licht gesehen hatte. In diesem »Er ist der Einzige, der jemals für mich infrage kommt«-Licht.

Stunden später – keine Ahnung, wie viel Uhr es war – lagen wir nackt und ineinander verschlungen auf meinem Bett. Riles Wärme und sein Duft hüllten mich ein, und für einen Augenblick fühlte sich alles vollkommen an. Ich legte den Kopf auf Riles Brust, lauschte seinem Herzschlag und fühlte mich so zu Hause wie vielleicht noch nie zuvor.

»Ich wollte dir noch einmal sagen, wie leid mir das mit Lilly tut«, sagte Rile irgendwann leise in die Stille hinein. »Wir waren wirklich getrennt, das musst du mir glauben. Aber sie wollte unbedingt noch einmal mit mir reden, und das wiederum wollte ich ihr nicht verwehren. Doch egal, was sie gesagt hätte, es hätte nichts geändert, deshalb habe ich es dir gegenüber nicht erwähnt. Und ehrlich gesagt war die Zeit in der Hütte so schön, dass ich gar keinen Gedanken an Lilly verschwendet habe.«

Ich erhob mich, um ihn angucken zu können. Die Aufrichtigkeit in seinem Blick sorgte für ein warmes Gefühl in meinem Bauch.

»Danke, dass du das noch einmal sagst«, flüsterte ich.

Vielleicht hatte ich es die ganze Zeit schon gewusst, aber einfach nicht wahrhaben wollen – aus Angst, verletzt zu werden.

»Ich hatte nicht einmal Sex mit ihr, ich meine: auch vorher nicht. Ich konnte einfach nicht …«

»Ich liebe dich«, sagte ich und beugte mich über ihn, sodass meine nackten Brüste seine Haut streiften. Dann grinste ich. »Jetzt, wo ich es einmal gesagt habe, muss ich es irgendwie immer wieder tun.«

Er küsste mich lange. »Sag es so oft, wie du willst. Ich kann nicht genug davon kriegen.«

Sehnsucht breitete sich in mir aus, obwohl ich bei ihm war. Also legte ich mich einfach auf ihn, nackt, wie ich war, damit wir uns möglichst nahe waren.

»Das ist schön«, entfuhr es ihm, und sein Schwanz zuckte an meinem Bein. »Aber ich glaube, ich brauche eine kleine Pause, bevor ich wieder kann.«

»Eigentlich wollte ich mich auch entschuldigen«, flüsterte ich.

Er legte den Kopf schief. »Entschuldigen?«

Ich seufzte leise. »Es war unfair von mir, dir das mit Lilly vorzuwerfen. Ich meine … erst mal habe *ich* dich quasi dazu gedrängt, sie kennenzulernen. Und dann wollte ich dich in der Küche …« Ich brach ab. »Jedenfalls weiß ich nicht, weshalb ich so ausgetickt bin, als sie in die Hütte kam.«

Rile strich mir mit den Fingerspitzen ein paar Strähnen aus der Stirn. »Du hattest eben Angst.«

»Ja«, gab ich zu. »Und wenn ich ganz ehrlich bin, habe ich immer noch ein bisschen Angst.«

»Ist nicht schlimm.« Er legte mir eine seiner großen Hände auf den Hinterkopf und streichelte mir übers Haar. »Ich habe auch Angst.«

Meine Augen weiteten sich. »Ehrlich?«

Er nickte. »Ja, ehrlich.« Dann nahm er meine Hand. »Aber das riskiere ich einfach. Weißt du auch, warum?«

Ich schüttelte langsam den Kopf.

»Weil ich darauf vertraue, dass du mir nicht das Herz brechen wirst.«

Ich lächelte. »Ich werde mir die größte Mühe geben, das verspreche ich dir hoch und heilig.« Sanft legte ich eine Hand auf seine. »Aber übermorgen bin ich erst mal weg.«

Plötzlich hatte ich überhaupt keine Lust mehr, das Land zu verlassen. Mich störten ja schon ein paar Zentimeter Abstand zwischen uns. Wie würde es sein, wenn uns erst ein ganzer Ozean trennte?

»Du kommst doch wieder, oder?«

»Ja, schon.« Ich drückte mich noch fester an ihn.

Vielleicht würde ich ja nur ein paar Wochen bei Andrea und ihrer Familie bleiben. Ich würde Rile wahnsinnig vermissen, aber in Andreas Firma reinzuschnuppern, klang für mich wie eine echte Chance. Eine Chance, endlich herauszufinden, was ich wirklich wollte. Vielleicht war Eventmanagement das Richtige für mich, vielleicht auch nicht. Aber es war ein Schritt in die richtige Richtung, mich endlich auszuprobieren, bevor ich wieder nach Hazelwood zurückkam.

Blieb nur noch die Frage, wo ich nach meiner Rückkehr wohnen sollte. Aber das war das Problem von Zukunfts-Amy!

Rile

Am nächsten Morgen, als ich die Augen aufschlug, war ich sicher, noch nie in meinem Leben so dermaßen glücklich gewesen zu sein. Und auf einmal wusste ich ganz genau, was ich zu tun hatte.

Amy schlief noch tief und fest. Sie wachte nicht einmal auf, als ich ihr einen zarten Kuss auf die Stirn hauchte.

Ich zog mich an und verließ schon um sieben Uhr das Haus, damit ich noch zu Hause vorbeifahren, duschen und mir die Zähne putzen konnte, bevor ich bei der Arbeit aufschlagen würde. Zum letzten Mal.

Um kurz nach neun erreichte ich das Sägewerk, und wenig später klopfte ich an die Tür zu Richards Büro.

»Rile?« Als ich eintrat, warf er einen flüchtigen Blick zur Uhr an der Wand. »Du bist spät dran.«

»Da hast du recht«, sagte ich schmunzelnd, meinte dabei aber etwas vollkommen anderes als er.

»Dann mal ran an die Arbeit! Zeit ist Geld, Rile!«

»Nein«, gab ich ruhig zurück. »Ich werde heute nicht arbeiten.«

Mein Vater seufzte genervt. »Was soll das wieder bedeuten? Ich habe gerade keine Zeit für deine Befindlichkeiten. Verhalt dich doch einmal wie ein richtiger Mann, und beiß die Zähne zusammen.«

Ich nickte. »Bin gerade dabei! Ich werde nicht mehr zur Arbeit kommen – ab sofort. Die schriftliche Kündigung bekommst du morgen.«

Richard fiel alles aus dem Gesicht. Er wirkte vollkommen perplex, saß einfach nur in seinem Stuhl und starrte mich an.

»Ich werde mit Amy nach London fliegen«, fuhr ich unbeirrt fort. »Und wenn ich zurückkomme, fange ich eine Ausbildung als Parkranger an, so, wie ich es immer tun wollte. Nur bin ich jetzt endlich Manns genug, meinen Plan auch umzusetzen.«

»Aber …« Mein Vater brach ab. »Das kannst du doch nicht machen.«

Ich funkelte ihn an. »Und ob ich das kann!«

»Mit welchem Geld willst du denn nach …« Er malte Anführungszeichen in die Luft. »London?«

»So schlecht verdiene ich hier ja nicht. Ich habe einiges gespart.« Ich lächelte ihn an. »Danke, dass du mir schon von klein auf gezeigt hast, was für ein Mann ich nicht werden will, *Dad*.«

Das Dad kam mir so abfällig über die Lippen, dass Richard zusammenzuckte.

Doch was er danach tat, sah ich nicht mehr, weil ich mich umdrehte und das Büro verließ.

Zuerst hatte ich überlegt, Amy in dem Glauben zu lassen, dass ich sie morgen einfach nur zum Flughafen fahren würde, um sie dann damit zu überraschen, dass ich ebenfalls einen Flug gebucht hatte. Doch erstens konnte ich verdammt schlecht lügen, und zweitens wollte ich meine Freude schon heute mit ihr teilen.

Deshalb hatte ich einen Flug nach London gebucht, der am selben Tag ging wie ihrer, meinen Rucksack gepackt und war zu ihr gefahren.

Das strahlende Lächeln, mit dem sie mir die Tür öffnete, wich Sekunden später einem aufgeregten Kreischen.

»R-I-L-E?«, schrie sie und deutete auf meinen Backpacker. »Bedeutet es das, was ich denke?«

Noch bevor ich zu einer Antwort ansetzen konnte, sprang sie mir in die Arme. Ich umarmte sie fest und hob sie schließlich hoch, sodass sie mich mit den Beinen umklammern konnte.

»Sag nicht, du kommst mit?«

»Ich komme mit!«, bestätigte ich und ließ Amy wieder herunter.

»Was? Wie?«, fragte sie atemlos, bevor sie ein paarmal auf und ab sprang.

»Aber keine Angst, ich bleibe nur zwei Wochen, damit du danach noch ein bisschen dein Ding machen kannst. Hier wartet schließlich einiges an organisatorischem Kram auf mich. Ich werde mir eine Wohnung suchen und mich auf eine Ausbildung als Parkranger bewerben.«

Amys Augen strahlten. »O mein Gott, ich kann's nicht glauben, Rile.«

»Ich habe gekündigt. Wie du weißt, habe ich immer mal wieder mit dem Gedanken gespielt. Und wenn wir ehrlich sind, wäre ich im Sägewerk doch nie glücklich geworden.«

Wieder lag Amy mir in den Armen. »Ich bin so unglaublich stolz auf dich! Auf uns beide!«

»Ich auch.«

»Ich kann's nicht erwarten, Rita davon zu erzählen«, stieß Amy aus.

Ich zog die Brauen zusammen. »Du denkst jetzt gerade an Rita?«

Amy lachte. »Nur weil sie diejenige ist, die uns zusammengebracht hat, weißt du? Sie hat uns den letzten Schubs in die richtige Richtung gegeben.«

»Wenn ich so darüber nachdenke, hatte sie bei uns allen die Finger im Spiel«, überlegte ich laut, und Amy nickte eifrig.

»Ja, oder? Denk mal an das Gespräch, von dem Amber uns erzählt hat. Wenn sie nicht mit Rita gesprochen hätte, hätte sie Caleb vielleicht gar keine zweite Chance gegeben.«

Ich lächelte. »Rita ist wirklich etwas ganz Besonderes.«

»Ich war vorhin schon mal bei ihr«, erzählte Amy. »Um ihr zu sagen, dass du letzte Nacht doch noch gekommen bist. Aber sie war nicht zu Hause. Sie muss es unbedingt noch erfahren, bevor wir fliegen. Dann können wir uns auch richtig verabschieden!«

»Gute Idee«, pflichtete ich Amy bei.

Kapitel 34

Amy

Die folgenden Stunden vergingen wie im Flug. Am Nachmittag kamen Mom und Dad nach Hause, weil sie meinen letzten Abend in Tennessee mit mir verbringen wollten. Bei dieser Gelegenheit erfuhren sie auch gleich, dass Rile und ich mittlerweile mehr als nur Freunde waren und er mich nach England begleiten würde. Abends aßen wir gemeinsam chinesisches Essen vom Lieferservice und unterhielten uns. Zum ersten Mal seit langem nahmen meine Eltern sich wirklich Zeit für mich. Geduldig hörten sie sich meine Pläne an – besonders spannend fanden sie natürlich die Idee, in Andreas Agentur reinzuschnuppern – und stellten sogar ein paar Fragen zu Rile und mir. Es war ungewohnt … schön. Vielleicht hatten sie sich das, was ich ihnen vorgehalten hatte, wirklich zu Herzen genommen, vielleicht würden sie mich aber auch einfach vermissen.

Als ich den Rest Reis auf meinem Teller, den ich nicht mehr geschafft hatte, in den Mülleimer warf, spürte ich Moms Hand auf meinem Rücken.

»Du passt auf dich auf, versprochen?« Ihre Stimme klang anders als sonst, viel weicher.

Ich nickte. »Klar! Und Rile ist ja auch dabei.«

»Du kannst aber auch allein auf dich aufpassen, da bin ich mir sicher.« Sie schluckte. »Mir fällt es immer schwer, über so etwas zu sprechen. Aber …« Sie machte eine kurze Pause. »Ich hoffe, du weißt trotzdem, dass ich dich liebhabe.«

Meine Augen brannten verdächtig, was inzwischen eigentlich nichts Neues mehr für mich sein sollte.

»Ich weiß, Mom.«

Dann schloss sie mich in eine Umarmung, und ich drückte sie so fest an mich, wie ich es vielleicht noch nie getan hatte.

Als später mein Koffer und Riles Backpacker fast fertig gepackt im Flur standen, alles für morgen vorbereitet war und wir zu viert bei einem Glas Wein gemeinsam auf dem Sofa saßen, fühlte sich mein Leben ungewohnt vollständig an. Es kam mir vor, als würden sich nach und nach alle Puzzleteile zusammenfügen, und das war so ein schönes Gefühl.

Doch gerade als unsere Vorfreude auf die Reise ihren Höhepunkt erreicht hatte, kam uns das Leben dazwischen. Denn manchmal, wenn man am glücklichsten war, passierte etwas absolut Tragisches. Etwas, mit dem man in diesem Augenblick nicht im Geringsten rechnete. Deshalb ging ich auch vollkommen unbedarft an mein Handy, als Charlie mich um neun anrief.

Ein bisschen zu aufgekratzt meldete ich mich mit: »Sag nicht, dass du uns morgen doch nicht zum Flughafen fahren kannst!«

Doch vom anderen Ende der Leitung kam keine schlagfertige Antwort. Eigentlich konnte ich überhaupt nichts von dem verstehen, was Charlie sagte, weil sie viel zu doll weinte.

In dem Moment, als mir klar wurde, dass etwas Schlimmes passiert sein musste, sackte mir das Herz, das bis eben noch so freudig in meiner Brust gehüpft war, in die Kniekehle.

Rita, konnte ich irgendwann zwischen ihren Schluchzern ausmachen. *Zu Hause gefunden.*

»Nein«, stieß ich aus und sprang im selben Moment vom Sofa auf, als das Wort *tot* in mein Bewusstsein sickerte.

»NEIN!« Jetzt kam es als erstickter Schrei aus meinem Mund.

Mom, Dad und Rile waren sofort bei mir, als ich das Handy in meiner Hand sinken ließ und in Tränen ausbrach.

Rile

Eine Woche später

Amy hielt meine Hand. Die gesamte Zeremonie über waren unsere Hände ineinander verschränkt. Obwohl mindestens achtzig Menschen Ritas Beerdigung beiwohnten, hielten Amy und ich uns aneinander fest, als wäre der jeweils andere das Einzige, das uns Halt gab. Trotz des traurigen Anlasses war es irgendwie schön, dass wir das mittlerweile füreinander sein konnten.

Wir hatten nicht eine Sekunde gezögert, unsere Flüge umzubuchen, um an Ritas Beerdigung teilnehmen zu können. Es war mittlerweile Mitte Dezember, aber an Weihnachtsstimmung war dieses Jahr in Hazelwood nicht zu denken.

Schon während Oscar, Ritas Sohn, seine Rede hielt, war es ganz still in der kleinen Kirche. Aber als er am Ende noch ein Trauergedicht vorlas, kam es mir so vor, als würden alle kurz die Luft anhalten.

»Es war, als hätt' der Himmel
Die Erde still geküsst,
Dass sie im Blütenschimmer
Von ihm nun träumen müsst.

Die Luft ging durch die Felder,
Die Ähren wogten sacht,

Es rauschten leis' die Wälder,
So sternklar war die Nacht.

Und meine Seele spannte
weit ihre Flügel aus,
flog durch die stillen Lande
als flöge sie nach Haus.«

Ich spürte, wie meine Lippe zitterte, während ich um mich herum leises Schluchzen und Weinen vernahm. Eine Weile sagte keiner etwas, bis Oscar den Blick noch einmal über die Reihen gleiten ließ und sich wieder auf seinen Platz setzte.

Ich wusste, was nun folgen würde. Denn als Oscar gefragt hatte, ob einer von uns Rita zu Ehren ein paar Worte sagen wollte, hatten Charlie und Amy entschieden, gemeinsam etwas vorzutragen.

Ich sah von Amy zu Charlie, deren rote Augen zeigten, wie viel sie heute schon geweint hatte. Neben ihr stand Nate, in dunkler Hose mit schwarzem Hemd und räusperte sich gerade zum wiederholten Mal. Er sah aus, als würde er jeden Moment in Tränen ausbrechen, und ich schaute schnell wieder weg, weil ich selbst das Gefühl hatte, jede Sekunde die Fassung zu verlieren. Das Gedicht, das Oscar im Gedenken an seine Mutter vorgetragen hatte, hatte wahrscheinlich jedem in diesem Raum Tränen in die Augen getrieben.

Ich drückte noch einmal Amys Hand, bevor ich sie losließ und mit den Augen verfolgte, wie meine Freundin hinter Charlie aus der Sitzreihe schlüpfte und zum Altar ging.

Charlie tippte einmal gegen das Mikrofon, bevor sie anfing zu sprechen. »Es fällt mir sehr schwer, heute hier zu stehen und die letzten Worte an jemanden zu richten …«

Ihre Stimme brach, und sie machte eine kleine Pause. Ich konnte es von meinem Platz aus nicht genau erkennen, aber ich wusste auch so, dass sie Mühe hatte, nicht zu weinen.

»… der nicht mehr bei uns ist, obwohl er eine so wichtige Rolle in meinem Leben gespielt hat. Ich spreche wahrscheinlich für uns alle, wenn ich sage, dass Rita ein ganz besonderer Mensch war. Für mich war sie nicht nur eine Freundin der Familie, sie war eine Beraterin, Trostspenderin und Aufmunterin. Zu ihr konnte man mit allen Sorgen kommen, sie hat einen nie verurteilt und …«, Charlie machte eine Pause, rang sichtlich um Fassung. »Sie hat einfach die besten Ratschläge gegeben. Ich kann mir ein Leben ohne ihre Sprichwörter kaum vorstellen.«

Mittlerweile weinte Charlie so sehr, dass Amy einen Arm um sie legte und für sie übernahm.

»Ich hatte lange das Gefühl, nichts Bedeutsames mit meinem Leben anfangen zu können«, begann Amy, und ihre Stimme bewegte etwas tief in mir, genauso wie das, was sie sagte. »Alles hat sich sinnlos angefühlt, so als gäbe es keinen Platz für mich. Immerhin muss man mit einundzwanzig wissen, was man mit seinem Leben anfangen will, richtig?«

Erleichtert stellte ich fest, dass sie etwas gefasster wirkte als Charlie. Ich hätte es nicht ausgehalten, hier zu sitzen und zu beobachten, wie sie weinend zusammenbrach.

»Aber Rita hat mir klargemacht, dass das nicht schlimm ist. Dass ich es nicht wissen muss. Und …« Amys Stimme hatte zu zittern begonnen. »Und ich hätte ihr gerne noch gesagt, wie sehr mir das geholfen hat.«

»Wisst ihr, was die schönste Art ist, Ritas zu gedenken?« Ambers Stimme durchschnitt die Stille an unserem Tisch. Die Rivers hatten für den Tag den Grill geschlossen, damit dort der Leichenschmaus stattfinden konnte. Nun richteten Charlie, Nate, Caleb und ich unsere Aufmerksamkeit auf Amber. »Ihre Ratschläge zu befolgen. Die Tipps, die sie uns gegeben hat.«

Charlies Miene hellte sich auf. »Du hast recht! Jeder von ihnen hat dazu beigetragen, dass wir jetzt hier zusammensitzen.«

Amy hob einen Finger. »Manche sogar dazu, dass wir in dieser Konstellation hier sind!«

»Gemeinsam!« Charlie lächelte, und ich legte eine meiner Hände auf ihre und die andere auf die von Amy.

So traurig die Beerdigung auch war, so schön war das gemeinsame Essen mit all den Menschen, die Rita gekannt und geliebt hatten.

Sogar Richard hatte sich frei genommen und war mit Mom gekommen.

»Psst, Rile!« Auf einmal lag eine Hand auf meiner Schulter. »Kann ich dich mal kurz sprechen?«

Caleb stand hinter mir, mit einem Gesichtsausdruck, den ich nicht richtig deuten konnte.

»Klar!« Behutsam zog ich meine Hände von denen der Mädels zurück und stand auf, um Caleb zu folgen, der ein paar Meter abseits in einer Ecke stehen blieb.

»Was gibt's?« Ich musterte ihn gespannt.

»Das ist jetzt vielleicht ein schlechtes Timing …« Er vergrub die Hände in den Hosentaschen. »Aber ich denke schon seit Wochen darüber nach.«

Ich hob die Brauen.

»Dein Onkel Peter hat doch diese Hütte in den Smokys, oder? Da wart ihr doch vor kurzem.«

»Ja …« Worauf wollte er hinaus?

»Charlie meinte, dass ihr hingefahren seid, weil er selbst wegen der Verletzung seiner Frau gerade nicht kommen kann.«

Ich boxte ihm in die Seite. »Jetzt spann mich nicht weiter auf die Folter, Caleb!«

Er rückte noch ein Stück näher an mich heran und senkte die Stimme. »Meinst du, du kannst mir den Schlüssel geben, damit ich mit Amber über Silvester hinfahren kann?«

Ich zuckte mit den Schultern. »Ich frage Peter mal, aber das sollte kein Problem sein.«

Das 1000-Watt-Lächeln, das daraufhin auf Calebs Gesicht erschien, machte mich misstrauisch.

»Einfach so?«, hakte ich nach.

»Na ja«, druckste Caleb herum. »Es gibt da eine wichtige Frage, die ich ihr stellen möchte.«

Ich hätte mich fast an meiner eigenen Spucke verschluckt und musste husten.

»Was?«, fragte ich, als ich wieder sprechen konnte. »Du willst Amber einen Antrag machen?« Der Satz kam nur als Flüstern aus meinem Mund.

»Bevor du etwas sagst: Ich weiß, dass wir jung sind, aber ich wünsche es mir einfach so sehr. Man kann auch lange verlobt sein. Und der Zeitpunkt heute ist denkbar schlecht, um so etwas zu planen. Ich dachte nur, ich ergreife die Chance, dich zu fragen.«

»Ich denke nicht, dass es der falsche Zeitpunkt ist«, beeilte ich mich zu sagen. »Ich glaube, Rita würde das gefallen. Amber und du werdet euch verloben, Charlie und Nate ziehen zusammen nach Nashville, und Amy und ich gehen endlich unseren eigenen Weg – aber gemeinsam.«

»Du hast recht. Und Ritas Tod hat mir gezeigt, wie vergänglich das Leben ist. Wenn ich Amber also unbedingt meine Frau nennen will, wieso sollte ich sie dann nicht schon bald fragen?«

Epilog

Amy

Einen Monat später

»Es war so großartig, Rile! Die Idee mit der Band kam von mir«, plapperte ich weiter drauflos, während Rile und ich am Ufer der Themse entlangspazierten.

Er hatte mich aus der Stadt abgeholt, wo die große Firmenfeier stattgefunden hatte, bei deren Organisation ich Andrea geholfen hatte. Rile und ich waren in dicke Wintermäntel gepackt, ich hatte sogar einen Schal um. Er hielt einen Regenschirm über uns, weil das Londoner Wetter seinem Ruf seit Tagen alle Ehre machte. Bereits seit ich angefangen hatte, von meinem Abend zu erzählen, lächelte Rile zufrieden vor sich hin.

»Was grinst du denn so?« Ich stieß meinem Freund – manchmal war es immer noch ungewohnt, ihn so zu bezeichnen – in die Seite.

»Ach, ich hab dich einfach noch nie so von etwas schwärmen hören. Außer von mir natürlich!« Er wackelte mit den Augenbrauen, was mich kichern ließ.

Dann blieb ich abrupt stehen. »Scheiße, du hast recht!«

Jetzt hielt auch Rile inne und lachte laut auf. »Scheiße ist vielleicht nicht unbedingt das passende Wort!«

»Doch!« Ich sah zu ihm hoch. »Rile?«

»Ja?«

»Ich glaube, das ist echt mein Ding!«

Er streckte seine freie Hand aus und streichelte mir über die Wange.

»Ich weiß«, sagte er schlicht.

Als ich ihn überrascht ansah, zeigten sich Lachfältchen um seine Augen, so doll grinste er.

»Ich hab's in den letzten Wochen gemerkt«, fuhr er dann fort. »Du warst total in deinem Element. Es hat mich echt überrascht, wie organisiert du sein kannst, wenn es drauf ankommt. Wenn dir etwas Spaß macht.«

Noch während er sprach, wusste ich, dass er recht hatte. Schlagartig wurde mir klar, dass ich regelrecht zufrieden gewesen war bei der Arbeit, und die Erkenntnis entzündete ein Feuerwerk aus Glücksgefühlen in meinem Inneren.

»Ich habe mal recherchiert«, sagte Rile beiläufig, so, als wäre es überhaupt nichts Besonderes. »An der Middle Tennessee State University in Murfreesboro, eine halbe Stunde von Nashville entfernt, gibt es den Studiengang Tourismus- und Hospitalitymanagement, bei dem man sich auf Eventmanagement spezialisieren kann.«

»Ich liebe dich«, sagte ich und war nicht einmal überrascht, wie leicht mir die drei Worte mittlerweile über die Lippen gingen. Dann stellte ich mich auf die Zehenspitzen, um meinen Freund zu küssen.

Noch während meine Lippen auf denen von Rile lagen, zogen sich seine Mundwinkel nach oben.

»Ich habe *noch* eine gute Nachricht«, sagte er, als wir uns wieder voneinander gelöst hatten.

Ich strahlte ihn an. »Hey! Du warst ja fast so produktiv wie ich.«

Er wackelte mit den Augenbrauen. »Selbstverständlich! Ich habe die perfekte Wohnung gefunden.«

»Ach ja? So schnell?« Neugierig musterte ich ihn.

»Oscar vermietet Ritas Haus. Er hat mich angerufen und gefragt, ob ich jemanden kenne, der Interesse hätte. Und – ICH BIN JEMAND.«

Ich stutzte. »Du willst in Ritas Haus wohnen?«

»Ja! Mit dir zusammen. Zumindest immer, wenn du in Hazelwood bist.«

Ein warmes Gefühl breitete sich in mir aus. »Das fände ich schön.«

Ich konnte es kaum glauben. Noch vor wenigen Wochen hatte ich weder eine berufliche Perspektive gehabt noch gewusst, wo ich im nächsten Jahr wohnen sollte; außerdem hatte mich der Liebeskummer völlig in die Knie gezwungen. Doch nun waren all meine Probleme gelöst, und das Leben war so schön wie nie zuvor. Und das alles dank Rile, meiner großen Liebe. Und natürlich dank Rita, der ich auf ewig dankbar sein würde.

ENDE

Danksagung:

Nun schreibe ich tatsächlich die Danksagung von Band 3, was bedeutet, dass ihr ein letztes Mal nach Hazelwood reisen könnt. Gleichzeitig heißt das leider auch, dass diese Reise für mich nun vorbei ist. Ich schreibe das mit einem lachenden und einem weinenden Auge, denn es war so schön mit Charlie, Nate, Amber, Caleb, Rile und Amy, und ich liebe die sechs unendlich doll. Für mich fühlen sie sich irgendwie an wie reale Personen, die ich besser kenne als jeden anderen und die einfach ganz, ganz weit weg wohnen.

Ich hoffe, ihr lernt Amy und Rile kennen, so wie ich sie euch zeigen wollte: Verletzlich und gleichzeitig stark. Ängstlich und gleichzeitig mutig. Beide haben mit ganz unterschiedlichen Problemen zu kämpfen, die mich sehr berührt haben. Ich bin ehrlich, wenn ich euch sage, dass ich beim Schreiben noch nie zuvor so viel geweint habe. Deshalb hoffe ich, dass ihr dieses Buch genauso ins Herz schließen werdet wie ich.

Diese wunderschöne, aufregende Autorinnenreise bestreite ich jedoch nicht allein. Ein ganz besonderer Dank geht an den besten Agenten der Welt: Carsten. Danke, dass du an mich und meine Geschichten glaubst und immer hinter mir stehst.

Danke auch an den wundervollen Goldmann Verlag und das gesamte PRH-Team. Ganz besonders an Eva, meine Lektorin beim Goldmann Verlag, für die großartige Zusammenarbeit. Ich hätte mir menschlich und fachlich niemand Besseren vorstellen können, um an meinen Geschichten zu arbeiten. Ich bedanke mich auch ganz herzlich bei Beate, die dem Buch mit ihrem wundervollen Textgespür den letzten Feinschliff verpasst hat.

Meiner Familie, allen voran Mama, Papa und Opi möchte ich dafür danken, dass sie immer hinter mir stehen und für mich da sind. Ihr seid die Besten! Mami: Danke für deine bedingungslose Liebe und den unermüdlichen Glauben an mich. Ich wünschte, jeder könnte eine Mutter wie dich haben.

Jörn: Ich bin sehr glücklich, dass ich dich an meiner Seite habe, und danke dir für deine Unterstützung auf diesem Weg. Und dafür, dass du mich immer mit den leckersten Snacks versorgst.

Jana: Danke für unsere wundervollen dreißig gemeinsamen Jahre, die nicht aufregender, lustiger und intensiver hätten sein können. Ein Leben ohne dich kann ich mir nicht einmal vorstellen.

Auch Taty und Hannah danke ich für unsere einzigartige Freundschaft, die nun schon seit fünfzehn Jahren besteht. Ihr seid die Besten! Jasmin: Ich bin unglaublich dankbar für unsere Freundschaft und sehr froh, dich in meinem Leben zu haben. Ohne unsere täglichen Nachrichten wären die Tage nur halb so schön. Kristina: Schön, dass es dich gibt. Auch meinen anderen Freunden danke ich für ihre Unterstützung und die vielen tollen Momente.

Danke, Alicia, für unseren täglichen Austausch und die unzähligen Einmalnachrichten, durch die dieser »einsame« Job so viel weniger einsam ist.

Ein großer Dank gilt auch meinen anderen großartigen und talentierten Agenturschwestern Jenni, Steffi, Johanna und Theresa. Ich danke euch für eure Unterstützung, die aufmunternden Worte und dass wir uns immer füreinander freuen können. Es ist ein Geschenk, dass wir diesen Weg gemeinsam gehen. Aber auch meinen anderen Autor:innen-Freund:innen danke ich für den tollen Austausch und gegenseitigen Support. Allen voran Maren, die ich regelmäßig mit Fragen bombardieren darf und deren Sprachnachrichten immer am unterhaltsamsten sind. :-D <3

Danke, Janika, für deine Unterstützung und Freundschaft. Du warst die Erste, die an meine Texte geglaubt hat – ich liebe es, dass wir gemeinsam angefangen haben und nun unsere Erfolge teilen können.

Danke, Ecem, dafür, dass du die wunderschönsten Illustrationen überhaupt für meine Bücher gezaubert hast. Ich bin so froh, dass wir auf diesem Weg zusammengefunden haben.

Aber der größte Dank gebührt meinen Leser*innen. Ich bin so glücklich darüber, dass ihr meine Geschichten lest, liebt und darüber sprecht. Eure Nachrichten, Instagram Stories und Rezensionen bedeuten mir die Welt!

Das Lied auf Seite 235 ist »Kiss me« von Sixpence None the Richer.

Das Zitat auf Seite 300 ist aus »Der Alchemist« von Paulo Coelho.

Bei dem Gedicht auf Seite 431 handelt es sich um »Mondnacht« von Joseph von Eichendorff.

Inhaltswarnung: In diesem Roman gibt es Darstellungen von exzessivem Alkoholkonsum, Erbrechen und misogynem Verhalten. Außerdem gibt es off page einen Todesfall.

Die Wälder Tennessees, ein Neuanfang im kleinen Hazelwood und tausend Schmetterlinge im Bauch …

Noch mehr gute Bücher, Inspirationen und Information unter penguin.de und auf den Penguin-Social-Media-Kanälen

Caleb verschwand ohne ein Wort aus Ambers Leben. Jetzt steht er plötzlich wieder vor ihrer Tür …

Noch mehr gute Bücher, Inspirationen und Information unter penguin.de und auf den Penguin-Social-Media-Kanälen